Gabriele Wohmann
Bitte nicht sterben

Gabriele Wohmann

Bitte nicht sterben

Roman

Piper
München Zürich

ISBN 3-492-03690-2
© R. Piper GmbH & Co.KG, München 1993
Gesetzt aus der Walbaum-Antiqua
Gesamtherstellung: Kösel, Kempten
Printed in Germany

Inhalt

1. Laß alles so wie es ist 7
2. Ostern 9
3. Bitte nicht sterben 15
4. Wie gehts wie stehts? 20
5. Das Alter ist kein Picknick. Das Alter ist kein Vergnügungspark 30
6. Erzählen Sie mir was vom Jenseits 46
7. Mach das nie mit mir! 53
8. Weihnachten im Sommer 61
9. Professor Wirtz und die anderen: Sie sollen uns in Ruhe lassen 74
10. Eure jungen Freunde könnt ihr mitbringen. Alt sind wir selber 92
11. Man muß es aushalten... aber lesen will ich es nicht 117
12. Du verpaßt so einiges, Bertine. Aber wer tut das nicht? 121
13. Sucht euch was Schönes aus 131
14. Das Fragebogenspiel 137
15. Bindungen und Lieben, alles Mist 165
16. Hurra, ich bin nicht verheiratet! 177
17. An der Mosel 190
18. Gut, daß ihr kommt, wenn wir absagen 200
19. Sie geht wieder nach Maine 226
20. Auf Photos geht es allen gut 234
21. Junge Alte – aber goldene Jahre sind das nicht ... 246
22. Nun lach doch auch mal, Louisa! 261
23. Ich habe dir mit Begeisterung zugehört 282
24. Vielleicht sind wir, und überhaupt alles, nur Wellenstörungen 285
25. Und dieses Stück Kuchen essen wir noch 299

26	Warnzeichen	304
27	Ediths Briefe sind die besten	308
28	Um diese Zeit sollten wir öfter hier sein	318
29	Du Armes!	324
30	Leb wohl, liebes Rätsel. Rate weiter.	330
31	Weihnachten im Winter	336
32	Der geheime Garten	349
33	Do not disturb	354
34	Manchmal hört sich Paulus wie der Struwwelpeter an	359

1
Laß alles so wie es ist

Zu meiner Mutter, von der ich wußte, ihr wäre sowieso alles recht, und zu ihren beiden Schwestern sagte ich: Ich könnte eine Art Prolog machen.

Bist du mit dem Buch fertig? fragte Bertine, die für einen Augenblick aufhörte, in Witikos weichem Spanielohr nach einer Zecke zu fahnden, und in diesem Augenblick sah sie mich an. Ihr Blick war schalkhaft und verständnisvoll.

Ja. Eigentlich ja.

Und jetzt wirds dir mulmig, hm?

Marie Rosa: Geht es denn immer über uns?

Ganz biographisch ist es selbstverständlich nicht, sagte ich.

Meine Mutter lächelte mir freundlich zu, mit einem erstaunten Ausdruck, den sie hat, wenn ich von meiner Arbeit rede. Das kommt so selten wie möglich vor.

Dann sollte in dem Prolog stehen, daß wir nicht immer nur dummes Zeug reden, sagte Bertine und machte ein Befehlshabergesicht.

Aber wann tun wir was anderes, fragte Marie Rosa.

Wir reden doch auch über Kunst und Politik und Literatur und tausend andere Probleme, sagte Bertine.

Habt ihr endlich meine Geschichte *Bald liegt Frankfurt am Meer* gelesen? fragte ich.

Bertine, jetzt mit dem Schulkindgesicht und einer Stimme, der sie den Ton *brav* gab, sagte: Ja. Dann sah sie Marie Rosa an, die mit dem Kopf nickte und weiter in der Zeitung blätterte.

Das seid ihr, als damals Marie Rosa so krank war, sagt mir, ob ich euch so lassen kann.

Die beiden Schwestern schnitten sich Grimassen zu, sie mußten kichern.

Sie kriegts mit der Angst zu tun, sagte Marie Rosa zu Bertine, die sich plötzlich emporreckte und verkündete: Aber an Männerunterhosen denke ich nicht. Niemals.
Warum nicht? fragte Rupert.
Für eine Geschichte muß sie uns ein bißchen interessanter machen als wir sind, mein Schatz. Marie Rosa gab sich Mühe, ein Gähnen zu simulieren. Andererseits, die Männerunterhosen von diesem Assistenzarzt in der Geschichte, nun, ich glaub nicht, daß die interessant sind.
Meine Mutter hob die Schultern, ließ sie fallen, atmete aus: ein Seufzen wie Kopfschütteln, etwas erschöpft vor Verwunderung über die Art der Unterhaltung.
Ich denke aber überhaupt nicht an Männerunterhosen, nicht an interessante und nicht an uninteressante, sagte Bertine. Sie warf nach Hühnerhofmanier einen Keks durchs Wohnzimmer, und Witiko trottete kellnerhaft in müder Gleichgültigkeit hinterher.
Marie Rosa, nicht vom Lesen aufblickend, deklamierte: »Wollen habe ich wohl, aber Vollbringen, das Gute, das finde ich nicht.« Laß alles so wie es ist, Kindchen. Frankfurt liegt ja auch immer noch nicht am Meer, Frankfurt liegt noch immer am Main. Laß alles so wie es ist.
Louisa, sag du auch mal was, rief Bertine ihrer Schwester zu.
Meine Mutter raffte sich auf, lieber hätte sie nichts gesagt: Wie heißt denn dein Buch?
Bitte nicht sterben. Rupert nahm mir die Antwort ab, dieser beste Freund.
Ach, machte meine Mutter.

2
Ostern

Machen wir doch alles wie immer. Bertine fühlte sich nach ihrem Entschluß leichter. Weg mit dem Hin und Her der Grübeleien. Ja, am besten, wir machen alles einfach so wie immer. Am besten auch für Marie Rosa, gefühlsmäßig, seelisch. Widerstand von Louisa brauchte Bertine nicht zu fürchten. Louisa, die älteste der drei Schwestern – Bertine war achtzehn Jahre jünger, Marie Rose aber nur zwei Jahre – Louisa war vielleicht so wenig wie die beiden andern immer mit allem einverstanden, aber sie schwieg sich darüber aus. Stille liebe geduldige Louisa, nicht leicht zu durchschauen. Bertine atmete tief durch. Im Moment konzentrierte sich all ihre Liebe, in Gestalt der Sorge, auf Marie Rosa. Der Arzt stellte keine Diagnose, ein zufriedenes Gesicht machte er aber auch nicht, selbst bei der Feststellung: Alles weich. Womit er Marie Rosas Bauch meinte und sich nach dem Abtasten aufrichtete. Warum war es Marie Rosa trotzdem dauernd so übel, kleine Intervalle des Appetits ausgenommen? Unvernünftigerweise aß sie in diesen Vitalitätsschüben beispielsweise Kirschen mit Eis oder eine saure Gurke, und Bertine, die strafend *du bist doch nicht schwanger* sagte, genoß es hoffnungsvoll: Wird mit einem Schlag alles wieder gut? Doch sehr bald mußte sie Louisa vorjammern: Marie Rosa hat wieder alles ausgekotzt. Und das Medikament von Doktor Stutz war noch dick und giftgrün drin, ganz unbeschädigt, zwischen all dem Zeug.

*

Es geht den drei Schwestern gar nicht gut, Friedi, sagte ich. Ich nenne Rupert Friedi, wenn ich in schlechter Stimmung bin. Rupert Friedhelm ist jederzeit mir zuliebe ein Friedi.

Du meinst, es geht Marie Rosa nicht gut, korrigierte er. Also, was wird mit Ostern?

Ich raffte mich auf, getrieben von einer inneren Turbine: Ich mußte unbedingt glücklich werden, und zwar sofort. Das war die einzige Lösung. Also, Regel Nummer 1 befolgen: Sei lieb zu Friedi.

Deine Tante Marie Rosa ist noch nicht wieder gesund, und alle sind darüber betrübt, aber deine Tante Bertine und auch das Oberhaupt Louisa, sie haben beschlossen, daß alles wie immer sein soll. Ich benutzte die Kindertantenstimme. Der Hase kommt, der Hase legt. Ich lachte, trat dicht vor Friedi-Rupi, kauerte mich vor seinen Sessel und kraulte ihm im Gesicht herum. Für dich, alles wie immer, Ostern. Richtig österlich. Friedi zufriedi? Rupi ein Bubi?

Es schien so. Mit Freuden trieb Rupert-Friedhelm wenig Aufwand. Ich mußte mich abwenden, um nicht gegen Regel 1 zu verstoßen: meinen Kummer und meine Unlust sähe er mir doch an, obwohl ich grinste. Ich selber hätte es vorgezogen, wenn Ostern ausfiele. Nicht nur wegen der kranken Marie Rosa, für die das kleine Familientheater vielleicht zu anstrengend würde; ich fand, wenn ich ehrlich war und nicht Marie Rosas Schonungsbedürftigkeit vorschob, für mich selber vor allem sei Ostern zu anstrengend. Doch Friedi hing so sehr an gewohnten Sitten, und die drei Schwestern freuten sich, wenn er von Zeit zu Zeit Leben in die weibliche und außerdem überalterte Szene brachte, und vor allem Bertine, die mit Abstand Jüngste, hatte ein Recht darauf. Dann war da noch Louisa, meine Mutter, Mama Louisa, Oberhaupt Louisa: Sie brauchte Traditionen, ob sie auch ihr zu anstrengend waren oder nicht, sie war darauf angewiesen, daß man an ihnen festhielt.

*

Wenn sie bloß nicht stirbt, sagte Bertine. Sie und ich, wir blickten aus dem Küchenfenster in den Garten. Im Gefolge von Louisa – ihre kleinen Schritte mit auswärtsgestellten

Füßen reizten und rührten mich – machte Friedi einen allerletzten Inspektionsdurchgang. Ab und zu bückte er sich, griff zwischen Blumenkissen ins Gras und hob ein kleines glitzerndes Ei auf, legte es zu der übrigen Beute in sein Körbchen. Er drehte sich zu Louisa um und zeigte ihr kurz sein triumphierendes Gesicht.

Du redest ja Unsinn, Bertine, sagte ich. Marie Rosa hatte noch nie einen sehr stabilen Magen.

Eines Tages stirbt sie, sagte Bertine.

Das tun wir alle, sagte ich.

Heute morgen hat sie plötzlich wieder mal Quatsch gemacht, und ich dachte schon: Hurra, wir habens überstanden, obwohl sie mich ja immer wahnsinnig macht, ich meine, wenn sie gesund ist, dann kann ichs nicht ertragen, daß sie rumläuft und *Harre meine Seele* singt, und geflucht habe ich auch diesmal, aber ich war froh wie seit langem nicht.

Da siehst du es, sie ist wieder die Alte, sagte ich. Ich fühlte mich plötzlich befreit, konnte besser atmen.

Nein, sie ist nicht wieder die Alte. Bertine klang verzagt. Es ist ihr kurz drauf wieder schlecht geworden. Das Leben ist schrecklich.

Das ist es, schrecklich, sagte ich. Verflogen, die kurze Freude.

In der Frühjahrssonne sah der Garten, von den wenigen Farben der ersten Blumen abgesehen, unscheinbar graubraun aus, zu nichts zu gebrauchen.

Friedi macht mir Spaß, er ist wirklich süß, sagte Bertine. Ich glaube, du solltest zu den beiden rausgehen. Und ich sehe mal nach Marie Rosa.

Aber wir blieben am Küchenfenster stehen.

Es wäre die verkehrte Reihenfolge, Bertine hatte wie mit sich selbst gesprochen.

Was wäre die verkehrte Reihenfolge?

Marie Rosa vor Louisa. Wenn Marie Rosa als erste stirbt. Nimms mir nicht übel, mein Liebling, Louisa ist deine Mutter und sie ist meine Schwester und ich liebe sie...

Ich beruhigte sie: Ich weiß doch, ich verstehe es ja. Du

und Marie Rosa, ihr seid euer halbes Leben lang zusammengewesen. Ihr habt ganz anders gelebt als jemand wie Louisa, eine verheiratete Frau, eine Mutter, ihr seid mehr Bohème, leger...

Sie paßt sich so lieb an, hier bei uns, sagte Bertine.

Es ist ein Glück, daß sie euch hat. Und sie wäre als Allererste für die richtige Reihenfolge, sagte ich. Das Oberhaupt ist am ältesten. Immer schön der Reihe nach.

Wir lachten und beteuerten einander, wir fänden es furchtbar. So zu reden, und alles. Im Garten lief meine Mutter immer noch hinter Friedi her, der jetzt niedrigere Äste und Büsche inspizierte. Ich erzählte Bertine: Neulich hat das Oberhaupt Louisa zu mir gesagt: Ich wünsche dir, daß du nicht so alt werden mußt wie ich. Da hab ich sie gefragt: Wann soll ich denn sterben, Mutter? Ich lachte, und Bertine stieß einen kleinen Schrei aus. Die Auskunft hat sie mir natürlich verweigert, sagte ich.

Kein Wunder, sagte Bertine. Arme Louisa.

Aber am besten geht man es doch sarkastisch an, oder? sagte ich.

Mit einer Mutter kann man über ernste Dinge nicht ernst reden, ich meine, als Tochter. Alles furchtbar.

Alles furchtbar. Furchtbar kompliziert. Bertine seufzte, ich seufzte, aber es ging uns beiden besser. Dein Friedi findet nichts mehr, sagte Bertine.

Ich stieg die Holzstufen hinunter in den Garten.

Wie gehts dir überhaupt, Mutter? Und was ist mit deinem Auge? Ich mußte sie zweimal fragen und sie an der Schulter schubsen. Unverändert, das Auge? Oder besser?

Unverändert. Seit Louisa schwerhörig ist, gibt sie einsilbige Antworten. Von sich aus fängt sie nur noch selten ein Gespräch an. Sie deutete auf Friedi, der sich nach einem Zweig streckte, an dem ein Wurstkringel baumelte. Er findet immer noch was, sagte meine Mutter.

Du mußt wieder zum Augenarzt gehen, Mamma. Ich regte mich auf, meine Kehle war eng, und morgen würde ich einen schlechten Tag haben.

Hast du dich beim Augenarzt angemeldet?
Nein, sie hatte sich nicht angemeldet.
Das mußt du aber.
Es ist mir zu anstrengend, dorthin zu gehen.
Uns allen ist alles zu anstrengend. Ich dachte, das Osterspiel würde nun auch Friedi zu anstrengend, und um ihm dabei zu helfen, es leicht und lustig zu finden, rief ich ihm zu: Zeig mal her, was du alles Schönes gefunden hast.

Beim Mittagessen spielte ich weiter: Friedi, du weißt ja, du gibst dem Oberhaupt und den Tanten was ab von deinen Schätzen aus dem Körbchen. Wißt ihr, die Kinder müssen das Abgeben so früh wie möglich lernen.

In zwei Decken verpackt, und es war doch viel zu warm im Zimmer, leistete uns Marie Rosa als Zuschauerin Gesellschaft. Wir taten so, als wäre alles wie immer. Aber es war traurig, daß Marie Rosa nach einer Löffelspitze ihres staubfarbenen Phantasiegerichts das Essen einstellte.

Was ist das Gräßliches?

Hafer und Wasser und Zwiebackkrümel. Es sieht jetzt schon wie Gekotztes aus, sagte Marie Rosa. Auf einmal klatschte sie in die Hände und rief: Ihr zwei seid wirklich liebe Kinderchen, und es ist Ostern!

Bertine rief: Fang mir nur jetzt nicht wieder damit an! Bitte, tus nicht. Sie soll nicht wieder mit der Auferstehung anfangen und irgendwas Frommes singen, erklärte sie mir.

Das hatte ich auch nicht vor, sagte Marie Rosa. Friedi, gib mir ein Osterei ab!

Es wäre die verkehrte Reihenfolge. Der Satz ging mir nicht aus dem Kopf. Und daß ich Bertine recht gab. Das war wirklich zum Verzweifeln. Meine Mutter saß unschuldig auf ihrem Platz, arglos von jeglichen Hintergedanken wie für immer abgeschnitten, und ich liebte sie so sehr, daß es mich wütend machte.

Es war schön, daß wir alles wie immer gemacht haben, sagte Marie Rosa. Ihr lieben Kinderchen.

Wir? Du bist gut. Du hast nicht alles wie immer gemacht, sagte Bertine.

Ich gab ihr recht und befahl Marie Rosa, gesund zu werden.

Friedi gab Ostereier ab.

Brav, lobte ich ihn. Da seht ihrs, er hat gelernt, abzugeben.

Bertine klaubte sich Eier aus dem Körbchen und warf sie wieder zurück. Marie Rosa wollte ein Gelee-Ei. Sie erfüllte unsere Erwartung und biß hinein. Es war uns egal, ob sie es vertrüge, sie sollte es aufessen, damit alles wie immer wäre. Meine Mutter suchte sich ein Nougat-Ei aus und legte es neben ihren Teller.

Friedi, rede ihr gut zu, sag ihr, sie darf sich zwei nehmen! He, Oberhaupt, du darfst dir noch was aus dem Körbchen stiebitzen! Sag was, Mutter!

Meine Mutter lachte gehorsam, weil alle am Tisch lebhaft waren. Sie wollte gern mitmachen. Alle strengten sich an, alles war das Festhalten am gewohnten Spiel.

Und die Nachbarn, die in den Garten geschaut haben, waren auch wieder auf ihre Kosten gekommen.

Ich bin wirklich gerührt über Friedi, er ist ja kein Exhibitionist, rief ich. Er ist doch eher einer, der sich überlegt, was die Leute wohl denken.

Es sind nette Nachbarn, sagte Bertine.

Nicht alle, alle sind sie gar nicht nett, sagte Marie Rosa.

Immerhin, Friedi muß sich doch ganz schön überwinden beim Ostereiersuchen mit dem Körbchen in der Hand.

Von ihren ersten Etagen können die Nachbarn aus drei Häusern in den Garten sehen.

Marie Rosa und Bertine haben das Thema gern, sie genießen das Groteske. Meiner Mutter zuliebe aber, die das nicht gern hat, schwieg ich von nun an. Ich war wirklich gerührt über Rupert, meinen Mann, der mit sechzig Jahren und dem alten Oberhaupt im Gefolge als Friedi Ostereier sucht, das Körbchen trägt, sich geniert, und alles mitmacht, damit keiner stirbt.

3

Bitte nicht sterben

Wir schauten aus dem dämmrigen Wohnzimmer durch die Fenstertür in die Holzveranda, wo die Vögel des Gartens von den Geländerbalken und vom rostigen Tisch, dessen rote Farbe abblätterte, kleingehackte Nüsse und Rosinen pickten, umherflatterten, viele Starts und Landungen, die Vögel flogen ein und aus.

Ihr mästet sie, sie werden zu dick, sagte ich.

So lang sie nicht apathisch rumsitzen, darf man sie füttern, sagte Marie Rosa. Und sie sitzen nicht apathisch rum, oder?

Liebe ist Mast. Und Marie Rosa braucht ihre Vögel das ganze Jahr hindurch, sagte Bertine.

Man müßte aber der Sache auf den Grund gehen, um doch mal wieder das leidige Thema aufzugreifen, erklärte Rupert. Der Arme muß sich immer der Problemscheu meiner Familie widersetzen. Jeweiliges Absinken seiner Beliebtheit bei der Übernahme dieses Amts kümmert ihn nicht. Er meint es rechtschaffen gut.

Ach, das leidige Thema, das traurige Thema! Um von ihm abzulenken, sagte ich: Ihr werdet bald wieder Mäuse ins Haus kriegen, das Vogelfutter lockt sie an.

Du mußt der Sache auf den Grund gehen, wiederholte Rupert.

Ehe ich einen Magenschlauch schlucke, bringe ich mich um, verkündete Marie Rosa.

Das muß ja nicht gleich sein. Bertine regte sich auf. Es gibt X andere Methoden.

Ich stand Bertine bei: Ultraschall. Eine Ultraschalluntersuchung ist geradezu ein Vergnügen. Richtig spannend. Du liegst auf einer Pritsche, und der Arzt erzählt dir, was er auf einem winzigen Bildschirm sieht, und er lauscht vielleicht auf dieses und jenes Echo in deinem Bauch, es ist lustig, glaub mir.

Marie Rosa sah nicht überzeugt aus. Und wenn er nun nichts Schönes auf seinem Bildschirm sieht? Und wenn die Geräusche aus meinem Bauch gräßlich sind? Nein, laßt mich meine Tropfenkur machen. Sie saugte an ihrem Plastikhalm ein trübes Gesöff aus dem schäbigsten Milchgießer, den sie im Küchenschrank aufgestöbert hatte. Die Schwestern heben alles auf. Heißes Wasser mit etwas verkochtem Hafer drin, mehr war es nicht, was sie sich seit drei Tagen verordnete. Es war nichts wert, überhaupt nichts, und ich sagte es.

Damit bringst du dich noch mehr runter.

Es tut mir aber ganz gut.

Was fehlt, sind sämtliche Mineralstoffe, außerdem Eiweiß, sagte Rupert.

Es ist ihre eigene Therapie, erläuterte Bertine, sie klang etwas kläglich und sah auch so aus.

Euer Arzt tut zu wenig, ein anscheinend äußerst ideenarmer Arzt, sagte Rupert.

Laßt mich doch, ich brauche einfach Zeit, rief Marie Rosa.

Wie soll uns dieser herrliche Kuchen schmecken, verdammt, während du... Ich war wütend, wußte nicht weiter, ich haßte es, bekümmert und sorgenvoll zu sein und sie alle so schrecklich zu lieben, daß es mir in den Rippen weh tat.

Du schweigst zu allem. Rupert scherzte mit meiner wie meistens stummen Mutter, die lächelte, als er das alte Spiel mit ihr machte und ihr den Kuchenteller wegnahm.

Zu Bertine sagte ich leise: Etwas wirklich ganz Schlimmes kann es nicht sein bei ihr. Sie sieht nicht wirklich elend aus. Sie hat eine rosige Gesichtsfarbe.

Ja, gab Bertine ungläubig zu.

Marie Rosa hatte uns beobachtet und gehört: Ich bin normalerweise aber nicht rosig.

Willst du nun, daß man sich um dich sorgt? Wolltest du nicht in Ruhe gelassen werden?

Ich bin einfach vorübergehend etwas krank, stellte Marie Rosa fest. Plötzlich winkte sie in die Holzveranda hinaus. Jetzt hat einer aber wirklich zu lang rumgesessen. Ich mußte ihn verscheuchen, damit er nicht apathisch wird. Aber die Gimpel sind leicht so, sie sind ein bißchen gemütlich, glaub ich.

Was macht dein Auge?

Meine Mutter beantwortete meine Frage mit mädchenhaftem Eifer: Es wird ein bißchen besser. Ich sehe den schwarzen Schatten manchmal weniger. Nur halb.

In Gedanken war ich schon beim Aufbruch. Machts gut, machts besser. Bertine würde Rupert und mich bis zum Auto begleiten. Irgendwas, das uns alle miteinander tröstete, fiele uns schon ein. Ich bin das Lieben leid. Ich erzählte von meinem Vortrag in Ulm. Die Leute im Saal erwarteten was Gefühlstriefendes von mir zum Thema »Wie viel Liebe braucht der Mensch«. Hab ich die schokkiert! Ich will niemals mehr jemanden lieben, bei meiner Wiedergeburt. Ich habe gesagt, ich hätte gern eine Mutter, die eine wahre Schreckschraube ist, und zwei Tanten, richtige Biester, allesamt Scheusale, die man meidet, in der ganzen Familie, nichts als alte Ekel.

Meine Verwandten verstanden mich sofort. Nein, bis auf meine Mutter, die aber nur redet, wenn man sie dringend dazu auffordert. Verstanden hat sie mich übrigens wahrscheinlich auch, aber sie könnte sich mit meiner Einstellung nicht abfinden.

Und wie haben die Leute reagiert? fragte Bertine.

Stur, sagte ich. Liebe sei Schutz und derlei Quatsch. Sie haben fast überhaupt nicht reagiert.

Plötzlich hatte Marie Rosa Lust auf unseren Kuchen. Ein Bröckelchen davon, bitte, ich probiers mal.

Bertine schrie auf: Fang nicht wieder damit an!

Aber ein gutes Zeichen ist es doch, daß sie Lust hat, beschwichtigte ich.

Machts gut, machts besser. Das war eine Stunde später der Abschied. Theatralisch fielen wir uns in die Arme.

Du bist zu bewundern, sagte ich zu Bertine. Wir gingen über die kleine Brücke auf die andere Straßenseite hinüber, unter uns floß der bräunliche Bach zügig. Ein in sich versunkenes Liebespaar versperrte uns den Weg, und ich hustete laut, es sollte feindselig klingen, das Liebespaar ärgerte mich. Die haben es gut, sagte ich.

Bist du neidisch? Du wolltest doch keinen mehr lieben. Bertine lachte.

Wir standen jetzt beim Auto, das vor dem Kloster geparkt war.

Du bist zu bewundern, wiederholte ich. Bertine schaute auf das Auto und sah so aus, als führe sie gern mit uns weg, auf und davon. Du mit deinem kleinen Altersheim.

Sag doch so was Schreckliches nicht, rief Bertine leise.

Aber du bist so viel jünger. Und sie sind ganz schön schwierig, die beiden Altchen. Ich lachte, aber ich war verlegen.

Nenn sie nicht Altchen! Bertine schien wahrhaftig böse auf mich zu sein.

Sie sollte sich untersuchen lassen, sagte Rupert. Ganz im Ernst. Man muß herausfinden, was sie hat.

Und sie sieht nicht aus wie eine ... nicht wirklich elend, sagte ich schnell. Damals im Frühjahr ging es auch vorbei.

Wißt ihr, ich will nämlich nicht, daß Marie Rosa richtig untersucht wird, gestand Bertine, wenns nun was richtig Entsetzliches wäre.

Wir winkten bis zur Kurve.

Auf der Fahrt redeten Rupert und ich nur über die Abendbeleuchtung. Zu Haus: Dreimal das Telephon. Manchmal klingelt es sonntags nie. Und heute gleich drei Anrufe hintereinander. Jedesmal wurde ich gereizter. Ich wollte ausschließlich an meine Mutter und Marie Rosa und Bertine denken. Meine Freundin Trixi klagte über allgemeine Lustlosigkeit, und ihr Mann meine, sie solle in Kur gehen. In Kur! Ich bellte sie an. Nichts für ungut, aber du bist doch nicht alt und krank. Meine Freundin Herta erzählte von unerwartetem bayerischen Schnee, und ich schnaubte irgendwas Wütendes über Schnee zurück. Aber Schnee war doch für dich immer etwas Schönes? Nur noch auf dem Papier, schimpfte ich. Meine Freundin Bea drängte mich, Himmelfahrt in ihrer kleinen jungen gesunden Familie zu verbringen. Himmelfahrt ist bei uns immer sehr gemütlich. Sie lachte. Himmelfahrt! schrie ich sie an. Wie könnt ihr das Jahr für Jahr durchhalten!

Ich hatte alle drei verprellt, es war mir egal. Stirb nicht, Marie Rosa. Es paßt nicht in meinen Zeitplan. Verdammt alt, die Leute, die ich liebe.

4
Wie gehts wie stehts?

Sie hat mich an eine Schildkröte erinnert. Kopf rein, Kopf raus, und schnell wieder rein. Marie Rosa wickelte sich tiefer in ihre Decke, obwohl es im Zimmer warm war. Hatte der Zug Verspätung?
 War er voll?
 Bertine, Rupert und ich hatten meine Schwester Edith an den Bahnhof begleitet und bis zur Abfahrt ihres Zugs im Regen mit ihr gewartet. Bei unserer Rückkehr waren wir durchnäßt, trotz der Schirme. Der Zug hatte keine Verspätung, berichteten wir.
 Wie eine Schildkröte! Ich machte einen kleinen Aufschrei, lachte, die andern lachten auch, nur meine Mutter nicht, vielleicht hatte sie nicht aufgepaßt. Als Schwerhörige hält sie sich, wenn sie nicht direkt angeredet wird, meistens raus. Ich habe ihr oft geraten: Machs doch wie früher die Großmutter, wie deine eigene Mutter, oh, wie energisch sie war und wie sie sich zu ihrem Recht verholfen hat! Sie hat mit ihrem Stock auf den Boden gestampft und *sprecht gefälligst lauter* befohlen. Vielleicht hat aber auch der Schildkrötenvergleich meiner Mutter nicht gefallen. Sie möchte jetzt schon innerlich registrieren: Ediths Besuch war schön. Er war vollkommen richtig. Oder, Mutter, sei so wie Marie Rosa: das denke ich dann bloß. Marie Rosa ist fast so alt wie meine Mutter, aber sehr realistisch, oft drastisch, sie beleidigt sich selber als Mumie, alte Schachtel, als senil, und dazu muß man bedenken, daß sie immer seekrank ist, so nennt sie das, ihr ist fast immer schwindlig. Meine Mutter begnügt sich damit zu sagen: Ich bin völlig kraftlos. Heute bin ich sehr schwach. Ich sage zu ihr: Das ist aber einmal etwas Neues! Mama! Es ist die Meldung des Tages. Sie lacht ein bißchen und sagt: Aber

heute bin ich besonders schwach. Gestern warst du auch besonders schwach, sage ich. Ich sperre mich gegen ihr Verlangen, ja, wonach? Bei mir Zuflucht zu finden? Manchmal fange ich zu jammern an, und dann bemitleidet sie mich. Ob ihr das hilft, weiß ich nicht, aber ich finde sie dann, von ihrer Schwäche abgelenkt, intelligenter.

Oh, Mutter, sag was, rief ich ihr zu. Sie saß in ihrem Sofaeck und sah so liebevoll aus, wie wir anderen vier, wenn man alle unsere Gesichter zu einem zusammenmischen würde, es nie fertigbrächten auszusehen, nicht bei größter Anstrengung, wir würden diesen inwendigen Frieden nicht hinkriegen. Sag was! Wie hat dir Ediths Besuch gefallen?

Sie war sehr still, sagte meine Mutter ohne Vorwurf.

Sie war seit anderthalb Jahren nicht mehr da, sagte Marie Rosa.

Die Reise ist sehr anstrengend. Die Schweiz ist weit weg, sagte meine Mutter.

Ein bißchen mehr als vier Bahnstunden. Ich hatte nicht wie sonst meiner Mutter zuliebe mit erhobener Stimme gesprochen, diesmal ihr zuliebe in normaler Lautstärke. Trotzdem hätte ich nichts dagegen gehabt, wenn meine Bemerkung zu ihr gedrungen wäre. Ich bin, nach Norddeutschland, viel viel länger im Zug, muß x-mal umsteigen, sagte ich, jetzt laut, aber ich lachte dazu, um alles zu verharmlosen. Die Schweiz, das ist für meine Mutter grundsätzlich weit weg, ein fremdes Gebiet, Ausland. Hamburg ist näher, ist Inland. Außerdem interessiert sie sich nicht mehr sehr dafür, besucht zu werden. Es regt sie auf. Wahrscheinlich aus Entwöhnung.

Rupert gab zur Freude meiner lachlustigen Tanten eine Probe seiner Schlagfertigkeit. Die beiden sind geradezu witzesüchtig, sammeln Witze, photokopieren Witze, legen Witze in irgendwelche Bücher, die sie irgendwann lesen werden, oder in sonstige Verstecks, Witze dringen bis in die Küche vor, damit sie plötzlich dort in einem Näpfchen oder in einer Tasse gefunden werden. Marie Rosa zeichnet auch

Witze nach oder sie erweitert die Zeichnungen, und zu Wortwitzen erfindet sie Bilder. Rupert sagte zu meiner Mutter: Ganz im Unterschied zu dir war Edith so still.

Sie war nie sehr lebhaft. Bertine wollte etwas Nettes von sich geben.

Wir saßen zum ich weiß nicht wievielten Mal an diesem Tag bei Kaffee, Tee, Wasser, Bier, Cognacs, süßen und salzigen Sachen, draußen die Regendämmerung, drin das behagliche Chaos auf dem Tisch; wir alle hatten das Bedürfnis, uns nach dem Abschied von meiner Schwester noch aneinander zu halten. Diese eine Trennung genügte uns vorerst, also blieben Rupert und ich noch ein Weilchen bei den drei Schwestern.

Es weht aber immer ein Hauch von Elegie um sie herum, fand Marie Rosa.

Natürlich hat Edith versucht, bei unserer Spielart der etwas fatalistischen Heiterkeit mitzuhalten, doch das muß sie angestrengt haben. Natürlich war sie bedrückt. Ich verstand das. Wir hatten uns alle in den anderthalb Jahren seit dem letzten Zusammensein nicht sehr verändert, und trotzdem, von der Schweiz aus phantasiert sie sich vielleicht fünf jüngere Menschen zusammen. Ich sagte: Und wenn ich hundert Tranquilizer schluckte, wäre ich immer noch nicht so ruhig wie sie.

Sie sitzt da, kauert sich in ihr Sofaeck, kauert sich weg von uns andern und prüft uns vorsichtig, sagte Marie Rosa. Sie findet uns sicher ziemlich komisch. Ich meine, verschroben. Wir sind nicht wie die Leute, mit denen sie dort in ihrer Schweiz zusammenkommt. Wir sind provinzlerisch.

Sie ist aber doch ein gutes Kind, und wir hier, das *ist* ja auch Provinz. Ich finde mich sehr provinzlerisch, warum auch nicht?

Bertine warf zuerst sich einen Brocken Schokoladenkuchen in den Mund, dann knapste sie wieder was ab am Kuchenstück und warf, als wäre das Wohnzimmer ein Hühnerhof, den zweiten Brocken Witiko hin. *Witiko*, ihr

Hund, gleichzeitig eins ihrer Lieblingsbücher. Zwischen Apothekenillustrierten und Schmökern aus der Leihbücherei liest sie, dann aber für sich oben in ihrem Zimmer oder im Sommer auf einem abgeschiedenen Platz im Garten, Stifter und Raabe und Jane Austen, Goethe und alle wichtigen Klassiker sowieso. Sie hat ein gutes Gedächtnis und kann viel zitieren. Wie Marie Rosa ist sie eine disparate Figur. Marie Rosa lernt wieder einmal Englisch, liest bald Highsmith, Dickens, Chandler oder Fielding auf Englisch, in dieser Mischung; andererseits sieht sie sich vorm Fernsehapparat krank bis zum Sendeschluß.

Meine Mutter behielt auch im Witwendasein ihr korrektes Benehmen bei, ich erwähne das als etwas Erstaunliches, weil sie jetzt dauernd mit ihren skurril lebenden Schwestern zusammen ist. Bohème ist keine Infektionskrankheit. Zwar hat sie gelernt, mit den beiden Kriminalfilme anzusehen. Und Schlüpfrigkeiten aus Shows erträgt sie, überhaupt das gesamte zeitgenössische tabuverletzende Geplänkel, aber im Unterschied zu ihren Schwestern kommentarlos.

Es war schön, daß Edith da war. Meine Mutter klang ernst und abschließend.

Draußen ging wieder ein Regenschauer nieder, wir saßen unter angeknipsten Lampen in unseren Sesseln, ich neben meiner Mutter dort auf dem Sofa, wo vorher mein Schwesterchen in sich zusammengekrochen war.

Schildkröte. Ich lachte. Marie Rosa, du hast Einfälle. Ich nahm eins der Blätter auf, die noch von unserem Versuch, die Vergangenheit früherer Geselligkeiten heraufzubeschwören, auf dem Tisch zwischen Tellern und Tassen herumlagen. Wir hatten Schreibspiele gemacht, aber bald abgebrochen. Ediths Schrift – wie ihre Stimme.

Sie redet ohne Puff dahinter, sagte Marie Rosa.

Was meinst du mit *Puff*? fragte Bertine.

Ohne Druck.

Und ihre Schrift sieht wie das EKG eines Sterbenden aus, sagte ich. Was sie wohl ihrem Ricardo von hier erzählt? Von uns allen?

Nichts, vermutete Marie Rosa.
Wir lachten.
Wie wars? Ich ahmte Ricardos schweizer Akzent nach. Dann, in Ediths Stimme, leise: Sie alle kommen mir ziemlich verrückt vor. Sie sind so aufgekratzt.
Und so uralt, sagte Marie Rosa.
Ich bin noch nicht uralt, protestierte Bertine, warf eifrig Kuchenbrocken ins Zimmer, zu denen Witiko sich so langsam hinbewegte, als handle es sich dabei um einen Gnadenakt.
Der Regen macht mir meine Hortensien kaputt, klagte Bertine, und Marie Rosa meinte, so viel, zwei ganze Sätze, werde Ricardo überhaupt nicht zu hören bekommen. Rupert fing wieder damit an, sich über die Kürze des Besuchs zu beklagen. Und über die Schwäche der Argumente für diese anderthalb Tage. Sie blieb so kurz wie möglich.
Eine sonderbare Familie sind wir. Ich redete ihm laut dazwischen. Ich wollte dieses heikle Thema auf die Ebene der Persiflage hieven. Mütterchen – schnell umarmte ich sie, quetschte ihren warmen, klein gewordenen Oberkörper an mich, ganz kurz nur, denn es macht mir Angst, wie rasch sie atmet, wie ein kleiner Vogel – sag mal, Mütterchen, sind wir das nicht? Sonderbar, komisch, eine komische Familie?
Meine Mutter lächelte verlegen.
Aber nett sind wir, wir lieben uns. Liebten wir uns weniger, dann sähen wir uns alle viel öfter, alles wäre dann wie bei anderen Leuten.
Gemeinsam mit Bertine und Marie Rosa: Wehklagen. Meine Mutter und Rupert hielten sich da heraus. Rupert sagte: Und deine Brüder? Der eine hat keine Zeit mehr, weil er seine Memoiren schreiben will. Und der andere gilt sowieso als Außerirdischer.
Das mit dem Außerirdischen gefiel Marie Rosa und sie mußte lachen, aber sie sah dabei so aus, als habe Rupert sie erschreckt.
Ich war froh, daß die Schwerhörigkeit meine Mutter

schützte. Deshalb überraschte sie mich, als sie unaufgefordert meinen älteren Bruder verteidigte: Er will jetzt seine Memoiren schreiben.

Das sagte Rupert ja gerade, liebe Louisa. Bertine fing an, *Jonny hat Sehnsucht nach Hawaii* zu singen.

Memoiren! Jeder sucht sich sein Alibi, jeder versucht, überbeschäftigt zu sein, um nicht zur Verfügung zu stehen, wenn hier was los ist. Damit bloß keine Ansprüche an ihn gestellt werden. Es tat mir ganz gut, so offen zu reden. Mit Marie Rosa und Bertine kann man das, und wenn man Bier und Cognac intus hat. Wir tranken, ausgenommen meine Mutter, mittlerweile alles durcheinander, immer wieder auch mal Wasser, Kaffee, Tee, und es regnete weiter.

Meinst du, es hat ihr hier bei uns gefallen? Marie Rosa fragte ins Blaue hinein.

Bertine fuhr sie an: Natürlich hat es das. Aber sie freut sich auch, es hinter sich zu haben. So würde es jedem von uns gehen. Es war alles ganz richtig so wie es war.

Wenn man sich so selten sieht, ist es anstrengend, sich überhaupt noch zu sehen. Am besten, man gibts gleich ganz auf. Man kann es sich abgewöhnen. Nachdem ich das gesagt hatte, drückte ich mich wieder schnell auf dem engen Sofa an meine Mutter, schräg zu ihr hingebogen, ehe ich weiterredete. Mit Leuten, die ich nicht wirklich liebe, die ich bloß wirklich gern habe, mit denen bin ich selber ja auch am liebsten zusammen. Edith gehts sicher genau so. Es ist gräßlich zu lieben, furchtbar anstrengend.

Aber es ist doch auch schön, jammerte Bertine und sah nicht so aus, als glaube sie daran.

Von gestern abend her, mit ihr zusammen, wißt ihr, habe ich einen Kater, erzählte ich, bis vorhin, ich war richtig vergiftet, als wir ihr zum Abschied am Bahnhof nachgewunken haben. Bis ihr Kummer im Zugfenster verschwand, ihr dünner Arm, wie er plötzlich weg war. Hätte ich sie bloß einfach *gern*, würde ich *sympathische Person* von ihr denken, *gute Freundin* oder so was, dann wärs mir besser gegangen und ich würde mich auch wie Rupert ärgern, weil sie nicht länger geblieben ist. Ich wäre böse drüber oder betrübt, also das bin ich auch, aber – ich rief jetzt den andern zu – ehrlich: Sind wir nicht hauptsächlich ziemlich erleichtert?

Bis auf Marie Rosa gab das niemand zu, sie überlegten. Ich mußte an Fred Behrens denken. Als er Rupert und mich das letzte Mal besuchte und ich ihn schon auf der Schwelle zur Wohnung, er war noch gar nicht richtig drin, *wie lang hast du Zeit* fragte und er *knapp zwei Stunden* sagte, hat mich die kühle Information geärgert, als richte sie sich gegen Rupert und mich, und ich war schlecht gelaunt. Zum ersten Mal konnte ich Eltern verstehen, die es kränkt, wenn ihre erwachsenen Kinder in Semesterferien oder beruflichen Zwängen sich nur ein bißchen Zeit für eine Stippvisite zu Haus abzwacken. Ohne mütterliche Gefühle für Fred, keine Spur davon, aber ich verstand das Kränkende. Mir soll kein Mensch Zeit *opfern*. Das will dann schon lieber *ich* sein, die Zeit *opfert*. Im allgemeinen bin ich froh, wenn Besucher von Anfang an durchblicken lassen, wie kurz sie bleiben werden.

Schwesterchen, rief ich plötzlich so laut, daß Witiko sich erstaunt umsah und dann, den traurigen empörten Blick nach oben, bellte; Schwesterchen, wir lieben dich, und das ist schon alles. Das ist schon die ganze Erklärung. Deswegen hecheln wir dich durch. Schildkröte und Stimme ohne Puff und EKG-Handschrift, alles nur aus Liebe. Schrecklich. Liebe! Puh!

Wahrscheinlich hat sie dann im Zug geweint. Ich wollte mir das nicht vorstellen.

Marie Rosa wickelte sich neu in ihre Decken, fester. War sie allein im Abteil? Gebt mir noch ein Stück vom Krümelkuchen.

Warum denn geweint? fragte Rupert.

Ja, sie war allein im Abteil, sagte Bertine.

Ich weine nie, sagte ich. Mein Pech. Du auch nicht, Mutter. Du kannst es auch nicht, oder? Weinen?

Ja, sagte meine Mutter.

Ist viel viel besser, wenn mans kann, sagte ich.

Bertine widersprach: Ich muß viel zu oft weinen, oft wegen nichts, und es ist immer peinlich.

Man muß allein sein beim Weinen, sagte ich, und dann ist es eine große Hilfe.

Woher weißt du das, wenn du nicht weinen kannst? fragte Rupert.

Sie hat geweint, weil wir so uralt sind. Du und ich, Louisa, wir zwei sind uralt. Marie Rosa wies mit dem Finger auf meine Mutter, die lächelte und sagte: Wenn sie und Ricardo doch nur heiraten würden.

Hatte sie alles immerzu verstanden und nur dazu geschwiegen?

Jetzt noch? Heiraten? Bertine lachte.

Ich rief: Ist doch komisch. Nehmt mich. Ausgerechnet die Freiheitsliebendste in der Familie, und von Kind auf bin ich das gewesen, ausgerechnet die Freiheitsliebendste von uns allen hat sich am engsten gefesselt. Und am frühsten.

Na na, machte Rupert. Und der Superlativ *Freiheitsliebendste* ist reichlich fragwürdig. Die *Liebendste*!

Ohne Rupert wärst du vor die Hunde gegangen, Kindchen, sagte Marie Rosa. Sie tauchte die untere Hälfte des Kuchenstücks in ihren Milchkaffee. Zwischendurch nahm sie einen Löffel voll Krümel: Zucker und Zimt.

Laßt uns eine Art spiritistischer Séance machen, schlug sie vor. Bertine, gib mir noch diese grünliche Stola, ich glaube, sie liegt drüben im Eßzimmer auf dem Teewagen. Und bring Ediths wundervolle winzige Baisers mit. Ich hab Lust drauf, ich hab die himbeerfarbenen noch gar nicht probiert.

Bertine holte die Stola und die blauweiße Schachtel mit den Baisers, die Edith mitgebracht hatte. Abgeschleppt mit guten Schweizer Sachen hat sie sich, lobte Marie Rosa.

Abfindungen, ha ha, Rupert pickte sich ein Haselnußbaiser aus der Schachtel.

Meine Mutter nahm am Geschehen teil und entschied sich für ein Baiser mit hellgelber Füllung.

Morgen sind wir alle krank, sagte Bertine und biß in ihr

Baiser, ein himbeerfarbenes. Sie tippte auf ihrem kleinen Taschenrechner herum.

Diese ausländischen Sachen von Edith bringen immer frische Luft hier rein. Reicht mir nochmal die Schachtel, bat Marie Rosa.

Aber Bertine rief: Halt! Sie hat genug gehabt. Sie hatte schon viel zu viel. Denk an deinen Magen!

Ob sie jetzt bald zu Haus ist? fragte meine Mutter.

Allgemeiner Protest, Gelächter. Doch jetzt noch nicht! Gegen neun Uhr erst.

Ihre Reise ist sehr anstrengend, stellte meine Mutter wieder einmal fest, und wieder einmal widersprachen wir ihr alle. Vier Stunden, nur einmal Umsteigen, also bequemer gehts doch kaum.

In anderen Familien als unserer, bei weniger Liebe, die bei uns wie die Angst selber ist, käme jemand wie Edith alle paar Wochen zu Besuch.

Unser Durchschnittsalter ist fünfundsiebzig Jahre. Bertine war fertig mit dem Rechnen. Und gemeinsam sind wir fünf dreihundertsiebzig Jahre alt.

Meine Mutter lächelte erstaunt.

Geh nicht zu weit, warnte Bertine sich besorgt und vergnügt zugleich. Sie biß in ihr drittes oder viertes Baiser und für Witiko, der sein trauriges langes Gesicht bettelnd zu ihr hob, fielen ein paar zuckrige Splitter ab. Warum ißt Edith so wenig? Will sie noch dünner werden? Wie dick wir alle sind, wenn sie da ist und uns aus ihrer Sofaecke prüft.

Willst du jetzt noch ein paar Schritte mit mir gehen? fragte ich meine Mutter.

Sie lehnte ab. Sie sei viel zu schwach.

Du bist immer schwach.

Aber heute besonders.

Du bist jeden Tag besonders schwach.

Aber es ist ja schon fast dunkel, laßt sie, sagte Marie Rosa.

Es regnet aber nicht mehr, sagte Rupert.

Auf der Straße hängten Bertine und ich meine Mutter rechts und links in unsere Arme ein. Sie war ganz leicht, ihren Arm spürte ich kaum. Sie hatte Bertines militärische Parka an und sah darin wie eine amerikanische Ethnologin auf einer ihrer Exkursionen aus. Du siehst wundervoll aus, Mamma, so unternehmungslustig, lobte ich.

Sie ging ganz brav und vorsichtig zwischen uns beiden durch die stillen Straßen des Wohnquartiers.

Du gehst ein bißchen zu schnell, sagte sie zu mir.

Aber du kommst ja großartig mit, spornte ich sie an. Doch Bertine war auch für eine langsamere Gangart.

Ich erzählte den beiden von einer Fernsehsendung, bei der ich als Gast eingeladen war, um dem Interviewer zu verraten, wie ich es anstelle, fit zu bleiben. *Wie gehts, wie stehts* heißt die Sendung. Und als unsere fünf Minuten um waren, rief der Redakteur von irgendwoher aus dem Dunkel des Studios in unsere grell beleuchtete Szene mit dem giftgrünen Sofa, auf dem wir zu eng saßen: War wunderbar, aber alles nochmal, bitte. Ihr habt die Fitness vergessen. Ihr habt das Thema nicht einmal gestreift. Ist das nicht komisch?

Zu Haus setzte Bertine sich ans Klavier, zweistimmig sang ich mit ihr *Jonny hat Sehnsucht nach Hawaii.* Wir sangen es mit schmalziger Inbrunst, sehr laut. *Jonny, sag warum weint dein Herz...* Bertine machte eine kurze Pause, um laut zu schluchzen, wie immer an dieser Stelle.

Wie gehts, wie stehts? Ich stellte mir die Ankunft meiner Schwester vor, Ricardo würde sie im Auto fragen:

Und die Reise auch? Auch gut?

Ja, ganz gut, sagte meine Schwester.

Und wie sehen sie aus?

Sie haben alle fast keine Haare mehr, sagte meine Schwester.

5

Das Alter ist kein Picknick. Das Alter ist kein Vergnügungspark.

All diese uralten Eltern, manchmal Väter, meistens Mütter, die stolz und eigensinnig auf ihrer Selbständigkeit beharren, sie haben keinen blassen Schimmer davon, wie ihre Töchter, seltener die Söhne, denn die halten sich da meistens raus, sind durch ihre Berufe geschützt, wie die über die Alten zu andern Leuten reden.

Ich fand mich gemein, aber es hörte sich nicht gemein an.

Über wen reden diese Töchter und Söhne mit andern Leuten? fragte Marie Rosa. Wo ist jetzt wieder meine Stola liegengeblieben?

Aber es ist doch warm hier, sagte Bertine, die trotzdem aufstand, um nach der Stola genannten alten Strickdecke zu suchen.

Sie reden nicht gerade freundlich, überhaupt nicht liebevoll über ihre uralten Eltern, sagte ich.

Das ist ekelhaft. Ekelhaft und traurig. Bertine legte die Stola um Marie Rosas Schultern, und die wickelte den Rest des langen schlapprigen Gebildes fest um sich.

Meine Mutter blieb still. Wir wußten nicht, ob sie uns verstanden hatte. Ich wollte sie aufwecken. He, Louisa, Oberhaupt, was denkst du gerade? Wo steckst du? Aber ich ließ sie in Ruhe. Heute sah ich sie nur mit Überwindung und scheu an. Ihr fehlte die Zahnprothese am Oberkiefer. Mit der nach innen gesunkenen Oberlippe erinnerte sie mich an Wiltrud Buchner. Wiltrud Buchners Gesichtsausdruck war patzig, das lag an ihrem Mund mit dem vorgeschobenen Unterkiefer. Ihr Oberkiefer war nicht zahnlos, er war von Geburt an nach innen gezogen. Und deshalb sah auch das liebe freundliche Gesicht meiner Mutter jetzt patzig aus, ein Ausdruck, der überhaupt nicht zu ihr paßte. An Wiltrud Buchner hätte ich jetzt nicht gedacht, wenn ich ihr nicht vor ein paar Tagen in der schattenlosen Glut der Wilhelmstraße begegnet wäre. Ich war auf dem Rückweg aus der Stadt, sie hingegen auf dem Hinweg zu ihrer alten Mutter. Sie redete sofort ziemlich erbittert drauf los: Für ein paar läppische Mark gehe ich jeden zweiten Tag zu ihr und halte ihren Haushalt in Ordnung. Wäre sie in einem Heim, dann hätte ich ein angenehmeres Leben.

Wer will schon in ein Heim, sagte ich. Meine Mutter möchte das auch nicht, und ich würde es ihr auch nicht wünschen.

Sie machen uns das Leben schwer, also meine jedenfalls, sie machts mir schwer. Wiltrud war erhitzt, sie trug rechts und links vermutlich schwere Taschen, Einkäufe, frische Wäsche, stellte ich mir vor. Weil sie ihre Haare nicht tönt oder färbt, widerspiegelte sie mir mit ihrem weißgrauen Borstenkopf mein eigenes Alter. Was ist gegen ein Heim zu sagen? Es gibt ganz gute. Ich kenne alte Frauen, die sich dort gut eingelebt haben und sich wohlfühlen. Wenigstens die Angehörigen, die fühlen sich wohl. Die Töchter. Es sind ja immer die Töchter.

Nicht immer, sagte ich. Ich erzählte von einem Buch, in dem ein Sohn, ungefähr in unserem Alter, sich um seinen kranken alten Vater kümmert. Und der Vater ist wirklich furchtbar krank. Er hat einen Hirntumor. Er sieht nur noch auf einem Auge. Seine rechte Gesichtshälfte ist gelähmt. Der Sohn konsultiert mit dem alten schwachen Vater, der auch das Altersheim verweigert, die verschiedensten Neurochirurgen, wegen des Tumors, sie lassen eine Biopsie machen, der Sohn nimmt den Vater für eine Weile zu sich in sein Sommerhaus. Der Sohn hat eigentlich überhaupt keine Zeit für all das, aber er nimmt sie sich, es ist ihm völlig selbstverständlich. Er wischt sogar das vom Vater, der nach Tagen endlich wieder seinen Darm entleeren konnte, aber wie!, also er wischt das total versaute Badezimmer und Schlafzimmer auf, und er findet das in Ordnung. Ohne Sentimentalität, kein Pathos, kein Kitsch, er läßt immer durchblicken, daß das wirklich nicht seine

Leidenschaft ist, es ist nicht sein Hobby... ich lachte. Und er faselt auch nicht große Töne von Sohnesliebe, Dienst am Vater, nichts dergleichen.

Wiltrud berichtete, auch sie habe auf dem Gebiet der Unappetitlichkeiten, der richtig körperlich nahen Pflege schon so manches hinter sich gebracht, und ich dachte: Ich würde das eines Tages nicht können. Ich würde es zwar tun müssen, aber ich könnte es nicht. Und doch würde ich denken, wie der Sohn in dem kurzen Roman über seinen Vater, nur so und erst jetzt ist es in Ordnung. Es ist das wahre Vermächtnis. Genau so wie er würde ich mir allerdings dringend wünschen, es möge bei dem einen Mal bleiben, ein Mal vollgemacht, liebe Mutter, das genügt. Dann fand ich es aber wieder gar nicht in Ordnung. Ich kann und kann an den schönen Sinn dieses Rollentauschs nicht glauben. Es ist eine böse Fortsetzungsgeschichte, sagte ich zur immer noch erbitterten Wiltrud Buchner. Die Eltern haben auch unseren Dreck weggemacht, als wir damals die Hilflosen waren, nun gut. Aber immerhin sind wir zu dem Zeitpunkt süß und niedlich gewesen, wir waren Babies, zu ihrer eigenen Wonne. Sie wollten uns. Das war das Hinspiel und es ist in Ordnung. Aber an die Gerechtigkeit beim Rückspiel kann ich nicht glauben.

Der Staat spart einen Haufen Geld, weil wir Töchter so blöd sind, sagte sie grimmig. Sie schwitzte. Sie hatte eine Art bäuerlicher Tracht an, alles frisch gebügelt, mit einer Krause aus Spitzen am Ausschnitt, die ihren kurzen Hals zusätzlich verkürzte.

Natürlich müßte der Staat überhaupt nicht dafür zahlen, daß erwachsene Kinder sich um ihre Eltern kümmern, dachte ich. Wenn ihre Mutter bloß ahnte, wie mißmutig und ohne jede Anhänglichkeit, Diskretion, Erbarmen ihre Tochter zu ziemlich fremden Leuten über sie spricht. Aber wer weiß, vielleicht ist diese Mutter kein liebevolles Wort wert. Vielleicht ist sie nichts als eine böse alte Egoistin.

Ihr habt einen Sohn, sagte ich und lachte. Er hat wahrscheinlich das vor sich, was du jetzt mitmachst.

Hat er nicht, widersprach Wiltrud mit Energie. Jetzt lachte sie auch. Wir haben ihm klipp und klar erklärt: Matthis, schmeiß uns raus, wenn wirs allein nicht mehr packen.

In Altersheimen muß man sich früh anmelden, wandte ich ein. Der Rausschmiß hilft dann nichts mehr. Der kommt zu spät. Auf die Straße wird er euch nicht setzen. Ich bin froh, ich habe keine Kinder, niemand da, der meinetwegen seufzen und leiden und sich Sorgen und Arbeit machen muß.

Matthis ist ja gelernter Ersatzdienstler, er macht das aus Überzeugung, sagte Wiltrud.

Ich dachte an dieses unerfreuliche Gespräch, weil meine Mutter oben keine Zähne hatte. Ich hatte Wiltrud Buchner beim Weitergehen nicht gerade sehr gut beurteilt, fand mich dabei aber ungerecht, denn gleichzeitig bedauerte ich sie und ich bewunderte sie sogar ein bißchen. Jeden zweiten Tag leistete sie diese Frondienste ab, das mußte ihr Leben verunstalten. Aber sie hat ja sonst nichts zu tun, was stellt sie sich so an, urteilte Rupert, als ich ihm den Dialog wiedergab.

Habt ihr eigentlich schon meinen Rittersporn bewundert? fragte Marie Rosa.

Nein, noch nicht, und auch nicht die Rosen, die blauen Blumenkissen, die den Kiesweg zum Rasen säumten, und alles, was sonst noch blühte, und wir taten es. Ich wollte ziemlich lang wegbleiben, obwohl mich Blumen nicht besonders interessieren, doch ich brauchte etwas Erholung. Wir kamen mit feuchter Gartenerde an den Schuhen die Stufen zur alten Holzveranda wieder herauf. Meine Mutter in ihrem Korbsessel am Geländer, auf dem Marie Rosa den Vögeln das ganze Jahr über zermahlene Nüsse und Rosinen anbietet, sah im Profil schön und verwunschen aus, ihr lockiges weißes Haar paßte zu den Blüten des Gartens.

Bei den drei Schwestern muß man sich nicht die Schuhe abtreten. Niemand achtet auf schmutzige Schuhe, und ich sage dann immer zu Rupert, der trotzdem seine Schuhsohlen an einer der Treppenstufen abkratzt: Laß doch. Man fühlt sich wohl bei Menschen, die nicht jeden Kiesel und jedes Stäubchen hinter dir wegkehren. Rupert findet Witikos goldbraune Hundehaare auf seinem Kissen im Korbsessel. Rupert entdeckt jedesmal, wenn wir die Schwestern besuchen, irgendwas, das ziemlich dringend repariert werden muß, etwas Neues, und außerdem alte Schäden, auf die er immer wieder aufmerksam gemacht hat, und ganz bestimmt Spinnweben in Zimmerecken. Er fragt: Was macht eigentlich eure Putzfrau? Wie verbringt sie ihre Zeit bei euch? Er erfährt, die Putzfrau sei sehr nett. Er mahnt: Wenn ihr nicht bald die Fensterläden streicht, wird das eine teure Angelegenheit. Das Loch in der Hauswand unter der Ostveranda im ersten Stockwerk heilt nicht von selbst zu.

Bertine macht ein ängstliches Gesicht, Marie Rosa findet, Ruperts Mahnungen wirkten sich als Belebung aus: Du bringst frischen Wind hier herein, Sunny Boy.

Und dann frage ich mich, sagte Rupert vor ein paar Monaten, warum die vier unteren Glasfenster der Vitrine so verschmiert sind. Hat jemand die mit einem Putzmittel bearbeitet?

Die Schwestern lachen, meine Mutter nimmt sogar mit einem aufmerksamen Gesicht teil. Mit einem Putzmittel! Oh nein! Wärs doch so. Es fällt ihnen zum ersten Mal auf, daß die Fenster der Vitrine blind sind.

Ich schreibs mir auf, ruft Bertine und holt sich einen Zettel und einen Bleistift. Ich habe gern richtige Aufträge. Ein Ziel, mehrere Ziele. Es ist nicht so, daß ich ungern putze. Aber ich muß mir einzelne Objekte vornehmen.

Alles hier erinnert an eine Erzählung von Čechov, eine Müdigkeit liegt über dem Zeitvergehen, etwas Fatalistisches, und der gemütliche Gleichmut erinnert auch an das Leben in einem alten Landhaus mit alten englischen Bewohnerinnen.

Mir gefällts so wie es ist, sage ich. Wir sind alle heiter geblieben unter dem Einfluß von Ruperts kritischen Belehrungen, niemand fühlt sich beleidigt. Aber daß der Zaun um das Grundstück – immerhin eine sechzig Meter lange Holzmenge – schon wieder gestrichen werden muß, hört niemand gern. Marie Rosa und Bertine ziehen bedenkliche Gesichter, meine Mutter, die Hausbesitzerin und Vermieterin ihrer Schwestern, sah vorher schon ernst mehr mich als Rupert an, als erwarte sie von mir ein aufmunterndes Lächeln, den Einspruch – alles halb so schlimm, liebe Mamma, so ist er nun mal, dein korrekter Schwiegersohn – und mir fällt nicht gleich eine Karikatur des Ganzen ein, bis ich rufe: An die endenden Ressourcen unseres Planeten denkt ihr auch nicht, im ganzen Parterre brennt mal wieder überall Licht, mitten am Tag, Licht in der Küche, im Gang, im Wohnzimmer! Ich lache. Ich finde das wundervoll!

Marie Rosa brummelt: Wir enden auch. Unsere Ressourcen enden. Wir enden.

Ich noch nicht, widerspricht Bertine.

Man fühlt sich viel wohler als Gast bei nicht so peniblen Leuten, bei nicht so säuberlichen Leuten. Es gibt jetzt Käsekuchen, und weil Marie Rosa den Teig zu trocken findet, schneidet sie die Käseschicht ab. Bertine holt die Arrakflasche. Sie träufelt sich Arrak auf den Kuchenboden. Ich betrachte sie beim Essen. Ich genieße den Stillstand. So wie eben geht es zwischen uns seit Jahren zu. Immer fürchte ich: Lang kann das nicht mehr so weitergehen. Zwei von ihnen sind uralt. Alles wird sich aufs Schrecklichste ändern. Noch nicht. Noch sitzen wir da wie auf einem Photo aus einem der letzten Jahre.

Ja, sie sind leger. Wenn ich aufräumen will – und meine Mutter, in Erinnerung an die früheren Gewohnheiten ihres geordneten großen Familienhaushalts, macht sofort mit – und wenn ich Teller zusammenstelle, bevor wir uns auf den Rückweg machen, protestieren Marie Rosa und Bertine.

Das ist schrecklich ungemütlich, wenn du jetzt hier hin und her rennst, laß um Himmels willen alles so stehen wie es ist. Und du erst recht, Louisa. Du steckst nur deine Mutter mit der Aufräumerei an.

Meine Mutter hat nichts mitbekommen und macht damit weiter, Geschirr zusammenzustellen, die Teller aufeinander, unbenutzte Untertassen sondert sie aus.

Es kommt alles in die Küche, alles! befiehlt Bertine. Sie hört sich fast verzweifelt und wütend an. Jede Untertasse! Louisachen, ich flehe dich an. Alle Untertassen zum schmutzigen Geschirr aufs Tablett. Es ist alles schmutzig.

Aber diese hier ist unbenutzt, wendet meine Mutter ein. Und meine ist auch unbenutzt. Ich habe sie wirklich nicht benutzt. Sie ist sauber.

Sie ist nicht sauber, es ist ein Tropfen drauf, ruft Bertine, und meine Mutter gibt auf.

Bei Menschen wie ihnen fühlt man sich wohl, und ich sagte zu meiner Mutter: Du hast mich an diese erboste alte Tochter, an die Wiltrud Buchner, erinnert. Du siehst außerdem ein bißchen unserer Metzgerin aus dem Supermarkt ähnlich. Jetzt, ohne deine Zähne oben.

Wir lachen, meine Mutter ist überhaupt nicht beleidigt. Aber euer Zahnarzt ist brutal. Er kann kein Menschenfreund sein.

Er ist ein Spinner, sagte Marie Rosa. Es ist irgendwie weltanschaulich begründet bei ihm, daß er den Patienten kein Provisorium in den Mund bugsiert.

Bertine verteidigte den Zahnarzt. Er ist sehr nett. Nach dem Abszeß, den Louisa hatte, kann nur so, ohne was drin, der Oberkiefer heilen.

Sechzehn Jahre lang nicht beim Zahnarzt gewesen. Rupert konnte das wieder einmal nicht begreifen, und alle wußten wir ja, daß das Oberhaupt in diesem Punkt wirklich versagt hatte.

Der Zahnarzt spielt Bratsche, sagte Bertine.

Er ist Segelflieger, ergänzte Marie Rosa. Ich gehe auch nicht mehr hin.

Aber du mußt hingehen, rief Bertine. Es ist mal wieder Zeit, daß du hingehst.

Das Alter ist kein Vergnügungspark, hatte mir mein früherer Neurologe geschrieben. Das Alter ist kein Picknick, hatte ich in dem Buch gelesen, worin der auch nicht mehr junge Sohn sich um seinen schwerkranken alten Vater kümmert. Ich zitierte jetzt beide, und keiner widersprach. Bertine machte ihr trotziges Kindergesicht. Wirklich, sie kann noch immer wie ein Kind aussehen, sie kriegt diesen mutwilligen und mißmutigen Ausdruck eines Kindes, dem die Erwachsenen das Spiel und damit die Laune verderben.

Ehe Bedrücktheit aufkam, kommandierte Marie Rosa: Bewundert meinen Rittersporn! Sie klang etwas fatalistisch, als verspreche sie sich keine großen Reaktionen.

Das haben wir schon getan, er ist wundervoll, übermannshoch, sagte ich.

Dann die Pfingstrosen, sagte Marie Rosa. Sie macht noch immer Gartenarbeit, unterstützt darin von Bertine. Sie übt täglich noch mindestens ihre eine Stunde Geige, nichts als Tonleitern, immerzu, ausdauernd. Sie ist neunundachtzig Jahre alt, zwei Jahre jünger als das Oberhaupt, Louisa, meine Mutter, deren Festhalten am früheren System sich durch physische und seelische Belästigungen aufs Briefeschreiben – über den engeren Familienkreis hinaus, sie vergißt keinen einzigen Geburtstag im Bekanntenkreis, schreibt auch meinen Freundinnen – und aufs Stricken von Pullovern für Rupert und mich beschränkt: meine Brüder und Edith und Ricardo haben zu oft erklärt, die Sachen paßten ihnen nicht, bald zu groß, bald zu klein, also gab sie es auf, für sie zu stricken. Aber sie hat noch Rupert und mich. Im Haushalt der beiden Schwestern hat Bertine ihr erlaubt, das Frühstücksgeschirr zu spülen, abzutrocknen. Mittags begrenzt ihre Mitarbeit in der Küche sich aufs Abtrocknen. Ein gemeinsames Abendessen gibt es nicht. Jeder holt sich, wozu er Lust hat, aus der Küche. Ausgehen, zum Einkaufen, kann meine Mutter nicht mehr. Noch bis vor einem halben Jahr hat sie Marie Rosa in die Geschäfte begleitet. Jetzt übernimmt Bertine ihre Einkäufe.

Bertine sagte: Da stimmt doch was nicht. Das Alter ist

kein Picknick, memorierte sie und überlegte. Das Alter ist nichts für *Teilnehmer* bei einem Picknick, so müßte es heißen. Das Alter ist nichts für *Besucher* eines Vergnügungsparks. Wie kann das Alter selber denn ein Picknick oder ein Vergnügungspark sein.

Das Alter ist Mist, sagte Marie Rosa. Stimmts, Louisa?
Meine Mutter lächelte höflich und etwas verlegen.
Wir sind zwei alte Schachteln, sagte Marie Rosa.
Sag was, Louisachen, forderte Bertine.
Was soll ich sagen. Meine Mutter hat bestimmt eine Meinung vom Alter, von ihren eigenen Erfahrungen mit dem Alter, und keine dieser Erfahrungen gefällt ihr, jede neue Schwächung und Behinderung kränkt und quält sie, aber über das Alter, allgemein, möchte sie nicht sprechen. Vor einiger Zeit sagte sie zu mir: Sei froh, daß du nicht einundneunzig bist. Aber eines Tages werde ich es vielleicht sein, wandte ich ein. Oder würdest du mir das nicht wünschen? Ich wünschs dir nicht, sagte meine Mutter. Die Arme hatte einmal in anderer Form als sonst ihren Seufzer über das Altsein wörtlich gemacht. Gib ihr doch einfach recht, du Dummkopf, liebe sie, und zwar nicht um so viele Ecken und so kompliziert, sie hat ja recht, wenn sie sich beklagt, und wie bescheiden sie das doch tut, laß sie doch, liebe sie, ganz einfach. »Die Liebe eifert nicht, die Liebe blähet sich nicht auf, sie rechnet das Böse nicht zu ... die Liebe duldet alles...« Wie findest du, im Tageslicht, in deine demütigen friedfertigen Nachtgedanken zurück?

Weißliche Samenflocken flogen im blühenden Blumengarten umher, über dem wir in der Veranda wie auf einem Aussichtsposten saßen. Eine Meise landete nah am Kopf meiner Mutter auf dem Geländer, pickte Nußkrümel und flog davon, störte in der Zeder eine Gruppe Spatzen, die wie Laub in einem Herbststurm sich von den Zweigen rissen.

Ich war begeistert von Rupert: Erstens, weil er Marie Rosas und Bertines Rosen rühmte. Er erfuhr, die weißen dort drüben in der Hecke, das seien die Nevadas. Nebendran: die Rosa rugosa. Die Apfelrose. Im Herbst liefert sie dicke rote Hagebutten. Und Rupert erzählte von der Sitte aus seiner Familie, vom Ernten und Verarbeiten der Hagebutten zu Hagebuttenmus. Es war gemütlich. Meine Tanten erklärten, sie machten sich nichts aus Hagebuttenmus, es schmecke nach zu wenig, sei nicht süß zu kriegen. Sie sind leidenschaftliche Gelee- und Marmeladeverehrerinnen.

Hagebuttenmus schmeckt einfach nur gesund und sonst nach gar nichts, es schmeckt nach Reformhaus, urteilte Bertine.

Gartenmohn habt ihr auch, lobte Rupert.

Und die Schwertlilien, hast du die gesehen? Marie Rosa wünscht sich noch eine ganz besondere Iris, ich bekam es nicht genau mit, aber der Augenblick gefiel mir. Ich hörte etwas von einer japanischen Prachtiris. Und von einer Strauchpaeonie. Und von den Edelrosen, die sich demnächst aus ihren Knospen herausschälen würden. Ich war begeistert von Rupert, weil er, zweitens, monierte, er bekomme weder Cognac noch Bier angeboten. Sofort sorgten Bertine und ich für beides. Meine Mutter wurde wieder einmal von einer ihrer Schwestern aufgefordert, irgendwas zu sagen. Ich streckte mich ihr über den Kaffeetisch entgegen, ich grinste sie an, ich machte eine Fratze, die mein Kindergesicht für sie darstellen sollte, sagte mit Kinderstimme quäsig: Mamma, von so ergrimmten Töchtern wie der Wiltrud Buchner, von der ich vorhin erzählt habe, müssen die meisten von euch sich versorgen lassen. Aber du nicht, du hasts besser.

Meine Mutter mußte über mich lachen, und Marie Rosa rief: Ich komme und komme nicht drauf, wem du ähnlich siehst, wenn du lachst, Louisa, seit du deine Vorderzähne nicht anhast. Es kann jemand von ganz früher sein. Marie Rosa steckt voller Erinnerungen an ihre Kindheit und ihre Jugend. Meine Mutter nicht. Ihr eigenes späteres Familienleben hat sie von diesen frühen Zeiten abgetrennt, es hat sie vollkommen absorbiert. Unserer Gemüsefrau aus

der Marktgasse, glaub ich, der siehst du ähnlich. Louisa, du siehst eigentlich vergnügter aus ohne deine vorderen Zähne als mit. Ein bißchen vulgär, aber viel vergnügter.
Wir alle lachten, meine Mutter auch, sie schien sich überhaupt nicht zu genieren.
Du hasts besser, stimmts? Du hast deine Schwestern, sagte ich.
Ja, das stimmt. Ich habe meine Schwestern, gab meine Mutter zu.
Wir zwei, Louisa und ich, wir haben Bertine, sagte Marie Rosa und ihr schönes blasses Gesicht nahm einen zerknirschten Ausdruck an. Die arme Bertine, mit uns zwei Uralten.
Du machst doch selbst noch viel, sagte ich, während Bertine ganz böse wurde und *sei ruhig!* befahl. Habt ihr kein anderes Thema? Es ist wie es ist und fertig. Wo ist überhaupt mein Hund?
Witiko wurde gesucht, indem jeder vor seinem Platz das Tischtuch anhob, umherschaute. Er liegt neben Ruperts Füßen, rief ich, stolz auf Rupert, weil der hochgeschätzte Hund ihn als Lagerplatz auserwählt hatte.
Es ist viel besser, es macht viel weniger alt und uralt – alt die Töchter, oder die Söhne, uralt die Mütter oder Väter, wenn die Generationen getrennt von einander leben. Wenn die Alten mit ihren eigenen Geschwistern oder sonstigen Altersgenossen herumwursteln können, sagte ich. Entschuldige Bertine, aber das mußte ich noch zu Ende bringen.
Herumwursteln! Marie Rosa spielte die Empörte, aber nur sehr kurz. Du hast vollkommen recht, sagte sie.
Ihr machts ja gut, außerdem, da hat sie recht, stimmts, Rupert? Sie haben Bertine. Ihr habt Bertine. Eine so viel jüngere Schwester... Ich hörte auf, bevor ich, *sie ist ein Glücksfall* gesagt hatte. Mir war klar, daß Bertine für mich und Edith die Rolle der Tochter mit übernahm, Wiltrud Buchners Aufgaben, aber ohne deren Lebensingrimm.
Wir verlassen uns, wenn wir es überhaupt wagen, über

den Stillstand hinauszudenken, auf die Statistik, auf die natürliche Reihenfolge beim Sterben. Aber auf diese Reihenfolge ist ganz und gar kein Verlaß. Die jüngste Schwester ist noch sehr rüstig, sehr agil, berichtete neulich Rupert einem alten Freund der Familie; weniger er als seine Frau, eine Geigen-Kollegin Marie Rosas hatte in entlegenen früheren Zeiten im Leben der Schwestern eine Rolle gespielt. Rüstig! Das trifft nicht, was sie ist, fand ich. Bertine ist kindlich, oder ein Mädchen, aber von Zeit zu Zeit, wenn ich riskiere, sie zu fragen *wie geht es dir*, muß ich erfahren: Mein Rücken tut weh. Meine Wirbelsäule sieht so aus – und sie zeichnete eine Spirale in die Luft, bevor sie sich wieder über das Küchenspülbecken beugte, und ich sah erschrocken, daß sie ziemlich schief war in dieser Haltung.

Das kommt vom Hund. Er zerrt an der Leine, sagte ich.

Bertine konnte diese Schuld nicht auf ihrem Liebling Witiko sitzen lassen. Er zerrt ja kaum. Kaum noch. Und selbst wenn, ich hätte lieber Rückenschmerzen als keine Rückenschmerzen und keinen Hund. Ihr bekommt das nicht so gut mit, ihr erlebt ihn immer nur kurz, aber er ist ein so lieber Kerl, er ist derartig freundlich, er kann so goldig sein, wir haben unsere festen Gewohnheiten, unsere Rituale, und er spürt genau, was in mir vorgeht. Er ist eine solche Hilfe. Ohne Hund möchte ich nicht mehr leben.

Ja, er ist ein sehr netter Hund, bestätigte ich. Aber du bist auch sehr nett. Wenn es die Wiedergeburt gäbe und ich nochmal leben würde, möchte ich als dein Hund auf die Welt kommen. Bei dir Hund zu sein, das wäre mein Ideal.

Ich hörte auch nicht gern, daß Bertine nicht gut schläft. Warum nimmst du nichts ein, wie deine Schwestern? fragte ich.

Die nehmen viel zu viel ein. Bertine wurde ärgerlich. Wie oft sind sie morgens richtig benommen, besonders deine Mutter, sommnambul, und sie muß sich wieder hinlegen, bloß weil sie es nicht durchhält, in der Nacht einfach ein paar Stunden lang wach zu sein. Ich lese dann was. Weißgott, ich finds auch abscheulich, schlecht schlafen, ich finds widerlich, aber deine Mutter, sie hat eine wahre Gier nach dem Schlafen.

Nach dem Tod, oder? Oder aus Angst vor dem Tod möchte sie nicht wach herumliegen. Diese Gedanken sprach ich nicht aus.

Marie Rosa beichtet mir morgens auch oft genug: Ich hab dann um drei noch so ein Bröckelchen von der Tablette genommen, und dann gegen fünf nochmal ein Bröckelchen – uff! Bertine streckte sich, stöhnte, aber das war zum Glück schon wieder Satire. In die Satire retten wir uns stets schnell, wenn wir zu ernst werden müßten bei der realistischen Weiterbearbeitung eines Problems.

Ich betrachtete mir den Monat Juni auf dem langen Kalender zwischen Küchenschrank und Heizkörper. In Bertines Schrift war notiert, was ansteht: Pizza, zum Beispiel. Ich freute mich für sie. Pizza: das bedeutet, daß Bertine in die Stadt fährt und mit ein paar Kolleginnen – alle noch im Schuldienst, jünger als sie, aber sie sieht am jüngsten aus und ihr Lachen klingt am lustigsten, klingt wie von einem jungen Mädchen – im »Rimini« zum Mittagessen zusammenkommt. Manchmal haben Rupert und ich sie dort zufällig getroffen. Das »Rimini« besteht aus zwei kleinen Räumen, die ineinander münden, und wir haben Bertine nicht jedesmal gesehen, aber dieses unverwechselbare Lachen! Also, daß muß *sie* sein. Ich freue mich. Wie vergnügt sie sein kann! Daß sie als die so viel Jüngere mit ihren Schwestern zusammenlebt, und immer mehr praktische Arbeit im Lauf der Zeit von ihr übernommen werden mußte, daß unangenehmere Tage kommen werden, Hilfsdienste, Sorgen – Bertine schmückt sich deswegen mit keinem Heiligenschein, sie blickt weder verklärt, noch anklagend beleidigt. Sie liebt ihre Schwestern, basta. Es ist alles selbstverständlich so wie es ist. Dazu paßt gut, daß sie manchmal schimpft, nur so ist es richtig und wird für ihre Schwestern nicht zur bangen Belastung.

Ich fragte: Und Frau J.? Was bedeutet das?

Das ist Frau Jenninger, unsere Putzfrau, erklärte Bertine.

Mir fiel Rupert ein, der unbestechliche Entdecker von Schmutz- und Spinnwebreservaten.

Neulich wars komisch, erzählte Bertine. Marie Rosa hat mich und ich habe sie dabei erwischt, wie wir am Tag vor Frau Jenninger, es war schon gegen Abend, geputzt haben. Marie Rosa oben im Bad, sie hat versucht, die Armaturen von der Dusche und vom Waschbecken sauberzukriegen. Und ich kam mit Eimer und Bürste ins Badezimmer, weil ich gerade dasselbe tun wollte, ich hatte vorher im Wohnzimmer diese Spinnweben unten an den Möbeln gesehen, weißt du, von denen Rupert gesprochen hat. Ich hatte es ihm nicht geglaubt, daß unten an den Möbeln Spinnweben sein könnten, nicht bei uns, bis ich die andere Brille aufsetzte. Es war wirklich komisch.

Ich betrachtete weiter den Kalender: Zweimal in der Woche Klavierstunde, und sogar Marie Rosa hat noch einen kleinen Geigenschüler. Aber hast du den ganzen Monat über keine Verabredung mit den Bernhards?

Das kann sich noch ergeben. Sie rufen meistens ziemlich knapp vorher an.

Die Bernhards sind ein Lichtblick, stimmts?

Ich bin sehr gern bei ihnen. Sie sind beide furchtbar nett. Und es gibt immer schrecklich gut zu essen, nur esse ich dann zu viel und zu spät. Zuerst die Arbeit, dann das Vergnügen.

Bertine besucht die Bernhards zum Musizieren. Sie begleitet Frau Bernhard auf dem Klavier. Frau Bernhard spielt Geige. Ich weiß nicht einmal, wie sie sich kennengelernt haben. Ich vermute, daß Bertine in die Bernhards ein bißchen verliebt ist. Marie Rosa sagt manchmal: Ich bin so froh darüber, daß Bertine die Bernhards hat. Dann zählt Bertine trotzig auf, wen sie noch alles hat, und wie wenig es schade, wenn sie gar keinen hätte, aber sie erwähnt ihren Kunstkurs und das Telekolleg, und zieht das Fazit: Ich kanns nicht ausstehen, wenn ihr so mitleidig von mir redet. Wenn es heißt: Wie gut für Bertine, daß sie dieses und jenes und diese Freunde und so weiter, daß sie das alles hat. Ein eigenes Leben. Als hätte man ein eigenes Leben durch andere Leute. Laßt das.

Es regt sie immer auf, wenn Annegret anruft und jedesmal gute Ratschläge gibt: Mach Gymnastik, Bertine. Mach diese Städtereisen der Bundesbahn, die Angebote sind wirklich günstig. Mach was aus deinem Leben: Marie Rosa redete leise, als könne Bertine sie so nicht hören, aber natürlich hörte Bertine zu. Sie soll mich in Ruhe lassen. Ich weiß ja, sie meint es gut, muß Bertine immer sofort hinzufügen, wenn sie jemanden, den sie im Grunde gern hat und dem sie, ein gutmütiger Mensch, alles verzeiht, angegriffen hat. Annegret ist wirklich lieb und für mich viel zu klug, aber manches kapiert sie eben einfach doch nicht. Ich hab keine Lust auf Reisen. Ich bin gern hier. Und alles richtet sich ja eigentlich gegen dich, mein armer Liebling. Bertine bückt sich zu Witiko, ihr Streicheln weckt den Ahnungslosen aus seinem Dösen, er blickt sie in trauriger Empörung an und erinnert mich an meinen Schwiegervater, der nicht mehr lebt. Daß Annegrets Lebenstips sich auch gegen ihr Hausgemeinschaftsopfer mit den Schwestern wenden, gegen dieses Zusammenleben, bleibt unausgesprochen. Bertine richtet sich auf, und Witiko schließt wieder die Augen, drückt den Kopf auf Bertines Sandalen, sie sieht mich an und lächelt. Wie war das noch mit dem Alter und dem Vergnügungspark? Das Alter ist kein Picknick? Das Alter ist auch kein Gymnastikkurs und keine Städtereise mit der Bundesbahn. Das Alter ist nichts für Teilnehmer an all dem.

Das Alter ist schauderhaft, sagte Marie Rosa. Oder etwa nicht, Louisa?

Doch, sagte meine Mutter folgsam, mit bravem Schulkindausdruck.

Gut so, lobte Bertine.

Kommt ihr zwei recht oft, sagte Marie Rosa. Das bringt etwas frischen Wind hier herein.

Wir sind auch schon ziemlich ältlich, sagte ich.

Rupert trank sein Bier aus. Ich paßte nicht genau drauf

auf, genoß es auch so, daß er noch mit allen drei Schwestern ein bißchen herumalberte. Nie sagen sie: Kommt doch regelmäßig, kommt öfter, kommt mindestens jede zweite Woche.

Kommt bald wieder, rief Bertine uns nach, und ich wußte, wie dringend sie das wünschte und wie gelassen sie es gleichzeitig in Kauf nahm, als selbstverständlich nahm wie ihr übriges Leben, daß *bald* vielleicht erst in einem Monat oder noch später wäre.

6

Erzählen Sie mir was vom Jenseits

Bertine beugte sich aus dem offenen Küchenfenster und rief aufs Geratewohl: Marie Rosa! Wo steckt sie denn, fragte sie keinen, oder vielleicht Witiko, dem es egal war. Dann entdeckte sie ihre Schwester am Beet mit den hohen Fingerhutstauden. Da stand sie wie eine große Pflanze, das kurzgeschnittene und oben auf der Schädeldecke widerspenstige Haar schimmerte in der Mittagssonne – die Sonne ist nicht gut für sie, dachte Bertine und wurde zornig auf den Sommer – eine große Pusteblume, Löwenzahn im Endstadium. In aller Ruhe, als stehe die Zeit still, betrachtete Marie Rosa geduldig ein Gartengewächs nach dem anderen, und jetzt beobachtete sie, wie die Bienen in die Schlupflöcher der Fingerhutblüten krabbelten, wieder herausflogen. Marie Rosa, komm bitte! rief Bertine in den Garten und durch die offene Küchentür ins Haus: Sie wird gleich kommen.

Es ist der Pfarrer, sagte sie leise. Marie Rosa stand unter dem Küchenfenster. Sie verzog ihr Gesicht. Komm bitte rein, stell dich nicht an, sagte Bertine.

Aber mein Geburtstag fällt aus, erklärte Marie Rosa dem Pfarrer.

Er saß auf einem der Stühle, die im Erker um den Eßtisch standen, und jetzt erhob er sich schnell, um Marie Rosa die Hand zu schütteln.

Die allerherzlichsten Glück- und Segenswünsche, liebe Frau Lietzmann. Der Pfarrer lächelte nachsichtig. Er war ein freundlicher junger Mann und verhältnismäßig neu in der Gemeinde. Um zu demonstrieren, daß Haarwuchs allgemein betrachtet nicht sein Problem war, trug er einen kräuseligen Bart wollmützenartig, als habe er aus Versehen die falsche Seite seines Kopfs bekleidet. Die obere Kopfhälfte war fast kahl. Marie Rosa fand verwunderlich, wieso das bißchen Haar auf dem Schädel glatt und hellblond war, der Bart unten aber kraus und fast dunkelbraun. Es war ein heißer Tag, und der Pfarrer trug kein Sakko, aber eine Krawatte zum halbärmeligen Hemd, und auch auf seinen Unterarmen gedieh das Haar gut. Der Pfarrer entschuldigte sich für sein legeres Auftreten. Die Hitze, nicht wahr?

Oh ja, es ist furchtbar heiß, auch ich habe mich nicht gerade fein gemacht, sagte Marie Rosa. Ich meine, es ist vollkommen in Ordnung, so wie Sie angezogen sind. Sie beobachtete den Pfarrer, besser, seine Finger der linken Hand, die mit den winzigen Löckchen auf dem rechten Unterarm spielten, sie war ganz fixiert darauf, konnte den Blick von diesem Tun nicht wenden, nun wechselte er ab, und die Finger der rechten Hand zupften an den Härchen des linken Unterarms, und Marie Rosa ekelte sich ein bißchen, aber sie fand es interessant.

Schöner Tag heute, sagte der Pfarrer, ein herrlicher Sonnenschein. Die Menschen sind ganz glücklich. Die Schwimmbäder voll, die Fußgängerzone...

Mit einer Ausnahme, unterbrach Marie Rosa.

Wie bitte?

Die Ausnahme bin ich. Ich bin nicht glücklich.

Das tut mir sehr leid. Der Pfarrer machte sein Amtsgesicht, und Marie Rosa beugte sich vor, um ihn zu studieren, ernsthaft und zugleich amüsiert stellte sie fest: Jetzt haben Sie Ihre Gesichtsmuskeln umorganisiert. Das ist wirklich faszinierend. Sie können es schon sehr schnell. Nein nein, keine Angst, besondere Nöte und Sorgen habe ich nicht, ich bringe jetzt nichts Gräßliches vor, nichts wodurch Sie Seelsorger werden müßten.

Der Pfarrer lachte. Er wollte etwas sagen, aber Marie Rosa kam ihm zuvor: Diesmal hat es nicht so gut geklappt wie vorher.

Was denn?

Sie können nicht sofort wieder unbeschwert und vergnügt aussehen. Andersherum ging es viel rascher.

Bertine brachte eine Flasche Wein und zwei Gläser.

Was ist denn das für eine schreckliche Idee, kommentierte Marie Rosa. Entschuldigen Sie, Herr Pfarrer, aber ich feiere schon längst meine Geburtstage nicht mehr.

Ausgesprochen schade, sagte der Pfarrer.

Er fühlt sich verdammt unbehaglich, dachte Marie Rosa und sie hätte es gern gesagt, unterließ es aber wegen Bertine. Bertine würde nachher sowieso schimpfen. Warum tust du nicht so, als wäre dir das alles recht? Warum spielst du das Spiel nicht mit? Er muß schließlich kommen, er kommt zu allen ab achtzig.

Der Pfarrer nahm gern einen Schluck. Er sagte: Und wenn es nur deshalb ist, und hob sein Glas: Auf Ihr Wohl! Gesundheit und Lebenskraft und Freude weiterhin.

Es fehlt an allen drei genannten Werten, sagte Marie Rosa.

Eine Gnade, dieses Alter, sagte der Pfarrer.

Marie Rosa sah Bertine ins ängstlich grimassierende Gesicht. Wieso ist das Alter eine Gnade? Ich sehe das ganz anders.

Für Menschen wie Sie ist es eine Gnade, beharrte der Pfarrer, aber er wirkte beeinträchtigt, war seiner Sache nicht sicher. Sie können noch für sich allein sorgen, wie man hört, spielen Sie sogar noch auf Ihrer Geige, Sie genießen noch Ihren Garten... Er sah sich um, ihm fiel nichts mehr ein. Zum Glück für ihn blendete ihn ein Sonnenstrahl: Sie können sich noch an der Sonne erfreuen.

Das nun gerade nicht, widersprach Marie Rosa. Der Sommer ist nicht gut für mich. Letztes Jahr war ich ziemlich krank. Und überhaupt: Ich höre immer dieses »noch«. Noch noch noch.

Bertine machte sich davon.

Aber bedenken Sie, viele Menschen Ihres Alters liegen in Pflegeheimen im Bett, sagte der Pfarrer.

Ich würde vorher Schluß machen, ich seh mir immer diese fürchterlichen Fernsehreportagen an, wenn Alte gefüttert werden und so was, also, das würde ich eines Tages verhindern müssen.

Wir haben unsere Zeit nicht selbst in der Hand, sagte der Pfarrer. Sie sollten öfter mal hier heraus und in die Stadt kommen. In unsere hübsche überschaubare freie Kreisstadt. Er lachte. Waren Sie je im Park-Café? Die Terrasse liegt günstig mit Aussicht auf die Fußgängerzone in all ihrer Betriebsamkeit und doch auch Beschaulichkeit, viele Ihrer Altersgenossen, so weit sie es noch können, verbringen dort geruhsame Nachmittagsstunden.

Ich habe meinen Garten, sagte Marie Rosa. Wir sind nicht mehr zeitgemäß.

Wer ist nicht mehr zeitgemäß? Die alten Menschen? Der Pfarrer lachte. Welch ein Irrtum! Heutzutage werden die Menschen sehr alt, also gehören Sie durchaus in das Bild unserer Zeit.

Wir, in meiner Familie, wir sind nicht zeitgemäß. Ich bin doch nicht unhöflich? Aber wenn ja, dann kommt es daher, daß ich fürchte, Sie quälen sich hier ab, und wir reden nicht die gleiche Sprache.

Ich möchte Ihnen Lebensmut machen, sagte der Pfarrer. Er spielte verstärkt mit den Haaren, die ihm verblieben waren, er wechselte nun auch zu den Bartkräuseln über und drehte an ihnen herum.

Es wäre wirklich als einziges sinnvoll, wenn Sie mir irgendwas Schönes vom Jenseits erzählten, sagte Marie Rosa.

Hier und heute, liebe Frau Lietzmann, hier auf Erden sollten wir, jeder in sich selber und um sich herum, das Paradies suchen.

Ich halte das für vergeblich. Es wäre Zeitverschwendung. Ich habe gestern einen Film über Ruanda gesehen, vielleicht wars auch Somalia oder der Sudan.

Gewiß, wir hier haben Glück, nicht auf der falschen Seite des Globus geboren zu sein. Der Pfarrer erholte sich nach einer kurzen Pause der Ratlosigkeit und einem Schluck Wein, und brachte erfrischt, rosig verfärbt vor: Der Buddhismus lehrt, im Hier und Jetzt und Heute glücklich zu sein, das Glück anzustreben. Damit nicht zu warten bis nach dem... Er räusperte sich, wollte das Wort »Tod« nicht aussprechen. Bis nach dem Ende unseres hiesigen Lebens.

Ich bin keine Buddhistin, und Sie sind ein evangelischer Pfarrer. Und da, wo der Buddhismus die offizielle Religion ist, da geht es, glaube ich, den meisten Menschen auch dreckig.

Trotzdem, ja, ich bin Christ, trotzdem können wir von den anderen Religionen viel lernen.

Ich nicht. Ich kanns nicht, und ich wills auch gar nicht.

Ihr habt doch keinen Streit? Bertine hatte sich wieder ins Erkerzimmer gewagt, sie lachte, aber ihr Ausdruck war regelrecht gepeinigt.

Lach doch nicht so künstlich, rief Marie Rosa ihr zu. Ja, wir haben so ein klein bißchen Streit, nichts Schlimmes.

Man kann sich ganz wundervoll mit Ihrer Frau Schwester unterhalten, lobte der Pfarrer, der erlöst aussah, weil er Bertines Hinzukommen als Signal für seinen Aufbruch wertete. Er stand auf. Es ist anregend, mit ihr zu diskutieren. Sie ist geistig sehr rege.

Diesmal haben Sie das »noch« vergessen, sagte Marie Rosa, auch sie stand auf. Jetzt lächelte sie dem Pfarrer aufmunternd zu, keine Spur mehr von Ingrimm im Gesicht. Es war sehr nett, daß Sie mich besucht haben. Aber denken Sie nicht, mein Alter würde mir irgendwelchen Spaß machen.

Wir müßten uns eingehender darüber unterhalten, sagte der Pfarrer, dem anzumerken war, welchen Horror er vor weiteren Diskussionen mit dieser widerspenstigen, die angenehmen Klischees zertrümmernden Alten empfände, nähme er sie sich tatsächlich ernsthaft vor. Er wagte es nicht einmal, wie sonst bei ähnlich alten Jubilaren, Marie Rosas rechte Hand in seine beiden Hände zu nehmen: eine im allgemeinen wirkungsvolle Geste, die den Leuten Eindruck machte. Er ließ sie schnell wieder los, die Hand dieses schwierigen Gemeindemitglieds.

Er taugt wirklich nichts, sagte Marie Rosa zu Bertine.

Sie saßen sich am Küchentisch gegenüber und aßen Kirschenkompott zum Vanillepudding. Wenn Louisa nicht da ist – sie lebt vom Montagabend bis zum Freitagmorgen allein in ihrem eigentlichen Zuhause, das ihr Mann für seinen Ruhestand in einem Vorort der Großstadt gebaut hatte, und alle in der Familie waren froh, wenn Rupert nicht zum Beispiel das Thema *Zukunftsplanung* oder *Wohnungsnot* oder *Leerstehende Häuser: ein gefundenes Fressen für Einbrecher* anschnitt – wenn also in der Wochenmitte Marie Rosa und Bertine zu zweit sind, essen sie mittags in der Küche. Es wäre ihnen nie in den Sinn gekommen, Louisa mit derart kleinbürgerlichen Sitten zu belästigen. Aber sie beide genießen es.

Du warst nicht höflich zu ihm, sagte Bertine. Du hättest ihn einfach machen lassen sollen. Er muß das tun, Leute besuchen, die Geburtstag haben.

Altenbesuche und schöne Sprüche, sagte Marie Rosa.

Unsere älteste Schwester hätte sich fein benommen, sie hätte gelächelt und hübsch ausgesehen. Bertine seufzte. Aber Qualen ausgestanden, dachte sie. Sie tut zwar so, als machten Geburtstage ihr nichts aus, doch nur aus Gehorsam gegenüber Daten und Gebräuchen. Sie hat eine furchtbare Angst davor.

Sie ist eine ehemalige Pfarrersfrau, und außerdem hätte sie kein Wort verstanden. Der Pfarrer nuschelt. Ich kann ihn mir nicht gut beim Predigen vorstellen. Wahrscheinlich macht er Cocktails auf der Kanzel.

Cocktails?

Ein Meßbecher Buddhismus drin, einer mit Islam, eine Spur Christentum, und was gibts noch alles? Ich vermute, in Wirklichkeit ist er ein Atheist. Ein Sozialpädagoge.

Er ist anscheinend ziemlich beliebt. Bertine meinte, davon gehört zu haben.

Eben deshalb, sagte Marie Rosa. Ich möchte ihn nicht an meinem Sterbebett haben. Ich möchte nicht, daß du ihn holst, wenns drauf und dran geht bei mir...

Hör doch auf, Bertine schrie Marie Rosa an. Du bist

schließlich nicht katholisch. Es gibt keine Ölungen und keine Pfarrer bei Protestanten. Und außerdem stirbst du nicht. Wo ist mein Hund überhaupt?

Der Hund kam angetrottet und Bertine beruhigte sich.

Eines Tages doch, sagte Marie Rosa.

Was, doch?

Ich sterbe.

Ich auch.

Ich aber vorher.

Glaub ich nicht.

In diesem Augenblick glaubte Bertine es wirklich nicht und sie fühlte sich wohl, sie streichelte das zarte warme Hundefell an Witikos Stirn, ein guter Augenblick.

7
Mach das nie mit mir!

An diesem Nachmittag thronten wir auf der Holzveranda über dem August-Garten. Wir konnten die Veranda benutzen, weil es nach ein paar Gewittern kühler geworden war.
Das da links sieht aus wie eine rosa Wolke, sagte ich.
Schleierkraut, sagte Marie Rosa. Aber bewundert bitte meinen Phlox und die Dahlien.
Sonnenblumen hätte ich auch gern, sagte ich.
Du und Sonnenblumen! Blumen überhaupt! Rupert wandte sich zu den andern. Ihr ist alles zu viel, was mit dem Garten zu tun hat. Sie wollte eine Wildnis, sie wollte es wie im Wald, wie auf einer Lichtung. Ha, und das haben wir nun, nur hat sie nicht bedacht, daß sogar eine Wildnis Arbeit macht. Sie muß gepflegt werden, wenn man nicht völlig von ihr aufgefressen werden will.
Wo gehst du schon wieder hin? fragte ich Marie Rosa.
Jemand steht immer auf, manchmal sogar, wortlos, meine Mutter, und wenn sie sich mit ihren kleinen Schritten auf den Weg macht, ruft Bertine immer: Vorsicht! Mein Hund! Tritt nicht auf meinen Hund.
Wir hatten alle blaue Münder vom Heidelbeeressen. Ediths Photoalben von ihrer letzten USA-Reise gingen reihum, ich betrachtete Nummer 3 schon zum zweiten Mal.
Man hätte nochmal Heidelbeerkompott drausmachen können, erzählte Marie Rosa bei ihrer Rückkehr auf die Veranda.
Pfui! rief Bertine. Marie Rosa!
Wahrscheinlich weil sie merkte, daß ich sie ansah, raffte meine Mutter sich dazu auf, sich an unserem Zusammensein zu beteiligen. Oft sitzt sie mit übereinandergeschlagenen Armen bei uns, durch ihre Schwerhörigkeit in ihrer

eigenen Welt verschlossen, und wenn sie so, ohne uns zu beachten, ab und zu umhergeht, weil sie vom langen Sitzen steif wird, muß man an ein Zauberwesen denken, das andere Dinge erlebt als wir und nicht dazugehört, nicht zu erreichen ist. Also, sie fühlte sich von mir beobachtet, und fragte so, als interessiere sie die Auskunft: Was ist denn so furchtbar? Warum hast du »pfui« gesagt?

Wir lachten, besonders Bertine. Bertine lachte Koloraturen im höchsten Sopran.

Ehe meine Mutter sich wieder in ihre Geheimbezirke zurückzöge, mahnte ich: Nun erklärs ihr doch!

Marie Rosa war auf dem Klo, sagte Bertine.

Man konnte richtiggehend einzelne kleine Heidelbeeren erkennen, berichtete Marie Rosa und war davon neugierig angetan.

Pfui, wiederholte Bertine. Es geht so rasend schnell mit ihrer Verdauung.

Beneidenswert, sagte meine Mutter.

Überhaupt nicht, widersprach Marie Rosa, und Bertine nahm sich vor, dem Arzt zu sagen, auch das neue Medikament tauge nichts.

Sind sie nicht wirklich schrecklich? fragte ich Rupert geradezu stolz, und er konnte nicht antworten, weil ich rief: Ihr seid wirklich wundervoll, skurril, originell, ihr seid eine Fundgrube an Schreibstoff.

Aber das kommt nicht in dein Buch, warnte Bertine. Ihr kindliches Gesicht nahm einen wachsamen Ausdruck an.

Rupert mischte sich ein: Wie oft habt ihr die Heidelbeeren gewaschen?

Friedi, komm sei schnell Klein Friedi, wünschte ich mir und hielt den Atem an. Oder ihr drei, nehmt ihn als Klein Friedi, als SB, Sunny Boy.

Leider sagte Bertine, sie habe die Heidelbeeren ein Mal gewaschen. Noch schlimmer: Sie habe sie in ein Sieb gekippt und Wasser drüber laufen lassen. Steigerung des Schlimmen: Marie Rosa erzählte, beim letzten Mal habe sie völlig vergessen, die Heidelbeeren zu waschen.

Wir hatten nämlich gestern auch welche, obwohl es ein Luxus ist. Sie waren prachtvoll belesen und sahen wie gewaschen aus.

Aber heute waren sie gewaschen. Ich drängte mich in noch mehr erschreckende Berichterstattung und streichelte Rupert am Arm, warb um seine Gunst, um Nachsicht von ihm, der folgerichtig sein Ziel anpeilend schloß: Dann könnte es sein, daß wir den Fuchsbandwurm kriegen, beziehungsweise, daß ihr ihn euch gestern schon zugelegt habt. Es wird ausdrücklich vor fuchsbandwurmverseuchten Waldbeeren gewarnt. Lest ihr denn keine Zeitungen?

Bertine blickte betreten, Marie Rosa sagte: Wir haben keinen Wolfsbandwurm.

Fuchsbandwurm, korrigierte Rupert.

Füchse gehen ja noch, meinte Marie Rosa.

Ich habs doch gerade gesagt: Sie sind einmalig, rief ich, um das Fuchsbandwurmthema zu beenden.

Wir sind kauzig, Marie Rosa schnitt ein betrübtes Gesicht, ich kenne diesen Ausdruck und weiß, er ist zum Teil gespielt, künstlich, aber ich weiß nicht, zu wie viel Prozent. Die Wahrheit spielt das Spiel mit. Marie Rosa fragte: Seid ihr uns eigentlich böse, weil wir so alt sind, Louisa und ich? Louisa, ob deine Kinder uns das übelnehmen? Wir sterben überhaupt nicht.

Als erste könnte Bertine es übelnehmen, sagte ich.

Meine Mutter antwortete natürlich nicht. Aber immerhin gab sie einen kleinen Empörungslaut von sich und lächelte ihr Lächeln des Erstaunens, das sie oft im Zusammensein mit ihren Schwestern braucht.

Bertine, wo ist denn Bertine wieder hin? fragte Marie Rosa.

Es ist dieses übliche Kommen und Gehen wie immer bei euch am Tisch, erläuterte ich ihr.

Bertine stellte sich uns in einer neuen Bluse vor, die sie über ihrer Hose trug und an der sie herumzupfte.

Einkaufen ist schrecklich, sagte sie. Oben in der Kabine

gefiel ich mir noch ausgesprochen gut, aber dann unten, beim Schröder unten entlang der Kasse und dem Tisch zum Einpacken der Ware, da wo man also ziemlich lang rumsteht, da haben sie jetzt nach dem Umbau einen Spiegel, der einem totalstens die Laune verdirbt. Einen absolut bösartigen Spiegel. Ich war völlig deprimiert, und wenn ich mich nur getraut hätte, wäre ich ohne die Bluse und ohne zu bezahlen weggegangen. Und das schreibst du auch nicht, ich meine, du schreibst nicht, wie ich aussehe, daß ich nicht dünn genug bin. Sie setzte sich wieder zu uns. Sie zündete sich eine Zigarette an und fragte mich, wobei sie versuchte, mich geradeaus anzusehen: Haben eigentlich deine Freunde, die Gebhards, jemals diese schreckliche Geschichte in deinem letzten Band gelesen, diese Geschichte über sie, du weißt schon?

Rupert sagte: Der frühere OB hat mal versichert: Du kannst mich als Lustmörder schildern, es wird mir nichts ausmachen. Sie hatte ihn in einem Buch, als Nierensteinpatient, mit Katheter.

Rupert hatte mich vor der Veröffentlichung der Geschichte, in der meine alten Freunde, die Gebhards, als Hauptfiguren vorkommen, mögliche Reaktionen ausmalend gewarnt.

Und Ricardo gab mir auch einen Freibrief, früher mal. Schreib wie du willst über mich, Hauptsache, du schreibst überhaupt über mich. Hauptsache, ich komme vor. Ich lachte. Das nenne ich Intelligenz.

Also, haben deine Freunde die Geschichte gelesen?

Rupert machte, hinter einem von Ediths Alben versteckt, ein Geräusch zwischen Räuspern und Meckern, und ich sagte: Ja. Und dann lauter, hauptsächlich für meine Mutter: Alles ist längst wieder in Ordnung.

Und wie habt ihrs in Ordnung gebracht? Bertine sah mich diesmal nicht furchtsam an. Jetzt spielte sie nicht. Sie sah mich wie eine vernünftige Schwester an, die auf mich aufpassen muß, weil sie es gut meint. Sie ist auch nicht ohne Verständnis, diese ältere Schwester – so wie Edith in unserer Kindheit – aber sie muß achtgeben, bei so viel Leichtsinn der Jüngeren. Bertines Ausdruck war freundschaftlich.

Es wurde ein wahres Liebesfest aus der Versöhnung, erzählte ich. Er und ich, wir juxten herum, sie war in ihrem Kokon isoliert, aber wenn ich mich zu ihr runterbeugte, dicht zu ihrem heißen warmen Gesicht runter, dann hat sie merkwürdig getröstet zu mir aufgeblickt, wir waren ein bißchen beduselt, ich hab gesagt, wir lieben uns doch, wollen wirs vielleicht mal mit der lesbischen Variante probieren...

Der flotte Dreier oder wie das heißt, warf Marie Rosa ein, und Bertine machte *schschsch*!

Und dann hat sie süßlich gelächelt, während er wieder ernst doziert hat über die Wahrheit und die Wirklichkeit und beide in der Literatur, und über Süße und Bitternis bei Marcel Proust.

Nicht vorgreifen, warnte Bertine, indes Marie Rosa mit begeistertem Interesse zuhörte, meine Mutter erstaunt und mit Absicht entrückt lieber nicht so genau zuhörte – sie hoffte, ich spiele Theater – und Rupert reserviert blieb.

Bertine verlangte: Erzähl nicht nur das Happy End.

So gelassen, wie ich es ihnen in meinem Text verordnet hatte, haben sie nicht reagiert, nicht gleich.

Erzähls mal, bat Marie Rosa ruhig und fröhlich neugierig.

Aber Bertine fing an, sich aufzuregen. Sie sagte, ich hätte die beiden ziemlich grausam beschrieben.

Schreiben ist übertreiben. Ich merkte, wie meine Mutter sich in sich zurückzog. Nicht aus Bequemlichkeit, nicht weil es ihr zu anstrengend war, die Ohren zu spitzen, nicht aus Desinteresse. Oh, es interessierte sie wahrscheinlich allzusehr, was meine Freunde zu meiner Geschichte gesagt hatten. Aber weil sie meine Freunde gern hat und mich sowieso und die Harmonie immer, wollte sie von Kränkung und Zwietracht nichts wissen. Deshalb rief ich schnell und mit lauter Stimme: Es ist doch alles wieder gut!

Sehr gut sogar! Das war Korinther 1.13., was sie praktiziert haben. Und es war auch *Mein ist die Rache, spricht der Herr*. Es war ein Gnadenakt.

Meine Mutter lächelte vorsichtig als Erwiderung auf mein Lachen für sie. Ihr Lächeln sieht immer dankbar aus, auch ein wenig pflichtschuldig.

Bertine rief: Mach das nicht mit mir! Nie!

Was machen?

So über mich schreiben. Wenn du das mit mir machst, ist es aus!

Mit mir kannst du alles machen, bot Marie Rosa an. Auch das mit den Heidelbeeren von vorhin.

Bertine sah mich über ihre Brille hinweg strafend an, rief mir aber schnell *ach mein armes Schätzchen* zu.

Habe ich diese Geschichte eigentlich je gelesen? fragte Marie Rosa. Hast du sie gelesen, Louisa?

Ja, sagte meine Mutter, die sich vornahm, mein Gesichtsausdruck, heiter und ein bißchen hämisch, solle sie hypnotisieren.

Ich zitiere Hans Jonas, kündigte ich an: »Zuletzt und im Äußersten werden wir auf die einsamen Entscheidungen der Liebe zurückgeworfen.«

Na, dann ist ja alles gut, sagte Marie Rosa. Warum ist der Käsekuchen so knapp?

Und genau so wars! sagte ich. Die Gebhards haben die Liebe antworten lassen!

Du verlangst nicht wenig von deinen Freunden. Bertine machte Gesichtsgymnastik: strenges Blicken, Lächeln in raschem Wechsel.

Ich habe ihnen gesagt: Ihr seid derartig anregend, ihr seid *die* Inspiration! Und sie sagten: Gut, schreib über uns, aber vergiß beim nächsten Mal nicht die zwei Stricke zu erwähnen, die oben auf dem Speicher auf uns warten. Er sagte das, ihr wars recht.

Hat er das wirklich gesagt? fragte Bertine.

Er hats wirklich gesagt. Dichtung und Wahrheit, er kennt sich aus, man muß eben mischen, stimmts? Ich lachte in meine kleine Familienszene hinein und fragte mich: Wie mache ich das mit euch? Ich fragte sie: Wie sollte ich heißen? Mir habe ich noch keinen Namen gegeben, aber euch. Vielleicht schreibe ich manchmal in der dritten Person von mir.

Babette, wie in der Gebhard-Geschichte, schlug Bertine vor. Sie blinzelte mir rachsüchtig verschmitzt zu. Und ich, ich hätte gern einen wunderschönen Namen. Wie wärs mit Genoveva?

Babette paßt nicht zu ihr, fand Marie Rosa.

Ich beugte mich zu meiner Mutter über die Tischplatte: Als ich getauft werden sollte, warst du da nicht für Sybille?

Sie hatte es vergessen, das sah ich ihr an, aber sie gab mir recht. Danach sah sie eine Zeitlang so aus, als dämmere die Erinnerung daran in ihr auf.

Samantha, schlug Marie Rosa vor.

Später standen wir in der Küche herum, nur mit Bertine.

Ein Schriftsteller, der Rücksichten nimmt, taugt nichts. Faulkner hat vom Künstler Rücksichtslosigkeit gefordert, jedem gegenüber, da gibts keinen Schutz durch Freundschaft, Familienangehörigkeit.

Ach der, machte Bertine. Faulkner.

Meine Leser müssen vor allem Sinn für Humor haben. Humor! Spott, oder?

Für meine Art Humor. Komik des Scheiterns. Situationsgroteske. Tragikomik.

Wenn *ich* scheitere, finde ichs nicht komisch. Schon gar nicht, auch noch drüber zu lesen.

Ihr braucht einen neuen Kühlschrank, stellte Rupert fest. Er inspizierte die Küche, die etwas planlos eingerichtet und gerade deshalb gemütlich ist, fast wie ein Wohnzimmer. Eine neue Waschmaschine braucht ihr auch. Rupert setzte sich an den Küchentisch.

Also beruhige dich über meine Freunde. Wir haben uns umarmt, geküßt, sind uns um den Hals gefallen, ich kniete neben ihrem Sessel...

Von so viel Theater hast du mir aber nichts erzählt, sagte Rupert.
Na ja, im übertragenen Sinn wars etwa so, sagte ich.
Bertine gefiel die Versöhnungsekstase.
Und zu meinem Geburtstag, der bald danach war, schickten sie mir einen Freßkorb, riesig! Wenn das nicht der Clou ist!
Bertine entschied, und diesmal war alles vom gewohnten Spiel zwischen uns weggefegt, sie redete wie zu einer nicht ganz intimen, respektierten Freundin: Die zwei sind wirklich fabelhaft, deine Gebhards. Freunde, wahrhaftig.
Ich sags ja. Es war ein Gnadenakt, sagte ich. Sie sind wunderbar, aber eben auch Romanstoff.
Aber laß es. Schreib nichts mehr über sie, verlangt euch allen den Gnadenakt nicht nochmal ab. Jetzt flehte Bertine wieder auf die zwischen uns übliche Spielart: aufrichtig, aber ohne den völlig erwachsenen Ernst. Den schieben wir bei allen Themen, über die wir dringend mit genau diesem Ernst reden müßten, in eine Distanz. Da hinten ist er, wie ein Waldrand, wir können ihn dauernd sehen und spüren. Vor diesem Ernst schützen wir uns mit einem Noch-nicht-Gefühl.
Wir kehrten zu den beiden andern auf die Veranda zurück. Meine Mutter schrieb in ihr Tagebuch, Marie Rosa las in einem Buch. Sie sagte: Charles Dickens, Martin Chuzzelewith. Ich möchte Miss Pinch heißen in deinem Buch. Ich möchte als alte Engländerin bei dir vorkommen. Ich hätte eine Engländerin werden sollen, eine, die in einem efeuumrankten Cottage auf dem Land lebt.
Ich müßte die Fingerhüte köpfen, sagte Bertine, und zum Abschied: Aber mach das trotzdem nie mit mir, nie! *Ich* nehms dir übel, ich bin nicht der Apostel Paulus. Sie bedankte sich für Ruperts Kuß und rief uns *kommt bald wieder* nach.

8

Weihnachten im Sommer

Bertine trug eine overallartige Hose, den Oberkörperlatz mit den Trägern hatte sie selbst genäht, und darunter ein kariertes Hemd mit hochgekrempelten Ärmeln. Ich verglich sie mit einem Tankwart. Sie sagte, sie sei jedesmal neidisch auf die Trägerhosen vom kleinen Bruder ihres jüngsten Klavierschülers gewesen, und in dieser bequemen Aufmachung habe sie nie Magendrücken, was immer sie esse. Ihr Gesicht wurde bedenklich, teils aus Spieltrieb, teils im Ernst: Das ist natürlich die Gefahr dabei: Ich esse zu viel. Diese Hosen machen mich so wundervoll sorglos.

Eine Frau über siebzig stellt man sich wahrhaftig nicht wie Bertine vor, empfand ich mit vergnügtem Stolz auf ihre Einzigartigkeit.

Überraschungsbesuche bei den drei Schwestern habe ich am liebsten. Keine bevorstehende Feierlichkeit schüchtert uns ein, wir schleppen uns nicht mit Geschenken ab, entweder auf dem Hinweg oder auf dem Heimweg oder beide Male, je nachdem wer als Hauptperson dran ist, ganz zu schweigen von Weihnachten, diesem gefühlsaufrührerischen Gemütsaufwand. Zum Überraschungsbesuch bringen wir nur für jeden etwas Notbehelfsmäßiges mit, am besten ist ein Ulk, etwa ein Frosch mit Uhrwerk, alle betrachten wir ihn, wie er am Boden umherirrt und über einen Teppichrand stolpert. Wir greifen aus der Büchersammlung in der Geschenkschublade für jede ein halbwegs interessantes Taschenbuch, wir nehmen die aus Zeitungen ausgeschnittenen Witze mit, die sich seit dem letzten Besuch angesammelt haben, und natürlich irgendwas Süßes zum Naschen: Sie werden protestieren, aber das Süße wird das willkommenste Mitbringsel sein, wenn auch das umstrittenste, denn sie alle wollen grundsätzlich auf keinen Fall dicker werden, möglichst dünner. Sogar meine Mutter hat sich den Protest gegen die sehr geliebten Süßigkeiten angewöhnt, Ediths Schokoladesendungen aus der Schweiz erwecken gemischte Gefühle: Sie freut sich, aber sie versucht, ihrer Lieblingssorte zu widerstehen, die roteingewickelten Schokoladetafeln führen sie in Versuchung, sie weiß, wenn sie anfängt, kann sie nicht gut wieder aufhören, sie weiß ebenso gut, daß das köstliche Süße tröstet, aber auch verstopft.

Rupert war nicht damit einverstanden, als ich eine kleine Schachtel in Herzform – der Inhalt: Pralinés – für meine Mutter einpackte. Ihr lege ich nach einem kurzen heimlichen Abstecher in den ersten Stock, in ihr nur provisorisch für die Wochenendaufenthalte eingerichtetes Schlafzimmer, immer eine Nachtüberraschung aufs Kopfkissen. Dort drüben auf einem Hocker der aufgeklappte kleine Koffer meiner Mutter, da an der Tür vom Schrank hängt ihr Kleid, das ist fast schon alles von ihr in diesem Zimmer, in dem sonst Bertine bügelt oder auf der Nähmaschine näht, und ich bin nicht besonders gern hier, aber manchmal fasse ich Mut und schaue auf den kleinen Nachttisch am Kopfende des Bettes, ich sehe mir das Buch an, in dem meine Mutter vor dem Einschlafen liest, ich betrachte den bescheidenen Wecker (mein Vater fällt mir ein und seine Sammlerliebe zu edlen Uhren) und ihre Medikamente.

Du und Edith, ihr werdet das Oberhaupt so lang mit Süßigkeiten mästen, bis ihr sie damit umgebracht habt, sagte Rupert. Es ist absolut unvernünftig, weil es schädlich ist für sie, ist es überhaupt nicht so liebevoll, wie ihr euch das einbildet. Leg ihr einen Apfel hin.

Einen Apfel, rief ich. Wie total grauenhaft! Ich besuche sie ja nicht in der Besserungsanstalt. Ich komme ja nicht als Gesundheits- und Ernährungsberaterin zu ihr.

Bedauerlicherweise nicht, sagte Rupert. Schreib wenigstens Edith mal, daß sie ihr nicht diese Nougatschokolade in solchen Mengen schickt. Ihr bringt sie um damit.

Ein Liebestod. Ich lachte.
Macht was ihr wollt, sagte Rupert. Ihr wißt, daß es ihr nicht bekommt.
Nun, sie ist mit all diesen Zentnern von Süßigkeiten, biographisch gesehen müssen es Zentner sein, sie ist damit über neunzig Jahre alt geworden, sagte ich. Wie viele Lebensjahre erwartest du noch von ihr? dachte ich. Wir hatten dauernd beide recht, Rupert und ich. Auf eine rationale Art und medizinisch gesehen hatte natürlich Rupert recht. Ich hatte emotional recht, so wie Edith, und doch auch nicht gänzlich irrational, aber inwiefern auch wir mit dem Verstand bei dieser Süßigkeitenzufuhr beteiligt waren, konnte ich nicht erklären. Es mußte mit der Liebe zusammenhängen. Die Liebe wird von einer speziellen Variante der Vernunft dirigiert. Liebe ist oft auf den ersten Blick unvernünftig, nur bei genauerem Hinschauen gibt sie die wahre Vernunft zu erkennen. So erklärte ich es Rupert großspurig, ohne ihn und auch mich selber damit zu überzeugen.
Ich hatte ihn zum heutigen Überraschungsbesuch nicht lang überreden müssen. Mir bedeuten diese für jeden Außenstehenden, könnte er sie heimlich observieren, geradezu idyllisch harmlosen Ausflüge zu den drei Schwestern ein Aufraffen, denn ich weiß, worauf ich mich einlasse: auf Herzklopfen, Nervosität – je seltener wir dort sind, umso mehr. Diesmal erwischten wir sie bei den Vorbereitungen für ihr Mittagessen. Sie leben sparsam. Manchmal redet Marie Rosa über Preise so, als wäre immer noch Krieg. Ich vermute, daß Bertine ein Haushaltsbuch führt, und nach jeder Rückkehr von Einkäufen, so stelle ich es mir vor, setzt sie sich an ihren Schreibtisch und trägt ein, wie viel sie wofür ausgegeben hat. Früher jedenfalls tat sie es. Ist doch völlig sinnlos, sagte ich zu ihr. Du würdest das alles sowieso ausgeben, ihr braucht diesen Salat und das Salz und wasweißich, also wozu es aufschreiben? Willst du eine Statistik der Preise machen? Teuerungsrate, Inflationsrate, interessiert dich das daran? Bertine sagte: Ich habs mir erstens

angewöhnt und zweitens ... es ist wie Spielen. Wie alles, was ich so im Haushalt mache, besonders in der Küche, besonders nach Mahlzeiten, das Geschirrspülen und Abtrocknen und erst recht das Aufräumen, ich spiele. Dann machts mir richtig Spaß. Ich spiele das alles, diese Person in der Küche, als wäre das gar nicht wirklich ich. Ich fühle mich wie eine fremde Frau, die erwachsen ist und die weiß, was in einer Küche zu tun ist. Und das Haushaltsbuch? Ich führe schließlich auch ein Tagebuch. Das ist wahrscheinlich noch viel sinnloser. Ich lese niemals in den Tagebüchern aus früheren Jahren.

Ich widersprach. Doch, wenn du die schönen Kalender für uns machst. Dann mußt du nachlesen, wenn du zu deinen Photos den Text schreibst.

Sie leben sparsam, aber die Sparsamkeit endet, so bald Rupert und ich über die Schwelle treten. Und bei ihren Nachspeisen, auch wenn wir nicht da sind, sowieso immer. Kuchen ist immer im Haus, er wird entweder gekauft oder, meistens von Marie Rosa, gebacken. Marie Rosa kocht gern, sie sagt: Ich ernähre nun einmal so gern euch alle. Worüber Bertine sich oft beklagt. Sie möchte, ohne festen Glauben ans Gelingen, immer abnehmen, und wenn schon nicht abnehmen, dann doch auf keinen Fall zunehmen. Meiner Mutter packt Marie Rosa für die dreieinhalb Tage, in denen sie allein in ihrem Haus lebt, einen Korb voller Näpfe mit Eßwaren. Und gleichwohl, es wird gespart, beim Einkaufen auf günstige Angebote geachtet. Bertine macht bei den Menus für Witiko eine Ausnahme. Für ihn ist das Beste gerade noch gut genug. Er bekommt teils Diät, teils Lieblingsspeisen, und bei den Mahlzeiten profitiert er von seinen traurigen, von tiefer unergründlicher Weisheit kündenden Blicken, die auf Marie Rosa und erst recht auf Bertine unwiderstehlich wirken und ihm schnell wie beiläufig zugeworfene Leckerbissen einbringen. Wenn sie sich Spargel gönnen, wegen Louisa, Louisa liebt Spargel, dann nennen sie das »feudal« – altmodisch gewordene Vokabeln benutzen sie noch immer – und diskutieren den Preis der Qualitätsklasse, für die sie sich entschieden haben.

Froh überraschte Gesichter, bei jeder von ihnen, wie immer, wenn wir unangemeldet auftauchen. Sofort ließ Marie Rosa in der Küche ihre Arbeit, Zerschnippeln von gelben Rüben, stehen und lief die paar Schritte hinüber aufs andere Ufer des schnellen kleinen Bachs über die Brücke: zum Metzger, wegen Rupert. Ein Mann am Mittagstisch muß Fleisch haben. Sie wollte Rupert mit Roastbeef und Rinderschinken traktieren und kaufte gleich große Portionen, damit sie uns, wenn wir wieder abführen, etwas fürs Abendessen zu Haus mitgeben könnte.

Du hast ja deine Zähne immer noch nicht, sagte ich zu meiner Mutter, die marktfrauenhaft vergnügt beim Lachen ohne die Zähne aussah, und ich umarmte sie so fest, daß Rupert rief: Zerquetsch sie nicht!

Sie hat es gern, he?

Ja, sagte meine Mutter. Sehr gern.

Bertine spielt jedesmal Aversion gegens Küssen, Umarmen. Sie verteilt keine Küsse, sie umarmt nicht. Sie läßt das von uns mit sich widerstrebend geschehen. Wenn Rupert oder ich ein Stück von ihrem Gesicht irgendwo am Ohr erwischen, Kuß-Abart, sagt sie: Danke. Sie rief, als wir alle um den Tisch saßen: In fünf Monaten ist Weihnachten!

Unsere Festtagsphobie wird von Rupert nicht mitgemacht. Er schreibt seine Wunschzettel rechtzeitig vor Geburtstagen und vor Weihnachten, er liebt das Auspacken der Geschenke, und mit meiner Mutter teilt er die Ansicht, an Traditionen müsse man festhalten.

Diesmal lassen wirs wirklich ausfallen, beschloß Marie Rosa.

Ich lobte ihre mit Hachée zusammengebackenen Nudeln, ein Resteessen. Ich lobte alle drei Schwestern: Es ist einfach unglaublich, wirklich unfaßbar, man platzt hier herein, und was passiert? Ihr freut euch drüber.

Ich dachte darüber nach, daß ich dreimal auf verschiedene Weise mit dem Ausdruck unverstellter fröhlicher, ja glücklicher Überraschung angelächelt worden war. Ein schönes Gefühl, aber ich mußte aufpassen, nicht darüber traurig zu werden. Wir müßten öfter kommen, denke ich chronisch. Bleibt so wie jetzt, zwar schon lädiert, aber es geht doch noch leidlich gut.

Warum nicht Weihnachten im Sommer? Bertine sprang von ihrem Stuhl am Eßtisch auf und lief die paar Schritte zum Flügel hinüber.

Witiko trabte hinter ihr her. Mit dem Ausdruck des Pflichtbewußtseins, als verstehe er genau, worum es gehe und als fände er es in Ordnung so, folgt er ihr immer. Schon begann Bertine, Noten brauchte sie dazu nicht, »Stille Nacht, heilige Nacht« zu spielen, und Marie Rosa sang mit. Während ich einstimmte, worauf Marie Rosa sich mit einer zweiten Stimme abmühte, und Rupert ziemlich ungerührt weiter aß, betrachtete ich meine Mutter in der Hoffnung, sie könne diese Satire genießen. Sie trank einen zitronengelben Saft mit dem Strohhalm, wegen der fehlenden Zähne, sie merkte, daß ich sie ansah, während ich mitsang, übertrieben jubilierend und mit Tremolo, und nun erst lachte sie. Da erinnerte sie mich an die Mutter von damals, die zum Unsinn ihrer Kinder verständnisvoll den Kopf schüttelte: Es schien noch nicht die Zeit gekommen zu sein, in der sie eingreifen und zur Vernunft rufen mußte. Treuherziges Mütterchen, hältst es für selbstverständlich, daß du immer noch da bist, dachte ich, verwundert, denn das paßte nicht zu diesem grotesken Augenblick.

Spiel mal bitte »Süßer die Glocken«, aber in moll, rief ich Bertine zu. Sie gehorchte, ich machte *ah, wundervoll*, Marie Rosa sang mit, ich fragte Rupert und meine Mutter: So ist Weihnachten eigentlich richtig angenehm, es steht nicht im Kalender, niemand außer uns feiert, keiner regt sich auf, kein Gemütsstreß, Mamma, was meinst du?

Rupert sagte: Ob wir die Fenster zumachen sollten? Ehe jemand denkt, er müsse besser die Anstalt informieren.

Die Anstalt: das ist das Psychiatrische Landeskrankenhaus am südlichen Ortsende. Der trübsinnige Platz, an dem ich die Schwester meiner Großmutter mütterlicherseits besucht hatte, die unverheiratete Tante der drei Schwestern, ihre letzte Station, und mir fielen die von der Sonne ausgebrannten kargen Grasflächen rechts und links der Kieswege ein, auf einer Bank meine Großtante, die nicht wußte, wo sie war, jedenfalls vermuteten wir das, und ihr kahles schreckliches Zweibettzimmer.

Weihnachten im Sommer, Mamma, wie fändest du das? Ich gab nicht auf.

Es ist nicht das Richtige, sagte sie.

Du und Witiko, ihr habt manchmal eine gewisse Ähnlichkeit. Ihr seid so korrekt. Ihr tut, was getan werden muß. Ihr seid gewissenhaft, ihr verfolgt euer Ziel. Es gibt gar kein bestimmtes Ziel, aber du und der Hund, ihr verfolgt es, sagte ich.

Meine Mutter fand das zwar komisch, aber ich war froh darüber, daß sie ihr Selbst behauptete, nicht einfach aus Bequemlichkeit, um nicht sprechen zu müssen, nachgab, sie sagte: Das verstehe ich aber überhaupt nicht.

Mit einer dramatischen Geste, hoch von oben herunter, schlug Bertine in die Tasten und holte in schneller Potpourriabfolge »Oh du fröhliche«, »Leise rieselt der Schnee« und »Ihr Kinderlein, kommet« heraus. Ebenso abrupt, wie sie mit dem Klavierspiel angefangen hatte, beendete sie es auch und kehrte, wieder von Witiko rechthaberisch gefolgt, an den Eßtisch zurück.

Wir hatten schon einige Versuche hinter uns, Weihnachten zu verändern. Nur in den ersten beiden Jahren ohne meinen Vater hatten wir uns wie folgsame verwaiste Kinder benommen. Ich las die Weihnachtsgeschichte aus dem Lukas-Evangelium vor, mit dem kleinen Verdacht gegen mich, meine Sprechweise wäre nicht unaufwendig genug, eher wie für Publikum bei einer öffentlichen Lesung. Mein Vater hatte dem Text gegenüber geduldiger und sanfter gesprochen, aber ich konnte nicht anders, als optimal zu artikulieren und zu betonen, ich fand mich unbescheiden, aufdringlich, und fühlte mich doch wohl, weil meine Mutter zufrieden war. Nicht auf einen Beschluß hin, eher so, als hätten wir die Fortsetzung der Sitte vergessen, haben wir dann die Weihnachtsgeschichte weggelassen. Aber Weihnachtslieder gesungen, jedes Jahr weniger, und in den letzten Jahren gar keins mehr. Bertine hat sich einfach nicht mehr zu Begleitung und Anfeuerung ans Klavier gesetzt. Meine Mutter stellt mittlerweile überhaupt keine Figur aus unserer schönen alten Weihnachtskrippe mehr auf. Adventskränze gibt es keine mehr, weder bei ihr zu Hause noch bei ihren Schwestern, wo das Fest begangen wird, ich kann kaum sagen: gefeiert, ich müßte eher feststellen: wir absolvieren es, wir bringen es hinter uns.

Wir schenken uns nichts. Nur Rupert soll viel haben. Ehe es zu dieser Abmachung kam, hatte ich entschieden erklärt: Rupert ohne Geschenke, das geht einfach nicht. Aber sie flehen Edith an, nicht mehr diese riesigen Pakete aus der Schweiz zu schicken. Haben uns diese Pakete aber nicht immer wundervoll beschäftigt? wandte ich ein. Wir hatten was zu tun. Es regt eure Mutter jedesmal furchtbar auf, das Auspacken, sagte Bertine, und dann ... ich will nicht mehr alle diese Süßigkeiten essen, ich meine, sie führen uns nur in Versuchung. Aber die Mäuse! erinnerte ich sie. Nein, ich will auch die Mäuse nicht mehr. Ediths Mäuse waren aus Schokolade und mit ich weiß nicht was gefüllt, sie sahen in ihren verschiedenen farbigen Silberpapierhäuten komisch aus, und die drei Schwestern rissen sich um jede einzelne. Keine Krippenfiguren mehr, keine Kerzen, keine Mäuse, keine Lieder. Das Lukas-Evangelium denken wir uns, aber sogar damit wollen wir uns keine Schwierigkeiten zumuten.

Es ist schließlich bald 2000 Jahre her, sagte ich, Christi Geburt. Ein bißchen krampfhaft, sich jährlich am 24. Dezember werweißwie drüber zu freuen.

Und er ist noch nicht wieder aufgetaucht, in all den fast 2000 Jahren, sagte Marie Rosa. Heißt es nicht, der Messias wird kommen? Wird es nicht für ganz bald verheißen, und zwar schon damals von den Aposteln, also auch vor fast 2000 Jahren? Aber nichts in Sicht. Kein Messias, kein Erlöser.

Weil ich merkte, daß meine Mutter sich durch diese Unterhaltung belastet fühlte, sagte ich: Ich denke, wir alle verstehen nicht genug davon.

Das solltest du aber, sagte Rupert, wer liest denn dauernd Karl Barth und Kierkegaard.

Ich bin trotzdem kein Theologe.

Aber Bertine, sie hat Religion unterrichtet. Marie Rosa machte ein eingeschnapptes Gesicht. Mir will sie kein bißchen weiterhelfen, wenn ich irgendwelche theologischen Fragen habe.

Bertine war schroff bei der Erklärung, wir alle redeten Unsinn und mit Christi Geburt hätten weder süße Mäuse aus der Schweiz noch Kerzen und schon gar nicht ein Tannenbaum zu tun. »Oh Tannenbaum, oh Tannenbaum«, sang sie sofort anschließend, reich mir noch mal die süße Sahne rüber. Sie schwenkte ihren Dessertlöffel. Es gibt kein *Bäumchen* mehr.

Aber Louisa möchte es gern, sagte Marie Rosa.

Ich brauch auch keins, sagte meine Mutter.

Weil Rupert von den Verdikten gegen Weihnachten ausgenommen war, verwandelten sich diese Feste jährlich mehr zu einer Art von Rupert-Geburtstagen. Die Bäume schrumpften zu Bäumchen, einmal gab es eins aus Plastik, mehr ein Scherzartikel – Bertine und Marie Rosa wollten sich aus der Gefühlsinnigkeit in den Gefühlskitsch retten – dann wurden nur noch ein paar Tannenzweige in einer Vase drapiert. Und immer wieder: Nur keine Kerzenschummrigkeit!

Diesmal lief *ich* vom Eßtisch weg zum großen braunen Barockschrank, ich hatte eine Idee und Glück und kehrte mit einer brennenden Kerze in einem Porzellanleuchter zu den andern zurück.

Weihnachten im Sommer, das hatten wir noch nie! Ich sang auf die Melodie von »Stille Nacht«: »Lauter Tag /

Heißer Tag...« und Rupert sang weiter: »Holder Rupert im lockigen Haar...«

Albernheit, fatalistisch und kurz vor Lachanfällen, eine mehr verwunderte Heiterkeit sogar beim Oberhaupt Louisa mit dem Gehorsam gegenüber Kalenderdaten und deren Anforderungen, und Witiko bellte, er blickte erwartungsvoll zum singenden Rupert, dem der Text ausging, und schien zu erwarten, daß eine Autofahrt mit anschließendem Spaziergang bevorstehe.

Machen wir das alles, weil du drüber schreiben willst? fragte Marie Rosa.

Ich erinnerte sie daran, daß Bertine damit angefangen hatte. Gibts Kaffee?

Es gab Kaffee. Marie Rosa hatte gefragt: Darf es diesmal Kaffee zum Anrühren sein? So nennt sie Pulverkaffee. Wir setzten uns auf meinen Wunsch ins dämmrige Wohnzimmer, gegen Bertines Widerstand.

Ein scheußlich dunkles Zimmer und kein einziges Möbelstück ist bequem, klagte sie.

Aber am Eßtisch zu sitzen, ist doch viel weniger bequem, widersprach ich. Und ich liebe euer Wohnzimmer. Es ist so angenehm dunkel.

Rupert fragte: Warum laßt ihr die Sessel nicht aufarbeiten?

Ich setzte mich neben meine Mutter, neben ihren Stammplatz auf dem kleinen Sofa, ich fand es bequem, sehr weich, ausgesessen, und zu warm, aber auf der Veranda – wir machten einen Test – glühte die Mittagssonne durch die mit einem hellen Vorhang bespannte Fensterscheibe auf der Westseite und die Hitze brannte auf dem Blechdach, hier war es viel zu heiß.

Das hat dich doch nicht gekränkt oder sonstwas, Mamma? fragte ich sie, ich gab ihr schnell einen Kuß, sie hatte ein heißes Gesicht. Wenn ich so dicht neben ihr sitze, erschrecke ich vor ihrem kurzen schnellen Atmen. Mehr zum Spaß fühlte ich ihr den Puls, das amüsiert auch sie, gleichzeitig findet sie es interessant.

Nein, es hat mich nicht gekränkt, sagte sie.
Wie ist ihr Puls? wollte Rupert wissen.
Nicht schlecht, sagte ich. Aber warum atmest du so schnell? Du atmest wie ein kleiner Vogel.
Sie atmet immer so, sagte Marie Rosa. Mit euch ists lustig, man wacht richtig auf. Es ist endlich was los, wenn ihr da seid.
Mutter, sagte ich, keine Angst, wir machen alles wie immer mit Weihnachten, das war bloß ein Spiel.
Sie hat auch nichts mehr übrig für Weihnachten, informierte mich Bertine.
Bertine hatte recht, und ich mußte es ja vom letzten Jahr her wissen. Wir haben es mit unserem Stöhnen und Schimpfen so weit getrieben, daß das Oberhaupt Louisa, meine Mutter, jetzt offen zugibt: Ich habe schreckliche Angst vor Weihnachten. Sie tut es mir gegenüber beim Telephonieren und in ihren Briefen an Edith. Was sie meinen Brüdern schreibt oder am Telephon sagt, weiß ich nicht. Zur Rechenschaft gezogen, streng von mir befragt: Aber warum denn, Mutter, warum hast du Angst vor Weihnachten, *Angst*, fällt ihr das Antworten schwer und sie weicht aus ins Realistische: Ich kann gar nichts mehr besorgen, ich kann keine Geschenke mehr einkaufen. Ich protestiere: Aber deine Gutscheine und Schecks, Mutter, jeder weiß sie zu schätzen. Du bist so großzügig wie eh und je. Außerdem hast du es von uns allen am leichtesten: Du brauchst bloß in deinem Haus die Treppe runter in die Bibliothek vom Vater zu gehen und dort in die Regale zu greifen, jeder Griff ein Fund, ein Schatz. Nur eine Treppe zwischen dir und den Geschenken.
Mein Vorschlag beschädigt jede Systematik und auch die Gerechtigkeit. So viel planlose Schenkfreudigkeit ist der Bibliothek nicht gut bekommen. Die Reihen der Büchergestelle erinnern an Straßen mit Baulücken. Wer von uns meine Mutter besucht, wird freundlich von ihr aufgefordert: Such dir was Schönes aus!
Seit dem Tod meines Vaters hat meine Mutter sich für

mich verändert, dachte ich, als ich von ihr abrückte, und für sie, Rupert und mich mit dem Kaffeepulver und dem heißen Wasser, das Bertine in einer Thermoskanne auf den kleinen viereckigen Tisch stellte, irgendwohin, wo zwischen Zeitungsstapeln und anderm Lesestoff Platz war, den Kaffee zubereitete.

Wenn du über unser Sommerweihnachten schreibst, wenn das in dein Buch kommt, wird das dann auch verfilmt? fragte Marie Rosa.

Bei ihr weiß man nie genau, was sie ernst meint und was Ironie ist oder eine Art von sarkastischer Gleichgültigkeit.

Au ja, rief Bertine, bei der ich auch eher vermutete, sie spiele nur Theater. Wir wollen mal wieder ins Fernsehen. Und ich spiele Klavier, ich mache die Begleitmusik. Reger? Schumann?

Und Marie Rosa ärgert sich dann wieder, wie immer, wenn Musik in Filmen einsetzt, sagte ich.

Kaum bringen sie irgendeinen kulturellen Beitrag, da ertönt auch schon Klassik, nörgelte Marie Rosa. Es ist abscheulich.

Ich habe, seit dem Tod meines Vaters, mehr als vorher auf meine Mutter geachtet, ich habe sie genauer beobachtet. Zuerst war sie verwaist, von ihrem Mann zurückgelassen, hinterblieben. Sie war seine Witwe. Das ist sie immer noch, ich werde sie niemals als ganz autarke Person sehen können, aber mit den Jahren wurde in meiner Wahrnehmung von ihr doch ihr Alter zur Hauptsache.

Wir waren alle etwas stiller geworden. Bertine sagte: Die zwei brauchen bald ihren Mittagsschlaf.

Ich nicht, sagte Marie Rosa.

Ich auch nicht, sagte meine Mutter.

Aber wir müssen sowieso zurück, sagte ich. Es sollte ja bloß eine kleine Überraschung sein, ein kurzer Überfall.

Es war ganz wundervoll, sagte Marie Rosa zum Abschied, und drückte mir gut verpackte Sachen aus der Metzgerei in die Hand: Für Ruperts Abendessen.

Zu meiner Mutter sagte ich: Verlaß dich auf Rupert. Er

wird wieder für uns alle den kleinen Friedi spielen, er wird wieder der habgierige dicke kleine Bub sein, der bombastisch beschenkt werden will und den das Feiern lockt.

Sie lächelte ein bißchen gezwungen, gleichzeitig hatte ihr Ausdruck etwas Dankbares.

Ach, wie herrlich, rief Bertine, noch fünf Monate bis Weihnachten! Jetzt habe ich noch jeden Mut dazu. Richtig große Lust!

Und sie hat sich nicht ganz so widerstrebend zum Abschied küssen lassen, mit dem Kopf genickt und *Danke* gesagt, und Witiko gab es auf zu bellen, weil er merkte, daß aus einem Ausflug diesmal nichts würde.

9

Professor Wirtz und die anderen: Sie sollen uns in Ruhe lassen

Erzählstoff aus meinem Alltag mit Rupert interessiert sie immer. Am Tag nach der Schilderung einer Geselligkeit sagte meine Mutter am Telephon zu mir: Ich bewundere dich.

Aber warum denn? Ich hatte nichts Besonderes gemacht.

Weil du so gut erzählen kannst, sagte sie.

Ich kann gar nicht so gut erzählen, ich bin zu ungeduldig dazu, mündlich bin ich wirklich gar nicht gut. Ich wollte meine Mutter trösten, aber selbstverständlich wußte ich, daß sie an ihre eigene Scheu beim Sprechen dachte. Manchmal kräuselt sie die Stirn vor Anstrengung mit einem Wort. Mehrere Sätze hintereinander sagt sie kaum noch, sie begnügt sich mit kurzen Aussagen, und ihre Schwestern beneidet sie, weil die in ganzen Absätzen reden.

Ich fragte sie: Hast du deinen Schwestern vom Professor Wirtz erzählt?

Sie wußte es nicht mehr. Sie war gestern zu sich nach Haus zurückgekommen. Beim Morgentelephonat hatte ich ihr aufgetragen, Grüße vom alten Professor Wirtz zu übermitteln, übrigens galten diese Grüße auch ihr. Wir hatten Professor Wirtz auf einer Surprise Party zu meinem Geburtstag getroffen. Wahrscheinlich wollte die Gastgeberin eine Geselligkeitsschuld ihm gegenüber abtragen und bezog gleichzeitig fröhlich ein, daß Rupert und ich den Professor seit Jahrzehnten kennen. Der Professor kramte sofort viel mehr frühere, in meine Familie hineinreichende Beziehungen hervor, als mir eingefallen wären. Er war wirklich noch immer hellwach mit gutaufgeräumtem Gehirn, voll dem Geistesleben verschrieben und der Fortsetzung seines Mitwirkens darin, und weil er im Alter meiner

Mutter ist, fing ich an, mich über sein prächtig funktionierendes Gedächtnis zu ärgern. Anstatt mich über seine intakte Ausrüstung, in der Kombination mit Interessiertheit und Munterkeit, für ihn zu freuen, wurde ich stellvertretend für meine neidlose Mutter neidisch.

Und bei Ihrem Herrn Vater in seiner großartigen Bibliothek bin ich oft gewesen. Er lud mich ein, vor seinen Schwestern zu sprechen, erzählte er mir. Und so hielt ich für seine Diakonissen Vorträge über Antigone, über...

Diakon*ie*schwestern, nicht Diakon*issen*, verbesserte ich.

Und Sie, der Professor hatte sich zu Rupert halb umgedreht, Sie sind mein Assistent gewesen, als ich hier am Theater Dramaturg war.

Beim nächsten Zusammensein erschreckte ich die drei Schwestern mit den Wiedersehensgelüsten des alten Professors. Zu allererst hat er natürlich wie immer nach euch gefragt. Zu Rupert und mir hat er diesmal nicht gesagt: Ich könnte mit Ihnen zu den drei Damen fahren. Er hat nicht *Sie sind ja beritten* gesagt.

Beritten? Bertine lachte.

Mit beritten meint er, daß wir ein Auto haben.

Hört sich wie aus einem Stück von Schiller an, sagte Marie Rosa.

Er hat von einer früheren Bekannten erzählt, die jetzt nicht mehr lebt, was er schlimm findet, weil er bereut, den Kontakt nicht genug gepflegt zu haben. Es sei nie wieder gutzumachen, und er gibt sich die Schuld dafür.

Geschenkt. Bertine soll ihm schreiben, daß es uns nichts ausmacht, wenn er den Kontakt nicht pflegt, beschloß Marie Rosa.

Sie würde dem Professor natürlich keine Zeile schreiben. Meine Mutter schreibt Briefe, ihre Schwestern tun das so gut wie nie.

Er soll nicht kommen. Marie Rosa wirkte verstimmt, und ungewohnt lebhaft pflichtete meine Mutter ihr bei.

Ihn haben wir nie wirklich gut gekannt, fuhr Marie Rosa fort. Es war seine Frau. Und alles ist endlos lang her.

Er wird anrufen, drohte Rupert.

Bleibt ihr nun zum Essen oder bleibt ihr nicht? Bertine baute sich vor unserer kleinen Sitzgruppe in der Veranda auf. Ach, sagt ja, bleibt doch! Marie Rosa, ich werde einfach noch ein paar Kartoffeln in das Kartoffelgemüse reinschnippeln, und wir könnten auch Salat machen, es ist Salat da.

Und ist auch Fleisch für Witiko da? Dann kriegt der Witiko heut Diät und ich das Fleisch, sagte Rupert.

Ich freute mich, denn sie freuten sich. Ich sagte: Hier bei euch merkt man gar nicht, wie windig es draußen ist. Jenseits dieses Gartens...

Jenseits dieses Gartens ist sowieso alles anders, sagte Marie Rosa. Der Professor Wirtz soll uns in Ruhe lassen.

Er ruft an, prophezeite Rupert.

Ich finde, es ist jetzt meistens zu viel Wind, beinah Sturm, sagte ich.

Wenn er anruft, sagen wir ihm, daß wir krank und alt und schwachsinnig sind, sagte Marie Rosa. Bertine wird das für uns tun, nicht war, Louisa?

Ja, sagte meine Mutter brav. Aber schwachsinnig?

Es ist doch klar, daß wir hier verblöden, Louisa, du und ich. Marie Rosa klang energisch.

Meine Mutter sah etwas widerspenstig aus. Dann aber wie ein Schulmädchen, das einen Tadel einstecken muß, als Marie Rosa sie anstupste: Na, wer hat denn vorhin nicht gewußt, wer Paul Tillich war? Du hasts nicht gewußt, eine ehemalige Pfarrersfrau. Vor lauter Fernsehserienhelden wissen wir zwei nichts mehr von wichtigen berühmten Leuten, über die andere schrecklich eifrige Leute wie Professor Wirtz ihre Vorträge halten und Essays schreiben. Sie hatte *Essay* deutsch ausgesprochen, wie um ihre Verachtung lautmalerisch auszudrücken. Eine Verachtung für die gescheiten Leute und für Menschen wie Louisa und sie, die vor dem Einschlafen alte Kinderbücher lesen – beim Frühstück reden sie über die Langerud-Kinder – und Verachtung für die Gegenwart und ihr Altsein darin.

Aber an Dietrich Bonhoeffer hat sie sich erinnert, verteidigte ich meine Mutter. Und nicht der Professor Wirtz spricht über Paul Tillich, der Professor Wirtz bezeichnet sich als *Theatermann*, und als solcher erbettelt er sich Premierenfreikarten. Über Paul Tillich arbeitet zur Zeit unser Freund, den ihr aus meiner Geschichte über die Gebhards kennt.

Weil Bertine mit der Cognacflasche und einem Glas für Rupert auftrat, predigte ich ihr: Unser Freund, der sich als echter Theologe erwies, als er mit der christlichen Lehre ernstmachte und mir vergab. Denkt dran, wenn es bei euch so weit ist.

Wir sind keine Theologen, sagte Bertine.

Was ist wann bei uns so weit? fragte Marie Rosa.

Das könnt ihr doch nicht vergessen haben: Ich werde ein kleines Buch über uns hier schreiben. Wie wir so zusammen sind, ziemlich verlassen von der weiteren Familie.

Verlassen? Von der weiteren Familie? Das Oberhaupt, meine Mutter, äußerte sich nicht dazu, aber sie sah das nicht so oder wollte nicht.

Zum Glück wird innerhalb der Familie über meinen Beruf fast nicht gesprochen. Deshalb rede ich sogar manchmal freiwillig davon. Beim Gedanken an das *kleine Buch*, das da bevorstand, sah niemand besonders entzückt aus, jeder beschäftigte sich mit seinen Bedenken.

Ich mache was über uns hier, sagte ich, über uns kleinen harten Kern.

Nicht in dieser Terroristensprache, bitte, sagte Rupert.

Über Professor Wirtz auch, sagte ich.

Mit wie vielen Prozessen werden wir rechnen müssen? fragte Rupert, und Marie Rosa mußte lachen; richtig erfrischt und aufgeweckt schimmert ihr Gesicht bei Ruperts Sottisen.

Wir sind doch ziemlich isoliert, wir fünf, sagte ich, und spürte wieder einmal die nie übelnehmerische Liebe der Schwestern zu meinen fernen Geschwistern. Ich behielt den Satz für mich: Wir kämpfen hier allein an der Altersfront. Gegenüber der Gegner, der Tod. Wäre er doch jederzeit das hochgesteckte Ziel! Der vor dem wahren Anfang des Schönen endlich fallende Vorhang, Erlösung und alles Friedenstiftende, Freiheit, auch tagsüber die Sehnsucht, die ich mir vor dem Einschlafen gut glauben kann, nicht immer. Nicht sterben, bitte, immer noch einmal nicht, nicht jetzt! Ist das nicht ein kläglicher Wunsch? Warum beten, wenn der Papst krank ist, die Kardinäle um sein Leben? Nicht einmal der Frömmste will sterben.

Werdet nicht krank! Ich fixiere Marie Rosa: In diesem Sommer tust du uns das nicht an, krank zu werden.

Ich bin ziemlich sicher, daß das damals eine Salmonellenvergiftung war, sagte Marie Rosa. Dauernd sterben in Altersheimen die Leute an Salmonellenvergiftungen.

Wir sind kein Altersheim, sagte Bertine.

Aber was Ähnliches, ein bißchen sind wirs doch, fand Marie Rosa.

Es liegt an den Sachen, die man ißt, an alten Eiern, die roh in eine Nachspeise gerührt werden, sagte ich und dachte wieder: Auch im letzten Sommer haben wir hier allein um Marie Rosa gekämpft, hauptsächlich Bertine, sie hat wieder die ganze Last getragen, wir anderen haben geseufzt und besorgt telephoniert, Edith schrieb liebevolle bekümmerte beschwörende Briefe und schickte Trostgeschenke, aber wir waren doch allein hier in unserer Hitzewellenregion. Die drei Schwestern empfinden das als selbstverständlich. Meine Geschwister leben für sie so weit entfernt, wie die Rarität ihrer Besuche das glauben läßt.

Der Tod müßte so verlockend sein wie ein Abreisedatum, von dem an die Ferien beginnen. Ferien für immer, sagte ich. Man müßte ihn herbeisehnen wie die *Urlauber* ihren *Urlaub*.

Ich sehne mich nicht nach *Urlaub*, sagte Marie Rosa.

Meine Geschwister sind sehr beschäftigt, mein ältester Bruder trotz Ruhestand auch, er übt umso mehr Klavier und jetzt will er wieder mit dem Cello anfangen; seine Frau richtete sich im Keller ein Atelier ein und malt und lernt außerdem Spanisch, und beide müssen sich auf Vorlesungen und Seminare vorbereiten, viel lesen, denn sie haben mit einem Seniorenstudium begonnen. Mein jüngerer Bruder, der zwölf Jahre jüngere Andi, arbeitet als Pfleger im Zürcher Kantonspital und hat wirklich viel zu tun, eine schwere Arbeit mit den Uralten und Moribunden. Seine schweizerische junge Frau besucht neben ihrer Sekretärinnenarbeit bei einer Bank immer wieder andere Schulen zur Fortbildung in Betriebswissenschaft und Sprachkurse, sie kommt weiter, legt Examina ab, überanstrengt sich. Edith und Ricardo: kaum eine freie Minute. Er sieht am Tag acht Patienten und Analysanden, hält außerdem Vorträge, ist in Kuratorien und Komissionen und hält Prüfungen ab, liest Thesen, unterrichtet in Sommersemestern amerikanische Studenten im Verlauf von *Intensive Studies*, und schreibt Buchbeiträge, Artikel für Lexika, eigene Bücher. Edith hat sich dazu durchgerungen, als Bibliothekarin halbtags in der ETH weiterzuarbeiten, über ihre Rentengrenze hinaus. Sie hat sich zur Fortsetzung ihrer Überanstrengungen und des Wettlaufs mit der Zeit entschlossen, gegen unseren Rat. Um Ricardo von den normalen Alltagsschereien abzuschirmen, hat sie für alles, was jenseits seines Berufs geschehen muß, die Verantwortung übernommen. Ruh dich doch aus, du hättest mehr Zeit für dich; wenn ihr die Mansarde schallisolieren laßt, kannst du dort auch endlich so viel Bratsche üben wie du willst: Edith sehnt sich beim Üben selbstquälerisch vergeblich nach der früheren Perfektion als Berufsmusikerin, nach dem *einen* reinen Ton, nach gelenkigen Fingern – kaum fangen die Finger an, ihr nach Wunsch zu gehorchen, da muß sie auch schon wieder in die Küche oder zur Wäsche in den Keller oder zum Einkaufen für Gäste, die sehr oft – es sind Ricardos Kollegen mit ihren Ehe- oder Exfrauen oder Begleiterinnen – zum Abendessen eingeladen werden. Du könntest deinen Garten so hinkriegen, wie du ihn dir immer erträumst, du könntest dich in eine Hängematte legen und Bücher lesen, die Patienten, die nichts von dir und von

Ricardos privatem Leben wissen dürfen – nach dem sonderbar weltfremden Gesetz des *Settings* – sie schauen ja nicht aus dem Fenster. Du könntest dir einen täglichen Spaziergang angewöhnen, den Nebelbach entlang, gerade gegenüber von eurem Haus da unten könntest du über das Brückchen gehen und deinen Gang bergauf zu den Dolderwiesen beginnen ... doch Edith hat sich anders entschieden, für die tägliche Fron, für das Überarbeiten; für die Unabkömmlichkeit, setze ich, mit einem Fragezeichen, für mich hinzu. Will sie nicht eine Verwandte sein, die dann, gar nicht mehr so fern, verfügbar wäre?

So durchtrieben – Bertine würde es *garstig* nennen – denkt hier in der Veranda außer mir keiner. Sie wollen so nicht denken. Ausgenommen vielleicht Marie Rosa, die das zwar auch nicht will, während sie doch unvermeidlich weiterdenken muß.

Insekten zuckten durch die Licht- und Schattenzonen zwischen der Zeder und dem Geißblatt. Mit einem ihrer langen schlaffen Armen ähnlichen Äste und deren tatzenhaften von dunkelgrünen Nadeln behaarten Zweigen liegt die Zeder über dem Dach der Veranda. Grün dämpft sie die Helligkeit, durch die lichtgesprenkelte Schatten hin und her schweben. In der dunstigen Luft unten im Garten schwärmten winzige, fast durchsichtige Blattläuse aus. Alles wäre herrlichster Sommer, wenn wir nicht so alt wären, dachte ich. Und wenn ich ein ruhiger Mensch wäre. Wenn ich viel Zeit hätte, wenn ich überhaupt Zeit hätte. Vorhin hatte ich mir für Edith eine Hängematte ausgemalt, jetzt wünschte ich mir diese Hängematte für mich selber und mir fielen die Bücher ein, die ich darin lesen würde, im Schatten. Und gegen Abend ein Gewitter. Ein langsamer ruhiger Sommertag nach dem anderen, wie in einem angelsächsischen Roman oder in einer russischen Erzählung. Aber im wirklichen Sommer mit seinen riskanten Hitzewellen schimpfen wir herum, vor lauter Sorge, die Alten müßten unter dem Klima leiden, sie würden es nicht vertragen und krank werden, und wir etwas Jüngeren haben Angst um unsere Haare, Bertine und ich, wir versuchen es mit Strohhüten und kleinen Mützen, genieren uns vor den Passanten, aber wie sonst sollen wir vor der ausbleichenden glühenden Sonne unsere Tönungen schützen? Wir probierten Kopfbedeckungen auf und mußten lachen, und Rupert machte Polaroids, warteten ungeduldig darauf, daß sich Farbe über die lichtempfindliche Photopapierschicht ausbreitete, meine Mutter sammelte die Bilder ein, um sie Edith zu schicken.

Das Alter ist widerlich, befand Bertine.

Der Sommer ist nur für die Jungen da, sagte ich.

Wie alles andere auch, sagte Marie Rosa. Wir gehören nicht mehr dazu.

Ach, doch. Von jetzt an wollte ich sie beruhigen. Du schon noch. Es hat etwas mit der Interessiertheit zu tun.

Ich bin an immer weniger interessiert, behauptete Marie Rosa. Ich tue nur noch so. Aber das meiste geht mich nichts mehr an.

Du interessierst dich dafür, die Vögel zu füttern, stellte ich fest.

Die Vögel haben genug zu essen, sagte Bertine, sie sollen diese Blattläuse essen. Es ist schließlich kein Winter.

Marie Rosa fuhr fort damit, Haselnüsse zu zerkleinern. Sie vermischte das Nußgebrösel mit den Rosinen und wischte sich dann mit der Handfläche den Rock sauber. Krümel flogen auf den Holzdielenboden der Veranda.

Die Verklärung des Alters ist kriminell, außerdem Blödsinn.

Ich war mit Bertine in der Küche, um nach dem Kartoffelgemüse zu sehen. Sie kippte eine Schüssel mit Bratensauce von gestern hinein, ich verrührte im Topf die milchschokoladenbraune Masse.

Da sind dann aber diese Frau Achenbergs und diese alten Wirtz-Professoren mit ihrem Lebenseifer und dann all die munteren Senioren mit ihren Supersparpreisreisen und dem Überwintern auf Mallorca, und so kommts zur Verklärung des Alters, alles Heuchelei. Von den Kranken,

Hilflosen, den Demenz-Greisen in den Zwei- und Dreibettzimmern in Pflegeheimen wird weniger gern geredet.
Die sehe ich aber dauernd im Fernsehen, sagte Bertine.
Na gut, so nebenbei, so wie du auch während der Nachrichten kurz ins Elend irgendwelcher Flüchtlinge und verhungernder Afrikaner blicken sollst. Nie aber ist die Rede vom Oberhaupt und Marie Rosa, von dieser Art der Alten. Gibts denn nur diese beiden? Die so sind?
Ich glaubte fast: Ja, es gibt nur diese beiden, die so sind. Ich sagte: Es wird immer schwieriger, das Oberhaupt richtig zum Lachen zu bringen. Sie lächelt höflich mit, aber auch dazu müssen zuerst Blicke sie auffordern.
Sie grinst, neuerdings, sagte Bertine.
Das kann mit den neuen Zähnen zusammenhängen, sagte ich. Ich finde nicht, daß sie gut passen. Die Oberlippe spannt.
Es ist doch komisch, sagte Bertine, Marie Rosa und ich, wir reden miteinander, wirklich laut genug, sie kanns verstehen, aber sie äußert sich zu nichts, man muß ihr erst einen Schubser geben, man muß *sag auch was* rufen, vorher macht sie nicht mit.
Ich versuchte, die Abkapselung meiner Mutter mit einer Diagnose zu erklären: Du mußt bedenken, daß man vermutlich bei der Kombination von Altersparkinson, Schwerhörigkeit, Altersdepression so wird. Und wer weiß, was noch alles auf ihrer Karteikarte beim Arzt steht.
Sie *war* zu viel allein, seit euer Vater tot ist, und sie *ist* zu viel allein, sagte Bertine. Die paar Tage bei uns ändern da auch nicht viel.
Das Kartoffelgemüse war längst fertig.
Wenn sie sich vielleicht doch ab und zu mal denkt: den Andi werde ich in meinem Leben nicht mehr zu sehen kriegen... Ich hörte auf, denn Bertine rief mir *das ist ja furchtbar* dazwischen.
In seiner freien Zeit lebt Andi, aber anders als seine Mutter, auch in einer Welt für sich, zwischen frei durch die Wohnung fliegenden Vögeln und bei laufendem Fernseh-

programm, jede Stunde einen ausführlichen Wetterbericht, mit lebenden Insekten und Kisten mit besonderer Erde für winzige Würmchen, eine Vogelspezialkost, und er schreibt einen riesigen Roman und Kochbücher mit selbsterfundenen Rezepten, veröffentlichen wird er nichts. Ich war es, die ihn vor dreißig Jahren gelehrt hat, wie angenehm es ist, mit Bier und Whisky allzu viel Bodenhaftung loszuwerden und abzuheben. Der Unterricht war leicht und schön, aber dann ließ ich meinen erstklassigen Lieblingsschüler allein.

In der Veranda warnte Rupert vor den brüchigen wackligen Korbsesseln. Ihr müßtet euch wirklich endlich neue zulegen. Du wirst mit diesem Monstrum zusammenkrachen, sagte er zu Marie Rosa. Seid nicht so geizig. Der Unfall kostet mehr.

Alles vergeblich, das weißt du doch, rief ich ihm entgegen.

Ich dachte daran, daß Marie Rosa die Dinge, die sie sich wirklich wünscht, nie bekommen wird: aus Entschlußlosigkeit, nicht weil Bertine sie ihr nicht gönnte. Sie wird nie ein Gewächshaus haben, nicht einmal ein ganz kleines, das in den Garten passen würde, und auch keinen Stuhl auf Rollen, mit dem sie durch die Küche kutschieren möchte, vom Tisch zum Herd und von da zu den Schränken. Geschenke, die man ihr mitbringt, trägt sie unausgepackt zuerst einmal weg, sie findet sie irgendwann später, freut sich und läßt sich lieber überraschen, wenn sie allein ist. Für sie darf kein Geburtstagstisch gedeckt werden. Weihnachtsgeschenke verstaut sie unter dem Sessel, auf dem sie sitzt.

Ich hätte nie gedacht, daß euch so was wie ein Kartoffelgemüse schmeckt, ich meine, daß man euch so was anbieten könnte, sagte sie.

Aber gerade solche Sachen sind ideal! Wir kochen nicht richtig, bei uns gibts keine Reste. Ich lobte das Essen. Außerdem erzählt so ein Kartoffelgemüse von euren Lebensgewohnheiten.

Rupert sprach mit Witiko, der mit ergebenem Ausdruck neben ihm ausharrte: Dein Tatar schmeckt wirklich vorzüglich, vielen Dank für das Opfer!

Mein armer Schatz, rief Bertine, komm zu mir. Ich hab einen Bratenrest in meinem Kartoffelmatsch gefunden.

Der Professor Wirtz hat zu der Surprise Party Separatdrucke eines Zeitschriftenbeitrags mitgebracht, der war vorher ein Vortrag, und hat sie an die Gäste verteilt, etwas über Kleist, oder, Rupert? Und kein Gast sah so aus, als würde er sich in absehbarer Zeit auf die Lektüre stürzen. Auch er ist also nur ein bedauernswerter Alter. Nur, er kriegts nicht mit. Er fühlt sich wohl.

Es war ein Artikel über Klassiker und wie sie jetzt auf dem Theater verhunzt werden, sagte Rupert.

Das müßte doch was für euch sein, sagte ich.

Bertine zeigte sich interessiert, und Marie Rosa sagte: Bertine nehmen wir sowieso aus, aber Louisa und ich, wir sind mitten im Verblödungsprozeß. Wir verkalken. Wir haben den Kopf voll mit Eiweiß und Aluminium.

Er sieht eigentlich aus wie ein Baby, ich meine den Kopf, er hat so strahlende blanke neugierige Babyaugen, der alte Professor. Er ist unentwegt von irgendwas begeistert. Jeden, den er am Schlaffittchen zu packen bekam, hat er beschworen, sich die Inszenierung von Mussets »Man spielt nicht mit der Liebe« anzusehen. Er hat jedesmal den französischen Titel hinzugefügt: »On ne badine pas avec l'amour«.

Alter Angeber, sagte Marie Rosa. Und das ist auch ein Märchen, daß ich mit seiner Frau eng befreundet war. Ich hab sie nie richtig leiden können. Bach hat sie gespielt als wärs Mozart und umgekehrt.

Ich glaube, das ist ungerecht, Mariechen, sagte Bertine.

Übrigens hat er sich auch über das Altsein beklagt. Er sprach von seinen *Gebresten*, und wie viel Zeit sie ihm rauben, beim Anziehen und all dem häuslichen Kleinkram.

Lebt er ganz allein, macht er alles allein? fragte Bertine.

Er hat so eine Frau, ich glaube, er nannte sie Zugehfrau, und der legt er eine Liste mit abzuhakenden Erledigungen hin, damit sie ihn nicht in seinem Arbeitszimmer stört. Andererseits findet er sie *knusprig*.
Alter Macho. Bertine schüttelte sich.
Wir sind nicht knusprig, also braucht er hier nicht aufzukreuzen, sagte Marie Rosa. Außerdem ist er viel jünger als wir. Er ist sicher erst Anfang Achtzig.
Meine Mutter erwachte aus ihrer alles erduldenden Anwesenheit und behauptete, bis zu diesem Alter, ungefähr achtzig und etwas darüber, habe sie sich noch sehr kräftig und gut gefühlt. Keine widersprach, aber jeder wußte, daß sie sich irrte. Manchmal sind *wir* die Schwerhörigen.
Ich habe keine Lust, auf andere Alte neidisch zu sein. Auf diese agilen Alten, erklärte Marie Rosa.
Es ist einfach Quatsch, was du von deinem Verblöden erzählst, es ist einfach nicht wahr, sagte ich energisch, und nur ihre großen schönen graugrünen Augen glaubten mir, ihr Mund blieb störrisch. Du bist intelligenter als alle, weil du dich nämlich beobachtest, und das tust du extrem kritisch.
Manchmal gefalle ich mir, ich bin nicht immer kritisch, ich finde mich herausragend, sagte Marie Rosa. Bin ich doch, oder? Sie blickte in die Runde.
Du bist bizarr, sagte ich.
Bizarr? Ich bin komisch, tragikomisch.
Du kannst mit jedem mithalten, auch mit dem alten Wirtz. Du findest seine unverwüstliche Begeisterungsfähigkeit lächerlich.
Aber ich bin auch neidisch drauf.
Klar. Weil es sich angenehmer lebt, wenn man begeisterungsfähig ist. Weil man dann Scheuklappen trägt. Sieh mal, du liest englische Literatur im Original...
Aber nicht richtig, nicht mit dem Wörterbuch, ich überlese vieles...
Das stimmt doch auch wieder nicht, protestierte Bertine. Und zu mir gewandt: Ich habe ihr schon wieder ein Wör-

terbuch bestellen müssen. Sie fahndet oft tagelang nach einem Ausdruck.

Und du übst deine Tonleitern, fuhr ich fort, du zeichnest...

Ich zeichne *ab*, korrigierte Marie Rosa.

Aber nicht nur Originale, Bertine schaltete sich wieder ein. Sie zeichnet nicht nur Originalzeichnungen ab, sie zeichnete gestern den Kübel mit dem Oleander.

Du warst kürzlich von Otto Julius Bierbaum ganz erfüllt, wars nicht ein Buch über Bierbaums erste Fahrten im Automobil...

Das war köstlich, sagte Marie Rosa. Soll ich es euch leihen? Eure Mutter hat es wieder weggelegt.

Also, Bierbaum und der Professor...

Er soll trotzdem wegbleiben, entschied Marie Rosa. Und ebenso die Frau Achenberg.

Frau Achenberg ist die Mutter einer Freundin aus meiner Schulzeit. Ich habe sie *meiner* Mutter sozusagen vermacht, aber ohne mein Zutun. Meine Mutter genießt dieses Erbe gar nicht, duldet es höflich, doch wenn Frau Achenberg Besuche ankündigt, regt meine Mutter sich auf, fürchtet sich. Frau Achenberg hat ihr Alter rechtzeitig gut organisiert und lebt in einem Altersheim. Sogar gern, mehr noch: mit größter Zustimmung. Sie ist ein paar Jahre jünger als meine Mutter und als Marie Rosa, sie tut sich im Altersheim als Kultur-Managerin hervor, organisiert Abende mit Vorträgen oder Musik, hält diese Abende und damit sich selber für unentbehrlich. Oft telephoniert sie ihre Absicht durch, die Schwestern zu besuchen.

Frau Achenberg hat mich an meinem Geburtstag schon gegen sieben Uhr per Telephon geweckt, erzählte ich. Sie war sogar stolz drauf. Ich hatte überhaupt noch keine Stimme, um irgendwas zu sagen, und war wütend. Sie hat mir ein endlos langes Gedicht vorgetragen, und das Gedicht hat immer wieder vom biblischen Alter und von seinen vergnügten interessanten Abenteuern und von der Dankbarkeit gehandelt, und vom Lebensbaum, kurzum, als sie fertig war, hat sie gesagt: Du wirst das alles für hoffnungslos kitschig halten, und nun rat mal, von wem das Gedicht ist? Ich wollte höflich sein...

Höflich! Um sieben Uhr belästigt sie dich und du willst höflich sein, unterbrach mich Rupert. Du hättest sofort auflegen sollen. Bloß weil *sie* ab fünf nicht mehr schlafen kann...

Also, du wolltest höflich sein? fragte Bertine.

Ich tippte in meiner Verschlafenheit auf Eichendorff...

Der ist doch nicht biblisch alt geworden, rief Bertine.

Na ja, weil sie morgens immer um ihr Balkonviereck läuft und Eichendorff zitiert, sagte ich. Aber sie triumphierte: Es ist von mir! Ich habs auf meinen eigenen achtzigsten geschrieben! Und jetzt wußte ich auch, warum es mir bekannt vorkam. Sie hat ja damals dieses schreckliche Gedicht überall rumgeschickt. Es ist ein Gedicht von der Art, in der sich der Schreibende immer selbst anredet, also etwa so: Du hast des Lebens Freud' und Leid gekostet... Einst warst du jung und unbesonnen... Und so weiter. Erschütternd positiv. Lebensbejahend.

Schrecklich, fand Bertine, wollte aber sofort wieder gerecht sein und fügte hinzu: Wenn sie es aber so sieht, warum nicht?

So *darf* man es nicht sehen, sagte ich. Sie darf sich nicht nur mit ihrer eigenen stumpfsinnigen Betrachtungsweise auseinandersetzen. Kein Gegenwartsmensch mehr, sofern er Zeitungen liest und Bescheid weiß und Schreckensbilder aus dem Fernsehen kennt, keiner darf mehr schlicht und plump lebensbejahend sein.

Ich weiß, daß Mißgunst mitwirkt, wenn ich mich über Frau Achenberg mokiere, wenn ich die andern dazu anstifte, daß wir gemeinsam über sie herziehen und uns über sie lustig machen. Wahrscheinlich ginge es mir sehr gut, wäre meine Mutter nur annähernd so vital und putzmunter wie diese Frau Achenberg. Die ist immer bester Laune, optimistisch, unternehmungslustig, sie besucht Veranstaltungen und macht Reisen und Spaziergänge, sie steht so früh am Morgen auf, wie auch Louisa und Marie Rosa aufwachen, dann aber liegen bleiben und entweder vor sich hingrübeln – woran denkt meine Mutter denn eigentlich, wenn sie da wach in ihrem Bett liegt – oder sich noch ein paar Krümel von ihrem hochkarätigen Schlafmittel gönnen – Es handelt sich um ein Medikament, hinter dem süchtige Jugendliche her sind – obwohl sie wissen, daß es ihnen nicht bekommt und sie sich damit einen dösigen schwerfälligen Vormittag einhandeln, alles das, während Frau Achenberg längst aktiv unterwegs ist, sie ist sofort gut aufgelegt und dabei fast völlig blind. Marie Rosa meint, sie mogelt, mit dem Blindsein. Nach einem Besuch von Frau Achenberg sagt meine Mutter jedesmal, sie sei furchtbar überanstrengt. Fragen, Proteste von allen Seiten: Aber du hast doch die ganzen Stunden über stumm dabeigesessen, hast kein Wort gesagt, nur lieb gelächelt und schön ausgesehen, Louisachen, wie kannst du dich überanstrengt haben? Ich weiß, gerade das hat sie überanstrengt, das ausgesperrte Dabeisein, das liebe Lächeln, das Gefühl der Unterlegenheit.

Pfirsichkompott und Eis, Kaffee und Zigaretten. Wir würden bald abfahren, Rupert und ich.

Was macht jetzt die Frau, die ich gestern in ihr Zelt zurückschlüpfen sah? fragte Marie Rosa. Es war nur ein ganz kurzes Bild im Fernsehen, aber ich muß immer wieder an diese Frau denken und wie sie in ihr Zelt zurückschlüpfte.

Marie Rosa hatte den in sich gekehrten Ausdruck eines Menschen, der sich morgens in seinen Schlaf zurückwünscht, neugierig darauf, wie es weitergegangen wäre mit einem Traum.

Und die dicke Flüchtlingsfrau mit dem Kind auf dem Arm. Ich hatte übrigens kein Mitleid mit ihr, sie war jung und kräftig. Wie vieles ist immerzu gleichzeitig da. Das Krokodil aus dem Tierfilm, Louisa, was macht es jetzt? Gähnt es? Was geschieht alles gleichzeitig auf der Erde, während ich diesen Bissen Pfirsich mit Vanilleeis in meinen Mund schiebe?

Scheußlich vieles, ganz scheußlich vieles, ein einziges Gewusel von Gleichzeitigkeiten. Du kriegst es nicht in deinen Kopf, sagte Bertine. Und zu mir: *Du* sagst jetzt sicherlich sofort, während wir hier das Kompott und das Eis essen: Verhungert wird gleichzeitig auch. Sags nicht. Wir wissen es.

Ich sags ja gar nicht.

Louisa, du und ich, wir sind wie das Krokodil von gestern. Wie langsam es war. Marie Rosa drückte kurz an ihrer Schwester herum, der Korbsessel sackte nach links ab, und sie schob sich vorsichtig aus der schrägen Haltung zurück, blinkerte keck in Ruperts warnenden Blick. Louisa, wir sind zwei Landpomeranzen.

Das Krokodil gähnt, die Flüchtlingsfrau hat was zu essen für ihr Kind aufgetrieben, die Frau aus dem Zelt kocht einen scharfen Brei, und der Professor Wirtz beendet einen Artikel über Lessing und Wieland im Vergleich und sucht nun im Telephonbuch nach eurer Nummer, sagte ich.

Wir sind Landpomeranzen und fühlen uns wohl dabei, wir verblöden gemütlich vor uns hin, nachdem wir uns fast hundert Jahre lang abgerackert haben.

Marie Rosa hatte ihr Verdikt über sich und Louisa in großer Ruhe ausgesprochen. Sachlich, ohne Erbitterung. Aber ihr Gesicht war liebevoll und klug und nachdenklich, ein bißchen betrübt, und mir fiel zum Glück mein Kalenderblatt der laufenden Woche ein. In Bertines Zimmer hing der gleiche Kalender. Ja, sie haben jeder ihr Zimmer, nur das Wochenendquartier meiner Mutter ist, um als eigenes Zimmer zu gelten, zu notbehelfsmäßig eingerichtet, ein Provisorium. Diese eigenen Zimmer im Haus erinnern mich an mein früheres Zuhause, an meine Geschwister und daran, daß wir als Kinder unsere eigenen Zimmer hatten. Bei den alten Schwestern ist es wie bei drei jungen Mädchen geblieben. Ich lief durch das alte Haus in den ersten Stock, bewegte mich mit dem Respekt eines Eindringlings in Bertines Zimmer, ich würde hier nicht herumstöbern, ich wollte nur den Kalender mit hinunternehmen.

Hört zu, sagte ich bei meiner Rückkehr auf meinen Sitzplatz in der Veranda. Victoria Mary Sackville-West. Sie war, wie man weiß, in ihrer Jugend alles andere als zurückgezogen und zimperlich allein, aber was schreibt sie über sich im Alter? Hört zu: »Wenn man so wie ich auf dem Lande lebt, fragt man sich irgendwann plötzlich, worin eigentlich die wirkliche Freude am Landleben besteht, das von den Städtern so voreilig als eintönig verspottet wird.« Na ja, gut, ihr lebt nicht gerade auf dem Land. Aber jetzt kommts, sie kriegt Besuch von ihren Freunden aus London, »... die meinen ländlichen Frieden mit dem Widerhall der großen weiten Welt stören.« Also, sagte ich, die angekommenen Freunde, sie stören, sie fragen die Zurückgezogene aus nach Theaterstücken und Bildern, ob sie die gesehen habe, hat sie natürlich nicht. Jetzt, Marie Rosa, paß auf: »Das gibt mir den Anschein und das Gefühl, völlig ungebildet zu sein.« Ich hatte den Satz langsam und deutlich Wort für Wort voneinander abgesetzt gesprochen. Und weiter: »Nach diesem höchst heilsamen Besuch fahren sie weg, zurück nach London. Ruhe und Unwissenheit umschließen mich wieder. Ich bleibe leicht verstört zurück, eigentlich aber mit einem verärgerten Gefühl ruhiger Überlegenheit.« Das ists doch, Marie Rosa, so empfindest du doch auch. Es könnte von dir sein.

Und jetzt müssen wir zurückfahren, nicht gerade nach London, aber zurück. Rupert stand auf.

Das verärgerte Gefühl ruhiger Überlegenheit, du empfändest es, wenn Professor Wirtz seine Abschiedshandküsse verteilt und Adieu gesagt hätte. Er würde sicherlich *Adieu* sagen.

Marie Rosa streichelte mein Gesicht und lachte in sich hinein.

Ich weiß nicht genau. Sie zog den Kopf ein. Verärgert

vielleicht, aber nicht überlegen, glaub ich. Mir ists lieber so, mit euch.

Kommt bald wieder, sagten sie und Bertine.

Meine Mutter lächelte unterstützend, ums Besuchtwerden bittet sie nie, sie weiß, wir kommen, wenn wir kommen können.

Aber nur, wenn ihr Zeit und Lust habt, sagte Marie Rosa.

Bertine stupste sie an: Nun schränke es nicht ein. Wie war das mit dem Widerhall der großen weiten Welt? Den brauchen wir! Kommt wieder!

10

*Eure jungen Freunde könnt ihr mitbringen.
Alt sind wir selber.*

Gern nehme ich Nelly zu den drei Schwestern mit. Leider kann das nur selten sein und dann auch nie sehr ausgedehnt, denn Nelly wohnt nicht hier und sie ist auf eine Weise doppelt und dreifach beschäftigt, die ich keine Woche lang aushalten würde. Trotzdem ist von uns beiden sie es, die darauf achtet, daß die Abstände unserer Treffen nicht zu groß werden. Treu und großzügig und vergnügt zweigt sie von ihrer chronischen Strapaziertheit in Beruf und Familienleben Zeit für uns ab, und um mittags bei uns anzukommen, muß sie gegen fünf Uhr morgens aufstehen. Nelly ist achtzehn Jahre jünger als ich, hellblond und weißhäutig, sie glänzt mit großen blauen Augen, und es gefiel ihr sehr gut, als Marie Rosa einmal feststellte: Ihre Augen erinnern mich an meinen blauen Himalaja-Mohn. Sie findet sich nicht schlank und nicht seriös und ihre Stimme nicht tief genug, und ich sage ihr: Du bist genau richtig so wie du bist, bleib so. Ihrem Friseur hat sie geglaubt, als er ihr vorschlug, die Haare nach Art einer Knabenfrisur kurz zu schneiden, denn sie wünschte sich ein schmaleres Gesicht. Je mehr Haar drumherum, desto weniger Gesicht, sagte ich. Nein, widersprach sie, aber sie sah nicht mehr überzeugt aus, dieser kurze Schnitt strafft. Der Friseur muß es wissen. Und Nelly mußte lachen. Sie wollte damals wie irgendein amerikanisches Filmidol aussehen und war zu klug, um das Scheitern nicht zu erkennen.

Sie besitzt wahrhaftig das Talent, die Komik im Scheitern, sogar wenn es um sie selber geht, zu akzeptieren, fast zu genießen.

Bertine rief: Ich möchte auch ein gestrafftes Gesicht! Meine Friseuse scheitert ununterbrochen, aber ich finds nicht komisch, und genießen kann ich es schon gar nicht.

Ich ja auch nicht. Nelly deutete auf mich. Sie überschätzt mich. Leider selten, aber manchmal schon.

Jetzt lachen sie beide, und Bertine haut sich mit der flachen Hand auf die Schädeldecke, so fest, daß es weh tun muß.

In Erinnerungen wie dieser fühle ich mich wohl. Bertines Haar war damals zur Abwechslung rötlich braun. Schwarz hat sie aufgegeben. Bald würde sie es wieder mit einem mittleren Blond versuchen. Sie und Nelly probieren Bertines Neuerwerbung aus, das elektronische Klavier, zwei Sachverständige; das Klavier steht in Bertines Zimmer im ersten Stock zwischen Bügelbrett und Schreibtisch am Bücherregal, damit sie da oben mit auf *leise* gestellter Lautstärke üben kann, wenn ihre alten Schwestern ihre ausgedehnten Mittagspausen abhalten, oder wenn Bertine ihren Flügel im Erkerzimmer nicht benutzen kann, weil nebenan meine Mutter mit laut aufgedrehtem Ton fernsieht, und nun spielt, zu beider Erheiterung, Bertine eine Bach-Fuge in der Einstellung Wurlitzer Orgel.

Vor zwölf Jahren haben wir uns kennengelernt, Nelly und ich. Sie hat mich nach einer Lesung in einer rheinischen Stadt angelacht und gefragt, ob sie mich zum Essen einladen dürfe. Einladen: das Stichwort. Einladend ist Nellys Wesen. Und deshalb habe ich mich nicht wie gewöhnlich mit einer Ausrede aus dem Staub gemacht, sondern bin mitgegangen.

Mir tut ihre Heiterkeit gut, denn es handelt sich um eine intelligente Heiterkeit. Sie besitzt Humor, sie ist nicht übelnehmerisch, sie kann schnell verzeihen, ebenso schnell betrübt sein, noch schneller wieder lachen, weinen aber auch und sogar telephonisch. Ich grüble mich durch ihren Charakter auf der Suche nach einer einzigen schlechten Eigenschaft – wahrhaftig: ich finde keine. Man bekommt keinen Streit mit ihr, besser gesagt: keinen erbitterten. Mittlerweile läßt sie sogar meinen Hohn auf homöopathischen Hokuspokus und Heilpraktiker und naturheilkundlichen Firlefanz über sich ergehen, zwar seufzt sie, widerspricht auch, aber wenn ich beim Verspotten witzig genug bin, besiegt ihre Freude an guter Unterhaltung das Gefühl, in Glaubensangelegenheiten gekränkt zu werden.

Wirklich, ich finde keine schlechte Eigenschaft. Und doch hat Nelly so gar nichts von einer Musterschülerin und Klassenbesten und Gewinnerin der Existenzweltmeisterschaften. Keine Ähnlichkeit mit einer durch nichts anzufechtenden und unentwegt vorbildlichen Lebenshilfetante. Vielmehr schlittert sie ab und zu in Eskapaden und in grundsätzliche Zweifel daran, ob sie sich für den idealen Lebensablauf entschieden hat, sie sehnt sich nach Akzenten – das können Flirts sein – und haßt die Langeweile, und sie malt sich schaudernd das Bild von sich selber aus: mit fünfzig, mit fünfundfünfzig, gar mit sechzig, immer noch die Blockflöte zwischen den Lippen! Sie möchte kein typischer Blockflötenfrauentyp sein und sie ist es ganz und gar nicht. Sie schminkt sich und schwärmt für Schmucksachen. Nein, klagt sie am Telephon, ich bin nicht sicher, ob ichs ideal finde, mein Leben. Aber es dauert nicht lang, und sie quält sich und ihren Mann und ihre zwei Kinder nicht mehr mit den Übellaunigkeiten einer frustrierten Frau, nicht lang, und Nelly kehrt zurück in ihre Inkarnation als Stimulans und Zentrum der Familie, die ihrerseits gut damit zurechtkommt, die eine Nelly-Hälfte an ihr Berufsleben als Künstlerin abzugeben. Nelly ist Professorin für Blockflöte und reist außerdem mit ihrem Ensemble zu Konzertveranstaltungen, Spezialität: die authentisch gespielte Musik des Frühbarock. Ohne das schweigsame Einverständnis ihres Mannes mit Nellies Anhänglichkeit an mich und ohne seine Arbeit im Familienbetrieb hätte unsere Freundschaft sich nicht zum Eindruck festigen können: Das ist für immer.

Weil Nelly mir guttut, nehme ich sie, wenn einer ihrer Besuche länger dauert und sie in einem Hotel in unserer Nähe übernachtet, sieben Minuten Fußweg, gern mit zu den drei Schwestern. Ein einziges Mal war ich mit ihr allein im Haus meiner Mutter. Das ist schon ziemlich lang her. Meiner Mutter ging es damals nicht gut, ich habe vergessen, was das Problem war, aber sie, die heute an der Erinnerung hängt, alles habe für sie besser gestanden, ehe sie neunzig wurde, fühlte sich deprimiert und nervös und hat deshalb, wie so oft, wenn ich einen Besuch mit einer meiner Freundinnen vorschlage, am Telephon gebeten: Kommt bitte lieber nicht. Und warum denn nicht? Ich bin zu schwach heute, sagt sie dann geradezu kräftig. Aber du mußt ja nichts machen, nur da sitzen und uns eine Stunde lang zusehen, zuhören. Es ist mir trotzdem zu anstrengend, sagt dann meine Mutter, ehe sie schließlich doch nachgäbe; aber dazu lasse ich es nicht immer kommen, ich finde mich selber zu schwach zum Überreden, mir selber wird das Vorhaben zu anstrengend. Ich gehe den bequemeren Weg, lasse vom Gedanken der Stippvisite mit einer Freundin ab; doch ist das nicht der freundlichere Weg, weiß ich, und wenn ich mir auch vorsage: Sie hat es ja so gewollt. Sie will ihre Ruhe haben. Viel zu selten habe ich meiner Mutter aus dieser Ruhe, die nur ein Notbehelf ist und auch das Ergebnis der Bescheidenheit und der Seltenheit der Besuche von jeher, herausgeholfen und sie in eine Abwechslung gezwungen, die ihr gut getan hätte, trotz Anstrengung. Allein zu sein und sich schwach und ruhebedürftig zu fühlen: Ist das nicht ebenfalls anstrengend? Sehr anstrengend sogar, und dazu deprimierend. Nellies Mutter wird in zwanzig Jahren nicht unter diesen Scheinschonungen einsam sein, keine Palliativmethode – *unser* fragwürdiges Heilverfahren – wird sie in der aus Not gewünschten Zurückgezogenheit ruhen lassen. In Nellies Familie spielt regelmäßiges Zusammensein und gegenseitige Hilfe noch eine ganz altmodische tragende Rolle.

Mutig und warmherzig fand ich meine aktive junge Freundin: Nelly packte eine ihrer Flöten aus, es war eine lange hellbraune große Altflöte, und spielte für meine scheue Mutter ein Choral-Solo. Mir war währenddessen gleichzeitig froh und unbehaglich zumute. Ich sah meine

Mutter in der für sie charakteristischen Haltung auf ihrem kleinen Empiresofa sitzen, mit den übereinandergeschlagenen Armen wie in reservierter Abwehr, Nelly stand in einem Abstand von etwa zwei Metern vor ihr, ihr zugekehrt das Gesicht, die Flöte, und unter dem Einfluß der Musik hörte meine Mutter auf, die kleine Szene als etwas peinlich zu empfinden, wie die musikalische Variante einer letzten Ölung; ihr Gesicht entspannte sich, Scham und Verlegenheit wichen von ihr. Am Schluß hat sie sogar, fast tonlos, mitgesummt, und ihre braunen Augen nahmen einen träumerischen interessierten suchenden Ausdruck an. Meine Mutter als viel jüngere Frau kam mir in den Sinn, wie sie bei den Gesangbuchmusikeinlagen während der Andachten meines Vaters am lautesten und überzeugendsten mit ihrer schönen, ausgebildeten Sopranstimme den Gesang der kleinen Gemeinde aus älteren Krankenschwestern, Schwesternschülerinnen und Hauspersonal anführte, triumphal allen anderen Stimmen überlegen, das Tempo aus dem Schleppen ziehend. Wie ich ihr als Kind zu Haus im Musikzimmer zuhörte. Am liebsten bei schmerzlichen Liedern. Da war mir alles recht, Hauptsache: traurig, in Moll. Ein trauriger Text zu einer traurigen Melodie. Solche Schönheit, was für ein Glück bei dieser Melancholie. »Es waren zwei Königskinder, die hatten einander so lieb...« Und sie würden untergehen, während meine singende Mutter täglich und in alle Kinderewigkeit dafür sorgen würde, daß bei uns niemand unterginge. Dazu hat sie selbst die Klavierbegleitung gespielt. Bei Brahms, »Feldeinsamkeit«, saß mein ältester Bruder am Klavier, auch wenn sie aus »Rialto« von Händel ein anderes Lieblingsstück sang: »Laßt mich, in Tränen, mein Los beklagen, Ketten zu tragen, welch grausam Geschick.« Wie viel Verlaß darauf war, daß meine Mutter nachher schon wieder tatkräftig und fröhlich sich um alles Alltägliche kümmern würde, nichts weniger tat, als »ihr Los zu beklagen«.

Mit Marie Rosa und Bertine, Berufsmusikerinnen wie sie, fand Nelly sofort in den richtigen, augenblicklich freundschaftlichen Ton. Sie hat keinen Moment gezögert, sie auf eine sachliche natürliche Art wie Alterslose zu behandeln.

Vielleicht hängt das ein bißchen mit Ansteckung, Anstiftung durch meinen eigenen Umgang mit dieser Spezialsorte von *Tanten* zusammen. Ich sehe und erlebe sie nicht als Tanten, mehr wie Schwestern. Das ist merkwürdig, denn sie sind die Schwestern meiner Mutter, und meine Mutter ist meine Mutter, keine andere Rolle spielt sie bei mir, obwohl ich manchmal denke, daß sie das ja doch auch ist, was ich, wenn ich davon höre, bei anderen als kitschig und unwahrhaftig ablehne: meine beste Freundin. Sie wird immer zu mir halten. Aber sie ist meine Mutter, nun sehr alt, und als sie anfing, so alt zu werden, war das der schmerzhafteste Eingriff in mein Leben, schlimmer als der Tod meines Vaters. Ist mein liebevoller zärtlicher Vater aus Sanftheit, Lebensklugheit, auch aus Rücksichtnahme gestorben? War es das nicht alles auch zusätzlich zur Diagnose Angina pectoris, Infarkt? Er hat uns sein Siechtum ersparen wollen, sich selber auch, er hat uns schonen wollen, sein Angedenken auch, so daß es frei blieb von Seufzern, ekligen Erinnerungen an uns selber, wie wir uns vor seinem Dahinsterben zu drücken versuchten. Vor Pflichten ihm gegenüber, die leidig sind und unser eigenes Leben behindern, bei aller Liebe, ja bei der allergrößten Liebe; wir hätten seine Klagen gefürchtet. Geschähe es nicht aus Gnade, zu sterben, bevor das Weiterleben für alle, die es betrifft, eine Quälerei wird, man könnte sagen, es geschah aus Intelligenz, bei meinem Vater.

Oh ja, bringt sie mit, rief Bertine aufgekratzt.

Aber denkt bloß nicht, ihr müßt was Besonderes kochen! Nelly ist unkompliziert, wie ihr wißt. Kuchen wird ja da sein.

Diesmal war Spielraum für einen Besuch. Nelly, die ebenso gut wie Barockmusikflötistin ein Musical-Star hätte werden können – sie ist nicht verbohrt, verteilt ihre Neigungen munter auf E- und U-Musik und hat eine

Leidenschaft für amerikanische *Soap Operas* – Nelly hatte sich Zeit genommen.

Als wir am Telephon über ihre Ankunfts- und Abfahrtszeiten verhandelten, hatte ich vorgeschlagen: Wir könnten also diesmal wieder nach H. fahren, was sogar nützlich wäre, denn wir würden unsere Generalprobe nicht hier bei uns, sondern dort machen.

Musikerinnen wie meinen Tanten unser Musik-Text-Programm zu präsentieren, leuchtete Nelly auf der Stelle ein, sie war enthusiastisch dafür.

Gut, wir proben einfach dort, die verstehen was davon und ihre Tips werden hilfreich sein.

Nach Nellies Idee und Planung würden wir beide in ein paar Monaten öffentlich auftreten, sie mit der Flöte, ich mit einigen meiner Gedichte, die sie ausgewählt hatte. Ich fand eigentlich nicht, daß beides gut zusammenpaßte, Nellies Barockmusik, auch noch Frühbarock, nicht gerade eingängig, und meine Miniaturgeschichten-Gedichte. Aber ich hatte mich von Nellies Begeisterung anstecken lassen, jedoch jeder Mitwirkung an der Vorarbeit entzogen.

Marie Rosa, rief Bertine am Fuß der Treppe in den ersten Stock hinauf. Alles wartet nur noch auf dich.

Marie Rosa rief zurück: Ich komme. Unten, nach der Begrüßung, sagte sie: Ich habe jetzt eine Dreiviertelstunde lang gis-moll geübt, die Tonleiter, rauf und runter. Sie sprach *gis* wie ein französisches Wort aus, mit einem *sch* statt des *g*, und Bertine mahnte: Marie Rosa, benimm dich!

Nelly lachte hocherfreut. Schis. Sie hat es ja mit einem stimmhaften *s* ausgesprochen. Also wars nichts Ordinäres.

Ach, bis sie jedesmal alle ruhig auf ihren Plätzen sitzen! Egal, ob wir zu Mittag essen – die Kartoffelschüssel steht schon auf dem Tisch, aber dann kommt es zu einer unerklärlichen Wartezeit – oder Kaffee trinken – Bertine will plötzlich doch lieber Tee machen und ist in die Küche zurückgegangen – oder, wie heute, Nelly und ich ihnen unser Programm als Angebot für Kritik und Verbesserungsvorschläge darbieten wollen: immer noch einmal läuft entweder Marie Rosa weg, sie sucht nach ihrer Brille, nach einem Medikament, sie braucht eine Strickjacke, oder Bertine springt plötzlich von ihrem Platz auf, sie ruft: Halt! Wo ist mein Hund? Nur meine Mutter sitzt und bleibt sitzen. Falls wir essen und alle Schüsseln und Platten schon auf dem Tisch stehen, ihre Schwestern sich aber plötzlich nicht mehr blicken lassen, fängt sie an zu essen, was Rupert, der neben ihr Platz genommen hat, spöttisch, ihren Appetit verulkend auf die nur ihm erlaubte, ja sogar von ihm erwartete Weise kommentiert; und dann, wenn er sie gar nicht damit erschüttert hat – *man wartet mit dem Essen, bis alle da sind*, aber meine Mutter nimmt von ihrer kleinen Portion ungerührt weiter kleine Bissen – fängt auch Rupert zu essen an, wie im Wettbewerb mit ihr, jedoch nie, bevor er auf meinen Teller zu viel aufgetan hat.

Über meine Mutter, die zu essen anfängt, ohne auf ihre Schwestern zu warten, wundere ich mich immer wieder ein bißchen, und ich muß an früher denken, an den großen Familientisch und das ziemlich leise gesprochene Tischgebet, das *Amen* meines Vaters gab den Einsatz. Damals hat das legere Leben unserer Tanten meine Schwester und mich angezogen, wir empfanden es als Bohème, der nur meine bei aller Güte strenge Großmutter Widerstand bot.

Und gleichzeitig muß ich Ruperts Manipulationen an meinem Teller abwehren. Vergeblich. Diese Handlungen der Fürsorglichkeit, Ruperts Fütterungstrieb zugunsten einer verdrehten Person wie mich, sie sind ihm nicht auszutreiben. Die drei Schwestern sind daran gewöhnt und äußern sich zuredend dazu, aber wenn Edith und Ricardo Zeugen von Ruperts *Liebe ist Mast*-Methode und meiner Rebellion sind, empfinde ich die Kritik, ihre ironische Distanz zu unseren Gewohnheiten irritiert mich. Rupert läßt sich nicht beirren, er drängt mich, bei der Roten Grütze nochmals zuzugreifen, er übernimmt den Löffel und verordnet mir eine zu große Portion, ich wehre mich nicht mehr, obwohl ich satt bin, Rupert gießt süße Sahne mit

Vanillegeschmack über den dunkelroten glitschigen Hügel in meiner kleinen Dessertschüssel, ich sage zwar: Zu viel Essen und zu viele Emotionen, das ist ziemlich schädlich für mich, aber ich füge sogleich hinzu: Es schmeckt wahnsinnig gut, Marie Rosa, weil ich Ricardo keine Gelegenheit geben will, für mich und gegen Rupert Partei zu ergreifen.

Wir hatten einmal Streit deswegen. Streit zwischen uns engsten Lieben: hier Rupert und ich, dort meine Schwester mit ihrem Ricardo. Das muß als schreckliche Erinnerung haften, um jede Wiederholung zu bannen. Wir vier verstehen es, Streit, wenn er sich ankündigt, abzuleiten, Edith und ich, wir sorgen dafür.

Damals waren wir bei Edith und Ricardo zu Besuch und saßen am Mittagstisch. Edith hatte eine meiner schweizerischen Lieblingsspezialitäten besorgt, Wähen mit Spinat, Wähen mit Käse, Wähen mit Zwetschgen, und ganz so, wie er es gewöhnt ist, bedrängte Rupert mich, die Gastgeber waren mit ihren Spatzenportionen fertig, noch ein Stück zu essen. Plötzlich verlor Ricardo die Geduld und er ahmte Ruperts Zureden in einer Art von Mama-redet-aufs-Baby-ein-Sprache nach. Ich sah Edith an, daß sie genau so fassungslos und entsetzt war wie ich, geradezu erstarrt. Das hatte es noch nie gegeben. Rupert wurde böse: Das geht dich überhaupt nichts an, mein Freund, das geht nur sie und mich was an. Ricardo sagte, ich sei ein erwachsener Mensch und könne für mich allein entscheiden, wie viel und was ich essen wolle. Guter Psychologe, höhnte Rupert, sie kann es nicht allein entscheiden, sie geniert sich, sie hat noch Lust auf ein Stück, und es würde nichts schaden, wenn du dich ein bißchen drum kümmertest, wie viel, beziehungsweise wie wenig deine spindeldürre Edith ißt. Ricardo blieb dabei, so gut wie Edith könne auch ich für mich selber sorgen. Mittlerweile rief ich laut dazwischen, rief wie um Hilfe und stand Rupert bei, und mein Schwesterchen saß stumm und blaß und erschrocken an seinem Platz, ganz zusammengekauert und eingeschnurrt.

Rupert meint es nur gut, sagte ich. Ich kann es nicht mehr mit ansehen, sagte Ricardo. Dann laß es, sagte Rupert.

Eine Unversöhnlichkeit und eine prinzipielle Feindschaft zwischen den beiden tat sich auf, als seien sie von jeher Rivalen gewesen, und ein Hahnenkampf, ein Platzhirschkrieg, spielte sich ab. Wenn es seither gut ging – unter der Decke unserer Liebesharmonie, die sich nun als Anstrengung und Selbstbeherrschung zu erkennen gab, und unter guter Erziehung, die einem Schonbezug glich, waren zu viele wahre, nicht allesamt gute Empfindungen eingesperrt – wenn es seither gut ging, war das denn immer die Disziplinierung der rebellischen Instinkte? Zwischen diesen beiden, die meine Schwester und ich für die besten Freunde halten wollen, weil sie selber unsere besten Freunde sind? Wir vier zusammen: Wir sind unsere engsten Freunde, wir können gar nicht anders, auch die beiden Männer dürfen nicht anders können, schon um der einmaligen und nicht zerstörbaren chemischen Verbindung zwischen ihren Frauen willen. Als eine meiner Freundinnen, übrigens auch in Nellies Alter, meine Schwester kennenlernte, urteilte sie: Ihr seid euch körperlich ähnlich. Die Liebe zwischen euch kommt mir inzestuös vor. Das färbt auf eure Männer ab. Da kann kein Mensch eindringen, irgendwas inniger, irgendwas besser machen.

Und dann: dieser Streit! Wir hatten doch stets verstanden, es nie zu einem offenen Ausbruch kommen zu lassen. Er stach durch unser Einverständnis, das aus Liebe gemacht ist: Wir sind ja oft genug nicht einer Meinung, wir sind, jeder von uns, Individualisten. Ich schrie drohend: Versöhnt euch! Sofort! Bitte, was soll das! Es ist ja wie im Kindergarten. Seht doch, die arme Edith!

Dafür, daß Ricardo sich dann tatsächlich entschuldigte, und Rupert, ruhig geworden, die Entschuldigung annahm, bewunderte ich beide gleichermaßen. Unsere Männer wurden äußerst friedlich und blieben es bis zum Abend, sie gingen zuvorkommend miteinander um, scherzten auch wieder, redeten über Steuerprogressionen und Peugeot-Modelle und Lichtenbergs Beziehung zu Träumen, doch von Edith weiß ich, daß sie wie ich den Schock in Vorsicht investiert hatte. Auf der vor dem Streit geplanten Autofahrt ins Sihltal, Ricardo am Steuer, Rupert neben ihm auf dem Beifahrersitz, betrachtete ich die beiden Männerhinterköpfe gerührt und konnte mit der immer noch stummen Edith nicht sprechen, nicht mit ihr im Fond unseren gewohnten Unsinn machen, und doch waren unsere Männer wieder unsere Bubenpuppen aus unserer Kindheit, Ediths Christoph, mein stämmiger Peter, vielleicht mehr als sonst. Aber anders als sonst konnten wir noch nicht wieder spielen. Ich drehte mein Gesicht nach links zum Seitenfenster; oft beneide ich Menschen, die bei jeder Gelegenheit weinen können, Nelly zum Beispiel, denn mit dieser Therapie habe ich Pech. Aber damals, erschöpft und noch benommen von diesem oberflächlich betrachtet banalen und albernen Streit, mußte ich das Weinen unterdrücken. Der Anlaß: eine Bagatelle. Die Tränen: Luxustränen. Aber unter der Oberfläche der unerheblichen Szene lauerte tiefes Wasser. »Es waren zwei Königskinder, die hatten einander so lieb...« Nein, vier Königskinder. Das »falsche Nönnchen« war aber nicht zu seinem Triumph gekommen. Und wir machten zu viert unseren Ausflug, es wurde ein schöner Nachmittag, auch für Edith und mich, wir besiegten unsere Erstarrung, und beim Abendessen kümmerte jeder sich nur um seinen eigenen Teller, alles blieb etwas vorsichtig zwischen uns. Ein kleiner Streit, aber ein hoher Streitwert. Ich war enttäuscht. Es hätte uns nicht passieren dürfen. Wir haben den ekligen Vorfall nie wieder erwähnt.

Endlich saßen Marie Rosa und Bertine bei meiner Mutter im Wohnzimmer, Nelly und ich im Eßzimmer: Diese Räume, früher durch eine Schiebetür zu trennen, gehen ineinander über. Rupert hatte sich zum Abstoppen unserer Musik- und Text-Zeiten mit seiner Uhr in der einen und unserem Programm in der andern Hand im Hintergrund in unsere Nähe gesetzt. Nelly und ich, wir begannen. Alles Nellies Idee, auch die Auswahl meiner Texte, hatte ich vorher noch in das kleine Publikum gerufen. Da, wo wir uns abwechseln, wo sie bei mir einsetzt und wo ich sie unterbreche, und da, wo wir zusammen sind, sie etwas leiser unter der Sprache, alles ihre Regie.

Es ist wie Rezitativ und Arie, erklärte Nelly. Aber an manchen Stellen fand ichs gut, wenn wir zusammen sind, ich mit der Musik drunter.

Nach einer Passage, in der Nelly mich beim Sprechen mit der Flöte untermalte, bemerkte ich, daß Marie Rosa unruhig wurde, sie stöhnte schließlich sogar auf, und als wir fertig waren, rief sie durch die erste stille Sekunde: Also, das jetzt, das hat mich völlig wahnsinnig gemacht. Es war zum Verzweifeln.

Was war zum Verzweifeln?

Was hat dich wahnsinnig gemacht?

Worauf soll ich achten? fragte Marie Rosa zurück. Ich verstehe die Wörter nicht, wenn ich Nellies Flöte zuhöre...

Ich bin zu laut, das dachte ich mir. Nelly reagierte professionell. Wir versuchen es nochmal, ich werde leiser spielen. Sie haben bestimmt recht, rief sie Marie Rosa zu.

Marie Rosa sagte: Ich habe nur immer irgendwas von einem alten Staatschef mitgekriegt, der alte Staatschef stirbt und stirbt, der alte Staatschef kann nicht sterben, aber dann stirbt und stirbt er wieder. Also müßte er längst tot sein.

Wir mußten alle lachen. Auch beim zweiten Durchgang, nun mit gedämpfterer Musik, stöhnte Marie Rosa, deshalb brachen wir ab.

Wieder nichts? fragte Nelly. Ich kann noch leiser sein.

Das hilft nichts, sagte Marie Rosa. Mich machts verrückt.

Sag du mal was, Bertine, forderte ich.

Rupert klagte, auf diese Weise könne er keine Zeiten messen.

Bertine hatte auch ein paar Einwände: Vor allem mußt du langsamer sprechen.

Das kann ich nicht, es wird dann so feierlich. Ich kann es nicht vor euch, sagte ich, und zu Nelly: In meiner eigenen Familie lese ich nie was von mir vor. Es ist wirklich das erste Mal.

Aber sie hat recht, du mußt wirklich langsamer sprechen. Nelly, diese Quelle, aus der die Lustigkeit sprudelte, blieb gewissenhaft bei der Sache und war nicht ins Unsinnmachen hinüberzuziehen. Das hier war eine Probe und kein Jux.

Und lauter, sagte Bertine, sie muß auch lauter sprechen, und die Flöte muß, wenn ihr zusammenseid, leiser sein, da hat Marie Rosa nicht übertrieben.

Sie sollten überhaupt nie zusammensein, knurrte Marie Rosa.

Ich finde das reizvoll, an manchen Stellen, widersprach Bertine.

Nein, sagte Marie Rosa, es geht nur getrennt. Eins nach dem andern.

Die Probe ging weiter, wir spielten das Programm durch, und Rupert meldete: 30 Minuten, 5 Sekunden.

Von Marie Rosa und Bertine fühlte Nelly sich inspiriert. Sie liebte konstruktive Kritik, Kritik von kenntnisreichen Berufsmusikerinnen, die außerdem noch mit Witz vorgebracht wurde.

Sie spielen ganz ausgezeichnet, sagte Bertine, und als sie und Nelly einander ein bißchen schwärmerisch und doch mit gegenseitigem Verständnis und ganz bei der Sache – Nellies Könnerschaft – zulächelten, wirkten sie wie gleichaltrige Freundinnen, trotz Bertines dreißigjährigem Vorsprung an Lebenszeit.

Und wie hat es dir gefallen? wollte Nelly von Rupert wissen. Wars gut?

Rupert hat nie Lust, sich mit großartigen Stellungnahmen festzulegen, aber er ließ immerhin durchblicken, er habe es nicht übel gefunden.

Endlich fiel allen meine zurückhaltende Mutter ein. Auf das von mir angeführte allgemeine Drängen hin sagte sie, es habe ihr gut gefallen. Nur leider: Sie hatte kein einziges Wort verstanden.

Warum hast du dich nicht rechtzeitig gemeldet? fragte Marie Rosa. Ich hab doch auch geschimpft.

So was würde sie nie machen, erklärte Bertine Nelly.

Ich sagte: Einerseits, Mamma, es ist nicht schade drum, die Musik ist immer die Überlegene, wenn es zu einem Wettkampf zwischen ihr und der Sprache kommt. Andererseits, nun wandte ich mich an Nelly, es werden noch mehr Schwerhörige im Publikum sein.

Was war das eigentlich? Bertine beugte sich über Nellies Noten und las vor: Jacob van Eyck: »Entschuldige...«, »Braves Martinchen«, »Cillas Freundin«, »Fließet, Tränen«. Schöne Titel.

So hört sich die Musik eigentlich gar nicht an, sagte ich, fast gleichzeitig mit einem erschreckten Aufschrei Nellies.

Bertine las: »Wenn du mich heilen willst«, »O Schlaf, o süßer Schlaf«...

Weiß jemand von euch hier Anwesenden, wie grauenhaft es ist, wenn man nicht einschlafen kann? fragte Marie Rosa.

Ja, jeder, bis auf Nelly, sagte ich.

Dann noch Jacques Hotteterre, sagte Nelly. Diese drei Préludes. Hotteterre ist etwas später als van Eyck, 1680 bis 1761. Van Eyck ist ganz 17. Jahrhundert, 1590 bis 1657.

Sehnt man sich nicht nach voluminöserer Musik, nach Musik mehr fürs Gemüt und melodiöser, wenn man immer nur diese strengen Sachen spielt? fragte Marie Rosa.

Ach Unsinn, sagte Bertine.

Das hätte *sie* fragen können, sagte Nelly und deutete auf mich. Gekränkt war sie nicht.

Was ist eigentlich mit dem alten Staatschef, der stirbt und stirbt, fragte Marie Rosa, und Nelly lachte wie Kolibrigeflatter.

Als ich das Gedicht schrieb, brachte ich Titos endlos lang hingezogenen Tod rein, sagte ich.

Wir haben später unser Programm mit Erfolg öffentlich aufgeführt, gute Kritiken und weitere Engagements bekommen.

Aber so lang auch die Probe in H. zurücklag, immer noch mußte Nelly an den Stellen vom Sterben des alten Staatschefs an Marie Rosa denken und ein Lachen unterdrücken, und sie genoß es im Innern. Wie wohltuend: Nelly versteht sich aufs Lachen, auf die Heiterkeit, die sinnlich-szenisch ist und einen menschlichen Inhalt hat.

Unter ihrem Schutz fragte ich, als wir nach der Probe Kuchen zusammen mit Erdbeereis aßen: He, Marie Rosa und Bertine, von meiner Mutter weiß ich es ja, aber ihr, hattet ihr je ein Liebesleben?

Nelly lachte, die befragten Schwestern schnitten einander und dann mir Grimassen, die stumme Antwort: Gräßliche Frage. Aussageverweigerung.

Sie schreibt über uns, erklärte Marie Rosa dem Gast, Nelly, die es wußte.

Nelly hatte sich mit zwei Photoalben abgeschleppt, um ihre Familie vorzuführen. Bis jetzt schaute sich nur meine Mutter die Bilder an, ab und zu von Nellies Erklärungen unterstützt.

Ich schreibe über euch und Rupert und mich, über uns, die wir hier in der Region geblieben sind. Rupert mags nicht, wenn ich uns als den *harten Kern* klassifiziere. Ich hob die Stimme: Ich finde nämlich, das haben wir uns verdient. Das Schreiben über uns.

Womit? fragte Bertine.

Na, wir kleben hier in Treue aneinander, wir haben nicht das Weite gesucht, Rupert und ich.

Tut das auch bloß nicht! Bertine klang flehend. Bleibt hier!

Meine Geschwister sind weit weg, oder besser: sie tun so. Ich fand mich nicht nett, aber ich wußte, meine Mutter verstand mich jetzt nicht, und die anderen konnten es gut vertragen.

Das kann spannend werden, sagte Nelly. *Ich* kam ja

schon ziemlich oft bei ihr vor, aber schließlich hab ichs überlebt.
Wir überleben es vielleicht nicht, sagte Marie Rosa.
Ich schreibe nicht satirisch, ich suche für dieses Thema einen ganz anderen Ton, beteuerte ich.
Aber wir sind *der* Satirestoff, sagte Bertine.
Aus Altersgründen überleben wir es vielleicht nicht, sagte Marie Rosa. Das Erdbeereis paßt überhaupt nicht zu diesem Rührkuchen. Der Rührkuchen schmeckt nach Zitrone. Übrigens: Wie seid ihr eigentlich mit der Nießbrauchangelegenheit für eure Mutter weitergekommen? Ihr werdet euch eines Tages arm zahlen an Erbschaftssteuer, wenn ihr das nicht in die Wege leitet.
Wieder wie beschützt von Nellies uns allen wohlgesonnener ernsthaft-heiteren Leichtigkeit sagte ich, nachdem Rupert mit *Wir haben es aufgegeben* abgewinkt hatte: Meine Geschwister behandeln Rupert und mich ja mit einem derartig ängstlichen Mißtrauen, fast so als wären wir Leichenfledderer.
Bertine zischte und sah verschreckt aus. Meine Mutter hatte mich diesmal wahrscheinlich verstanden, ihr Gesicht war nachdenklich, es blieb mild. Marie Rosa sagte: Nun ja, dann laßt es. Aber es ist sehr unvernünftig.
Der Gedanke ging ja nicht einmal von uns aus, *ihr* habt uns aufgefordert, und das hatte ich den andern auch erklärt, aber diese Reaktionen! Lange Fragenkataloge, sagte ich, und Rupert fügte hinzu: Wir haben ihnen auseinandergesetzt, daß alles bleibt wie es ist, keine anderen Verantwortungs- oder Besitzanspruchsrechte, alles bleibt wie es ist, aber sie...
Dann gebts auf, bat Bertine mit einem um den Familienfrieden besorgten Ausdruck.
Sie wollen sich aus allem annähernd Realistischen raushalten, schrecken zurück. Schnell sagte ich zu Nelly: Ich liebe meine Geschwister, ich weiß, dir muß ich das nicht erst sagen, und trotzdem. Ich liebe euch! rief ich in den Garten, hallo, Geschwister! Und doch, jetzt leben wir in

Zeiten, in Beziehungsverhältnissen, die es mir nicht mehr erlauben, so bedingungslos kritiklos zu sein wie früher. Rupert und ich, wir sind hier der Vorposten. Die drei andern schauen sich unsere Photos aus dem Garten oder dem Erkerzimmer an, damit sie, wenn sie sich vom Sorgenmachen erlösen wollen, schnell wieder denken können: Wie friedlich, wie schön, wie gut gelaunt sie da zusammen sind, diese fünf. Wie unverändert sie aussehen.

Sind wir ja auch, gut gelaunt zusammen, sagte Bertine und verzog das Gesicht.

Aber unverändert sehen wir nicht aus, sagte Marie Rosa.

Oh, das finde ich aber doch, sagte Nelly. Sie sehen alle genau so aus wie das letzte Mal, als ich hier war, und das ist schon ziemlich lang her. Sie sehen wirklich gut aus, sagte sie zu meiner Mutter.

Du mußt es lauter sagen, forderte ich sie auf.

Sie sehen kein bißchen älter aus als beim letzten Mal, rief Nelly meiner Mutter zu.

Meine Mutter lächelte etwas schief, zwar geschmeichelt, doch so, als wolle sie beim Arzt die tapfere Patientin spielen. Ich fühle mich aber viel älter, sagte sie. Die Beine wollen nicht mehr. Ich bin vollkommen schwach.

Aber man sieht es nicht, Sie sehen wirklich gut aus. Nelly blieb dabei.

Uns alten Schachteln muß man wohl diese Art von Komplimenten machen, stellte Marie Rosa fest.

Louisa sieht wirklich wunderbar aus, rief Bertine. Sie ist und bleibt die Schönste.

Ich liebe euch! Wieder winkte ich in den Garten. Mir fiel mit schlechtem Gewissen ein, daß wir bei Ediths Besuch nicht so lustig waren wie heute mit Nelly. Nelly, wo würdest du meinen, liegt von hier aus die Schweiz? Deute in die Richtung. Ich erklärte den andern, während Nelly lachte und seufzte: Sie hat große Probleme mit den Himmelsrichtungen. Sie hat jahrelang in einem Haus gewohnt und auf mein Fragen hin nicht gewußt, ob die Eingangstür nach Norden oder Osten ging.

Oder Westen oder Süden. Nelly lachte. Und *sie*, sie hat einen Tick mit den Himmelsrichtungen.

Ich habe Talent dafür, sagte ich. Den meisten Frauen sind Himmelsrichtungen völlig schnuppe. Mir nicht.

Ich weiß immerhin jetzt von dir, daß unsere Terrasse nach Osten zu liegt, sagte Nelly.

Kränke Nelly nicht, warnte Bertine.

Nelly kann man nicht kränken, beruhigte ich sie.

Manchmal doch. Aber Nelly lachte dazu.

Ich erinnere mich an einen Nachtaugenblick bei ihr zu Haus. Wir drehten einen Film nach meinem Drehbuch mit einem kleinen Team, wir waren in den fünf Wochen alle Freunde geworden. Nelly ließ ich in einem Filmkapitel über ihr aus Beruf und Familie gemischtes Leben mitspielen. Ich hatte sie an diesem Tag vor der Kamera interviewt, und sie hatte die Distanz zwischen uns empfunden, die dazu nötig war. Nun stand sie, nach dem Essen in einem griechischen Restaurant, vor mir neben ihrem Auto, sie weinte und sah mich zaghaft und ernst an. Was ist los, was hast du denn, Nelly? Du hast mich nicht so lieb wie ich dich, brachte sie vor. Ich beteuerte ihr, sie irre sich, und der Irrtum begänne schon bei diesem Vergleich, es gebe Unterschiede beim Gernhaben, aber zwischen uns keine Qualitätsunterschiede, nur habe jeder einen anderen Menschen eben auf die ihm eigene Weise lieb, und ich beschwor sie, mir – was eigentlich genau? – zu glauben. Aber sie folgte ihrem Instinkt, meiner Suada fehlte die Überzeugungskraft, ich hatte nicht lapidar widersprochen, nicht einfach *nein* gesagt, und sie bestand darauf, sie liebe mich mehr als ich sie. Ich versuchte, ihren Sinn fürs Komische anzuregen: Ich bin ja auch die Ältere, ich muß von dir angeschwärmt werden, du mußt mir huldigen, stimmts etwa nicht? Sie konnte ausnahmsweise nicht lachen. Meine Interviewfragen hatten sie unsicher gemacht, Fragen wie: Glaubst du, eine Künstlerin müsse nicht auch Zeiten des Ausflippens hinter sich haben? Bei dir war nie was mit zu viel Alkohol, schon gar nicht mit Drogen. Du warst immer vernünftig, wenigstens auf *dem* Sektor. Fragen wie: Und quält es dich nicht, daß du nicht ganz oben auf der Skala der Berühmten angesiedelt bist? Muß man nicht unbedingt die Erste, Beste sein wollen?

Am nächsten Drehtag aber war ich die Verstörte. Ich hatte andere Interviewfragen vorbereitet und mit meinem Team-Redakteur darüber gesprochen, eine zusätzliche Szene zur Beruhigung von Nellies Nerven einbauen zu wollen. Und sie, Nelly? Sie empfing uns fröhlich, sie hatte gut geschlafen, sie war erholt und frei vom Bedürfnis, das Thema zwischen uns neu zu bearbeiten, und auf die Zusatzszene nicht erpicht.

Ich griff den Faden wieder auf: Manchmal kann man Nelly kränken, aber sie ist nicht nachtragend, sie ist schnell drüber weg. Sie will allerdings geliebt werden.

Ich auch, rief Bertine.

Nelly hat was Kindliches. Ich erzählte von der kurzen Bekanntschaft neulich mit Ricardo und Edith, als sie alle angereist waren, um bei der Verleihung eines Preises an mich teilzunehmen; sie trafen sich dort zum ersten Mal, und Nelly hatte es nach der Veranstaltung eilig, zurück zum Bahnhof zu kommen. Sie schrieb mir: »Wie haben die beiden mich eigentlich gefunden?« Ich wiederholte mit Betonung und langsam: *gefunden!*

Bertine lachte, sie und Marie Rosa sahen Nelly freundschaftlich an, sie waren neugierig, wie es weiterginge.

Gefunden! sagte ich. Nelly drückt ein Bedürfnis wie dieses so ohne Umschweife, so ehrlich und selbstverständlich aus.

Ja, wie soll sie sonst fragen? Ich hätte auch so gefragt. Oder vielleicht hätte ich es nicht gewagt und gar nicht gefragt, sagte Bertine.

Also, weniger offenherzige Leute hätten um drei Ecken herum irgendeine Auskunft herausgewunden. Natürlich, jeder interessiert sich für den Eindruck, den er auf andere macht. Um meine Mutter wieder einmal einzubeziehen, beugte ich mich zu ihr vor: Du bist auch eitel, stimmts?

Ja, sagte sie.

Das hat übrigens damals, als ich mit ihr in seiner Praxis war, der Nervenarzt an ihr gelobt, ich meine, er hat es als gutes Zeichen gewertet. Daß sie zum Friseur geht, daß sie sich gern gut anzieht.

Und ich weiß immer noch nicht genau, wie sie mich gefunden haben. Nelly lachte. Offenbar nicht umwerfend.

Meine Schwester hat gesagt: Sie ist ein wohltuender Mensch, mit dem man gern länger und öfter zusammenwäre. Damit kann man doch zufrieden sein.

Nicht besonders, fanden Marie Rosa und Bertine, und Nelly lachte wieder.

Du wolltest als erstes hören: Sie sieht enorm gut aus, sie ist eine Schönheit, stimmts, Nelly?

Ja, genau das stimmt. Oh Gott, aber ich bin schon zweiundvierzig, ich werde alt.

Marie Rosa sagte: Eben werden Sie taktlos. Dazu lachte sie Nelly an.

Hier habe ich was Passendes. Rupert hatte in einer Zeitschrift geblättert, las nun vor: »Ab 30: Gehirn: während das Gedächtnis bis ins hohe Alter trainiert werden kann...« Rupert unterbrach sich und blickte auf meine Mutter, die gehorsam, ein wenig auf der Hut, zurückblickte: Hast du es gehört: Gedächtnis trainieren!

Ich stand meiner Mutter bei: Das ist doch populärwissenschaftlicher Quatsch. Das weiß die seriöse Forschung längst besser. Selbst die Leute, die ihr Leben lang gescheite Sachen gedacht und gemacht haben, verkalken, einige von ihnen kriegen Alzheimer.

Einige von ihnen. Rupert blieb mahnend und las weiter: »...läßt das Wahrnehmungsvermögen nach. Gewebe: es verliert Wasser und lagert zunehmend Fett ein...«

Bertine rief: Das hat bei mir schon viel viel früher angefangen. Sie haben mich überernährt, ich war ein Nachkömmling, sie haben mich von Anfang an überfüttert, erläuterte sie Nelly, die sich amüsierte und Rupert bat zu lesen, was ab vierzig los sei.

»Ab 40: In diesem Jahrzehnt beginnen die inneren Organe leicht nachzulassen: Herzschlag: beträgt nur noch 94 Prozent. Lungenkapazität: liegt jetzt bei 82 Prozent...«

Ui jeh, rief Nelly, und Marie Rosa sagte mit einem Gähnen: Das geht mich alles nichts an. Lies besser, was ab achtzig passiert. Und ab neunzig.

Es geht nur bis sechzig.

Aha, danach wirds zu schaurig.

Rupert las: Hier: »Oft deprimiert: Zink, Kalzium und Co. heben die Laune.« Ihr eßt nicht genug Milchprodukte. Das Oberhaupt trinkt überhaupt keine Milch. Hier, fürs Oberhaupt, hör zu, Chefin: »Ständig müde: Eisen macht den Körper wieder wach.«

Hör mit dem Schwachsinn auf, sagte ich. Entschuldige Nelly, ich will deine Kräuter- und Mineralstoffgefühle nicht verletzen, aber das hier ist nur für Leute, denen nichts Ernstliches fehlt. Für Gesunde und Gläubige.

»la, la, Ihr Gläubigen...« sang Marie Rosa. Das Universum dehnt sich aus. Ich dachte gestern, als ich einschlafen wollte, immer nur: Das Universum dehnt sich aus.

Aber wohin denn? fragte Bertine.

Es dehnt sich aus. Wohin weiß kein Mensch. Ich wurde ganz froh, es dehnt sich aus, und ich spürte was Salziges in meinen Augen, also um ein Haar hätte ich weinen können.

Und? fragte ich. Konntest du es schließlich? Ihr müßt wissen, ich versuche auch manchmal zu weinen.

Es hat nicht geklappt, sagte Marie Rosa.

Aha, sagte ich. So gehts mir auch immer.

Du scheinst keine Gründe zum Weinen zu haben, stellte Nelly fest.

Oh, an Gründen wäre kein Mangel! rief ich. Sieh uns an, hier! Wie alt wir sind!

Wir lachten, bis auf Rupert, der sagte:

Sie ist verrückt.

Man *muß* verrückt sein, es hilft, sagte Marie Rosa, dann

sang sie: »Herbei nun, Ihr Gläubigen, la la la la laalaa...«
Bertine, spiel doch wieder ein paar Weihnachtslieder in Moll, es war so schön neulich.

Ich sagte: Zum Einschlafen sing ich jetzt »Ihr Kinderlein, kommet« in Moll. Bei »Stille Nacht« funktioniert es nicht.

Bertine stand vor dem Flügel, und stehend, mit dem Blick zu uns hinüber, spielte sie ein paar Takte von »Kling, Glöcklein, klingelingeling«, Nelly lachte, Bertine rief: Das hatten wir ja neulich schon, und hörte mitten im Takt auf.

Sie sind wirklich um kein Jahr gealtert, sagte Nelly auf der Rückfahrt, deine Mutter auch nicht, sie sieht gut aus. Man sollte nicht meinen, daß sie über neunzig ist, wirklich nicht. Sie ist natürlich sehr still, aber das war sie doch immer.

Sie war in früheren Zeiten eine lebhafte, aktive und vergnügte Frau, die alles in die Hand nahm, und du hast jetzt ungefähr dreimal *wirklich* gesagt, das ist nicht sehr überzeugend, sagte ich laut und ruppig, und ich bedauerte es nicht einmal, es handelte sich schließlich um eine Verteidigung, und um Nelly, die mir alles verzeiht.

Vielleicht spürte Nelly, daß ich mich dahinten im Fond des Peugeot von ihr zurückzog, allein sein wollte, und nicht wie bei früheren Rückfahrten glücklich genug war, nicht erleichtert, denn sie sagte: Meine Tanten und manchmal sogar meine Mutter, sie machen einen irgendwie älteren Eindruck auf mich als diese drei dort.

Irgendwie, äffte ich sie nach.

Weil sie überhaupt nicht so frei drauflosreden, sie können sich nicht so gut ausdrücken, oder wie soll ich sagen.

Wegen des Altersunterschieds. Ich bin achtzehn Jahre älter als du, also sind meine Alten so um die zwanzig Jahre älter als deine Alten, und die kommen dir, weil du so viel jünger bist, subjektiv älter vor.

Rupert fand mich weder logisch noch verständlich und sagte es.

Ich habs ernst gemeint, sagte Nelly, sie haben sich in

dem einen Jahr oder wie lang es her ist, seit ich sie das letzte Mal sah... sie kommen mir unverändert vor, und du solltest froh drüber sein. Nur, Marie Rosa, sie hält sich ziemlich schief. Fast bucklig und den Kopf so zur Seite verrenkt.

Sie hat mal drum gebeten, daß man sie immer wieder drauf aufmerksam macht oder *halt dich gerade* sagt, aber es wird anscheinend nicht beachtet. Es herrscht keine Konsequenz, sagte Rupert. Sie lassen sich so treiben, durch die Tage, durch die Wochen, dahintreiben. Die notwendigen Reparaturen im Haus...

Das kommt bei Marie Rosa vom Geigespielen, unterbrach ich Rupert. Und ich glaube fast, sie machts zum Teil auch absichtlich, ich meine, es würde zu ihr passen, daß sie das Schiefe verstärkt. Ich lachte, fühlte mich besser. Andererseits, Nelly, hast du das je beobachtet? Alten, an die du gewöhnt bist, wenn sie bei sich zu Haus sind, denen darfst du nicht auf freier Wildbahn begegnen. Ich traf mal Bertine zufällig bei uns in der Stadt, da sah sie zwar auch nicht so alt aus wie sie ist, aber doch bestimmt nicht wie das erwachsen gewordene Kind, das sie dort in Haus und Garten ist. Und ich kann nicht vergessen, ist schon Jahre her und es war längere Zeit vor ihrem Tod, ich kanns nicht vergessen, als ich einmal unerwartet meine Schwiegermutter traf, auch in der Stadt wie Bertine, ich kannte sie nur von ihrem Anblick zu Haus bei ihr auf ihrem Sofaplatz ... wie alt sie aussah, wie gebrechlich und klein, ganz winzig, wie eine Fremde.

Nelly behauptete, sie habe ebenfalls Erfahrung mit diesen Eindrücken, die sie gräßlich und niederdrückend nannte.

Wann wechselt ihr eigentlich das Thema, fragte Rupert, du betrachtest dir das Ried wie sonst auch – er meinte mich – und stellst dir Holland vor, und du, Nelly, lernst mal ein bißchen Geographie. Das da drüben rechts, das ist von all den Hügeln der höchste, der Melibokus, dann bald siehst du den Frankenstein.

Frankenstein! Nelly lachte.

Die Burg Frankenstein, sagte Rupert.
Wir wechseln das Thema noch nicht, rief ich nach vorne.
Als ich jung war, und wenn wir meine Schwiegermutter besuchten, die mir damals alt vorkam, zumindest älter als sie war, hab ich sie tatsächlich beneidet. Da saß sie auf ihrem Sofa, mit dem Außenleben hatte sie nichts mehr zu tun, sie saß da und hatte keine Termine, keine Hektik.
Das *ist* ja auch schön und beneidenswert, so im Alter. Endlich Frieden und so was. Nelly hörte sich nicht sehr überzeugend an.
Scharf sagte ich: Es ist absolut nicht mehr schön, du findest es keine Minute länger mehr schön, wenn du dir dazudenkst, daß so eine Alte Angst davor haben muß, vom Sofa aufzustehen, weil die Beine zu wacklig sind, weil es ihr schwindlig wird, weil sie beinah alles nicht mehr kann, was sie mal konnte, weil sie nun mal eben nicht freiwillig so auf dem Sofa ihre Zeit rumbringt. Ich wehte den beiden einen bösen Seufzer nach vorne. Nelly, wenn ichs mit dir zusammen entspannender finde, meine Verwandten zu besuchen, als mit meiner eigenen Schwester, dann...
Was: dann?
Wenn ich mit dir statt mit Edith dort unbefangener bin und wenn auch die andern lustiger sind mit dir, na ja: Kunststück! Du bist, bei aller Freundschaft...
Liebe! rief Nelly und lachte.
Du bist, bei aller Liebe und Freundschaft, nicht verwandt. Es ist nicht existentiell für dich, nicht wie für Edith, die schon während der ganzen langen Fahrt zu uns fürchtet: Wie werde ich sie vorfinden? *Ihre* Besuche *können* nicht so unverkrampft sein.
Kriegt sie wieder das Treueproblem? fragte Nelly Rupert, der *keine Ahnung* sagte.
Mit Nelly gehen wir zum Abendessen immer in eins von den drei italienischen Restaurants, die wir in ein paar Minuten zu Fuß erreichen können. Wir haben an diesem Abend nicht mehr über die drei Schwestern gesprochen, und ich *hatte* das Treueproblem. Denn wir saßen am sel-

ben Tisch wie vor ein paar Monaten mit Edith, aber diesmal unbeschwert, und damals suchte Edith ohne die Essensvorfreude, mit der mir jedesmal Nelly Spaß macht, die Speisekarte nach der unaufwendigsten kleinsten Mahlzeit ab, und sie verlor ganz den Appetit, als Rupert gut gelaunt, aber kritisch, ihr Argumente abzwang, die dagegen sprechen könnten, Ediths Aufenthalt auf wenigstens eine zweite Nacht und einen zweiten Tag auszudehnen. *Ich muß die Post vom Postfach holen. Es können nicht zwei Tage hintereinander Zeitungen aus dem Briefkasten hängen. Das macht die Einbrecher aufmerksam. Ich muß Ricardo am Flughafen abholen. Es wird auch zu teuer.* Edith hat Rupert nicht überzeugt. Auch mich nicht, objektiv betrachtet. Doch subjektiv und schwesterlich, aus Liebe und in ihrer Not habe ich sie allzu gut verstanden.

Ich liebe meine Schwester, also rede keinen Unsinn von wegen Treueproblem, sagte ich, und dann servierte Angelo unser Essen.

11

Man muß es aushalten ... aber lesen will ich es nicht

Ja, eure Ausbildung interessiert mich, schreibt was drüber und über euer Berufsleben, bestätigte ich. Ich telephonierte mit Bertine.
 Ich bin schon fertig damit, sagte Bertine. Ich wollte nur warten, bis Marie Rosa so weit ist, dann geht es in ein Couvert.
 Machs für sie mit, sagte ich. Sie haßt es doch zu schreiben. Du weißt genug Bescheid.
 Ich dachte wieder einmal an ihr privates Vorleben, an Intimes, an Liebesgeschichten, aber danach fragte ich nicht. Hatten sie unglücklich verheiratete Männer geliebt, mit oder – wegen ihrer aus heutiger Sicht anachronistischen Moral – ohne Praxis? Von allen möglichen entfernten Bekannten und Freunden, die sich übereifrig offenbaren, weiß man viel mehr als von denen, die einem am nächsten sind.
 Na, so gut auch nicht. Bertine meinte Marie Rosas Vorleben.
 Dann frag sie und schreibs für sie auf, es muß ja nicht so ausführlich sein.
 Von meiner Mutter wußte ich, daß sie nach dem Abitur berufstätig war und von zu Haus wegging, aber was genau und bei welcher Institution hat sie gearbeitet? Nicht lang, weil sie sich in den jungen schlanken schönen Mann verliebte, der in ihrer neuen Stadt auch neu und Pfarrassistent war. Ging sie denn in die Kirche? Hat sie ihn oder seine Predigt als erstes bewundert? Wie hat sie ihn kennengelernt und wie oft und wo getroffen? Als Kinder erzählte man uns nur den Augenblick der Verlobung, wir wollten die Geschichte vom Gewitter, das sie in einem Wald überraschte, immer wieder hören.

Große Überraschung: am nächsten Tag schon bekam ich, übrigens in getrennten Couverts, Post von Marie Rosa und Bertine. Marie Rosa schrieb mit ihren großen schönen, wie aus Absicht etwas schlampigen Buchstaben (sie hat eine künstlerische Handschrift, aus der man schließen würde, sie sei etwa Mitte Dreißig und eine originelle eigenwillige Person): »Am 11.7.92. Liebe Autorin, schreiben kann ich ja doch noch selbst. Ungern schreibe ich jedoch die Daten meiner totalen Erfolglosigkeit im weltlichen Treiben der Vergangenheit auf! Schule bis vor Unterprima. Erste Ausbildung in Geige auf der Kakademie für Kondunst (so nannte mein Vater die Akademie für Tonkunst). 4 Jahre bei Konzertmeister Otto. 5 Semester Hochschule für Musik Berlin. Totale Unfähigkeit, ›ins Geschäft‹ zu kommen – Kammerorchester, Rundfunk. Sehr billige Schüler (keiner hatte damals Geld übrig). Honorar 15,– RM im Monat, dazu Fahrten quer durch Berlin und Potsdam. Dann Verbombung und Heimkehr nach diesem Donnerschlag. Herzlich grüßt Dich Deine Tante Marie Rosa. (Verleugnung des Namens Rosemarie und Umwandlung in den Dreißiger-Jahren, glaub ich, Nazizeit, wegen ›Rosemarie-Maria...‹ = Soldaten sangen es, wenn sie meine Straße rauf und runter marschierten.) N. S.: Aber zu Sauerbraten, Reis Trautmannsdorff, Kirschenmichel usw. hats doch gereicht???«

Bertines Schrift ergibt mit den runden ordentlich zusammenhängenden Buchstaben ein ästhetisches Bild und läßt Rückschlüsse auf einen geradlinigen Menschen zu, der musisch und gefühlvoll ist und doch einen klaren Kopf hat. Ich las: »9.7.92, Liebster Schatz, mein Kleinodium! Uns wird es ganz bang zumute, wenn Du es wahrhaft so genau mit uns nimmst! Sehr bang! Was willst Du da denn alles über uns schreiben?????? Die rosa Maria sagt: ›Man muß es halt aushalten, was sie sich vorgenommen hat, aber lesen will ichs nicht...‹ Und ich – na also ... die Hand greift nach mir: *Lebenslauf:* 1938 Abitur, danach Privatmusiklehrerausbildung. Prüfung 1940 (alles in D., Edithchen im hellblauen Hängerkleidchen mein Prüfungskind!). Dann fand die Familie, Schulmusik sei gescheiter wegen Verdienen, Geld, da redeten auch Tante Helene und meine Freundin Dr. Charlotte Herwig mit ... und keiner achtete darauf, daß ich dafür keine besondere Begabung hatte! Na ja – dafür brauchte ich aber ein anderes Abitur, das ›Werkabitur‹ von 1938 galt nicht fürs Studium. Ging nochmal in die Elisenschule, ein Vierteljahr, und machte (die Ansprüche waren viel geringer als 1938!!!) zum zweiten Mal Abitur, 1941. – 4 Wochen Arbeitsdienst. Entlassen wegen Herzklopfen... Dann nach Berlin: 4 Semester Schulmusik 1941 – 43, wohnte bei Marie Rosas jüdischer Freundin Elsa Rosenstein. M. R. war da dauernd auf Wehrmachtstournée. Im Mai 43 nahm sie mich mit nach Norwegen. Als wir zurückkamen, war die Hochschule in Berlin kaputt, und ich machte in Frankfurt weiter, aber dort ging auch gleich alles kaputt. 1944 auch D.: kaputt. Von Homberg-Sondheim/Oberhessen aus zu Schmidt-Neuhaus nach Bischofstein mit anderen Studenten bis zum Oktoberende... wollte eigentlich nach Mecklenburg (wo M. R. und meine Mutter waren), als Volksschullehrerin, verbrachte Weihnachten 1944 bei Euch in D. (schön), sammelte Haushaltsgegenstände für die Reise nach Mecklenburg, aber dann hatte das keinen Sinn mehr ... wieder Homberg, Sondheim, wohin M. R. und Mutter kamen – von dort nach H. im Mai 45. Morgens nach Heidelberg fürs Nebenfach Deutsch, nachmittags Klavierstunden gegeben, dazu Seminar bei Noack für mehrere ›verunglückte‹ Schulmusiker für externes Examen in Frankfurt – das war 48 – Nebenfachexamen in Heidelberg. Referendarzeit in B. AKG, Schuldorf Bergstraße, Herderschule B. (oha: was ich nie, nie nie nochmals erleben möchte: Tanzstunde und Referendarzeit!!!), Assessorzeit in D. Erstes Geld: Herderschule B. bis 1956, war sehr nett, Schule machte Spaß, dann aufgefordert von Elisenschule in D., nach dort zu kommen (welche Ehre!), und da war es auch viele Jahre meist recht nett. Am Ende nicht mehr.

Will nichts mehr von Schule hören: Punkte, Klausuren, unlustige Schüler, Oberstufe Aufregend, wenn auch Anregend, man mußte sich doch mit vielem beschäftigen, an was ich jetzt gar nicht mehr denke ... – Landheim, in den ersten Jahren zwar nicht geliebt, aber dann war es doch oft hübsch mit Theaterspielen, Vorlesen, Basteln, machte mir Spaß. Später war es nix mehr, man darf nicht *alt* werden in der Schule, oder man muß eine hundertprozentige Superpädagogin sein. War ich nie. Mich haben immer nur die *Tätigkeiten* interessiert, weniger das ›Umgehen‹ mit der ›Jugend‹. Mach mich aber nicht so schlecht, bloß nicht!! Du weißt nicht, wie oft ich geneckt worden bin wegen einer Stelle (ich weiß jetzt nicht mehr in welchem Roman von Dir, wo Du schreibst: ›Sie hatte Angst vor den Schülern.‹ Nicht zu vergessen: 20 Jahre Organistin und Kirchenchorleiterin in H., ach ach ach ... Ach wie gut, daß ich das los bin, aber meine Pension *redlich verdient* habe. Das schrieb Dir mit Herzblut und 1000 Grüßen Deine Tante, das Juwel und Kleinod Bertine.«

12

Du verpaßt so einiges, Bertine. Aber wer tut das nicht?

Von der Maihitze an bis zum glühenden Julianfang hatte der Sommer nur vorgewarnt. Bertine stimmte mit Marie Rosa überein, es sei zu heiß an diesem Montag, um zehn Uhr schon sechundzwanzig Grad, man könne Louisa nicht im siedenden Taxi zurück nach S. fahren lassen. Louisa fügte sich und fing an, den Kaffeetisch abzudecken. Sie hatten im Garten gefrühstückt, und diesmal rief Bertine nicht *wir haben ein Tablett* hinter Louisa her, die vorsichtig mit einer kleinen Portion Geschirr über den Kiesweg zwischen Dahlien und den beiden Oleanderkübeln die Holztreppe zur Veranda ansteuerte.

Oh das jetzt war Hochsommer! Der ganze August stand noch wie eine Drohung aus Glut, Schwitzen, Trockenheit, Sonne bevor. Das Wetter machte Bertine furchtsam und ärgerlich. Jenseits der 30-Grad-Marke wurde sie zornig. Meine alten Schwestern vertragen die Hitze nicht, sollte sie dem töricht vergnügt mit den extremen Temperaturen prahlenden Fernsehmeteorologen zurufen, wenn er nach den Abendnachrichten das Hohelied der Schwimmbäder und des Strandlebens sang, gerade so, als bestehe die Bevölkerung nur aus Menschen, die entweder sehr jung und gesund waren oder überhaupt nichts zu tun hatten. Im letzten Jahr hatte Bertine um Rosas Leben gebangt, lange heiße regenlose Wochen hindurch, und in diesem Jahr bangte sie im Voraus darum und auch um Louisa, die noch schlechter als sonst gehen konnte, wenn es zu heiß für sie draußen war und sie nicht üben konnte, ihr kleiner täglicher Trainingsgang mußte ausfallen. Vom zu vielen Sitzen und Liegen und Ausruhen in den abgedunkelten Zimmern verlernte sie das Gehen immer mehr.

Bertine fand es im ersten Stock zu stickig. Früher Nachmittag. Ihre Schwestern lagerten auf dem Sofa (Louisa im dämmrigen Wohnzimmer) und auf dem Bett (Marie Rosa in ihrem noch erträglichen Nordzimmer im ersten Stockwerk), und als Bertine ins schattige Parterrezimmer mit seinem nach Norden auf die Ahornallee gehenden offenen Fenster umzog, dachte sie bedrückt: Ich gäbe es nicht gern auf, mein zweites Zimmer hier in Louisas Haus. Es ist zwar, zwischen dem großen Zimmer, in dessen Erker der Eßtisch und im Übergang zum Wohnzimmer der Flügel stehen, und der Diele, auch ein Durchgangszimmer mit beinah immer offenen Türen sowohl ins Erkerzimmer als auch zur Diele hin, aber schleichend allmählich, ohne Deklaration und Namensgebung, gilt es als Bertines zweites Zimmer. Da steht der große Arbeitstisch, auf dem sie komplizierte Stickarbeiten ausbreiten kann und ihre Photokalender mit tagebuchartigen Eintragungen bastelt – Weihnachtsgeschenke für die Familienmitglieder – und es ist außerdem Witikos eigentliche Wohnung, obwohl er ihr ja auf Schritt und Tritt folgt und längst nicht mehr bereit ist, hier unten allein zu übernachten.

Rupert hat recht, das Haus ist groß, es wäre Platz für Louisa darin, für nicht alle ihre Möbel, aber sie könnte einiges abgeben oder verkaufen. Bertine seufzte. Irgendjemand müßte das alles endlich einmal in die Hand nehmen, diese allernächste Zukunft organisieren, und dieser *irgendjemand* war nicht in Sicht, sie alle schwiegen sich über ihn aus, er müßte eine Art Messias sein, und den gab es in der Familie nicht. Man sollte Louisa dabei helfen, eine Übersiedlung vorzubereiten – aber wer war *man*? An das Problem dachte jeder, und keiner machte es zum Thema. Bertine spürte den Widerspruch zwischen ihrem liebevollen fürsorglichen Wunsch, Louisa gäbe S. auf und zöge ganz zu Marie Rosa und ihr (die dadurch noch mehr Arbeit hätte, aber das schreckte sie keinen Augenblick ab), und der Unlust, auf dieses dämmrige Parterrezimmer zu verzichten.

Überhaupt: Unlust. Größere Veränderungen – schon

der Gedanke daran war furchtbar. Und außerdem will Louisa ja am allerwenigsten von uns, daß sich irgendwas ändert, dachte Bertine trotzig, um ihre Gedanken auf ein anderes Gleis zu leiten. Vielleicht bin doch auch ich allmählich in diesem Alter, in dem man zu schwunglos und zu müde fürs Aufgeben von Lebensgewohnheiten wird.

Bertine las in den ersten Sätzen des ersten Kapitels ihrer Kindheitsaufzeichnungen mit dem vorläufigen Titel »1920 bis 1930 und was ich aus meinen ersten zehn Jahren noch weiß«, weil die Bernhards Interesse an der Lektüre gezeigt hatten. Das erste Kapitel hieß: »Das Haus und der Garten«. Bertine blickte in den Sätzen umher. »Das Haus ist maisgelb. Alle Häuser, in denen man richtig wohnen kann, sollten maisgelb sein, dachte ich.« Dieser Anfang gefiel ihr, und auch die Bernhards fänden ihn schön. Etwas später ging es um das Ballspiel »Elferlein«: »Elfmal mit der rechten, elfmal mit der linken Hand den Ball an die Wand datschen, dann mit der Faust, dann mit vorwärts oder rückwärts gefalteten Händen, dann mit dem Ellenbogen, mit dem Kopf! Und nie gekonnt und heiß ersehnt, es zu können: von hinten über die Schulter an die Wand treffen und wieder fangen! Warum klappte das bei mir nur nicht? Und da bin ich schon bei den sportlichen Übungen, die mich zeitlebens so beschäftigen. Das liegt sicher daran, daß ich mich immer so gern schnell und anmutig bewegt hätte, aber leider immer zu viel Speck auf mir sitzen hatte. Und dazu ein sehr vorsichtiges Gemüt! Ich bin beim Ballspielen, und ganz entfernt sind Klaviertöne zu hören: die Mutter gibt Klavierstunde. Das Klavierspiel gehört zum rechten Nachmittagsgefühl, wie das Sonnenlicht auf der gelben Hauswand. Während der vergangenen Tage habe ich immer wieder versucht, in das Haus ›hineinzugehen‹, und ich hatte sogar einen Streit mit Marie Rosa, weil wir uns über die Richtung der Türen nicht einig werden konnten...«

Bertine merkte, daß sie sich ein bißchen aufregte bei der Vorstellung, die Bernhards so nah an sich heranzulassen.

Sie schob ihr Kindheitsbuch zur Seite und machte sich mit Hilfe des Tagebuchkalenders an den Photokalender, mit dem sie bis zum Februar gekommen war. Die obere Hälfte des kartonartig festen Papiers bedeckte ein großes Photo mit bräunlichen kahlen Weinbergen, die auf dem Bild ziemlich flach aussahen, im Hintergrund schimmerte ein Streifen vom See, und die obere Bildhälfte füllte ein in dunklem Rosa und Blaßviolett abendlich schwermütig lastender Himmel aus. Rechts unten war noch Platz für ein schmales längliches Photo, und Bertine machte einen Ausschnitt aus einer großen Aufnahme von ganz aus der Nähe photographierten gelben Winterlingen im rostbraunen Boden. In den Freiraum auf der linken Seite übertrug sie ihre Eintragung aus dem Tagebuch, wobei sie aus den Stichworten ganze Sätze machte: »6. 2. Ich war heute tüchtig: dreiviertel sieben aufgestanden, die übliche Morgenarbeit, zweimal Wäsche, dann mit Witiko im Weinberg. Bei der Rückkehr waren G. und R. da zum Essen, das war sehr nett! Sie fuhren mich zu H. Q. Dann noch Gang mit Witiko mit Beckers, dann Tee. Kurz geübt, dann Konzert in B., für das ich aber zu müde war. 8. 2.: Ich fuhr um halb zwölf mit dem Bus an den See, um mit meinen neuen Photoserien anzufangen. Es war trübes Wetter, aber trocken. Um halb drei erst Mittagessen. Besuch im Krankenhaus bei H. Q. Danach nochmal mit Witiko auf der Gymnasiumswiese, eine Stunde Wohltemperiertes Klavier geübt, ab neun regnete es, TV Blödsinn und...«

Das Telephon klingelte. Bertines Cousine Annesophie war dran. Bertine schauderte davor, sich Annesophies Telephonrechnung vorzustellen. Armer Ronald, dachte sie. Ronald war Annesophies Mann.

Die beiden hatten bis vor vier Jahren in der Nähe gewohnt, aber nie aufgehört, sich als Norddeutsche und uneingelebt zu fühlen, was aber nur bei Annesophie zu einer kribbligen ungeduldigen Unzufriedenheit führte, zu einem Spektralsystem der körperlichen und seelischen Unstimmigkeiten. Sie beschwerte sich bei der süddeutschen Welt und bei Ronald über migränoide Kopfschmerzen und Ziehen in den Gliedern und andere, miteinander abwechselnde Symptome, Verlautbarungen ihrer hanseatischen Seele. Was sie gleichwohl, im endlich wiedergewonnenen Norden, nun dramatisch-chronisch vermißte – Anlaß zu neuen Klagen in der alten Gestalt der körperlichen Malaisen – das waren die milden, weniger windigen klimatischen Verhältnisse an der Bergstraße, das frühere Frühjahr, und ganz besonders ihre und Ronalds regelmäßigen Besuche bei den Cousinen in H., die am späten Nachmittag anfingen und in die Abendgewohnheiten mit Fernsehnachrichten, portionsweise aus der Küche geholten Imbiß-Ideen und, was Bertine betraf, Spaziergängen mit Witiko übergriffen. Sogar Bertines glücksbringendes Kontrastprogramm, die Verabredungen mit den jungen Bernhards zum Musizieren, mußte manchmal abgesagt werden, weil Bertine Marie Rosa und, wenn es ein Wochende war, auch Louisa nicht die Gastgeberanstrengung allein überlassen wollte. Dennoch, auch die Drei in H. vermißten, seit deren Auszug aus der Region, Annesophies redefreudige, von Ronalds erduldender Ruhe und Schweigsamkeit gestützten Besuche, von Zeit zu Zeit fehlten ihnen die beiden.

Es ist ganz zwecklos, Ännchen, sagte Bertine ins Telephon. Sie telephonierte nicht gern, schon gar nicht liebte sie lange Telephonate. Sie kam sich immer einfallslos und, in Annesophies Fall, dem Fall von Ferngesprächen über eine Distanz der ungefähr sechshundert Kilometer, schuldig an den Gebühren vor, verantwortlich für die Langweiligkeit, die sie ihren eigenen Sprechbeiträgen anlastete. Ich kann vorerst nicht reisen. Ich kann hier nicht weg und die zwei alleinlassen. Bertine redete forsch und fröhlich, damit die Cousine es bloß nicht als Gejammer auslegte. Bertine wollte um keinen Preis der Welt bedauert werden.

Annesophie hatte wieder einmal mit kulturellen Anregungen gelockt, um Bertine aus der – wie Annesophie diagnostizierte – Eintönigkeit und Anstrengung ihres Alltags in H. herauszureißen. Sie berichtete ausführlich – als säße ich ihr im Sessel gegenüber, dachte Bertine – vom hochinteressanten Vortrag eines ungewöhnlich aufgeschlossenen Paters über die Jungfrauengeburt und von literarischen Lesungen, von Konzerten, Theaterereignissen, Ausstellungen. Sie sagte:

Schaff den Hund ab, wenn du meinst, du könntest ihn nicht für ein paar Tage Marie Rosa allein anvertrauen.

Das Leben ist furchtbar, dachte Bertine, aber mit Witiko kann ich das vergessen.

Dann hörte sie ihrer Cousine wieder zu: Übrigens, was wäre so strapaziös dran für Marie Rosa, ein paar Tage mit dem Hund? Er muß nicht jeden Tag zweimal riesige Spaziergänge haben. Er kann sich im Garten austoben, obwohl – ich habe ihn ja eher ruhig und schläfrig in Erinnerung.

Bertine dachte wieder: Ich kann nicht ohne Hund leben, ich will nicht. Der Hund ist mein Gegenleben. Sie sagte: Ich brauche meinen Hund. Er lenkt mich ab. Wenn alles alt und kränklich ist...

Aber dein Hund hat doch auch dauernd was, du hast nie richtig gesunde Hunde gehabt, rennst dauernd zum Tierarzt.

Das ist was anderes. Reisen, gut, die hätte ich ab und zu, den Hund aber habe ich vom Morgen bis zum Abend und sogar nachts. Niemand weiß, was für ein lieber Kerl Witiko ist, was für ein wirklicher Freund.

Aber du verpaßt so einiges. Annesophie klang warnend.

Aber ich *habe* vieles.

Warum fühlte Bertine sich durch Annesophies Insistieren jedesmal wie auf die Couch beim Psychoanalytiker gefesselt? Warum mußte sie sich und ihre Lebensweise immerzu verteidigen? Gewiß, die Cousine meinte es gut. Annesophie war Bertines Alter näher als dem von Marie Rosa und Louisa, sie war die Tochter einer fünfzehn Jahre jüngeren Schwester von Louisas, Marie Rosas und Bertines Mutter.

Fühl dich nicht für mich verantwortlich, Annsophiechen.

Bertine lachte. Das ist zwar lieb von dir, und ich käme ja auch rasend gern... *rasend*: eine Vokabel aus Bertines und Annesophies Jugend. Ganz aus der Mode.

Na siehst du, triumphierte Annesophie. Du kämst rasend gern. Also denk noch mal gründlich drüber nach.

Wie gehts Ronald? Bertine schaltete sich in die nächste Phillippika der Cousine. Die Frage nach Ronald kam der Frage nach der übrigen Familie gleich, Ronald war kein sehr ergiebiger Gesprächsstoff für Annesophie, umso mehr aber die Töchter mit ihren verschiedenen Problemen und wechselnden Freunden und die paar Enkel, Kinder ihres Sohns.

Nach diesem zu langwierigen Hin und Her der Ratschläge, der Zurückweisungen, der neuen Direktiven und der neuen Verweigerungen war Bertines Stimmung getrübt. Sie memorierte ihr intellektuelles und künstlerisches Programm im Vergleich mit dem der Cousine. Bei der war gewissermaßen jeder Seinsmoment großstädtisch. Und hier? Die kleine Stadt. Die freie Kreisstadt. Ich bin provinziell. Schnitt Bertine aber trotzdem gar nicht so schlecht in dieser Konkurrenz ab? Gewiß, die Cousine war gut informiert, auf jedem Gebiet, Politik, Wirtschaft, Kultur, aber immerzu passiv, sofern man ihre Nachdenklichkeit nicht mitzählte. Bertine aber war eine exzellente Pianistin. Marie Rosa, die etwas davon verstand, wie früher schon ihre Mutter, eine ebenfalls hochmusikalische Frau mit einem energischen, beeindruckend kräftigen Anschlag auf dem Klavier, sie bescheinigten Bertine ein männliches Genie für die Musik, und Bertine wußte zumindest auf diesem Gebiet, was sie wert war. Auf anderen Gebieten schätzte sie sich zu gering ein, wahrscheinlich. Aber wozu dieses pianistische Talent, das sich durch tägliches gründliches Üben auf dem Höchststand behauptete? Nur noch für die paar Abende als Begleiterin von Lonny Bernhard? Und für die paar Klavierstunden, die sie den Nachbarskindern und einer jüngeren Freundin gab, die Musiktherapeutin werden wollte? Ja, leider nur noch dafür. Aber ich hab Spaß dran, dachte Bertine rebellisch, und nie hätte ich außerdem die Nerven für eine Karriere als Konzertpianistin gehabt. Und, im Stillen redete sie jetzt mit ihrer Cousine, ich fahre gern mit meinem Kunstkurs in die Nachbarstädte, ich besuche ja Museen und Ausstellungen, was willst du also? Ich löse die schwierigen literarischen Quizfragen im Dritten Radioprogramm und zwei anspruchsvolle Rätsel der Magazine überregionaler Zeitungen. Ich lese schon wieder den »Nachsommer«. Darf ich nicht nebenbei alte Kinderbücher und die »Gartenlaube« und diesen und jenen Schmöker aus früheren Zeiten lesen? Darf ich nicht tun, was mir Spaß macht?

Bertine sah sich auf ihrem Arbeitstisch um. Zum Weiterbasteln am Kalender hatte sie keine rechte Lust mehr. Was war mit der Kaffeedecke? Sollte sie daran weiterstikken? Bei dem Muster handelte es sich um eine Frau im Garten, die flatternde Wäsche aufhängt. Bertine war, in gelbem Garn, schon beim dritten Wäschestück angelangt. Dann betrachtete sie eine Zeichnung, die sie sich von Marie Rosa ausgeliehen hatte. Marie Rosa hatte eine Mole gezeichnet. Ein großes Schiff war schon unterwegs, ziemlich weit entfernt im grauschraffierten Meer. Man sah den Bug und die rechte Schiffsseite und winzige Menschen an der Reling und etwas größere Menschen auf der Mole. Ganz vorne am deutlichsten waren zwei Kinder zu erkennen. Zwischen dem Schiff auf dem beginnenden Meer und der Mole an Land graue zarte Stricheleien, wie eine Trennwand: ein Regenschauer. In der Nähe der Kinder aber teilte sich die Regentrennwand. Der Eindruck entstand, als erblickten die Kinder ihre Zukunft, das wegfahrende Schiff, die erwachsenen Passagiere, die sie eines Tages sein würden. Auf einem zweiten Blatt hatte Marie Rosa die Handlung umgekehrt. Die erwachsenen Passagiere sind größer als die Kinder an Land, das Schiff ist größer, und vom Schiff aus geht der Blick zur winzigen Mole und zu den Kindern. Auf dieser Zeichnung blicken die Erwachsenen zurück in eine ihrer Kinderszenen.

Bertine bekam Lust, etwas zu diesen Zeichnungen zu schreiben. »Das Schiff hat abgelegt. Es sticht in See. Es nimmt Kurs auf...«

Marie Rosa trat mit einem Gähnen ins Zimmer, und Witiko erhob sich aus der Nähe von Bertines Füßen unter dem Arbeitstisch, um sich Marie Rosa wie ein Butler als erbötig zu erweisen.

Plötzlich hatte ich meinen Glauben verloren, sagte Marie Rosa. Ich mußte von Doktor Zechs Praxis geträumt haben, erinnerst du dich an Doktor Zech?

Das ist hundert Jahre her, sagte Bertine. Ich erinnere mich nur an den Namen.

Ich hatte meinen Glauben verloren, wiederholte Marie Rosa.

Witiko streckte sich, gähnte, dann, als niemand ihn beachtete, wollte er sich keine Blöße geben, er war beleidigt, spielte aber den Würdevollen und zog sich unter den Arbeitstisch zurück.

Du redest komisch. Was für einen Glauben? fragte Bertine.

Jeglichen Glauben, was man so davon zu haben hofft, sagte Marie Rosa. Ich träumte von Doktor Zech, dem ich gleichgültig war, ich kann so was spüren, und dann werde ich schüchtern...

Ich werde schüchtern bei Ärzten, du wirst grob, sagte Bertine.

Ich verliere meine Selbstsicherheit, sagte Marie Rosa. Kurz: Plötzlich kam in mir die Befürchtung auf, ich würde Gott gegenüber so sein wie beim Doktor Zech, ich hätte meinen Termin bei ihm, also bei Gott, und ich würde mich eilen, um ihn nicht mit mir aufzuhalten, gar nichts weiter preisgeben...

Gott weiß sowieso alles von dir, sagte Bertine. Du mußt ihm nichts preisgeben.

Was ist denn mit dir los? Marie Rosa blickte Bertine erstaunt aus ihren großen dunkelgrauen Augen an. Du hörst dich ja geradezu fromm an.

Bertine blickte durch ihre dicke Brille ebenso erstaunt zurück ins liebe blasse, vom Mittagsschlaf noch ein bißchen verdrückte Gesicht ihrer Schwester. Dann platzten sie beide gleichzeitig heraus mit dieser Art von Lachen, die wie ein Schwächeanfall war, ein kleines Stück Erlösung.

Annesophie hat vorhin angerufen, sagte Bertine nach dem Lachen. Reisen soll ich. Du verpaßt so einiges, hat sie gesagt.

Marie Rosa gähnte wieder, wollte wissen, ob das Telephonat länger als eine halbe Stunde gedauert habe und fand, mit dem Verpassen habe die Cousine recht. Ich habe auch sehr viel verpaßt, sagte sie.

Das tun wir alle, sagte Bertine. Kaffe oder Tee?

Tee, sagte Marie Rosa.

13

Sucht euch was Schönes aus

Sucht euch was Schönes aus, hatte meine Mutter diesmal nicht gesagt. Doch gilt ihre Einladung in die Bibliothek meines Vaters für immer. Außerdem hatte sie uns beiden zu unseren Geburtstagen Blanco-Gutscheine ausgestellt, die schriftliche Entsprechung ihrer Sucht-euch-was-Schönes-aus-Maxime.

Wir hatten auf dem Rückweg von H. einen Abstecher zu ihrem Haus gemacht, es liegt auf der Strecke zu uns, ein kleiner Umweg und weniger Zeitverlust, als wenn wir eigens nach S. gefahren wären. Aber weil wir in H. zum Abschied kein Wort über die beabsichtigte Extratour verloren hatten, weil meine Mutter, als ich sie an mich drückte, herzlich und arglos lachte (und sie hätte doch vielleicht eine Bitte gehabt: könnt ihr die Pflanzen gießen?), fühlte ich mich nicht unbeschwert genug für eine genießerische Inspektion der in der Bibliothek noch verbliebenen Schätze.

Ich bleibe oben, sagte ich zu Rupert. Such dir was aus, für mich mit, du weißt ja, was mich interessiert.

Ich merkte, daß ich fast die Worte meiner Mutter benutzte. Ohne *schön*. *Sucht euch was Schönes aus.* Plötzlich interessierte mich kein einziges Buch. Ich setzte mich bald in den einen, bald in einen anderen Sessel, ich ging ein bißchen umher, ich betrat das Schlafzimmer meiner Mutter und kehrte zurück ins Wohnzimmer, aber die Ruhe in ihren Räumen machte mich beklommen. Mein Besuch bei Rupert war kurz, ich stieg die Treppe wieder hinauf. Die nicht mehr geschlossenen Buchreihen in den Regalen, die vielen Lücken überall, Vermutungen über das, was fehlte, und Erinnerungen an das, wonach er vergeblich suchte, das Schrägstehen der Bücher, das den Einbänden schadet, in dem immer von Rolläden verschlossenen Raum ohne regelmäßige Durchlüftung: auch schädlich – ich ließ ihn diesmal allein dabei, darüber zu stöhnen und den Zustand, der ein Mißstand war, zu beklagen. Er tut es aus Liebe und Verehrung für die Bücher und für seinen Schwiegervater, und auch aus Ordnungsliebe und gesundem Menschenverstand.

Ich blieb im Wohnareal meiner Mutter. Ich ging wieder hin und her, stand still vor den bibliophilen Büchern hinter den Glastüren des Barockschranks und vor den Regalen im Wohnzimmer; ich las viele Titel, konnte mich aber nicht dazu entschließen, mir etwas zu wünschen. In Ehrfurcht und betrübter Stimmung betrachtete ich den ordentlich fürs Frühstück in zwei Tagen vorbereiteten Eßtisch. Ich sah mich in der säuberlichen Küche mit dem bereitgestellten wenigen Zubehör um, das meine Mutter noch brauchte. Machs flüchtig, nimms nicht so genau, forderte ich mich auf, nimms dir nicht zu Herzen, laß es nicht tief gehen. Vor vielen Jahren, als ich über ihr erstes Witwenjahr schrieb, hatte ich noch mutig und eingehend und gewissenhaft – in doppelter Wortbedeutung: mit gutem Gewissen nämlich – bei ihr observiert.

Ich setzte mich auf ihren Balkon. Um den weißen Tisch stehen drei weiße Stühle mit Armlehnen. Sie hat vor mehreren Jahren diese bequemen Möbelstücke angeschafft, aber zwei von den drei Stühlen werden seit langem kaum mehr benutzt. Neulich saß sie hier mit ihrem Gartenhelfer und seiner Frau, dachte ich, ohne davon ermutigt zu werden. Sie saß hier nicht mit Rupert und mir, nicht mit Edith und Ricardo, nicht mit meinen Brüdern und ihren Frauen. Wenn sie allerdings heute ja auch nicht mehr gern Besuch empfängt? Sie ist viel lieber allein. So redete ich mir zu, vergeblich, denn die Antwort kenne ich seit Jahren, seit all den Jahren, in denen meine Mutter ohne den geringsten inneren Widerstand ihren erwachsenen Kindern das Recht auf ihr eigenes Leben in ihrer eigenen Welt zugestanden hat, was bedeutet: die Kinder bleiben aus. Sie lassen sich selten, immer seltener blicken. Meine Mutter hat sich darüber nie beklagt. Und alle Kinder sind sehr beschäftigt. Sie findet es ganz in Ordnung so. Es wird meist regelmäßig telephoniert und korrespondiert. Früher einmal, ewig her, da waren wir im großen Pfarrhaus eine große Familie, und sie neben dem Vater das Oberhaupt. Edith zog als erste weg und wurde Geigerin, dann Bratschistin in einem Kammerorchester in der Schweiz. Mein ältester Bruder und seine Frau haben jahrelang zwei Zimmer im Pfarrhaus bewohnt, Rupert und ich später auch, mein jüngster Bruder lebte sowieso noch da, und außerdem zwei alte Tanten, die eine in der Mansarde, die andere im Parterre, die miteinander, oder mehr gegeneinander, krakeelten. So viel Unruhe haben meine Eltern ausgehalten.

Es war sehr ruhig auf dem Balkon und in den Nachbargärten. Ich rauchte eine Zigarette, den Blick in den gut gepflegten Garten meiner Mutter. Dort, wo er an den Kiefernwald angrenzt, stand noch eine kleine, erst recht nicht benutzte Gruppe von Gartenmöbeln am Ende des Rasenstücks, das auf beiden Seiten, nach Osten und Westen hin, von Ahorn, Kiefern, Fichten, Büschen und Hecken gegen die Nachbargrundstücke zugepflanzt ist. Ein völlig anderer Garten als der in H., kein vielfarbiges Blumenchaos. Ich achtete darauf, ruhig zu bleiben, wie auf halber Flamme. Mein Vater hat hier gern unter der Markise gesessen, seine Bücher um sich herum. Er hat das Haus in S. erst nach seinem Ruhestand gebaut, so groß, daß darin noch für meinen jüngsten Bruder und für die eine Tante, seine von Geburt an leicht behinderte Schwester, Platz war, weswegen es natürlich jetzt für meine alleinlebende Mutter zu groß ist. Mit Selbstverständlichkeit hat sie ihr ganzes verheiratetes Leben lang die Schwester ihres Mannes als Familienmitglied akzeptiert. Sind wir Nachkommen egoistischer geworden? Sofort gibt es auch hierauf bequeme Antworten: Die Wohnungen sind kleiner geworden. Alte oder aus anderen Gründen zum Alleinleben nicht fähige Familienmitglieder können nicht mehr so einfach bei den Jüngeren und Gesunden untergebracht werden.

Ich ging wieder umher. Im Schlafzimmer schaute ich auf das antike bescheidene Kirschbaumholzbett. Es kam mir ziemlich klein vor. Was ist aus dem Bett meines Vaters geworden? Genügen meiner Mutter denn die zwei schlaffen Kopfkissen? Ich sah eine ganze Schale gefüllt mit ihren dick aufgequollenen Tagebüchern der letzten Jahre. Vor zehn Jahren noch, dachte ich, hätte ich darin gelesen. Jetzt hatte ich keinen Mut dazu. Es war mir so, als wüßte ich, was ich darin fände, dem Tagebuch würde sie anvertrauen, was sie mir andeutet, ihre Schwäche, *die Beine wollen gar nicht mehr, Leibkrämpfe in der Morgendämmerung, ich wache plötzlich auf und dann bin ich so aufgeregt, heute konnte ich kaum laufen*; die Kalenderseiten waren ihre Freunde, ihre Kinder, und treu gewissenhaft schrieb sie in vielen Wiederholungen die Unleidlichkeiten und Zumutungen ihres Alters auf, in aller Bescheidenheit unglücklich.

Meine Mutter schickt die Briefe meiner Geschwister umher, damit wir alle aneinander teilhaben, sie ist der Dreh- und Angelpunkt für diese Art des Zusammenhalts, und ich erinnerte mich an einen Satz aus einem ihrer Briefe an meinen ältesten Bruder, den er ihr in seiner Antwort als Zitat zurückschickte: »Du schreibst: ›Wie furchtbar ist das Alter und daß es mir so schlecht gehen muß.‹ Ich weiß, daß es nichts nützt, wenn ich Dir zu bedenken gäbe, wie viel schlechter es Dir gehen könnte und wie viel schlechter es vielen anderen geht.« Unmittelbar daran schloß mein Bruder einen Bericht aus der Vergangenheit an, er erzählte vom 20. Juli 1944, als vom Heimathaus herüber die Oberin zur Familienrunde auf der Terrasse durch den Gartenwegkies knirschte mit der frohen Botschaft vom Attentat auf Hitler, daß alle zunächst geglaubt hatten, das Attentat sei gelungen... Aber auch, als die schlechte Nachricht das Glück tilgte, hatten alle einen Rest von Ermutigung zurückbehalten. Sollte die kleine Szene aus der verhaßten Vergangenheit meine Mutter vom bloß auf ihr Selbst verengten Blick in ihr Alterselend ablenken? Und sie für den Moment des Erinnerns aufwecken zu Gedanken wie diesem: Welche Schrecken haben wir überstanden. Wie gut ich es habe, ich lebe in einem Haus, unterdrückt von keinem Diktator, ringsum keine Gesinnungsfeinde, ich kann sagen was ich will, niemand wird mich anzeigen... Mein Bruder hatte geschrieben, auf der Terrasse sei damals auch sein Klavierprofessor mit einigen seiner Schüler zu Gast gewesen – er war auch Bertines Klavierlehrer – und dieser Professor habe seine Freude über die Nachricht vom Attentat nur mühsam verbergen können, was aber nötig gewesen sei, das Verbergen seiner Gefühle, weil er sich einiger seiner Schüler nicht ganz sicher habe sein können. Meine Mutter hatte für uns an den Rand des Briefs geschrieben: »Was für Erinnerungen! Wie lang hatte ich nicht mehr an diesen Professor gedacht! Ich hatte ihn ganz vergessen.« Das also war *ihre* Reaktion auf die als Therapie, von sich selber abzusehen, gedachte Szene. Als sie sich neulich Kästen und Alben mit alten Photos vornahm – Marie Rosa und Bertine hatten sie vielleicht dazu angeregt – sagte sie zu mir am Telephon: Ich hatte das alles fast vergessen. Ich muß ja einmal ein ganz anderer Mensch gewesen sein. Am liebsten würde ich alles wegwerfen. Einen Kondolenzbrief meines Vaters und einen von ihr hat sie mir geschickt, mit der Bitte, an ihrer Statt für diese Zusendung der Absenderin zu danken. Die Absenderin: die muntere alte Mutter einer meiner ersten Schulfreundinnen, die bei sich aufgeräumt und beim Durchsehen der Briefe zum Tod ihres Mannes, der Generalmusikdirektor gewesen war, in bester Stimmung geglaubt hatte, diese alte Post interessiere und freue meine Mutter. Sie hat sie nur aufgeregt. Meine Mutter interessiert sich überhaupt nicht für die Vergangenheit. Sie entspricht auch insofern nicht dem Allgemeinbild von den Alten, die mit den Hervorbringungen ihres Langzeitgedächtnisses friedlich und genießend leben.

Ich saß wieder auf dem Balkon, lebte vorsichtig vor mich hin, achtend auf meinen Herzschlag, immer so weiter auf halber Flamme. Sie wohnt in einem schönen Haus, sie hat einen schönen Ausblick, es ist sehr ruhig hier, die Luft ist gut. Sie gehört nicht zu den Ärmsten, wirklich nicht. Sie kommt nicht mehr mit ihren Bankgeschäften und dem was sie dem Finanzamt melden muß, zurecht – aber immerhin, Rupert kümmert sich von nun an darum und sie hat *überhaupt* Bankgeschäfte. Sie kann nicht mehr gut gehen, aber sie sitzt nicht im Rollstuhl. Warum tut sie mir trotzdem viel mehr leid als die Greisin gestern auf dem Fernsehschirm, die allein in ihrer radioaktiv verseuchten schäbigen Kate die übrigen Dorfbewohner wegziehen sieht? Die Greisin machte einen energischen Eindruck, erstens. Zweitens und vor allem anderen: Die Frau, auf deren Balkon ich sitze, ist meine Mutter.

Aber alles hier ist kultiviert und schön, sagte ich mir. Warum bin ich so deprimiert? Ich besuchte nun doch Rupert in der Bibliothek, aber auf eine Achtelteilnahme an seinem Bücherinteresse heruntergeschraubt. Er zeigte mir seine engere Auswahl. Nimm mit, was du willst. Ich dachte: Meine Mutter erleichtert alles, was das Haus leerer macht, zumindest auf dem Gebiet Bücher. Ich hatte trotzdem das Gefühl eines Verstoßes. Vermutlich nur, weil meine Mutter nicht im Haus war.

Auf der letzten Strecke nach Haus zwang ich mir eine unauffällige, an Landschaft, Vorstadtstraßen, Verkehr und Verkehrsteilnehmern interessierte Mitfahrerhaltung ab.

14

Das Fragebogenspiel

Bis ich sie endlich alle um den Tisch in der Veranda versammelt hatte und sie schließlich auch den Eindruck erweckten, sie würden nun stillhalten! Die Straßenbäume waren von zu viel Sommer staubig, und über den Pflanzen im Garten stand die Luft, angedickt von den Ausdünstungen der heißen Tage, Flugwespen zuckten über kurze Strecken und hielten still und zuckten weiter, kein Vogel ließ sich blicken. Bei den Kuchenresten auf dem Tisch griff immer wieder einmal jemand zu, bei den Getränken sowieso.

Ihr wißt ja, im Pliozän habe ich selber diese Fragen des Marcel-Proust-Gesellschaftsspiels beantwortet. Ich redete mit erhobener Stimme, damit sie merkten: Es geht an die Arbeit. Und sie erinnerten sich, daß wir damals zum Spaß einmal gemeinsam das Spiel gemacht hatten. Ihr merkt es hoffentlich, daß ich damit angeben wollte, unter den Ersten gewesen zu sein, die der Redakteur des Magazins zu dieser Mitarbeit aufgefordert hatte.

Wir habens gemerkt, sagte Bertine.

Ich finde seit langem, sagte Marie Rosa, der Fragebogen interessiert mich überhaupt nicht mehr. Die meisten Leute, die sie fragen, kenne ich überhaupt nicht.

Er hat seine Attraktivität verloren. Geht schon zu lang, sagte Rupert.

Ich sagte: Ich sehe sowieso längst nur noch unter *Wie wollen Sie sterben* nach.

Und das ist auch immer dasselbe, sagte Marie Rosa. Schmerzlos, im Schlaf...

Na warte nur, was du antworten willst, rief Bertine. Bestimmt nicht: mitten in Schmerzen und wenn ich hellwach bin.

Pah – keine Konzentration an diesem Tisch! Ich sagte laut: Ich lese gern Todesanzeigen, die sich nicht mit der puren Annoncierung ihres Toten begnügen, ich schaue nach denen mit einem Zitat aus der Bibel. Die weltlichen Sprüche sind immer derart öde und blöde.

Wolltest du nicht mit der Arbeit anfangen? fragte Rupert.

Sofort. Bei Müttern, ich meine, gestorbenen, handeln die Sprüche von nimmer ruhenden treusorgenden Händen, wahre Opferbiographien, kurzgefaßt.

Komisch finde ich immer, wenn da steht *in Dankbarkeit*, sagte Bertine. Sowieso Sowieso ist gestorben. In Dankbarkeit... Als wären sie alle froh, daß er weg ist.

Ich will in meiner Todesanzeige meine klägliche Rente drinhaben und meine Tonleitern und daß ich für euch gut gekocht und gebacken habe, sagte Marie Rosa.

Und du, Mutter?

Gar nichts.

Keine Anzeige?

Ich weiß nicht, nein. Wie ihr wollt.

Sie macht sichs leicht.

Du willst doch ein Wort aus der Bibel! insistierte ich.

Wie beim Vater, dasselbe.

Und das war? fragte Rupert, um ihr Gedächtnis zu prüfen, seine Kombination aus Scherz, Liebe und medizinischer Betreuung.

Ich sprang für meine Mutter ein, während sie schon ihre kleine Stirn zerkrumpelte und bereit schien, Rupert ernsthaft zu antworten: Das war Jesaja, 3,4: »Fürchte dich nicht, denn ich habe dich erlöset. Ich habe dich bei deinem Namen gerufen, du bist mein.«

Meine Mutter hatte versucht, mitzusprechen. Sie sah lebhaft und zufrieden aus, also hätte ich nicht sagen sollen: Und weißt du noch, sie hatten *denn ich habe dich erlöset* vergessen! Sie wußte es nicht mehr, und das hätte ich mir denken müssen.

Wenn ihr was mit der Bibel macht, bei mir, sagte Marie

Rosa, dann möchte ich diese Stelle übers Gras. Bertine, du hast Religion unterrichtet, welche Stelle meine ich? Euer Leben ist wie Gras, oder so?

Es vergeht wie ein Geschwätz, sagte Bertine. Laß mich damit in Ruhe. Wißt ihr kein anderes Thema?

Ich möchte was mit Pflanzen, sagte Marie Rosa.

Es ist ihr Lieblingsthema. Rupert seufzte melodramatisch.

Trink dein Bier, riet ich ihm. Ich will nur das eine fertigerzählen. Neulich nämlich habe ich was Weltliches enorm gut gefunden, und es war sogar von einem meiner Kollegen, ich habs trotzdem sehr bewegend gefunden.

Und was wars? fragte Bertine.

Es ging so: »Stirb früher, um ein weniges nur...«

Merkwürdig, sagte Marie Rosa.

»..., damit du nicht den Weg ins Haus allein gehen mußt.« Ich habs vielleicht nicht ganz richtig zitiert, es heißt vielleicht »zurückgehen mußt«, aber entscheidend ist ja der Tabubruch. Das Gedicht bricht mit aller Gewohnheit, aber wenn man es genau bedenkt, ist das die wahre Liebe. *Stirb früher* zu raten. Wer zuerst stirbt, hats besser.

Wer zuletzt lacht, lacht am längsten. Marie Rosa zählte die aus ihrem Kirschauflaufstück gepuhlten Kerne: ... 7, 8, 9, 10 – 11! Ich hatte elf Kerne in dem kleinen Stück!

Meine Mutter fing an, die Kerne auf ihrem Tellerrand zu zählen.

Vorausgesetzt, die Leute lieben sich. Dann wünschen sie dem andern, er würde *vor* ihm sterben.

Meine Mutter war auf nur sechs Kerne gekommen.

Die andern hast du verschluckt, sagte Rupert.

Ich meine, es ist nicht ein Mann oder eine Frau, die da im Gedicht *stirb früher* befehlen und insgeheim auf die Erleichterung hoffen, endlich ungestört noch auf ihre Kosten zu kommen.

Vielleicht doch. Bertine sah mich mit dem Ausdruck eines Kindes an, das den Erwachsenen nicht traut. Ein

Kind, das schon ziemlich viele enttäuschende Erfahrungen mit Erwachsenen gemacht hat.

Nein, widersprach ich. Weil es mit dem schrecklichen einsamen Heimweg weitergeht. Der Überlebende bleibt mit den Beerdigungsschereien und werweiß was sonst noch für bürokratischem Terror zurück. Es ist liebevoller, das dem anderen ersparen zu wollen. Aus Liebe wünscht man dem andern den Tod.

Vielen Dank, sagte Rupert. Ich hatte sogar zwölf Kerne.

Ich will als Erste sterben, rief Bertine.

Ich auch, sagte Marie Rosa mitten im Kirschkernzählen nun auf Bertines Tellerrand. Du hattest auch elf. Wer will noch ein Stück? Sie hob den Finger wie ein Schulmädchen, das drankommen will. Ich!

Ich auch, sagte meine Mutter so ernsthaft, daß es nicht nötig war zu fragen: Kuchen oder als Erste sterben?

Als Erste sterben.

Wißt ihr noch meine Antwort von damals auf die Frage *Wie wollen Sie sterben?* Ich schrieb: »Zusammen mit meiner Familie durch einen Blitzschlag.« Wenigstens dem Sinn nach. Vielleicht habe ich es etwas anders formuliert.

Das ist schön. So sollte es passieren. Bertine wirkte so befriedigt, so beruhigt, als sei der Blitzschlagtod für uns gemeinsam durch meine Antwort beschlossene Sache, hiermit geregelt.

Rupert stöhnte zum Zeichen, er habe genug von diesem Sujet.

Schön wärs, aber unfair, fand Marie Rosa heraus. Die andern sind jünger. Es wäre unfair gegenüber den Jüngeren unter uns.

Also los, sagte ich, ich fange mit dem Fragen an. Wer will zuerst drankommen?

So wie an diesem Nachmittag hatte ich noch nie in der kleinen Familienrunde gesessen, mit dem Notizbuch und dem Schreibstift.

Marie Rosa sagte: Ich weiß noch nicht, ob ich Lust dazu habe.

Bertine richtete sich eifrig in ihrem Sessel auf. Also los. Fang mit mir an.

Während Bertine dran war, der das Spaß machte, quälte sich Marie Rosa im Voraus mit dem Nachdenken ab, immer wieder kündigte sie ihre Unfähigkeit zu antworten, ihre Verweigerung an. Als folge sie einer erfahreneren Schwester, schloß meine Mutter sich ihr ab und zu mit kleinen ratlosen Stoßseufzern an, aber nachträglich erinnere ich mich, daß sie, während Bertine ihre Antworten gab, aufmerkte und nachdenklich aussah, und als die Reihe zuletzt an sie kam, war sie bei der Sache wie nur selten, sie versuchte kein einziges Mal, sich abzukapseln, sie konzentrierte sich, nahm Fragen und Antworten ernst. Jetzt, danach, denke ich, ihr hat das Spiel gutgetan.

Ich las, Bertine zugewandt, die Fragen vor:

Was ist für Sie das größte Unglück?

Bertine rief: Daß ich immer dicker werde.

Wir beruhigten sie, sagten *es stimmt doch gar nicht*, Marie Rosa warnte davor, daß ich das aufschriebe, aber Bertine bestand auf ihrer Auskunft.

Wo möchten Sie leben?

Hier, bei meinen Lieben. Bertine blickte streng und gewichtig umher, sah jeden einzelnen an.

Was ist für Sie das vollkommene irdische Glück?

Mit meinem Hund spazierenzugehen, bei Herbstwetter, Wind.

Welche Fehler entschuldigen Sie am ehesten?

Bertine wartete lang, wir warteten mit, Rupert machte ein paar Vorschläge, Marie Rosa sagte: Die von meiner lieben Schwester Marie Rosa, aber ich schreie sie allerdings fürchterlich an, und dann fügte sie hinzu: *Ich* werde nichts beantworten.

Ich entschuldige nichts, sagte Bertine schließlich.

Ihre liebsten Romanhelden?

Warte! Ich will unbedingt was Gebildetes sagen. Moment! Ja: der Gastfreund aus dem *Nachsommer*.

Ihre Lieblingsgestalt in der Geschichte?

Keine. Ich mag Geschichte nicht. Geschichtliche Gestalten? Nein.

Ihre Lieblingsheldinnen in der Wirklichkeit?

Keine.

Mutter Theresa, knurrte Marie Rosa, das sagen sie alle. Oder, die Männer: meine Frau.

Manche sagen auch: meine Mutter, sagte ich.

Krankenschwestern, schlug Rupert vor.

Keine, wiederholte Bertine.

Du bist meine Lieblingsheldin, dachte ich. Ihre Lieblingsheldinnen in der Dichtung?

Lizzy aus »Stolz und Vorurteil«. Und es gibt noch eine andere, auch von Jane Austen, aber auf die komme ich jetzt nicht. Lizzy.

Ihr Lieblingsmaler?

Vermeer. Sie überlegte, und während Marie Rosa wieder gequält stöhnte, empfand Bertine ein schönes aufgeregtes Vergnügen. Sie erinnerte an eine Studentin, die sich zu ihrer eigenen Verwunderung im Examen siegessicher fühlt.

Und außer Vermeer? Dein Freund Bernhard? schlug ich ihr vor. Bertine lachte und schnickte den Kopf, als wolle sie die Frage wie ein kleines zudringliches Insekt vertreiben, und sagte: Paul Klee. Vermeer und Paul Klee.

Paul Klee, wirklich? Ich sah sie zweifelnd an.

Wirklich, er interessiert mich, er begeistert mich.

Aber bei ihm gibts nichts zu träumen, sagte ich. Alles Geometrie und Strichmännchen. Ich weiß, ich rede wie ein Banause.

Oh, es gibt auch zu träumen bei ihm, sagte Bertine.

Mir macht er auch Spaß, sagte Marie Rosa.

Ihr Lieblingskomponist?

Bach und Schumann.

Welche Eigenschaften schätzen Sie bei einem Mann am meisten?

Daß er mich mag.

Oho! Bertinchen, so ist das also!

Ja, allerdings. Wenn er mich mag, schätze ich an ihm, daß er mich mag.

Welche Eigenschaften schätzen Sie bei einer Frau am meisten?

Daß sie mich mag.

Doch, wirklich, verteidigte sie sich, weil wir wieder lachten. Du bist narzißtisch, oder?

Daß sie nett zu mir ist, fügte Bertine hinzu. Daß kluge Frauen mich ernstnehmen.

Ohne die Voraussetzung, daß sie dich mögen, kannst du keinen Menschen schätzen, Mann oder Frau, stellte ich fest. Eigentlich hat sie völlig recht. Wenn mich jemand nicht mag, mag ich ihn auch nicht. Und nichts an ihm *schätze* ich.

Ihr seht das nicht neutral, ihr seid subjektiv. Rupert sah mich an. Du schätzt doch Intelligenz, Toleranz, vor allem Toleranz... Und *Freundlichkeit!*

Bertine, rief ich, kein Mann wird dich *nicht* mögen, wenn du als erste ein Signal aussendest. Hab ich gelesen. Kein Mann fängt irgendwas mit einer Frau an, bevor er ein Signal von ihr kriegt.

So so, machte Rupert. Ja, wenn das *so* ist.

Ich glaube nicht sehr an meine Signale, sagte Bertine, und Marie Rosa mußte ihr kapitulierendes Schwächeanfall-Lachen lachen.

Ihre Lieblingstugend?

Askese im Essen, keine Bonbons.

Ihre Lieblingsbeschäftigung?

Spülen und spielen.

Wer oder was hätten Sie sein mögen?

Postbeamter hinterm Schalter.

Ihr Hauptcharakterzug?

Bequemlichkeit.

Was schätzen Sie bei Ihren Freunden am meisten?

Daß sie mich mögen.

Ihr größter Fehler?

Zu viel essen.

Mach dich nicht zu primitiv, warnte Marie Rosa, ohne Beunruhigung übrigens, aber lebhafter unterstützte meine Mutter ihren Rat, und ich war verwundert und froh darüber.

Ihr Traum vom Glück?

Hund, Herbst, Bonbons.

Was wäre für Sie das größte Unglück?

Daß, was mir gehört, kaputt geht.

Hm, machte ich, ist dir die Antwort nicht vielleicht etwas zu vage?

Nein. Mach weiter.

Was möchten Sie sein?

Groß und dünn, lange blonde Haare.

Ich finde dich wundervoll so wie du bist, sagte ich.

Das weiß ich, aber *ich* finde mich nicht wundervoll. Weiter!

Ihre Lieblingsfarbe?

Rotblaugrünschwarz... Etwas langsamer fuhr Bertine fort: Und lila, gelb, weiß, gold und silbern.

Unbescheiden. *Eine* Lieblingsfarbe, sagte Rupert.

Ich *bin* viel unbescheidener als alle von mir denken. Zu mir fällt euch immer nur ein: Ach, die gute Bertine, wie bescheiden sie ist.

Ihre Lieblingsblume?

Rose.

Ihr Lieblingsvogel?

Alle. Besonders Amseln.

Ihr Lieblingsschriftsteller?

Stifter.

Ihr Lieblingslyriker?

Die letzten Antworten hatte Bertine schlagfertig schnell gegeben, jetzt überlegte sie und zögerte, bevor sie entschied, es seien zu viele. Ich habe eher Lieblingsgedichte.

Ihre Helden in der Wirklichkeit?

Bertine schüttelte den Kopf, blieb stumm.

Ihre Heldinnen in der Geschichte? Ich gab selber die Antwort: Das wird wieder nichts. Du machst dir nichts aus

Geschichte, war vorhin schon dran. Und Bertine nickte bestätigend. Gelegenheit für Marie Rosa, wieder gegen ihre eigene Befragung zu protestieren. Ich werde nicht mitmachen.

Du wirst mitmachen. Ihr Lieblingsname?

Luise. Beziehungsweise Louisa. Und natürlich Bertine.

Und Marie Rosa läßt du weg?

Ich habs ganz ehrlich gemeint, zumindest mit Louisa. Es ist ein wunderschöner Name.

Meine Mutter sagte: Ja. Ich finde ihn auch schön.

Was verabscheuen Sie am meisten?

Ansammlungen von Käfern, Maden, Ameisen, Maikäfern. Krabbelnde Käfer. Rosige Maden, die man plötzlich in einem Küchenschrank entdeckt. Ohrwürmer. Aber einzeln habe ich sie richtig gern. Ein einzelner Ohrwurm, den hab ich ausgesprochen gern.

Oh, das ist ja gräßlich! Puh! Pervers!

Rupert unterbrach mich und erzählte von einem Spezialohrwurm, den er neulich in unserem Badezimmer entdeckt hatte. Auf dem Kopf hatte er eine Art Kamm, eine Irokesenfrisur.

Erinnere mich nicht dran! Jetzt kommen schon wieder geschichtliche Gestalten. Welche verachtest du am meisten?

Bertine wiederholte ihr Kopfschütteln, die Lippen zusammengepreßt.

Wir boten ihr Hitler an.

Natürlich, aber das ist ja nun wirklich keine originelle Leistung, auf den kommt jeder.

Wärs doch so, sagte Rupert.

Welche militärischen Leistungen bewundern Sie am meisten?

Laß mich in Ruhe. Kriegsverweigerer.

Kriegs*dienst*verweigerer, korrigierte Rupert.

Aber nur mit Kriegsdienstverweigerern hättest du es heute mit Hitler II zu tun, sagte ich.

Ich bleibe dabei, sagte Bertine.

Saddam Hussein, sagte Rupert.

Wir machen ja keine Diskussion, also weiter: Welche Reform bewundern Sie am meisten?

Mitten in einem etwas rätselhaften Lachanfall antwortete Bertine: Abschaffung der Leibeigenschaft.

Welche natürliche Gabe möchten Sie besitzen?

Ballettanzen, Singen – Sängerin.

Ich auch, sagte meine Mutter, Sängerin.

Wie möchten Sie sterben? Jetzt wirds spannend! Also, wie?

Überhaupt nicht – Quatsch! Bertine sah zornig und ratlos aus. Nicht sterben ist auch Quatsch. Als Letzte – nein.

Vorhin hat jeder von uns gefunden, daß es bequemer ist, als Erster zu sterben, erinnerte ich.

Ich weiß nichts drauf zu antworten. Eben verliere ich die Lust, sagte Bertine, und Marie Rosa sendete ihr kurzes fatalistisches Lachen aus.

Ihre gegenwärtige Geistesverfassung?

Zu satt.

Ihr Motto?

Null quam ... Quatsch. Ich hab keins.

Das wars. Fertig. Hat sie das nicht sehr gut gemacht?

Bertine erntete Lob. Ihr Gesicht war dunstig, sein Ausdruck noch nicht ganz zu uns zurückgekehrt. Sie zündete sich eine Zigarette an, lehnte sich zurück, sie zerbrach einen Keks und warf die drei oder vier Teile über den Verandaboden, und wie aus Pflichtbewußtsein erhob sich Witiko, sammelte schnappend mit gespieltem Desinteresse die Bissen auf, als sei er nicht bereit, seine Würde zu verlieren.

Marie Rosa, jetzt bist du dran.

Marie Rosa arbeitete sich vorsichtig aus ihrem gefährlichen, nach rechts absinkenden Korbsessel, das alte Holzgeflecht knirschte, Rupert brachte seine gewohnte Mahnung vor; Marie Rosa, bleib hier, rief Bertine, Marie Rosa sagte, sie wolle jetzt für Rupert Roastbeef und Fleischsalat aus der Küche holen, und: Ich will diese Fragen nicht beantworten.

Die Zedernarme neigten sich, und es wehte plötzlich

frisch in die warme Veranda, über deren Glaswand im Westen ein pastellfarbener Vorhang das Licht milderte. Aber dann legte sich der Wind wieder, als habe er nur eine Probe machen wollen und die Lust verloren. Die Luft war so sommermüde wie wir.

Du mußt aber, Marie Rosa! Komm, bleib hier!

Und Rupert wollte jetzt noch kein Roastbeef und auch keinen Fleischsalat.

Windstille hat Lichtenberg nicht verstanden. Wind, den ja. Aber nicht die Windstille, sagte ich. Setz dich, Marie Rosa.

Wann laßt ihr den Sessel reparieren? fragte Rupert.

Nie, sagte ich schnell, damit er nicht vom Loch in der Hauswand und von den Fensterläden und dem Gartenzaun, die einen neuen Anstrich brauchten, reden würde und auch nicht davon, daß er sich gut vorstellen könne, auch im Keller fände er so einige Mängel.

Also gut, Marie Rosa gab nach.

Was ist für Sie das größte Unglück? Ich sah sie an.

Eisenbahnunglück.

Wo möchten Sie leben?

Auf dem Sirius.

Was ist für Sie das vollkommene irdische Glück?

Nirwana.

Welche Fehler entschuldigen Sie am ehesten?

Flecken auf dem Tischtuch.

Ihre liebsten Romanhelden?

Oblomov.

Ihre Lieblingsgestalt in der Geschichte?

Marie Rosa signalisierte Verweigerung.

Ihre Lieblingsheldinnen in der Wirklichkeit?

Marie Rosa wischte die Frage mit einer Handbewegung weg.

Ihre Lieblingsheldinnen in der Dichtung?

Mach weiter, mach weiter!

Jetzt streng dich doch ein bißchen an, rief Bertine.

Weiter, forderte Marie Rosa.

Ihr Lieblingsmaler?
Keiner. Zu viele. Wilhelm Busch.
Ihr Lieblingskomponist?
Bach.
Welche Eigenschaften schätzen Sie bei einem Mann am meisten?
Du liebe Zeit. Marie Rosa grübelte. Ich hab keine Lust.
Und bei Frauen?
Wieder keine Lust.

Ich fand, daß sie traurig vor sich hinstarrte. Also, wenn sie traurig davon wird... Ich blickte Bertine an. Was meinst du?

Ich werde nicht traurig davon, eher muffig, sagte Marie Rosa.

Ihre Lieblingstugend?
Wieder muffig. Ich bins wieder: muffig und mürrisch.

Meine Mutter betrachtete ihre Schwester überrascht, mit einem vorsichtigen Lächeln. Sie verstand nicht, was Marie Rosa irritierte.

Keuschheit! rief Bertine.
Ich bin zu alt für so was, sagte Marie Rosa.

War das eine Antwort oder eine allgemeine Feststellung zur Lage?

Für die Tugend? Für die Keuschheit? Zu alt? Bertine lachte. Gib dir Mühe, Marie Rosa.

Ihre Lieblingsbeschäftigung?
Rumsitzen.

Wir demonstrierten unsere Empörung und boten ihr an: Zeichnen! Geigen! Gärtnern! Kochen!

Marie Rosa redete weiteren Vorschlägen hinein und sagte: Nicht aufräumen.

Wer oder was hätten Sie sein mögen?
Mach nicht so ein Gesicht, rief Bertine, so ein unglückliches Gesicht!

Rupert soufflierte: Bismarck. Sophokles.

Marie Rosa sagte: Anne-Sophie Mutter. Als Kind: Zirkuskind. Jetzt will ich nichts mehr sein. Rumsitzen.

Jetzt dachte man gerade mal, endlich, sie legt los, Anne-Sophie Mutter und das Zirkuskind...

Sie untertreibt schrecklich. Bertine gab mir recht.

Ihr seid noch nicht neunzig, sagte Marie Rosa.

Du bist auch noch nicht neunzig, wies Bertine sie zurecht.

Ich bin einundneunzig, sagte meine Mutter, als habe eine Amtsperson sie gefragt.

Weiter!

Ihr Hauptcharakterzug?

Bertine rief: Opferbereitschaft! Und bekam einen kurzen Lachanfall, so lichtdurchflutet hell und rasch wie Vogelgezwitscher, Kolibriflug, dachte ich beim Blick in den dschungelhaften Garten mit seiner im Grün wogenden Farbenauswahl, die vorhin Bertine als Antwort ausgestreut hatte.

Ganz ernst kam Marie Rosa uns vor, als sie sagte: Geduld ist mein Hauptcharakterzug. Den Eindruck ihrer Ernsthaftigkeit schwächte sie schnell ab und ergänzte: Mit langweiligen Schülern.

Was schätzen Sie bei Ihren Freunden am meisten?

Wenn sie nicht kommen.

Ihr größter Fehler?

Aufschieben.

Ihr Traum vom Glück?

Schön einschlafen.

Was wäre für Sie das größte Unglück?

Erdbeben bei uns.

Aha, bei *uns*!

Die Antwort kommt vom Fernsehen, sagte Bertine.

Außerdem hat sie völlig recht, sie ist ehrlich, sagte ich.

Weiter, sagte Marie Rosa.

Was möchten Sie sein?

Sportsmensch. Ich habe an die Pferde gedacht, an das Springreiten gestern abend im Fernsehen. Die Pferde waren einfach wundervoll.

Ihre Lieblingsfarbe?

Lila.
Ihre Lieblingsblume?
Veilchen.
Bertine rief: Und dabei macht sie sie alle raus! Marie Rosa, das haben die Veilchen gehört! *Fast* alle macht sie raus.

Marie Rosa ging nicht darauf ein, sie schien mittlerweile gar nicht mehr ungern zu antworten.
Ihr Lieblingsvogel?
Rotkehlchen. Eigentlich jeder. Jeder Vogel.
Ihr Lieblingsschriftsteller?
Alles durcheinander. Ottilie Wildermuth.
Ihr Lieblingslyriker?
Keiner. Überraschende Lyrik habe ich gern.
Ihre Helden in der Wirklichkeit?
Müllmänner.
Ihre Heldinnen in der Geschichte?
Keine.
Ihre Lieblingsnamen.
Keine.
Puh, machte Bertine, wie langweilig.
Das finde ich aber auch, sagte meine Mutter, die nicht aufhörte, auf diese bei ihr seltene Weise achtzugeben, mitzumachen.
Was verabscheuen Sie am meisten?
Die sieben Todsünden.
Aha, sie gibt sich wieder Mühe.
Welche geschichtlichen Gestalten verachten Sie am meisten?
Wahrscheinlich eine Menge, mir fällt der richtige nicht ein.
Nimm *du* doch Hitler, riet Bertine.
Jemand aus der Bibel? fragte Marie Rosa. Wäre das nicht reizvoll?
Überhaupt nicht, sagte Bertine.
Welche militärischen Leistungen bewundern Sie am meisten?

Keine.
Welche Reform bewundern Sie am meisten?
Waschmaschine.
Bertine rief: Oh, schreib bei mir noch unter *Lieblingsbeschäftigung*: Waschen und Aufräumen! Bitte! Es ist mir wichtig!
Ich machs, sofort. Marie Rosa: Welche natürliche Gabe möchten Sie besitzen?
Schlagfertigkeit.
Hast du ja, sagte ich.
Wie möchten Sie sterben? Ich sah ihr bei meiner Frage ins Gesicht, wegsehen hätte ich indiskret und gemein gefunden.
Schnell.
Ihre gegenwärtige Geistesverfassung?
Blöde.
Ihr Motto?
Keins.
Na also, es ging doch prima. Du bist erlöst, sagte ich.
Was, schon fertig? fragte Marie Rosa.
Es hat ihr demnach Spaß gemacht, sagte Bertine zu mir. Man muß die zwei immer zu ihrem Glück zwingen. Sie seufzte. Sie sind richtig ansteckend. Ich merks bei der Hitze. Ich lasse mich von euren Ermattungen anstecken.

Es hat mir keinen Spaß gemacht, behauptete Marie Rosa.

Man steht auch Hitzewellen nicht allein durch, sondern mit denen, die man *liebt* – ich sagte *liebt* mit Vibrato – und die sich schlecht fühlen.

Ich meine aber: *richtig* ansteckend, beharrte Bertine. Ich werde selber lahm und traue mir nichts mehr zu.

Mama, du bist jetzt dran.

Ja, sagte sie erfreut, erhob aber keinen Einspruch, als Marie Rosa ablenkte: Das geht gegen uns, Louisa. Marie Rosa stupste ihre Schwester an, die darauf mit der Variante *unkonzentriert* aus dem Repertoire ihres Lächelns antwortete.

Wir zwei stecken sie alle an, mit unserem fürchterlichen uralten Vergreistsein, sagte Marie Rosa.

»...die Liebe, die Liebe, ist eine Himmelsmacht...«, sang ich, und Bertine stimmte ein: »...Ba bamm, ba bamm, ei guck, schau da, der Dompfaff, der hat uns getraut...«

Unsere Dompfaffen haben in diesem Sommer irgendeine Krankheit. Sie sind ganz dick, doppelt so dick wie normalerweise, aufgeschwollen, sagte Marie Rosa.

Die Hitze, sagte meine Mutter, der ich ansah, daß sie auf den Fragenkatalog wartete.

Vor ein paar Jahren hatten wir auch diese fürchterlich dicken Dompfaffen, stimmts, Rupert? Und es war nicht heiß.

Die armen Gimpelchen, sagte Maria Rosa.

Zuerst fanden wir sie wunderbar, sie sahen so gesund aus, so prall, erzählte ich. Mamma, gleich kommst du dran. Ich fächelte mir mit meinem Notizbuch Luft zu, mein Gesicht glühte. Eigentlich ist alles Extreme ja interessant, afrikanische Luft, Sahara-Klima...

In der Wüste wird es nachts kalt. Hier nicht, sagte Marie Rosa.

Wassernotstand. Katastrophenstimmung. Windstille, Schwüle, Amazonasgebietgefährlichkeit. Südstaatenstimmung ... es *wäre* interessant, aber Bertine hat recht: Man kann nichts bloß auf sich beziehen. Man denkt immerzu: Wie bekommt das Ganze den andern.

Es ist viel mehr, rief Bertine, ich sags doch: Es steckt mich an, daß die zwei schwach sind und leiden.

Mich auch, sagte ich. Aber es *wäre* interessant, das Extreme.

Nur, nachts willst du davon nichts wissen. Du findest es überhaupt nicht interessant, daß du schlecht schläfst, sagte Rupert.

Ja. Ich seufzte übertrieben und verzog das Gesicht. Wenn man mit seinen Nächten nichts anderes mehr vorhat als schlafen... Ganz schön deprimierend. Wir sind auch nicht mehr jung, Marie Rosa, also mach dir keine Vorwürfe.

Rupert wehrte sich: Wer ists denn, der nicht mal nachts ohne auf die Uhr zu sehen draußen sitzen will? Ich bins nicht. Wir benutzen unsere Gartenmöbel überhaupt nicht mehr. Wir können sie verkaufen.

Ich bins, ja. Ich bin anankastisch. Alles muß sein wie immer. Und dann die Insekten. Ich kriege einen Kater, wenn ich bis zwei oder noch länger draußen rumsitze. Ich stemmte meine Ellbogen auf die Tischplatte und beugte mich zu meiner Mutter vor, die mir gegenüber saß. Jetzt gehts los. Was ist für Sie das größte Unglück?

Wenn von meinen Lieben jemand vor mir stirbt.

Wie edel sie antwortet, sagte Bertine und brachte damit meine Mutter nicht aus dem Konzept. Sie sah mir schulmädchenhaft ins Gesicht.

Wo möchten Sie leben?

In S. und in H.

Bescheiden, kommentierte ich.

Das hast du mich überhaupt nicht gefragt, sagte Marie Rosa grimmig.

Doch. Wart mal, du hast *auf dem Sirius* geantwortet.

Ach so.

Und ich? fragte Bertine.

Ich blätterte mich zu ihren Antworten zurück: »Hier, bei meinen Lieben.«

Brav, lobte Bertine sich.

Weiter: Was ist für Sie das vollkommene Glück?

Genügend Kraft zu haben.

Welche Fehler entschuldigen Sie am ehesten?

Fehler meiner Kinder.

Lieb! Rührend! sagte ich.

Sie antwortet am allerschönsten von uns, sagte Bertine.

Ihre liebsten Romanhelden?

Whiteoaks aus Mazo de Roche.

Was ist denn das? fragte ich.

Das liest sie gerade. Viele Bände Mazo de Roche.

Armer Häuptling, sagte Rupert.

Häuptling war der einstige Spitzname für meinen Vater, aus der entlegenen Vergangenheit, in der er mehr oder eher weniger freiwillig eine Großfamilie regieren mußte. Es hat ihn amüsiert, daß Rupert und mein zwölf Jahre jüngerer Bruder ihn *Häuptling* nannten. Das wurde die ganz alltägliche Anrede für ihn, und ihm hat es gefallen.

Es wäre ihm genau *so* recht. Mazo de Roche und wie gern sie Süßes ißt, daß sie nicht Kierkegaard liest und keine kalorienbewußte Diätziege ist, sagte ich, ohne auf die Lautstärke zu achten, aber ich glaube, daß meine Mutter zugehört hat. Ihre Lieblingsgestalt in der Geschichte?

Friedrich der Große.

Alle haben wir laut herumgelacht und geschrien, meine Mutter blieb unerschüttert, Marie Rosa sagte: Vor dem Tod hat er noch Erbsensuppe gegessen.

Wie kamst du bloß so prompt auf Friedrich den Großen, Mamma? Du bewunderst ihn doch sicher überhaupt nicht?

Ich weiß es auch nicht.

Also gut, lassen wir ihn drin. Ihre Lieblingsheldinnen in der Wirklichkeit?

Krankenschwestern, Pfleger.

Bertine sagte: Oberstudienrätinnen. Was hab ich vorhin geantwortet?

Ich sah nach: Keine. Mamma: Ihre Lieblingsheldinnen in der Dichtung?

Iphigenie.

Ihr Lieblingsmaler?

Spitzweg.

Wie schnell sie immer antwortet, stellte Marie Rosa verwundert fest. Du kannst dirs länger überlegen, Louisa.

Laß sie doch, sie macht es doch genau richtig. Lieblingskomponist?

Schubert.

Welche Eigenschaften schätzen Sie bei einem Mann am meisten?

Treue.
Bei einer Frau?
Treue.
Ihre Lieblingstugend?
Treue! riefen ihre beiden Schwestern.
Treue, sagte meine Mutter und sah mich dabei mit dem gleichen ernsthaften, interessierten Ausdruck an wie vorher.
Ich muß aufpassen, daß sie mich nicht zu sehr rührt, sagte ich. Ihre Lieblingsbeschäftigung?
Lesen.
Fernsehen, sagte Rupert.
Fernsehen auch, gab meine Mutter zu.
Aber Lesen ist anständiger, sagte Bertine.
Wer oder was hätten Sie sein mögen?
Eine berühmte Sängerin.
Ich legte das Notizbuch ab und sagte: Es stellt sich doch raus, daß niemand von uns wurde, was er gern gewesen wäre.
Was wars bei mir? fragte Bertine.
Postbeamter hinterm Schalter. Und bei Marie Rosa war es Anne-Sophie Mutter. Und *meine* Mutter, ich lachte ihr feixend ins geduldige, aufmerksame Gesicht, sie wäre viel lieber gar keine Mutter und Hausfrau gewesen, sondern eine berühmte Sängerin. Ist denn das zu fassen! Du hättest uns alle nicht, Mamma.
Ja.
Was hast *du* damals geantwortet? fragte Bertine mich.
Weltberühmtes Idol, glaube ich. Greta-Garbo-artig mindestens. Irgend so was.
Ihr Hauptcharakterzug?
Ehrlichkeit.
Aha! machte ich. Aber sie hat recht, sie ist immer ohne irgendwelche Hintergedanken, wenn man Ehrlichkeit so deutet, stimmts. Mamma, denn manchmal mogelst du ja ganz schön, hm? Aber arglos, das ist sie.
Meine Mutter lächelte, blieb unbeirrt.

Sie mogelt, wenn ich sie in Ruperts Auftrag fragen muß, ob sie auch wirklich gründlich überall gesucht hat, nach irgendeinem wichtigen Dokument, wichtig für die Steuer oder so, nach einer Urkunde. Sie hat Angst vor ihrer Dokumentenmappe.
Ich besitze überhaupt keine Dokumente, sagte Marie Rosa. Habenichtse sind manchmal ganz gut dran.
Was schätzen Sie bei Ihren Freunden am meisten?
Verständnis.
Ihr größter Fehler?
Bertine sagte: Schwerhörigkeit.
Meine Mutter sagte: Schüchternheit.
Ihr Traum vom Glück?
Wieder richtig laufen zu können.
Nicht traurig werden, komm nicht in eine trostlose Stimmung, befahl ich mir. So ernst meint sie es doch demnach, wenn sie mir morgens und abends bei den Vergewisserungstelephonaten mitteilt, als wäre das eine Neuigkeit: Heute kann ich überhaupt nicht laufen. Ich kann so gut wie gar nicht gehen. Also wie gestern, wie vorgestern? Heute ists besonders schlimm. Aber du sitzt nicht im Rollstuhl, Mutter! Ja. Und dann wechsle ich das Thema. Manchmal berichte ich: Mir ists schlecht. Eine blöde Übelkeit, schon beim Aufstehen. Dann überrumpelt sie mich mit ihrem übergangslosen Umschwung auf meine Verfassung, mitleidig bedauert sie mich, sie denkt jetzt nicht an ihr Mißgeschick, nur an mich: Das tut mir aber leid, mein Liebes. Wie eine Schattierung am Horizont bleibt doch ihre Überlegenheit, sie hat mir etwas voraus, wie vor Jahrzehnten, als sie mich alles lehrte, was ich brauchte, um zu leben. Ich bin froh, diesen nun meistens so schwach gewordenen Schimmer zu entdecken. Nichts, gar nichts weiß ich gern besser als meine Mutter. Ich gebe ihr nicht gern alle diese vernünftigen Ratschläge, die mittlerweile nötig geworden sind. Sie können sich allesamt nicht mit ihrer Liebe messen. Treue, sie sagt es ja, wovon sie am meisten hält. Zum Glück gibt es sie noch,

ihre Überlegenheit mir gegenüber, was immer ich auch jetzt besser kann als sie.

Als ich neulich erklärte: Ich komme mir mit euch oft gleichaltrig vor, widersprach Marie Rosa: Du täuschst dich gewaltig.

Aber ihr habt alle immer noch etwas von Anfängerinnen. Die Mutter fragt mich morgens um zehn am Telephon: Was zieht man denn heute an? Sie hat genau wie ich einen Außenthermometer, sie hat denselben Wetterbericht wie ich gesehen, und doch wünscht sie eine Beratung. Neben dem dicken Taxiunternehmer, der sie zwischen S. und H. hin und her kutschiert und ihr Sohn sein könnte, fühlt sie sich wie ein junges Mädchen, obwohl er ihr beim Ein- und Aussteigen helfen muß. Bertine lernt neulinghaft in ihrem Kunstkurs, ihr laßt eure Medikamente ohne die Packungen in der Sonne herumliegen, Marie Rosa, du kaufst so überrascht ein...

Marie Rosa sagte: Von den Impressionisten an, ich meine, von dem, was nach den Impressionisten kam, sind für mich alle Bilder überflüssig. Ist das nun Kunstverstand oder das Alter? Ich brauche nichts Neues mehr. Alle Musik ist komponiert, und zwar war sie das schon vor den Impressionisten...

Bertine warf ein: Aber Debussy, Ravel! Marie Rosa, hör auf.

Marie Rosa fuhr fort: Alle Bilder sind gemalt, alle Bücher sind geschrieben, ich bin uralt.

Was möchten Sie sein?

Weil meine Mutter zögerte, sagte ich: Das war schon mal da. Die berühmte Sängerin.

Dünn! rief Bertine.

Ein vergnügter Mensch, sagte meine Mutter, das möchte ich sein.

Das warst du einmal, dachte ich. Schnell weiter, riet ich mir: Ihre Lieblingsfarbe?

Blau.

Ihre Lieblingsblume?

Rose.
Lieblingsvogel?
Amsel.
Ihr Lieblingsschriftsteller?
Mazo de Roche, sagte Bertine
Galsworthy, Thomas Mann, sagte meine Mutter.
Lieblingslyriker?
Eichendorff.
Ihre Helden in der Wirklichkeit?
Meine Mutter machte eine Pause.
Du weißts nicht recht, antwortete ich für sie. Und sicher auch nicht die Heldinnen in der Geschichte. Manche Fragen sind renovierungsbedürftig. Lieblingsvorname?
Meine Mutter nannte meinen Vornamen und dann: Marie-Luise.
Marie-Luise war von den ersten Schuljahren an ihre beste Freundin. Sie haben sich später nicht mehr oft gesehen, die jüdische Freundin mußte vor den Nazis emigrieren. Nachdem der Krieg um war, haben sie regelmäßig miteinander korrespondiert. Diese Freundin wurde Professorin für Geschichte an einer amerikanischen Universität. Als sie starb, sagte meine Mutter: Diese Todesnachricht hat mich furchtbar aufgeregt.
Was verabscheuen Sie am meisten?
Betrug.
Welche geschichtlichen Gestalten verachten Sie am meisten?
Hitler.
Endlich! rief Bertine.
Der arme Kerl, sagte Marie Rosa.
Pschscht! machte Bertine. Du bist unmöglich.
Sie *will* es sein, sie legts drauf an, sagte ich. Welche militärischen Leistungen bewundern Sie am meisten?
Gar keine.
Wir sind ja ein braves Friedensgrüppchen, sagte Marie Rosa. Ich glaube, wir geben typische Frauenantworten.
Welche Reform bewundern Sie am meisten?

Reformation.

Gut, Mamma! Ich finde, sie antwortet wirklich gut. Welche natürlichen Gaben möchten Sie besitzen?

Malen können, zeichnen.

Die eine will Postbeamter hinterm Schalter sein mit der natürlichen Gabe fürs Ballettanzen. Das warst du, Bertine. Das Oberhaupt, es wäre gern eine berühmte Sängerin geworden, aber als natürliche Gabe wünscht es sich zu malen und zu zeichnen. Ich blätterte in meinem Notizheft. Du, Marie Rosa, wärst gern schlagfertig und Anne-Sophie Mutter. Das könnte noch am ehesten hinkommen.

Meine Mutter hatte nicht aufgehört, konzentriert auf die nächste Frage zu warten. Mir fiel ein, daß sie, als wir nach der Publikation meiner Antworten das Spiel schon einmal spielten, auf die Frage nach ihrer größten Glücksvorstellung erwidert hatte: Paul wieder zu treffen. Paul hieß mein Vater. Ich weiß, sie waren jung und verliebt, als sie sich für das Leben nach dem Tod auf der Venus fest verabredeten. Aber damals hatte jeder seine Antworten aufgeschrieben, und vielleicht wollte meine Mutter jetzt etwas so Heiliges, Gläubiges nicht mündlich äußern. Oder, vom hohen Alter auf eine praktischere, niedrigere Bedürfnisstufe hinuntergezwungen, achtete sie auf das Naheliegende, *wieder richtig laufen können,* hatte Hochfliegendes, Visionäres, den Himmel selber über der tagtäglichen Mühseligkeit aus den Augen verloren. Das wäre schlecht für sie. Ist es leichter, wenn man sich noch kräftig fühlt, auf Gott zu setzen, *getrost* zu sein, sich auf das Schöne der göttlichen Zusage zu verlassen? Ja, das ist leichter.

Wie möchten Sie sterben?

Im Schlaf.

Ihre gegenwärtige Geistesverfassung? Ich wartete. Na, Mutter, welche?

Satt, schlug Bertine vor.

Sie will jetzt die Fernsehnachrichten sehen, ergänzte Marie Rosa.

Mutter, die gegenwärtige Geistesverfassung! Sie wills

nicht sagen, oder? Ich sah mich nach den andern um.
Meine Mutter machte ein ernstes Gesicht. Also, lassen wirs
weg.
Ja.
Ihr Motto?
Sei dankbar.
Hmmmm! machte Bertine, als habe sie besonders schönen Klängen gelauscht oder eine süße Delikatesse zerginge auf ihrer Zunge. Sie hats viel besser gemacht als wir, Marie Rosa. Richtig vornehm und edel.
Das war zu erwarten. Ich wag mich aus diesem Unfallsessel nicht raus, aber ich habe Sehnsucht nach meiner Strickjacke.
Was! Bei der Hitze!
Du bekommst keine Strickjacke und auch keine Stola und kein Plaid, entschied Bertine. Das ist nicht gesund. Du mußt abkühlen. Zu Rupert und mir gewandt, erzählte sie: Neulich, also ich saß im Garten und dachte, wie herrlich, wie merkwürdig, aus dem wolkenlosen Himmel tropft es, es regnet! Wirklich! Und was wars? Mir tropfte der Schweiß aus dem Haar. Ich war allerdings vorher mit Witiko in den Weinbergen gewesen.
In Louisa geht was vor, sie schweigt und es geht viel in ihr vor, sagte Marie Rosa. In mir geht nur noch Banales vor oder gar nichts. Oder, daß das Universum sich immer weiter ausdehnt.
Das ist aber was Kluges, lobte Bertine.
Nur weiß ich nicht weiter, sagte Marie Rosa.
Sei dankbar, Bertine wiederholte das Motto meiner Mutter. Das klang ja sehr nach Pfarrersfrau.
Bist du wirklich dankbar? Meine arme Mutter, dachte ich, mit blöden, untauglichen, gar nichts verbessernden Vergleichen wird sie immer mal wieder von mir in diese Dankbarkeit manövriert.
Man *müßte* natürlich dankbar sein, sagte ich. Wenn ich mich mies fühle (ich wollte nicht *unglücklich* sagen), knöpfe ich mir in Gedanken ein paar gleichaltrige Frauen

vor. Eine hungrige und durstige bettelarme Afrikanerin irgendwo in der Dürre oder auf der Flucht: Sie hat es ganz eindeutig schlechter als ich. Eine Frau im Klinikbett, Wohlstand drumherum, aber sie hat Krebs. Eine Depressive. Eine, die nicht so arm ist wie die afrikanische, aber hinter einer schäbigen Tür an einem schäbigen Treppenaufgang wohnt und so weiter.
Was soll das Ganze? fragte Rupert.
Eine Alkoholikerin, die Angst hat vor ihrem Mann, fuhr ich fort.
Das nützt doch alles nichts. Ich denke an mich selber, sagte Marie Rosa.
Ich auch, sagte Bertine.
Obdachlose, die im Winter in Pappschachteln wohnen, sagte Marie Rosa. Dann gabs neulich einen Bericht über Street People oder so ähnlich. Sie leben, ich glaube es war in Indien irgendwo, immer nur auf der Straße. Trotzdem, es hilft mir nicht weiter.
Diese Furchtbarkeiten sind nicht miteinander zu vergleichen. Man würde auf Anhieb sagen, die Ärmsten wären am schlimmsten dran, aber andererseits – sind sie nicht genau so elend wie die Frau mit Geld für die besten Ärzte, die Frau in der chemotherapeutischen Behandlung, der es speiübel ist?
Wie du siehst, es nützt nicht. Was für Sachen du denkst. Rupert war sehr unzufrieden.
Gebt ihm noch ein Bier. Oder willst du Cognac? Marie Rosa schnitt ihm eine Lachgrimasse, so wie man ein mürrisches Kind auffordert: Komm, sei wieder lustig.
Beides, knurrte Rupert. Auch er spielte über die wahre Empfindung hinweg.
Während Bertine und ich ihn versorgten – und nun war er auch reif für Roastbeef und Fleischsalat – sagte Marie Rosa: Wir sind ja so dankbar für einen Mann in dieser Weiberwirtschaft!
Später, als Bertine das Geschirr spülte und ich abtrocknete, sagte ich: Hast du es gemerkt, wie anders als sonst das

Oberhaupt war? Sie war überhaupt nicht geistesabwesend. Nicht erst als sie selber dran war.

Ja, sie war mal richtig dabei, richtig mit uns zusammen. Bertine hatte es natürlich gemerkt und sich gefreut. Aber sich bloß mehr mit ihr zu beschäftigen, das hat gar keine Wirkung. Sie reinzuziehen in unsere Unterhaltung, ihr *sag was* zuzurufen ... sie lächelt dann nur ihr Lächeln, du weißt schon, und wirkt erst recht entrückt. Wir versuchen es ja immer wieder, trotzdem. Natürlich vergessen wir oft, daß wir nicht laut genug sprechen. Aber sie würde sich niemals einmischen. Oder von sich aus was sagen, anfangen. Sie ist immer *lieb*! Das bringt mich oft zur Verzweiflung. Sie wird nie zornig, stampft mit dem Fuß auf und so was alles, so wie Marie Rosa und ich. Um ihre Sätze abzuschwächen, die Wirkung auf eine andere Ebene zu heben, stöhnte Bertine theatralisch.

Es ist diese Spielform, wie vorhin, die weckt sie auf, sagte ich. Da sagt sie was über sich. *Mit Paul zusammenzutreffen*, nannte ich jetzt nicht, aber mir fiel ein, daß meine Mutter auch auf die Frage nach dem vollkommenen irdischen Glück noch geantwortet hatte: Zusammensein mit meinen Kindern, und das nannte ich, und stöhnte dabei wie gerade eben Bertine. Ihren jüngsten Sohn sieht sie wahrscheinlich in diesem Leben nie mehr wieder, sagte ich.

Hör auf! rief Bertine. Meinst du denn das im Ernst?

Es sieht doch ganz so aus. Und vielleicht denkt sie manchmal an so etwas. Und uns andere? Wie oft sieht sie uns?

Sie lacht nie so richtig, sagte Bertine. Marie Rosa und ich, wir müssen oft lachen. Meistens aus keinem besonderen Grund, über irgendwas Banales, es steckt ja auch nicht eine besondere Lebensheiterkeit dahinter, aber man lacht doch mal, gerade wenn alles so ein Quatsch ist, das ganze Leben.

Das Leben ist eine Sauerei. In ihrer Karteikarte beim Arzt steht unter all dem vielen andern an Altersproblemen

Altersdepression. Also lacht sie nicht. Das Leben ist ein Stalaktit.
Wie bitte? Wieso?
Man kann gegen alle diese Stalaktitgebilde prallen oder man kommt so durch, ohne daß was passiert. Und weil es solch eine Sauerei ist, ich stelle mir das Leben jetzt mal als ein liegendes Gebilde vor, ein Hindernis, wäre die eine Konsequenz, verbiestert sich da durchzukämpfen, die andere zu heulen und zu wehklagen, aber sicher die schlauste, es da, wo es geht, sich so erfreulich wie nur möglich einzurichten. Sich zu verwöhnen.
Und du hast vorhin noch diese unterschiedlichen Furchtbarkeiten miteinander verglichen.
Aber ich habe gesagt, daß es nichts nützt.
Paul wieder zu treffen. Zusammensein mit meinen Kindern. War ihr das diesmal nur zu öffentlich, oder hat sie sich diese Wünsche abgewöhnt? Im Fragenkatalog fehlt zum Beispiel auch: Wie denken Sie sich die Zukunft? Die Antworten der drei Schwestern wären aufschlußreich – aber gerade deshalb sicher nicht wahrheitsgemäß gegeben worden. Die ziemlich nahe Zukunft, in diesem Alter ist jeder kommende Tag die vielleicht schon alles ändernde Zukunft, die müssen wir von uns schieben. Bertine und ich, wir schwärmten in der Küche beim Abwasch vom Verdrängen. »Was du heute kannst besorgen / Das verschiebe *stets* auf morgen!« Ja, wir sangen das Hohelied aufs Verschieben, Verdrängen, und ich dachte dabei, daß das natürlich ein Fehler war, mit dem wir viel zu früh begonnen hatten, und daß beherztere, tatkräftigere, realistischere Menschen bald nach dem Tod meines Vaters für meine Mutter klarere und im Blick auf ihr Alter für sie günstigere Verhältnisse geschaffen hätten, nicht dieses provisorische Wochenendleben bei den Schwestern, das für sie immer anstrengendere, aufregendere Hin und Her zwischen S. und H. mit ihrer Angst vor den Montagsabreisen zurück nach S., dem Platz, den sie aber nicht aufgeben wollte. »Was du heute doch nicht mehr kannst besorgen /

Das verschiebe erst recht auf übermorgen...« Auf den Sankt Nimmerleinstag. Und ich dachte auch an Ruperts vernünftige Hinweise auf notwendige Reparaturmaßnahmen und Dokumentendurchsichten.

Es ist zu spät für alles, sagte ich.

Ja, sagte Bertine. Warten wirs ab. Sie fing an, uns Essensreste einzupacken.

Sofort nach unserer Ankunft zu Haus rief ich in H. an wie immer.

Deine Mutter und ich, wir verblöden gerade ein bißchen bei einer aristokratischen Familie, berichtete Marie Rosa.

Sehr gut, lobte ich. Ich hörte den laut aufgedrehten Fernsehapparat. Bertine rief: *Ich* sehe das nicht!

Alle sind furchtbar fein, sagte Marie Rosa, aber gerade eben ging das Ehepaar ins Bett und hat sich vorher nicht gewaschen. Auf dem WC waren sie auch nicht. Bertine läuft hier rum und räumt auf, also machts gut. Ihr Schätzchen. Es war schön mit euch.

Bertine rief: Halt! Ich habe Brahms vergessen! Schreib Brahms zu den Lieblingskomponisten!

Mach ich, versprach ich, aber da hatte Marie Rosa schon aufgelegt.

15

Bindungen und Lieben, alles Mist

Bertine hatte vierzehn Tage lang das Haus der Nachbarn gehütet und den Hamster versorgt. Nun überreichte ihr die von griechischer Sonnenglut gebräunte Nachbarin eine weiße viereckige kleine Decke mit Stickereimuster, für die Bertine sich überschwenglich bedankte. Die Nachbarin wurde zu uns ins dämmrige Wohnzimmer geführt. Sie ist lebhaft, ungefähr Mitte Vierzig, mit einfacher glatter blonder Frisur und, wie sich im Gespräch herausstellte, längst nicht so unbeschwert wie ihr offenes frisches Gesicht vermuten läßt. Sie erzählte von den Eigenwilligkeiten ihres neunzehnjährigen Sohns, der bei Marie Rosa und bei Bertine schon als Kind mit Geigen- und Klavierunterricht anfing; allein in einem Lastwagen wollte er nach Italien fahren. Zuerst fanden wir daran nichts Aufsehenerregendes, aber dann erfuhren wir, daß der Sohn nach einem Wassersportunfall – es war eigentlich kein Unfall, er hatte sich bloß stark unterkühlt – einen kleinen Herzinfarkt erlitt, schon ein paar Jahre her, aber der Infarkt wurde erst später bei den Untersuchungen vor einer Mandeloperation festgestellt.

Er hat nur ein halbes Herz, berichtete die Nachbarin. Es hieß damals: zehn Prozent Sterblichkeitsrate, falls operiert wird.

Von da an hatte der Sohn keinen Fürsprecher mehr, wir alle empfanden wie die Nachbarin: Dieses Lastwagensolo war zu riskant.

Mein Mann ist nicht ängstlich genug, sagte die Nachbarin. Ich bin immer ängstlich.

Sie sah gar nicht so aus.

Er meint, er könne machen was er will.

Wer von uns kann das? Keiner. Ich redete resignierend,

streng, nicht bitter, es klang einfach nach Realismus, und der Nachbarin sagte es zu. Mit mir zusammen beklagte sie sich über die Abhängigkeit. Als Familienmitglied ist man niemals ein freier Mensch. Die Nachbarin griff in meine Laudatio auf die Bindungslosigkeit zustimmend ein. Man kann nur davon träumen, wie schön das sein müßte, nicht dauernd nach der einen oder nach der anderen Seite gezerrt zu werden. Und immer meine Ängstlichkeit. Mein Mann spottet ja drüber, aber ich kann nichts daran ändern.

Wer keine Sorgen haben will, müßte zuerst das Lieben abschaffen, sagte ich.

Als ich sechzig war, sagte Marie Rosa, habe ich mir jede Nacht beim Einschlafen in Gedanken ein Köfferchen gepackt, ich stellte mir vor: Da drüben steht der kleine Koffer, ich kann sofort damit auf und davon, aufbrechen, abfahren.

Aber du bist geblieben.

Natürlich bin ich geblieben. Deine Großmutter ... und Bertine war damals noch den halben Tag weg, in der Schule, ich mußte bleiben. Auf einmal fiel Marie Rosa auf, daß sie auf ihrem Sofaeckplatz ziemlich tief heruntergerutscht war. Wie liege ich denn hier herum! Sie mußte lachen, zog sich wieder auf den Sitz herauf.

Ich bin schon viel zu lang geblieben, ich halte Sie auf. Die Nachbarin verabschiedete sich von meiner Mutter zuerst, die in ihrer Sofaecke gerade aufgerichtet saß, und dann von der schon wieder halb abrutschenden Marie Rosa, die sagte: Könnte bloß sein, daß mein Essen mittlerweile fertig ist, Bertine kümmert sich jetzt nur um Witikos Spezialdiät, da läßt man sie besser in der Küche allein. Wenn bei mir irgendwas schiefgeht, kriegt sie einen Wutanfall, sie muß sich auf Witikos Delikatessen konzentrieren.

Ich begleitete die Nachbarin in die Diele. Wir schauten in die Küche, die Tür stand offen, Bertine rief einen Gruß und noch etwas Glückliches über die griechische Decke.

Ein so richtig gemütliches Haus, sagte die Nachbarin. Wem gehört es eigentlich?

Meiner Mutter. Meine Tanten sind ihre Mieterinnen. Ich

erwähnte die alte Dame, Mieterin der Mansarde. Meine Tanten sind mit ihr seit Jahren befreundet. Deshalb erhöht meine Mutter die Miete nicht regelmäßig. Eigentlich brauchte meine Mutter das Geld. Ich lachte, damit die Nachbarin von mir nicht *was für eine unfreundliche Person* dächte; dieses dumme Bestreben, anderen Menschen zu gefallen. Die Nachbarin war viel gescheiter, sie hatte sich selbständig Gedanken gemacht. Sie sagte:

Ich kenne die Frau Spree. Sie machte eine nach oben ruckende Kopfbewegung. Sie ist eine sehr nette alte Dame. Aber wenn sie auszöge, hätte Ihre Mutter wirklich Platz hier, man könnte das Haus umräumen, und sie würde ganz hier wohnen können.

Das haben wir vor Jahren gehofft, jetzt ists zu spät.

Ihre Verwandten sind eben sehr sehr freundliche Menschen. Vielleicht zu weich für dieses Leben, für diese Welt.

Das ist es.

Seufzend lachten wir uns zu, die Nachbarin und ich.

Da sind wir wieder bei den Bindungen und bei der Freiheit, nicht wahr? Entweder das eine oder das andere.

Wir verabschiedeten uns am Gartentor. Ich kehrte langsam um. Links vom Haus, auf der Ostseite, wird der breite Kiesweg zum südlichen Garten von hochgewachsenen, buschartigen Hortensien gesäumt, die wie eine Hecke dicht zusammenstehen. Schmal ist der Gartenstreifen an der Nordseite. Ist das Kirschlorbeer, der dort wächst, dunkelgrün?

Für Familiengeschichte habe ich mich nie interessiert, ich kenne nur die Rudimente, die in meiner eigenen Gegenwart jeweils von Bedeutung waren oder die ich zufällig mitbekam. Das Haus in H., hat mein Großvater väterlicherseits es noch gekauft als Wohnsitz im Ruhestand? Oder war er schon tot – er starb sehr früh – und meine Großmutter hat es mit der Hilfe ihrer Söhne gekauft? Mein Großvater war Pfarrer, mein Vater verbrachte seine Kindheit im Pfarrhaus auf der Hangseite von H.

Das Haus steht auf einem Sockel aus Porphyr. Stimmt

das, Bertine? Als ich mir vornahm, das Haus zu beschreiben, hatte ich Bertine gefragt.

Porphyr? Keine Ahnung.

Aber du hast es selbst gesagt, Bertine, damals, als wir mit Witiko zwischen Mittagessen und Kaffeetrinken einen kleinen Spaziergang durch die angrenzenden Straßen machten, dort in dem Geviert mit ähnlichen Häusern.

Ich wäre stolz, wenn ich jemals das Wort *Porphyr* in den Mund genommen hätte, das war sicher Rupert, hatte Bertine geantwortet.

Ist das Porphyr, Rupert?

Ja, er kommt in der Gegend vor.

Der Porphyr ist zu groben Quadern verarbeitet. Auf diesem Sockel steht das Haus. Sandsteinumrahmungen schmücken die Fenster und gliedern den pastellfarbenen Verputz. Die Häuser in diesem stillen Wohnviertel zwischen Bahnlinie und Bundesstraße 3 ähneln einander in der Bauweise, viele haben Erker so wie dieses hier, sie stammen aus dem Anfang des Jahrhunderts und machen einen stabilen Eindruck, sind zweigeschossig mit Mansarden und hochgelegenen Kellerfenstern im Bruchsteinsockel. Sie stehen in ähnlich großen Grundstücken. An der Westseite ist der Garten breiter, eine Linde dominiert, und im Süden ist er ziemlich groß. Nach Westen zu gibt es kein Nachbargrundstück. Dort verläuft eine ruhige schmale Straße. Vier Stufen führen zum Eingang im Osten, die Haustür versteckt sich in einem offenen Erker, über dem, zwischen Parterre und erstem Stock, ein Balkon liegt. Vor Jahrzehnten war auch dieser Balkon ein Sitzplatz, hier wurde Kaffee oder Tee getrunken, bevor es die viel später zum südlichen Garten hin angebaute und überdachte Holzveranda gab. Der kleine Ostbalkon wurde zum Zimmer für Pflanzen, er liegt an der Kurve des Treppenaufgangs und ist kein Platz mehr für Aufenthalte.

Wenn man eintritt, kommt man in die geräumige Diele. Die Zimmer des Parterre liegen nicht langweilig aufgereiht an einem für sonst nichts geeigneten Flur; bereits in dieser Diele fühlt man sich im Wohninnern, und der gewundene Treppenaufgang mit seinen beiden Pfosten zu beiden Seiten der unteren und breitesten Stufe spielt in der Einrichtung mit. In die Pfosten gesteckt krönen Kugeln aus gedrechseltem Holz diesen Aufgang. Meine Schwester und ich, wir haben früher immer mit diesen Kugeln gespielt. Es dringt wenig Tageslicht in die behagliche Diele, nur der Schimmer aus einem kleinen Fenster neben der Haustür und aus den Sprossenfenstern in der Tür selbst, und deshalb lassen meine lässigen Tanten hier meistens die Deckenlampe brennen; dazu, daß sie sparsame Menschen sind, paßt das eigentlich nicht, aber es paßt zu ihrer Großzügigkeit, wenn es darum geht, die Dinge nicht zu komplizieren. Es ist bequemer so, keiner muß dauernd darauf aufpassen, irgendwo Lichtschalter zu benutzen, alles was streng und systematisch ist, liegt den beiden ganz und gar nicht; du mußt, wenn du eintrittst, die Schuhe nicht abstreifen, woran denn auch, es liegt kein Rost da, keine Matte, du kannst hereinkommen so wie du bist, hier fühlst du dich sofort wohl und zu Hause.

Das Fleisch ist zäh, stellte Bertine fest.

Es ist sehr gut, Marie Rosa, mach nicht so ein erschrokkenes Gesicht, sagte ich.

Ihr habt es nicht gegen die Faser geschnitten, sagte Rupert, vielleicht ist das der Grund. Filet ist das aber nie und nimmer.

Es ist also zäh, sagte Marie Rosa. Ja, es ist zäh. Und ich weiß auch, warum. Übrigens: es *ist* Filet. Die Metzgerin hats beschworen.

Warum denn? Warum ist es zäh?

Die Metzgerin hat mir gesagt, ich solle es nur kurz braten...

Es muß heißen: *ge*schworen. Die Metzgerin hat es *ge*schworen. Nicht *be*schworen, sagte Bertine und warf für Witiko ein Stück Fleisch nach links halb hinter sich auf den Boden.

Die Metzgerin hat gesagt, ich solle es nur kurz braten, aber ich habs ihr nicht geglaubt.

Filet *muß* man kurz braten, sagte Rupert.

Du hasts ihr nicht geglaubt! Ich war begeistert von Marie Rosa.

Das kommt alles von Ruperts ausgefallenen todschicken Wünschen. Marie Rosa machte ihr trotziges Gesicht. Filet! So was Elegantes gabs bei uns früher nie.

Der Metzgerin nicht zu *glauben*, also ich finds einfach köstlich. Lieber zähes Fleisch – aber wirklich zäh ist es ja gar nicht – und so was Originelles wie Marie Rosas Umgang mit dem Rat der Metzgerin, lieber das als perfektes Filet und Langeweile, rief ich.

Schreib nur nicht in dein Buch, daß ich nicht kochen kann, sagte Marie Rosa. Die Bohnen müßt ihr aufessen, Bohnen darf man nicht aufwärmen.

Jetzt enttäuschst du mich fast, sagte ich. Das ist mir jetzt schon wieder viel zu lebensgewandt.

Ich wundere mich wirklich darüber, wenn die drei über solche ernährungswissenschaftlichen Kenntnisse verfügen, sie sogar ernstnehmen, anwenden. Sie kommen mir bei Haushaltsangelegenheiten immer wie vergnügte Dilettantinnen vor. Es schmeckt zwar immer, was sie kochen und backen, die Nachspeisen sind Meisterwerke, die Hauptgerichte gelingen – aber sie sind immer wieder darüber erstaunt; neugierig und in Erwartung eines Reinfalls probieren sie die ersten Bissen, dann beruhigen sie sich: das Spiel ist gewonnen.

Eure Nachbarin ist sympathisch. Eine nette gescheite Person.

Sie ist sehr sehr nett, rief Bertine, es hörte sich wie Gesang an und war ihre sozusagen öffentliche Stimme, hellklingend und gepflegt und jung. So meldet sie sich auch am Telephon, es klingt erwartungsvoll, als erwarte sie zum Beispiel den Anruf der Bernhards mit einer Abendeinladung zum Musizieren und gemeinsamem Essen danach.

Marie Rosa wuschelte auf ihrem kurzgeschnittenen, grauweißen Haarschopf herum. Sie fand, die Nachbarin habe heute ihr Familiendasein angeklagt.
Aber sie liebt ihre Familie trotzdem, sagte Bertine.
Sie denkt, uns Alten kann man ruhig mal einen Kummer anvertrauen. Die Alten sitzen so gemütlich in ihren Sofaecken und wünschen sich nichts mehr, sie haben mit allem abgeschlossen und schauen weise in die Welt, wahrscheinlich beneidet sie uns. Was für ein Irrtum! Marie Rosa schnitt sich ein schmales Stück vom Mohnkuchen ab, den ich mitgebracht und auf den Tisch gestellt hatte mit den Worten: Meine derzeitige Leidenschaft. Sie sagte: Es ist doch hoffentlich noch Opium drin, oder? Könnten wir nicht Mohn anbauen, Bertine?
Mohnkuchen essen wir nicht so gern. Er ist so körnig, sagte Bertine. Ich esse am liebsten ganz trockene Kuchen.
Sie ist pervers, sagte Marie Rosa. Nein, Frau Nachbarin, wir sind längst völlig lebensabgewandt. Nicht wunschlos, aber mit Urlaub in Griechenland haben wir nichts mehr zu tun.
Wer im Frühjahr Kübel mit Oleander aus dem Keller in den Garten schafft und im Herbst die Kübel wieder in den Keller schleppt, der ist nicht lebensabgewandt, sagte ich. Man müßte das Spiel machen, wer wen am meisten liebt. Und zwar ginge das so: Immer am Tod gemessen, stellt sich heraus, wen man am meisten liebt.
Rupert sagte: Unsinn.
Nein. Es ist die Wahrheit. Die könnte ganz schön bitter sein. Es würde sich zeigen, daß jemanden lieben eigentlich auf jemanden brauchen hinausläuft.
Unsinn, wiederholte Rupert. Ich brauche den Filialleiter der Sparkasse, aber liebe ich ihn etwa deshalb? Schon gar nicht am meisten.
Louisa! Marie Rosa gab ihrer Schwester einen leichten Stoß. Bei uns wäre das Bertine.
Was wäre Bertine? fragte meine Mutter.
Die wir am meisten lieben.

Meine Mutter war nicht bereit, das so zu sehen.
Wir brauchen sie am meisten. Marie Rosa sah mich an.
Und bei dir wäre es Rupert. Und bei Bertine: Witiko.
Hört auf damit, sagte Bertine.
Ich wäre wahnsinnig unglücklich über den Tod von Edith, von meiner Mutter, von ihren beiden Schwestern, von meinen Brüdern, von Ricardo, auch von Nelly und anderen Freundinnen und Freunden, dachte ich, aber für den Tagesbedarf brauchen, in jeder praktischen Einzelheit ... das liefe wirklich auf Rupert hinaus.
Bindungen und Lieben, alles Mist, sagte Bertine.
Der Tod, und daß das so ist, habe ich damals auf die Frage nach dem größten Unglück geantwortet.
Du wolltest uns doch erzählen, wie es in München mit Edith und Ricardo war, sagte meine Mutter.
Mach ich auch noch, versprach ich. Man müßte sich auf den Tod freuen wie andere Leute auf ihren Urlaub.
»Ich freu-eu-eu-eue mi-i-ich auf mei-ei-nen Tod«, sang Marie Rosa. Ist das die Kantate *Ich habe genug* oder die Kreuzstabkantate?
Sowohl als auch, sagte Bertine.
Am liebsten sähen wir doch den Tod als das größte Glück – aber daß das nicht so ist, nicht immer...
Als meine Mutter unvermittelt sachlich sagte, der Tod sei das größte Glück, brummte Rupert: Das hast du davon. Und ich mußte an den lang zurückliegenden Besuch beim Nervenarzt denken, als ich dort meine Mutter sagen hörte: Aber ich will ja sterben.
Die Ewigkeit: etwas, das man gern hat und herbeiwünscht, sie müßte dauernd bevorstehen. Kurz vor dem Gewitter, kurz bevor der Vorhang aufgeht...
Marie Rosa fiel ein, sie machte richtig gern mit: Kurz bevor mir der Nußbaum auf meiner Zeichnung gelingt, wenn ich schon merke, er wird was, er wird richtig, kurz bevor Bertine zu dem wundervollen Tonartwechsel am Ende der Bachfuge kommt und ich in der Küche stehe und den Löffel umkralle vor freudiger Anspannung.

Kurz bevor der Kellner mir mein Vanilleeis mit Schokoladensauce bringt oder meine Pizza, kurz vor dem Blick von den Weinbergen runter in die oberrheinische Tiefebene, kurz bevor Witiko endlich seine Verdauung hat.

Kurz vor dem Sex, sagte Marie Rosa. Die Musik schwillt an, und ich weiß, jetzt gleich, na und so weiter, eure Mutter sieht sich das ganz ungerührt an, stimmts, Louisa.

Ich sehe hin, aber du machst ja mit dem Geber in der Hand ein großes Durcheinander, sagte meine Mutter.

Marie Rosa ist eine furchtbare Zapperin, oder wie man das nennt, erklärte Bertine. Man kann keinen Film mehr ordentlich vom Anfang bis zum Ende sehen. Die Fernbedienung ist ein Fluch. Und ein gefundenes Fressen für Marie Rosa.

Sie ist wie für mich erfunden. Ich kann immer den Ton abdrehen, wenn Musik kommt. Es ärgert mich maßlos – kaum kommt was Kulturelles, also: Vorsicht, Kunst! – wenn sofort die Gemälde in irgendeiner Ausstellung mit klassischer Musik unterspült werden, oder überschwemmt. Oder sie zeigen ein Schloß, oder archäologische Ausgrabungen, sofort spielt jemand Klavier dazu, sagte Marie Rosa. Nein, in dem Mohn hier in diesem Kuchen ist keinerlei Opium mehr drin. Ich fühle mich unverändert. Schade.

Ich stand auf. Leider leider, aber wir sollten jetzt aufbrechen. Ihr müßtet Ruperts Steuer-Arbeitsplatz sehen, mit Akten bepackte Stühle drum herum, und die ganze Schreibtischfläche ist auch überfüllt mit Formularen, Belegen, Zahlenkolonnen, Additionen und Multiplikationen. Kaum hat er die Mehrwertsteuer gemacht, da ist auch schon wieder die Einkommensteuer dran.

Man könnte meinen, er hat ständig mit der Steuer zu tun, sagte Bertine. Ist euer Autopolster immer noch sehr sauber? Völlig unversehrt? Sie zeigte mir ihr ängstlich-besorgtes Kindergesicht, wartete ab.

Im früheren Auto war sie meistens bis zum Stadtrand mitgekommen, Witiko auf dem Schoß. Das Autofahren und Bertines Schoß: In dieser Kombination verwandelt sich der sonst butlerhaft würdevolle Witiko in einen männlichen Hund, den Rupert im Rückspiegel nicht aus den Augen läßt.

Ja, leider, das Polster ist noch supersauber, sagte ich und zog gemeinsam mit Bertine die dazu passende kummervolle Grimasse.

Bertine würde also nicht mitfahren, und Marie Rosa wollte wissen, warum. Andeutungen einer Erklärung brach Bertine ab, um zu entscheiden: Darüber spricht man nicht.

Marie Rosa verstand, meine Mutter verstand es nicht oder sie tat so, Marie Rosa und Bertine mußten ihr schwächeanfallartiges Lachen lachen, und Marie Rosa sagte: Nach zeitgenössischem Maßstab sind wir alle prüde.

Menschen wie uns muß es auch noch geben, beschied Bertine.

Ich weiß nicht recht, ob es uns noch geben muß, Marie Rosa sah zweiflerisch aus, sie hob die Schultern, zog gleichzeitig den Kopf ein, wie um sich kleiner zu machen, wie um nicht mehr ganz da zu sein. Ich komme mir manchmal richtig abgemeldet vor, ausgebuht. Dann ließ sie die Schultern fallen, reckte den Kopf. Das bin ich aber nicht, nicht bei euch, stimmts? Ich bin euch unentbehrlich. Sagt mir das sofort!

Wir lachten in diesem Theaterspiel.

Wer hat bloß die verdammte Liebe erfunden, rief ich.

Wir hofften seither alle, wenigstens du seist fromm, sagte Marie Rosa. Bitte, bleib fromm.

Wir alle waren wahrscheinlich am Anfang unserer Karriere als Lebewesen freiheitsliebend. Eure Nachbarin auch. Aber dann sind wir in Bindungen reingeschlittert, und nun müssen wir lieben lieben lieben.

Das Mütterchen nehme ich mal aus, sie hat es gern so gehabt. Aber jetzt stehen wir dumm da, sie auch, die Mamma.

Soll das eine Predigt sein? fragte Rupert mich.

Er hat recht, sagte Marie Rosa, sag was richtig Gläubiges, irgendwas zum Dranerinnern.

Neulich habe ich bei einer Diskussion von der Freiheit gesprochen, von der einzigen, die es gibt. Ich hatte von Kierkegaards Sprung in die Freiheit gesprochen, vom Sprung in den Glauben, also das krieg ich jetzt bestimmt nicht hin in dieser komischen Situation. Der Glaube ist die Freiheit.

Es ist bloß halt furchtbar schwierig zu glauben. Bertine hätte anscheinend lieber gesagt: Ich glaube an gar nichts mehr außer an meine Spaziergänge mit Witiko und sonst ein paar schöne Sachen hier ganz eng um mich.

Und sie hat *Religion* unterrichtet. Marie Rosa klang vorwurfsvoll.

Besitz ist der Glaube nicht.

Wir waren inzwischen bis in die Diele vorgedrungen. Bertine saß mit Witiko auf der zweituntersten Treppenstufe und untersuchte sein Fell hinter den breiten langen zungenförmigen Ohrlappen nach Zecken. Marie Rosa umklammerte den linken Pilaster und lehnte sich gleichzeitig an ihn, und meine Mutter wartete da, wo sie zum Abschiednehmen immer steht, auf der Schwelle zur Tür ins Erkerzimmer. Rupert nickte Witiko aufmunternd zu, er versteht sich gut mit Hunden, er kraulte ihn an der Stirn und sagte: Nein nein, heute leider nicht, keine Autofahrt heute, braver Hund. Ich drehte die gedrechselte Holzkugel des rechten Pfostens an ihrem kleinen Holzstab aus ihrer Verankerung und hielt sie hoch.

Nicht so wie dieses Ding da kann man den Glauben *besitzen*. Aber das Ding da ist wie die *Möglichkeit* zu glauben. Diese Möglichkeit ist also doch etwas Gegenständliches. Du kannst sie ergreifen.

Nicht immer, sagte Marie Rosa und blickte mich neugierig an.

Doch. Doch immer, widersprach ich.

Na, es ist ein bißchen komplizierter, sagte Bertine.

Ich habe das neulich bei dieser Diskussion mit einem

Aschenbecher gemacht. Ich habe den Aschenbecher in die Höhe gehoben und ihn als die *Möglichkeit* des Glaubens ausgegeben. Nicht als den Glauben selber.
Mir gefällts, sagte Marie Rosa. Dir auch, Louisa?
Meine Mutter lächelte nicht nur höflich, in ihrem Ausdruck war auch eine vorsichtige mädchenhafte Zuversicht. Ja, sehr, sagte sie.
Ich habe es, glaube ich, damals besser hingekriegt, sagte ich. Irgendwas hat diesmal nicht ganz gestimmt, ich weiß auch nicht mehr.
Die Abschiedsküsse kamen dran. Bertine wendete wie gewöhnlich ihr Gesicht ab und dann sagte sie zu ihren Luftküssen *danke*. Marie Rosa grunzte und brummte genießerisch beim Geküßtwerden. Nur meine Mutter ist es, die Küsse auch erwidert. Ihre Schwestern *lassen* sich küssen, jede auf ihre Weise.
Wenn ich wieder auf die Welt komme, gehe ich schon als Baby nach Australien, sagte ich. Ich drückte meine Mutter immer noch einmal an mich. Damit ich dich nicht lieben muß, he? Sei eine Schreckschraube, Mamma, sei doch richtig widerwärtig!
Oho, machte meine Mutter und lachte.
Ich auch, sagte Marie Rosa, beziehungsweise: Ich gehe nach Yorkshire. Oder Sussex.
Witiko, wohin wandern wir aus? fragte Bertine ihren Hund.
Kommst du jetzt? fragte Rupert.
Und ich war die Freiheitsliebendste, rief ich im Weggehen.
Nein, ich! rief Marie Rosa.
Ich! rief Bertine.
Aber ich habe mich am engsten gebunden, sagte ich.
Hoffentlich, sagte Rupert. Wenn es auch leider keine *liebendste* gibt.

16

Hurra, ich bin nicht verheiratet!

Er steht bei dir zur Zeit hoch im Kurs, der Ricardo, urteilte Marie Rosa.

Ich hatte seinen Essay über Antisemitismus gelobt, mitten in meinem Bericht über unser Vierertreffen in München: ganz wie in alten Zeiten, Edith und Ricardo, Rupert und ich, die gesagt hatte: Es hat auch ein bißchen wehmütig gemacht, wir treffen uns nicht mehr an Ferienorten, sie kommen nicht mehr zum Beispiel nach Triest oder Udine, wenn Rupert und ich beruflich dort sind...

Wir sind nie mehr beruflich dort gewesen, hatte Rupert eingeworfen.

Aber wo wir auch wären, oder sie, wir würden das so leicht nicht mehr machen. Ich beharrte darauf, daß die Gegenwart und die früher mit Edith und Ricardo immer einmal wieder gemeinsame Vergangenheit durch eine Zäsur voneinander abgetrennt seien.

Die zwei haben zu viel zu tun, und wir zwei haben auch zu viel zu tun, sagte Rupert. Das ist schon alles.

Ich glaubte nicht daran, daß das alles sei.

Und Marie Rosa hatte sich in die Fortsetzung meines Berichts vom letzten Treffen mit der Frage gemischt: Wie findet ihr Ricardos Buch über den Antisemitismus?

Es ist kein Buch, es ist ein Aufsatz, sagte Rupert.

Er ist mir ein bißchen zu verständnisvoll nach allen Richtungen, sagte Marie Rosa.

Aber wenn einer wie er das ist, Ricardo, er ist schließlich ein Betroffener. Die meisten seiner Verwandten sind in KZs ermordet worden, sagte ich.

Meiner Mutter merkte ich an, daß sie über diese Unterbrechung nicht – und über den Themenwechsel erst recht nicht – froh war, aber wie es ihre Art ist, wartete sie wie ein zur Einmischung unbefugtes Mädchen auf *den* Erzählstoff, der sie interessierte.

Du bist ihm zur Zeit wohlgesonnen, stellte Marie Rosa fest.

Was heißt: zur Zeit? Und das sind wir doch alle, wir sind ihm alle wohlgesonnen, sagte Bertine, dann streckte sie sich in ihrem Sessel und rief: Hurra, ich bin nicht verheiratet!

Bertine spürt Spannungen. Ich kenne diesen Ausruf. Du hast ja so recht, du weißt ja gar nicht, wie recht du hast, bestätige ich sie dann immer. Rupert widerspricht nicht. Eine gewisse Wachsamkeit läßt ihn zwar aufpassen, aber in unseren Familienspielton ist er seit Jahrzehnten eingeübt.

Ja, es stimmt, ich bin wirklich nach diesem Treffen sehr gut auf ihn zu sprechen, sagte ich. Seit von ihm das Signal kam: Wir kommen nach München zu dieser Preisverleihung, selbstverständlich kommen wir. Edith hat auf die bekannte Art gezögert, mein bedenkliches Schwesterchen... Ich unterbrach mich und wandte mich an meine Mutter: Sie ist ein Engel, wie wir alle wissen, und ich finde immer wieder, sie hat am meisten vom Vater, nimm nur ihre Briefe, er schrieb ähnliche geduldige Briefe, Sonntag für Sonntag, die Sonntagsbriefe an seine Kinder, mit Engelsgeduld, er beschrieb die Szenerie, das Wetter, Sonnenkleckse auf Holunderbeeren und hin und her schwebende Schatten, dafür nahm er sich Zeit, und für das Kommen und Gehen der Vögel...

Meine Mutter sah zufrieden aus, aber Marie Rosa forderte: Nun erzähl weiter.

Ich meine, ich fands irgendwie rasant, wie er, kaum hatte Edith ihn eingeschaltet...

Ich glaube, sie reden nicht viel miteinander, sagte Marie Rosa.

Sie haben ja auch keine Zeit dafür, sagte Bertine.

Also: rasant, wie er entschied: Natürlich fahren wir nach München. Dafür muß eben Zeit sein. Daß es ihn außerdem interessiert hat, also, mich freut so was. Es hat was Aufweckendes an sich, sagte ich.

Na na na, machte Rupert.

Hurra, ich bin nicht verheiratet, rief Bertine wieder.

Jetzt erst recht, sagte ich und dann lauter: Ja, anders als wir alle in dieser Familie stößt er dieses Zaudern und Zögern, diese Schicht Ängstlichkeit, wie eine Eisdecke auf...

Wenn wir miteinander in einem Restaurant essen, braucht er am längsten, bis er weiß was er will, sagte Rupert.

Ich rede ja jetzt von etwas größeren Angelegenheiten, sagte ich. Er ergreift Initiativen wie diese da mit der Reise nach München, er packt mit einem Entschluß zu.

Weil er dich bewundert, sagte Rupert. Und wenn sein Essen vor ihm steht, hätte er lieber das, was *ich* bestellt habe.

Marie Rosa mußte lachen, und Bertine ließ wieder ihren Hurraruf gegen die Ehe vernehmen.

Nun schaltete meine Mutter sich ein. Zuerst mit einem seufzenden Durchatmen, das bedeutete, daß ihr unser verzettelndes Hin und Her zu viel wurde. Sie hatte kein Verständnis dafür. Dann mit der Frage: Und wie habt ihr euch getroffen? Ihre Augen, die Vorfreude und Sehnsucht ausdrückten, fragten weiter: Und wo? Wann? Wie war das alles? Das Zusammensein meiner Kinder interessiert mich, ich wünsche mich weg von diesen Diskussionen und in etwas, das harmonisch und schön ist.

Ich erzählte: Wir haben im selben Hotel gewohnt, die beiden im Stockwerk über uns...

Natürlich wars ihnen zu lärmig und zu heiß, sagte Rupert.

Das wars ja auch, sagte ich. Bertine, du bist wieder dran, hurra, ich bin nicht verheiratet! Mamma, es war so wie bei früheren Treffen, wir telephonierten von Zimmer zu Zimmer, sie waren schon eine halbe Stunde vor uns angekommen, und dann verabredeten wir uns für die Lounge auf einen Kaffee, und dort wars dann richtig schön, so als hätten wir uns gestern erst getroffen.

Vorgestern, sagte Marie Rosa.

Was ist eine Lounge, fragte Bertine; nur um uns zu reizen, spielt sie gern die Provinzlerin.

Also gut, in der *Halle*.

In der *Lobby*, sagte Bertine und grinste mir zu. Bist ein braves Schätzchen. Weiter!

Stimmt doch, Rupert, es war nicht so, als hätten wir uns ewig nicht gesehen, es war wie im *Juliana* oder in Valbella oder Udine.

In Udine hatten Edith und ich das geheime Abkommen geschlossen, uns wahrheitsgemäß, ohne alle familienübliche Schonung, jeden Gram und Schrecken anzuvertrauen. Aber aus dieser Nachtverabredung ist nichts geworden. Wir schonen uns doch weiter. Anfangs war mir das nicht recht, aber längst finde ich es sinnvoller so. Warum soll ich meine Schwester betrüben und aufregen, wenn sie, in der Ferne, doch nicht helfen kann, und außerdem der Anlaß veraltet ist, vielleicht hinfällig, beim Eintreffen meiner Botschaft. Am Telephon möchten wir uns sowieso nicht erschrecken. Wir wollen voneinander, daß wir um ein Stückchen vergnügter den Telephonhörer auflegen nach einem Austausch.

Wir hatten sogar einen von unseren ganz speziellen Lachanfällen, erzählte ich. Die Männer redeten, wie sie es oft tun, über Steuerprogression und Börsenkurse, über irgendeinen historischen Dollartiefstand, und Edith versprach sich, als sie sagen wollte: Der Franken sinkt. Sie sagte aus Versehen: Der Franken stinkt.

Die andern lachten ein bißchen.

Kein Wunder, ihr kriegt davon keinen Lachanfall, Lachanfälle sind auch immer nur aus der Situation heraus zu verstehen, sie sind eigentlich fast unbegründet. Ich dachte, Ediths und meine gemeinsamen Lachanfälle entstammen in Wahrheit der immer unterdrückten Qual des Lebens. Davon, daß das Universum uns umbringt. Sie sind ein

Vorbote der Freiheit, der Erlösung. Durch diese unberechenbaren Lachschübe entkommen wir: unserem Alter, dem Alter der Alten. Wie möchten Sie sterben? Mitten in einem nicht zu bremsenden, tränenreichen Lachanfall gemeinsam mit meiner Schwester.

Es war heiß und wir sind deshalb nur ein Stück in die Fußgängerzone zwischen Hauptbahnhof und Stachus gegangen und haben dort Eis in einem Straßencafé gegessen, ich glaube, wir hatten wieder einen Lachanfall.

An diesem Abend ging es Edith richtig gut, sie sah so hübsch und zart und jung aus. Nach Ruperts und meinem offiziellen Abendessen hatten wir uns wieder in der Hotellounge getroffen, wir tranken Bier und Wasser, Edith und Ricardo waren sehr angetan von einem Schauspiel auf irgendeiner Werkstattbühne.

Mit dem Abendessen hatten sie aber natürlich wieder Pech, was für eins, weiß ich nicht mehr, sagte Rupert.

Aber sie waren beide sehr aufgedreht. Richtig vergnügt. Ich blickte auf meine Mutter, die aussah wie ein Mensch, dem jemand eine Anstrengung abgenommen hat, sehr erleichtert und zufrieden. Sie mußte unser Vergnügtsein sich nicht selbst zurecht legen, es hatte wirklich ganz so stattgefunden, ich erzählte ja davon. Sie war froh und fühlte sich wohl.

Ich erzählte an den Stationen Eßtisch, Veranda, Gartenplatz. Am nächsten Tag waren wir alle bei einer Freundin und ihrem Mann zum Mittagessen eingeladen.

Was gabs denn? Marie Rosa spielte die wißbegierige Köchin, kuschelte sich zurecht, streckte den Kopf vor.

Delikate Sachen. Ich habe meine Freundin sehr bewundert. Eine souveräne Gastgeberin.

So wie ich? Marie Rosa spielte ihr Spiel weiter. Aber beim Beschreiben der einzelnen Menugänge verzog sie das Gesicht. Alles nichts, was mich verlocken könnte. Bonzenessen. Ich bin zu primitiv.

Doch, diese Himbeercreme hätte dir gefallen, sagte Bertine. Sei gerecht.

Schwarze Johannisbeeren, die Creme war aus schwarzen Johannisbeeren, verbesserte ich.

Na dann, dann war sie sicher herb. Zu edel das alles für uns, stimmts? Marie Rosa sah ihre Schwestern an.

Dann sind wir in den Garten umgezogen und nahmen dort den Espresso, fuhr ich fort.

Sie *nahmen* den Espresso, hast du gehört, Mariechen? Bertine machte ein *hmmm* und *erlesen* hinterher.

Es war wie aus einem Roman von Virginia Woolf, es war kultiviert, aber auch leicht und lässig.

Wie bei uns im Garten? fragte Marie Rosa.

Hier ists mehr wie aus einem Agatha-Christie-Roman, sagte ich.

Wenn doch was passierte, rief Marie Rosa.

Sag bitte, es wäre bei uns wie bei Jane Austen, alte Gewächse, ein Efeugewucher um die alte hohe Mauer des Pfarrhausgartens... Bertine gab auf. Verträumt blickte sie in einen Phantasiegarten.

Sie hatten noch einen Gast dazu geladen, einen Professor für Anglistik, erzählte ich.

Ihr habt euch sicher wahnsinnig gescheit unterhalten, Anglistik, Virginia Woolf. Ach! Bertine gab einen Stoßseufzer von sich. Du hattest doch recht vorhin, sagte sie zu Marie Rosa.

Womit?

Daß wir primitiv sind.

Wäre Virginia Woolf was für uns? wollte Marie Rosa angeblich wissen, sie wußte es ja längst, ich würde zwar *ja, warum nicht* sagen, und sie würde es mir nicht glauben.

Meine Freundin ist eine intelligente und witzige Person.

Ähnlich wie Nelly?

Ganz anders. Im Garten erschien sie dann in drolligen langen, etwas schlapprigen Shorts und einem T-Shirt, alles weiß und zu weit.

So trägt mans jetzt, sagte Bertine.

Gabs wenigstens Kuchen, Gebäck?

Ja, irgendwelches Gebäck gabs, aber wir waren ja alle

satt. Meine Freundin hat übrigens nachträglich in einem Brief Edith und Ricardo überschwenglich gerühmt. Sie kennt die beiden ja schon aus vielen Erzählungen von mir, und wißt ihr was? Sie schrieb: Die Liebe zwischen euch kommt mir inzestuös vor. So ähnlich.

Marie Rosa und Bertine gaben erschrockene und belustigte Laute von sich. Meine Mutter schüttelte etwas verständnislos den Kopf.

Ich weiß nicht, ob sie bloß Edith und mich gemeint hat oder die zwei Männer mit. Zwischen Edith und mir machte sie eine körperliche Ähnlichkeit aus. Wie findet ihr das? Ist was dran, oder? Ricardo hat vor vielen Jahren, ganz am Anfang, als er in die Familie kam, mal festgestellt, wir hätten die gleichen Beine.

Das kommt daher, weil ihr beide so dünn seid, sagte Marie Rosa.

Rupert war nicht einverstanden und zählte ein paar körperliche Merkmale auf, die ihm unterschiedlich erschienen. Und wieso Ricardo, bei welcher Gelegenheit denn, unsere *Beine* gesehen hätte?

Damals hatten wir noch manchmal Röcke an, nicht immer Hosen. Und wir waren oft zusammen am Strand, früher in Holland.

Oh Louisa, wie hast du das nur fertiggebracht, zwei so dünne Töchter zu haben, rief Bertine. Warum bin ich nicht so dünn geworden? Ihr habt mich gemästet, alle miteinander, ihr seid schuld dran, daß ich nicht dünn geworden bin.

Es ist Veranlagung, sagte Marie Rosa.

Meine Freundin, ich sagte ja schon, sie ist gescheit, hat gemerkt: Gegen diese Schwesternliebe kommt keine Freundin an, keine andere Frau, niemand von draußen. Und mit dem leicht Inzestuösen hat sie vielleicht auch ein bißchen recht. Ohne Erotik ist jede Freundschaft etwas langweilig. Und zwischen mir und Edith ists nicht langweilig.

Meine Mutter verlangte nach mehr Konkretem. Wie

lang seid ihr geblieben? Dann mußtet ihr doch zum Bahnhof zu euren Zügen?

Bis gegen halb fünf. Der Mann der Freundin fuhr uns an den Bahnhof. Unsere Züge fuhren fast gleichzeitig ab, ihrer nach Südwesten, unserer nach Nordwesten. Ich bin wirklich gerührt drüber, daß sie da waren. Und auf meine Freunde war ich richtig stolz. Und auf Ricardo, man kann ihn gut überallhin mitnehmen. Das mußt du zugeben, Rupert, und man kann ja auch *dich* überallhin sehr gut mitnehmen.

Hurra hurra, ich bin ... stimmte Bertine leise wieder an.

Die Edith war ja leider ziemlich still.

Ist sie immer, sagte Marie Rosa.

Aber schon auffallend still. Still und stumm, und gegessen hat sie fast gar nichts.

Meine Mutter schüttelte wieder den Kopf, diesmal mit einem etwas betrübten Ausdruck.

Sie hat hinterher bekannt, sie hätte furchtbares Kopfweh gehabt. Sie hätte es doch dort offen sagen sollen.

Ja, das hätte sie sagen sollen, fand meine Mutter so voll Anteilnahme, als wäre jetzt noch das Kopfweh akut.

Aber Ricardo hat alles wettgemacht, oder? fragte Marie Rosa. Er kann sich über jedes Thema unterhalten.

Das kann Rupert auch, natürlich, sagte ich laut, als könne meine Lautstärke dem Ruhm Ricardos die Spitze brechen. Ich fürchtete, ich hätte Ricardo ein allzu gutes Blatt gegeben, und wollte nun ein As nach dem andern für Rupert aus dem Ärmel ziehen. Rupert, vorausgesetzt, die Leute gefallen ihm und die Frauen sehen gut aus, Rupert kann geradezu zum Salonlöwen heranwachsen.

Also gefallen wir dir. Bertine versuchte ihre Gesichtsmuskulatur in eine Konstellation zu bringen, die Schmachtendes ausdrückte, dazu grinste sie ihn an.

Sie redet da was zusammen, sagte Rupert.

Na, stimmt doch. Wenn ich einen weiblichen Besuch ohne *sex appeal* habe, verzieht er sich schon nach der Begrüßung.

Sehr schofel, tadelte Bertine.
Und es stimmt auch nicht ganz, wehrte sich Rupert. Ricardo ists egal, wie eine Frau aussieht, ich nehme an, er merkt es gar nicht, das weiß ich von Edith, er tanzt mit den ältesten Zimtziegen, Hauptsache, sie haben Adler und Freud und C. G. Jung gelesen.

Er hat was Gewinnendes, sagte ich. Er hat es leicht mit fremden Menschen. Das konnte ich jetzt wieder bei meiner Freundin und ihrem Mann und dem Professor für Anglistik beobachten.

Er geniert sich überhaupt nicht. Er hat sich sofort im Gäste-WC umgezogen. Ich behielt meinen Preisverleihungsanzug an, sagte Rupert.

Fremde begrüßt er mit dem Lächeln eines Eingeweihten, sagte ich. Den Kopf leicht vorgerückt, blickt er die Leute an, als wolle er sie spüren lassen: Ich weiß Bescheid. Sofort stellt er Nähe her.

Das kommt von seinem Beruf. Schließlich ist er Psychoanalytiker, sagte Marie Rosa.

Ja, sagte meine Mutter.

Psychologe. Therapeut, nicht Analytiker, korrigierte Rupert.

Analytischer Psychologe, so heißt es, glaub ich, was er ist, sagte ich. Aber ich halte es nicht für Routine. Es ist ein Naturtalent.

Sie hat recht, sagte Bertine. Und wir haben es nicht, dieses Naturtalent. Im Gegenteil. Wir sind mit der Schüchternheit gestraft. Wir sind alle viel zu ängstlich und schwächlich. Wir sind schrecklich. Wir sind...

Wir sind wie wir sind, Marie Rosa schnitt ihr das Wort ab. Und Landpomeranzen dazu. Ich war so lang in Berlin, aber ich fürchte, ich war auch damals nicht richtig großstädtisch.

Wir sind deprimierend. Alles ist deprimierend. Bertines Seufzer klang wie der gesungene Kommentar aus einem Opernduett.

Ach nein, sagte meine Mutter.

Mutter, ich soll dir Grüße ausrichten. Ich nannte eine ganze Staffel von Freundinnen. Alle fragen regelmäßig nach dir.

Das ist lieb von ihnen.

Und immer fragen sie mich: Wann besuchen wir sie zusammen? Aber du willst ja keinen Besuch.

Nein. Wenn ich mich nicht mehr so schwach fühle, dann ja.

Es machte mich traurig und nervös, daß sie glaubte, sie werde sich eines Tages *nicht mehr so schwach* fühlen. Alle denken von dir, wie tapfer du bist, allein in deinem Haus, und sie stellen sich vor, daß du schönen Erinnerungen nachhängst, Rückschau hältst.

Jetzt lacht sie ihr Zahnwehlächeln, sagte Marie Rosa.

Immer noch viel zu lieb und höflich, kritisierte Bertine. Schimpf doch mal drauflos, Louisa-Liebling!

Ich sage den Freundinnen: Nein, meine Mutter ist keine gemütliche alte Rückschau- und Erinnerungs-Oma. Keine Bilderbuch-gute-alte-Frau.

Sie wollen uns Alte auf eine rührende Bescheidenheit zurücktrimmen, sagte Marie Rosa. Aber ich bin nach wie vor eitel, ich will einen neuen Rock und eine neue Bluse und eine schicke Frisur...

Die hast du. Du hast eine ideale Frisur, kurz, Ponies, dichtes Haar, sagte ich.

Ich bin neidisch auf meine Schwestern, Louisa mit ihren schönen weißen Locken und Marie Rosa hat auch genug Haare auf dem Kopf, sagte Bertine. Ich würde ja eine Perücke nehmen, aber es gibt nichts in meinem Stil.

Natürlich meinte Bertine das nicht ernst. Und sie rief auch sofort: Was für ein Glück, ich kanns mir leisten, auszusehen, wie ich will, meinem Hund gefalle ich sowieso und mir selber eigentlich auch. Stolz selbstbewußt und zugleich skeptisch hob sie ihr Gesicht. Nur auf Photos nicht.

Meine Mutter wollte weiter erzählt bekommen. Aber ich war am Ende mit meinem Bericht, nachdem Rupert die

Preisverleihung geschildert hatte und meinen Auftritt, dann die Rückreise.

Das könnte ich alles nicht mehr, sagte sie wie immer, wenn sie erfährt, was selbstverständlich ist: Ich bin dreißig Jahre jünger als sie und kann daher jetzt manches, allzu vieles leider, das sie nicht mehr kann. Sie denkt nicht oft genug: Ich bin mehr als neunzig Jahre alt, also braucht mich nichts, unter dem ich leide, zu wundern. Marie Rosa ist realistischer und, jedenfalls vermute ich das, denn ihr Verhalten, das vielleicht zum Teil Theaterspiel ist, legt es nahe, seelisch robuster.

Mutter, schärfte ich ihr ein, wir hatten uns schon verabschiedet, du kannst drei Neo Gamma nehmen.

So?

Aber ich habe doch damals den Doktor Schumacher extra gefragt. Er hat gesagt, du kannst es unbesorgt nehmen.

Sie antwortete mit einem flauen, eine Spur hoffnungsvollen: Ja.

Deine Stimmung ist flau.

Nein.

Klingt aber so.

Ich bin nur körpermüde.

Du bist einundneunzig Jahre alt, Mütterchen!

Wieder setzt Bertine sich auf die drittunterste Treppenstufe, wieder spielt Rupert ein bißchen mit Witiko, wieder lehnt sich Marie Rosa gegen den einen der beiden Pfosten am Treppenaufgang, und ich schwenke an ihrem Zapfen die polierte gedrechselte Holzkugel, die ich aus ihrer Höhlung genommen habe.

Brav lustlos sagte meine Mutter: Ja. Ich bin schrecklich alt.

Mir fiel ein, daß ich seit längerem nicht nach ihren Augen gefragt hatte. Wie gehts mit deinen Augen? fragte ich obenhin, es fiel mir schwer und ich wünschte, nichts Besorgniserregendes zu hören.

Sie werden immer schlechter.

Marie Rosa protestierte: Wenn du sähst, bei was für einer trüben Beleuchtung sie liest! Ich selber hab, glaub ich, den Grauen Star.

Ihr tut ja auch nicht, was wir euch predigen. Ihr tragt keine Sonnenbrillen. Die Sonne führt zum Grauen Star, sagte Rupert.

Ich rief: Tauben Ohren predigen, sagen die Ärzte mir, wenn sie von ihren älteren Patienten erzählen. Zu meiner Mutter: Weil ich immer auch von dir rede, kommen wir auf die andern Patienten. Sie trinken nicht genug, sie glaubens einfach nicht, daß sie so viel trinken müssen, sie haben keinen Durst, sagen sie.

Ich habe auch keinen Durst, sagte meine Mutter.

Meinst du, *ich* hätte Durst? Ich trinke trotzdem, sagte ich.

Ich kriege einfach nicht so viel rein. Es ist eine Platzfrage. Ein räumliches Problem, sagte Marie Rosa.

Rupert erklärte ihr, die Flüssigkeit belaste ihren Magen nicht, er erzählte irgendwas von Seitenwegen, auf denen die Getränke abflössen.

Das Alter ist gräßlich, sagte Bertine.

Es ist scheußlich, sagte Marie Rosa.

Aber ihr habts noch gut, im Vergleich. Ich sah mich um. Wo sind die Rollstühle? Die Zweibettzimmer? Das Pflegeheim? Die schwere Krankheit? Das Gefüttertwerden?

Das werde ich bei mir nicht zulassen. Marie Rosa wurde böse. Ich habe meine kleine Sammlung oben im Nachttisch.

Rohypnol?

Hör doch auf damit! Fast schrie Bertine, und Witiko bellte laut auf, konnte sich gar nicht mehr beruhigen.

Erinnert ihr euch noch an so schreckliche Sachen wie *Menstruation*? fragte ich.

Meine Mutter schien sich nur mit Mühe zu erinnern, die beiden andern riefen: Allerdings. Verheerend. Eine Unappetitlichkeit.

Ja, und merkwürdigerweise ist unter den vielen jungen

Freundinnen, die ich habe, keine, die darunter richtig leidet.

Sie sind andere Menschen heute. Sie haben andere Körper, sagte Marie Rosa.

Wir müssen fort, sagte Rupert.

Auf Wiedersehn und vielen vielen Dank, sagte meine Mutter, als wir uns fertig umarmt hatten. Ich bin so froh über alles, was du von Edith erzählt hast.

Und von Ricardo, rief Marie Rosa.

17

An der Mosel

»Liebste Mamma, Regen fällt in die schwarze Mosel zwischen den schwarzen Hügeln, und hier ist der Tod die beste Idee.« Ich zerriß den Bogen des Hotelbriefpapiers und fing auf einem neuen an: »Liebste Mamma, 1000 Grüße aus Trier. Du bist die Älteste in unserer Familie, und Trier ist die älteste deutsche Stadt. Aber da hören die Ähnlichkeiten schon wieder auf. Du bist das Oberhaupt, Trier aber ist keine Metropole. Mir kommt, nicht nur an einem düsteren nassen Tiefdrucktag wie dem heutigen, die gesamte Moselgegend wie für Selbstmörder geschaffen vor...« Ich verwarf auch diesen Brief und fing mit dem nächsten Versuch an. Bis zum Wort »Metropole« erhielt ich den Beginn des zweiten Entwurfs und fuhr dann fort: »Es ist ein düsterer nasser Abend, aber an der Mosel werde ich nicht nur im Frühjahr melancholisch. Die Frühjahrs-Melancholie gefällt mir übrigens. Im Hochsommer bei Hitze und zwischen angetrunkenen Wein-Touristen ist es mir in Cochem ganz elend zumute gewesen. Mamma, ich fühle, daß Du mich verstehst, wenn ich Dir sage: Ich kann Dich am allerbesten aus der Ferne lieben. Ich tue so, als ginge es mir wie meinen Geschwistern, die alle nicht in Deiner Nähe leben. Leben wir nicht, jeder in der Familie, und zwar vor lauter Liebe, einer Liebe zum Erschrecken, wie auf einem anderen Erdteil? – ich bin in einer Art Neuseeland, auf der entgegengesetzten Seite des Globus. Meine Geschwister können Dich nicht besuchen, der Weg ist zu weit. Mein Weg ist kurz, aber...« Ich zerriß auch diesen Briefbogen.

Aufgeregt und bekümmert ging ich im Zimmer umher. Bald stand ich am Fenster, bald schaute ich im Badezimmer in den schwenkbaren Rasierspiegel, der mein Gesicht vergrößerte. Ich hatte mich den ganzen Tag über häßlich gefunden, aber in der Übertreibung durch den Rasierspiegel war die Häßlichkeit wenigstens markant, und sie befriedigte mich. Am Schreibtisch kam mir eine Idee. »Liebe Paola, plötzlich an der düsteren Mosel habe ich eine Erleuchtung. Du bist Deiner Mutter die ideale Tochter, ich bin für meine die unidealste. Paradoxerweise weil meine Mutter der liebste, gutartigste, argloseste Mensch von der Welt ist, während Deine Mutter in ihren Greisenjahren oft geradezu bösartig ist – ich schriebe das nicht, wenn nicht Du selber es mir immer wieder anvertrauen würdest. Sie macht Dir das Leben schwer. Und doch gehst Du täglich zu ihr, erduldest das Gemeine und Egoistische, erledigst alles für sie, ohne auf Dank hoffen zu können. Du läßt Dich von ihr schimpfen, usw. usw. Nun mein Vorschlag: Eine Art Müttertausch. Ich nehme Dir Arbeiten für Deine Mutter ab, sag mir welche, ich besuche sie, wenn auch nicht täglich, so wie Du werde ich sie nicht verwöhnen – und Du übernimmst meine Mutter, die ich aus lauter Liebesangst nicht mehr besuchen kann.«

Diesen Briefanfang zerriß ich vorerst nicht, aber ich begann mit einem nächsten: »Lieber Bruder, schnell vor meiner Abreise aus dem Moselgebiet – ideal zum Sterben, die Mosel liegt wie eine Todestrauergruft zwischen den dunklen kahlen Bergen – einen Gruß, der Dich und mich im Zusammenhang mit unserem Müttterchen betrifft. Wir Geschwister wissen ja alle: Hätte sie nicht ihre beiden Schwestern, keiner von uns könnte das Leben führen, das wir führen, abseits als liebevolle Zuschauer. Wahrscheinlich wird die Mamma hundert. Ich nehme an, sie überlebt uns recht und schlecht. Du hast einmal zu mir gesagt: Du als die Tochter kannst das besser, sich um sie kümmern. Weil wir Frauen sind, die Mamma und ich? Das kann es nicht sein, denn schon als unser Vater krank wurde, hieltest Du mich als die Tochter für geeigneter, ihn zu besuchen, ihn und die Mutter abzulenken und zu trösten und dies und das für sie zu erledigen...«

Endgültig für diesmal hörte ich mit dem Schreiben auf.

Und der Sozialpädagoge Schäffer hörte auf, seiner Referentin dieses Abends zuzuhören. Aus seiner Sicht betrachtet, ging es ihm folgendermaßen: Da hatte er Frau Feinstein eingeladen, weil er Wertvolles über Mütter aus ihren Publikationen kannte. Und heute abend diese Fahrigkeit, dieser Defaitismus, zerrissen, beinah aggressiv. Der Sozialpädagoge sah sich, so gut es unauffällig von seinem Platz in der ersten Reihe aus zu machen war, ein bißchen um: Auch andere Zuhörer waren unruhig geworden, kein Wunder. Jemand verließ den Saal, oder nicht? Dieser Vorgang mußte sich in den hinteren Reihen abspielen. Der Sozialpädagoge Schäffer hörte seinem Gast dieses Abends innerhalb der einwöchigen Veranstaltungsreihe zum Thema »Wie viel Mutter braucht der Mensch?« wieder zu. Offenbar verlor Frau Feinstein schon wieder den Faden. Es war ziemlich schrecklich.

...Mutter, ich brauchte dich als Kind, und wie ich dich brauchte! Dich zu lieben, war leicht und selbstverständlich, ich habe es gar nicht gemerkt. Heutzutage überanstrengt es mich. Ich würde dich vermissen, falls du je, was nicht wahrscheinlich ist, stirbst. Ich würde, wie früher nach dem Tod des Vaters, deine zärtlichen Telephonbegrüßungen vermissen, aber nicht Abend für Abend, der Mensch ist vergeßlich. Ich würde sie mit einer wehmütigen Erleichterung vermissen. Mutter, ich liebe dich wie verrückt, bis zum Irrsinn, aber dich brauchen? Du verstehst: brauchen für etwas Konkretes. Du schenkst mir einen Scheck, vernünftig von dir. Töchter in meiner Umgebung und meines Alters werden wie Mütter ihrer Mütter. Ich aber werde leider niemals deine Mutter sein können.

Der Sozialpädagoge wußte nicht, ob er hauptsächlich schockiert war oder doch mehr unglücklich. Beide Empfindungen vermischten sich. Ein paar vorsichtige Geräusche wie Lachen drangen zu ihm. Schließlich trug er für diesen Abend die Verantwortung. Der Sozialpädagoge wurde ärgerlich. Verdammt, was redete sie da so verflucht und ungehörig überehrlich vor sich hin, verstieß gegen alle guten Sitten? Was für ein anstößiges Wahrheitsdokument, Offenbarungszeug?

Seine Referentin erzählte: Ich habe meine Freundinnen beobachtet. Nicht die jungen unter ihnen, sondern die älteren und die gleichaltrigen. Ein wenig lächerlich fand ich es schon, wenn ich meine Nachbarin Sonntag für Sonntag ihre gebrechliche und längst geistesschwache Mutter den Weg zu unseren Häusern hinunterführen sah, die siebenundsechzigjährige Hilda und die Mutter mit ihren fünfundneunzig Jahren. Ich wußte: Wieder ein verdorbener Tag für Ulf, Hildas Mann, für ihr eheliches Zusammenleben, also auch für Hilda selber, deren bestes Gefühl innerhalb dieser grotesken Kalamität wahrscheinlich gewesen ist, sich nicht wie siebenundsechzig zu fühlen, sondern neben der hinfälligen Mutter jung und stark. Und die Mutter bekam von allen Wohltaten um sie herum nichts mit, sie gab immer die gleichen Dummheiten von sich, zitierte irgendwelchen Blödsinn aus Illustrierten oder was sie recht und schlecht von einer Fernsehsendung behalten hatte. Ich habe Lola beobachtet, die glaubte, ohne ihre Mutter nicht leben zu können, ihre Mutter wurde ein Pflegefall, und Lola war vor Liebe zu schwach, sich um sie zu kümmern. Sie fuhr aber zu ihr ins Pflegeheim, ich glaube: täglich. Bei ihren Besuchen zerrüttete das Geschwätz der Alten Lolas Nervenüberreste... und doch hat sie bei ihrem Tod geheult wie ein Schloßhund, sie war wie ein aufgedrehter Wasserhahn mit verrostetem Gewinde, nicht mehr zuzuschrauben. Aber danach bekam sie plötzlich nicht mehr ihre Migräneanfälle und sie brauchte keine Antidepressiva mehr, sie wurde ihre Leibkrämpfe los, und sie säuft nun – das Saufen ist ein Resultat dieser Mutterverkettung – manchmal bis zu einem halben Jahr nicht, also das Saufen bleibt ein Vermächtnis, aber gemildert. Und dann: Paola.

Die Referentin machte eine Pause, und der Sozialpädagoge hoffte auf die entscheidende Wende. Nun nähme die Frau dort auf dem Podium die Kurve und steuerte hinaus ins schöne weite Land der Harmonien. Dorthin, wo der Mensch gar nicht genug kriegen kann von Müttern. Aber die Referentin brauchte nur einen Schluck Wasser und verrückterweise zündete sie sich sogar eine Zigarette an. Sie schaute ins Publikum. Neuen Mut faßte der Sozialpädagoge: Ah, sie sagt sich los von ihrem scheußlichen Manuskript, spricht von nun an direkt von Mensch zu Mensch, große Kehrtwendung. Die Referentin sagte: Ich beobachte meine jüngeren Freundinnen, die Lebensanfängerinnen, die Familien- und Ehedebutantinnen. Zu ihnen gehört auch meine junge Nachbarin. Diesen Jungen scheint die folgende Frage wichtiger zu sein als diejenige der Veranstaltungsreihe, und sie lautet: »Wie viel Kind braucht die Mutter?«. Mindestens ein Kind. Aber erst recht auch mindestens einen Beruf. Einen Kindergarten, ein Au-pair-Mädchen, eine Haushilfe, eine Großmutter, eine nette ledige Tante, die viel Zeit hat. Das sind nicht mehr die Mütter, die wir in meiner Generation gebraucht haben, als wir Kinder waren. Die heutigen jungen Mütter haben nichts gemein mit der Mutter aus dem Gedicht »Glücklicher Vorgang« von Bertolt Brecht: »Das Kind kommt gelaufen / Mutter, binde mir die Schürze! / Die Schürze wird gebunden.« Die heutigen Schürzen bindet das gelangweilte Au-pair-Mädchen. Die Mutter ist abwesend. Sie kommt abends müde, aber erfolgsbewußt, aus ihrem Beruf, egal welchem, Hauptsache, sie hat den Tag nicht zu Haus mit dem Kind verbracht... Die Referentin stockte, sah verwirrt aus, zerzauste sich die Frisur. Ich komme thematisch auf ein anderes Gleis. Sie lachte, und da und dort im Saal wurde mitgelacht, aber vorsichtig. Der Sozialpädagoge fürchtete, es höre sich hämisch an und bald käme Protest auf. Sie werden mir verzeihen, beschwor die Referentin das Publikum. Ich habe die größten Schwierigkeiten mit dem Rollentausch, der zwischen Müttern und Töchtern – die Söhne bleiben verschont – dann anfängt, wenn die Töchter über fünfzig sind und die Mütter das biblische Alter überschreiten. Ich schaffs nicht, lebenskundiger zu sein als meine Mutter. Mutter, warum hast du dich schon wieder zu warm angezogen? Warum hast du nicht, bevor du mühselig zum Briefkasten gegangen bist, auf deinen Außenthermometer geschaut? Mutter, jetzt mußt du dich aber wirklich endlich beim Augenarzt anmelden! Stell dir vor, du würdest blind! Dann könntest du dich nicht einmal mehr mit dem Fernsehen ablenken. Trotzdem, sieh dir nicht schon am Nachmittag verblödende TV-Serien an, nicht zum zweiten Mal! Tu doch was Vernünftiges! Lies was Gescheites, versuche, dich anzustrengen! Oh, wie gemein ich mich als die Gouvernante meiner Mutter fühle, ich fühle mich ganz furchtbar, zum Fürchten. Als ich ein Kind war, hat meine Mutter mich nicht das Fürchten gelehrt, ganz im Gegenteil! Sie hat mir geholfen, mich überhaupt nicht zu fürchten. Und jetzt? Die Mutter stört. Ich kann, so lang sie da ist, nicht erwachsen werden.

Der Sozialpädagoge Schäffer gab sich einen Ruck und stand auf. Er betrat das Podium und schüttelte der Referentin die Hand. Er sagte: Ich danke Ihnen, liebe Frau Feinstein. Ich glaube, im Namen aller zu sprechen, wenn ich –

Ein junger Mann aus einer der ersten Reihen sprang auf und rief: Aber sie ist doch noch gar nicht fertig! Unterbrechen Sie nicht! Lassen Sie uns weiter zuhören, sie soll weiterreden.

Der Sozialpädagoge hob kapellmeisterhaft seine ausgestreckten Arme, eine dämpfende Geste. Wir alle haben das Gefühl, daß unser Gast sich überanstrengt. Bei diesem bewegenden Thema...

Gemurmel im Saal. Der junge Mann rief: Ich finde es sehr interessant. Mir gefällts.

Herr Schäffer hat recht, sie sollte aufhören, meldete sich eine alte Dame zu Wort, und andere alte Damen in ihrem Umkreis nickten und tuschelten zustimmend. Es ist unangenehm, ihr zuzuhören, sagte eine jüngere Frau mit am Hinterkopf zusammengebundenem blondem Haar.

Ich bin anderer Ansicht, erklärte der junge Mann trotzig. Er stand immer noch. Ich höre ihr sehr gern zu.

Die Referentin beugte sich vor und sagte zu dem jungen Mann: Sie werden verstehen, daß das, was sich brutal anhört, die Liebe ist, und ich will sie nicht überleben, meine geliebte Mutter, ich flehe ja: Stirb nicht! Aber das ganze Schuld- und Gefühlsgewirr, es stört.

Oh ja, rief der junge Mann hinauf zum Podium, und er redete weiter, aber der für den Abend verantwortliche Sozialpädagoge übertönte ihn mit Dankfloskeln an die Adresse der Referentin, die daraufhin verstummte, zerstreut grinste, und außerdem von einer Gehilfin der Veranstaltungsreihe einen großen Blumenstrauß entgegennehmen mußte. Sie schwenkte den Strauß wie eine Trophäe, ehe sie ihn, einem Tennisspieler nach gewonnenem Match gleich und als wäre der Strauß ein Schläger, ins Publikum warf. Von dort kamen kleine Schreie und etwas Gelächter, aber bis auf die alte Dame und ihre paar Anhängerinnen stand niemand auf, keiner verließ den Saal, es schien noch spannend zu werden.

Ihre Mutter ist bereits gestorben, oder irre ich mich? Gestern oder so? Gerade eben erst, vorhin, als Sie hierher aufbrachen? fragte der junge Mann laut hinauf aufs Podium. Ist das nicht die erschütternde Pointe, mit der Sie uns noch verblüffen wollten? Ihr Verlustgefühl, alles Versäumte, Ihre Liebe, Ihr Schuldbewußtsein...

Es geht ihr gut, verdammt gut, unterbrach die Referentin den begeistert aufgeregten jungen Mann. Die Gehilfin hatte den Blumenstrauß wieder herbeigeschafft, und wieder winkte die Referentin mit dem großen unpraktischen Gebilde ins Auditorium. Keine Angst, sie lachte, ein zweites Mal werfe ich ihn nicht runter.

Also ängstigen Sie sich vor dem Tag oder der Nacht, in der Ihre Mutter stirbt? Der junge Mann blieb beharrlich.

Der Sozialpädagoge wußte nicht, wie er sich verhalten sollte. Er tat einen Schritt von der Referentin weg, blieb unschlüssig auf dem Podium.

Ich ängstige mich pausenlos, erklärte die Referentin. Aber wir müssen uns doch genau prüfen bei der Frage: Wovor ängstigen wir uns, wenn ein geliebter Mensch stirbt? Oder: bevor er stirbt? Es kann täglich passieren. Wovor ängstigen wir uns?

Die Leute hörten jetzt wieder aufmerksam zu. Die Referentin fuhr fort: Bevor die geliebte Person stirbt, diese sehr bedrohte Person, fürchten wir die vielen kleinen gefährlichen Zwischenfälle vor dem Tod. Sie ruft nicht an zur gewohnten Zeit: Ist sie die Treppe heruntergefallen? Ist sie in der Badewanne ausgerutscht, als sie, gegen mein Verbot verstoßend, doch geduscht hat? Ist sie zu schwach, vom Bett aufzustehen, weil sie wieder zu viel von ihrem Schlafmittel eingenommen hat? Unzählig sind die denkbaren Unfälle, nicht wahr? Und bei ihrem Tod – ja soll ich womöglich dabei sein? Und nach ihrem Tod fürchten wir uns vor den Scherereien, die der Todesfall nun einmal macht, jeder Todesfall; man muß das Beerdigungsinstitut anrufen, man muß Karten drucken lassen und eine Anzeige für die Zeitung durchgeben, dann das Gezerr ums fehlende Testament, sie hat vor lauter Fernsehen gewiß keins geschrieben, also fürchten wir uns nun vor dem Ärger mit den Geschwistern. Ja, bitte? Die Referentin wendete sich an die jüngere Frau mit dem hochgebundenen Haar. Eine Frage? Bitte!

Keine Frage, sagte die Frau, sondern ich denke, Sie sind unglaublich feige.

Stimmt, sagte die Referentin.

All die von Ihnen genannten häßlichen Empfindungen müssen wir als erwachsene Menschen längst bekämpft und hinter uns gebracht haben.

Ich bin nicht erwachsen, sagte die Referentin.

Schluß für heute. Der Sozialpädagoge dankte nochmals für den ungewöhnlich anregenden Abend und behauptete dann, die Grippe gehe um, und es habe die Referentin leider erwischt. Das Fieber, es reißt die Gedanken aus ihrem Zusammenhang, nicht wahr?

Aber jetzt wirds immer interessanter, rief der junge

Mann. Das ist nun der erste Abend innerhalb Ihrer Reihe, an dem Klartext gesprochen wird.

Ich liebe meine Mutter wie niemanden sonst, sagte die Referentin leise. Sie tut mir so leid wie kein Mensch sonst auf der ganzen Welt. Die Referentin setzte sich wieder. Aber durfte es dahin kommen? Daß es, anders als im Gedicht vom »Glücklichen Vorgang«, heißt: »Die Mutter kommt auf Krücken: / Tochter, binde mir die Schürze! Die Schürze? Aber Mutter, ich habe doch keine Zeit!« Fürs Binden der Schürze bleibst, und wenn du zweihundert Jahre alt wirst, du verantwortlich. Du bist die Mutter. Ich bin die Tochter.

Die Menschen werden heutzutage sehr alt, fing der Sozialpädagoge versöhnlich an. Unser hochverehrter Gast wollte diese Problematik aufgreifen.

Er hat recht, ich bin jetzt ziemlich erledigt. Die Grippe. Die Referentin grinste, sie packte ihr Manuskript in die Tasche.

Die Zuhörer verließen den Saal. Die Referentin stieg vom Podium, neben sich den Sozialpädagogen. Sie trat dem jungen Mann aus einer der ersten Reihen gegenüber, er war auf sie zugekommen.

Machen Sie sich was aus Blumen? fragte sie ihn und preßte ihm, bevor er antworten konnte, den dicken Strauß gegen seinen Pullover. Wissen Sie, ich wollte als Fazit bringen, so ungefähr: Ich beneide meine Freundin Paola um ihre unausstehliche Mutter. Mit einer wahren Schreckschraube als Mutter, mit einem ekligen alten Biest statt dieser gütigen liebevollen warmherzigen Frau, mit einem Scheusal anstelle der idealen Mutter wäre ich besser dran, ich denke jetzt nicht an die Kindheit, ich denke an jetzt, um eine grauenhafte Mutter würde ich mich, ganz kalt und gefühllos, sogar kümmern, ich meine, ich würde sie besuchen und alles das. Aber Lieben – das Lieben ist furchtbar. Gefällt Ihnen der Strauß? Die Referentin lächelte in das sanfte interessierte Gesicht des jungen Mannes.

Ich habe nicht viel Erfahrung mit Blumen. Der junge Mann starrte die Referentin an.

Geben Sie ihn Ihrer Mutter, oder? Mit einem jetzt intensiveren und schrägen Komplizenlächeln, das über ihre Biographie der Flirts und Koketterien Auskunft gab, schaute die Referentin den jungen Mann an.

Ja, Lieben, das ist furchtbar, sagte er wie unter Hypnose.

Verliebtsein aber ist wundervoll, sagte sie.

Das steht fest, sagte er und war wieder er selbst.

Kommen Sie jetzt, der Hausmeister will Schluß machen. Der Sozialpädagoge führte die Referentin ab.

Gute Idee, das mit dem Strauß für meine Mutter, rief der junge Mann der Referentin nach.

Mein Abend zum Thema »Wie viel Mutter braucht der Mensch?« muß für den Veranstalter strapaziös gewesen sein. Für mich war er es auch. In meinem Hotelzimmer ekelte ich mich vorm Anblick der zerrissenen und der erhaltenen Briefanfänge. Ich schrieb auf die Rückseite einer Ansichtskarte mit blauer Mosel unter blauem Himmel: »Liebste Mutter, so bunt wie auf dem Photo sieht es heute nicht aus, es ist dunkel und naß, aber mir gefällt das. Hoffentlich gehts dir einigermaßen gut. Aus Platzmangel auf dieser Karte nur noch: Gute Nacht – aber wenn Du das liest, ists ja Montagmorgen! 1000 Grüße. Von Deiner Reise-Tochter.« Diese Karte war die einzige Postsache, die ich am nächsten Morgen vor der Abreise in den Briefkasten am Bahnhof geworfen habe.

18

Gut, daß ihr kommt, wenn wir absagen

Wir sagen ab! Bertine hörte sich neutral und energisch an. Nicht zu jammern, dazu war sie offenbar entschlossen.

Ja, aber warum denn? Als ich vorhin mit ihr telephoniert hatte, schien sie mir nach meiner Ankündigung, wir kämen gegen halb zwei, und ich hätte einen kleinen Test mit ihnen vor, wir nähmen etwas zu essen mit, fröhlich zufrieden gewesen zu sein. Zwar wegen ihrer Schwestern eine Spur bedenklich – beide von der Hitze mitgenommen, Louisa hatte der Versuchung wieder einmal nicht widerstanden und mehr als erlaubt von ihrem Schlafmittel geschluckt, morgens gegen fünf, als sie auf keinen Fall schon wach werden wollte, Marie Rosa hatte überhaupt nicht geschlafen – aber für sie, Bertine, sei unser Besuch eine willkommene Abwechslung. Sie hatte *ein Lichtblick* gesagt und: Ich bin nämlich heute furchtbar schlecht gelaunt.

Bei ihrem Rückruf schilderte sie die Lage in H.: Eure Mutter fröstelt und hat den Schlafmittelrest in sich und liegt auf dem Sofa, und ich schwitze, ich habe sie geschimpft, und Marie Rosa ist auch irgendwie lahm, sie steht in der Küche und überlegt, was sie für euch machen könnte.

Aber wir bringen doch was mit, wir wollen nichts!

Alles ist heut doof, Witiko gehts auch nicht gut, ein schrecklicher Tag.

Aber es ist doch kühler geworden. Wart nur ab, wir werden euch schon aufmöbeln.

Aber nicht um halb zwei. Halb zwei ist eine blöde Zeit, halb zwei ist einfach eine schauderhafte Zeit hier. Die beiden müssen sich nach dem Essen hinlegen, das lange Am-Tisch-Sitzen, es geht nicht, und dann, dein Verhör.

Verhör! Es ist ein Spiel, völlig harmlos.

Trotzdem. Wir sind heute nicht in Form, für gar nichts.

Aber wenn die zwei jetzt nur rumliegen, dann können sie doch nach dem Essen noch eine Stunde aufbleiben und brauchen nicht sofort wieder ihre *Mittagsruhe*, das viele Liegen macht das Oberhaupt nur immer schwächer, bald kann sie wirklich nicht mehr laufen, jetzt sagt sie es nur und sie kann noch, aber bald gehts wirklich nicht mehr. Kein Wunder, wenn sie nachts schlecht schläft oder zu kurz.

Sie hat *wie schrecklich* gestöhnt, als ich ihr sagte: Deine Kinder kommen nachher.

Das ist allerdings schrecklich, ich meine, daß sie das gesagt hat. Daraufhin müßten wir erst recht kommen. Hat sie jetzt denn schon vor *uns* Angst, nicht mehr nur vor denen, die beinah nie kommen? Schrecklich. An uns ist sie doch gewöhnt.

Ich dachte: Wir waren zu lang nicht mehr da, über einen Monat nicht. Wir müssen erst recht kommen, wiederholte eine strenge Stimme in meinem Kopf. Ich sagte:

Also muß man sich mal wieder Sorgen machen. Also muß man nach ihr sehen. Was ist mit halb fünf?

Halb fünf ist gut. Halb fünf ist prima.

Oder vier? Vier wäre für uns besser. Sechzehn Uhr.

Vier ist fürchterlich!

Aber *müßt* ihr denn immer so endlos auf euren Lagern herumtrödeln?

Ja. Müssen wir. Kommt doch um halb sieben. Halb sieben ist eine schöne Zeit.

Für uns ist halb sieben schlecht.

Warum denn das?

Wir haben *auch* unsere Gewohnheiten. Ihr habt eure, wir unsere. Wir essen zwischen den beiden Nachrichtensendungen. Und es wird jetzt schon um halb neun dunkel. Wir müssen das Haus gegen die Einbrecher zumachen.

Ach, na hör mal.

Aber halb fünf geht doch auch. Du hast halb fünf gut gefunden. Sind deine zwei Alten denn nicht vor halb fünf ansprechbar?

Gut. Halb fünf.

Und dann fanden wir sie wie immer. Wie immer: Meine Mutter freundlich und gutartig mit ihrem Lächeln. Ich fand ihre Arme plötzlich dünn. Sie hatte ein Sommerkleid an, weinrote Seide mit kleinen gelben und schwarzen Punkten, und ich erinnerte mich an den Tag vor vielen Jahren, als ich mit ihr bei der Schneiderin gewesen war, wo sie dieses Kleid in seinem Zwischenstadium anprobierte, damals mit einem sehr ernsten, fast feierlichen und gewissenhaften Gesichtsausdruck: Wir waren gerade vom Arzt gekommen, dessen Praxis in derselben Straße auf der anderen Seite lag, und der Arzt hatte nach gründlichem Abtasten ihres Leibs nichts gefunden und deshalb eine Endoskopie des Darms angeordnet. Der Arzt hatte kein einziges ermunterndes oder sanftes Wort gesagt und nach der Diagnose Krebs ausgesehen, oder ich bildete es mir ein, und bei der Anprobe fand ich es befremdlich, daß meine Mutter irgendeine modische Einzelheit überhaupt ernstnahm. Ich glaubte nicht, sie würde dieses Kleid jemals tragen können. Ein Frühjahrstag vor vielleicht fünfzehn Jahren, und sie hat das Kleid oft angehabt, so wie heute. Das war, als auf meine Erleichterung hin – es ist nichts, es sind zwar Divertikel da, aber sonst nichts, sie ist gesund, solche Beschwerden können auch seelische Ursachen haben – der Röntgenologe mich skeptisch ansah. Seelische Ursachen gefallen Ihnen besser? Ja, viel besser als Krebs. Der Arzt schien nicht meiner Meinung zu sein.

Alle waren wie immer: Marie Rosa, die zwar wegen ihrer schlaflosen Nacht manchmal gähnte, aber ganz wohlig feststellte: Wenn ich jetzt nicht so verflucht seekrank wäre, wärs ideal. Rupert, ich habe hier sehr salzigen Schinken für dich. Und das dunkle Bier, das du das letzte Mal verschmäht hast. Und die übriggebliebenen Mixed pickles. Meinst du, sie wären noch gut? Probier mal. Sie waren die ganze Zeit über im Eisschrank.

Rupert probierte eine eingelegte gelbe Rübenscheibe.

So, im Eisschrank seit anderthalb Monaten. Leichen halten sich auch im Eisschrank für immer.

Der Eisschrank ist ein Zauberwort in meiner Familie, sagte ich.

Tu das Zeug weg.

Nur Bertine war nicht ganz so wie immer, auch Witiko nicht, er sah dünn im Gesicht aus.

Jetzt ist die Edith sicher schon angekommen, sagte meine Mutter. Sie hat geschrieben: Drei Uhr in Boston.

Aber nein! Mamma! Wenn es bei uns neun Uhr abends ist, dann hat sie drei. Du mußt immer sechs Stunden zurückrechnen.

Aber auf ihrem Plan vom American Express steht drei, sagte Marie Rosa. Warum schreiben die nicht beide Zeiten hin, die dortige und die hiesige.

Es steht ja dabei: Local Time.

Im Osten geht die Sonne auf. Chefin, wie viel Uhr ists jetzt in Japan? fragte Rupert.

Das weiß ich nicht. Meine Mutter hatte keine Lust zu rechnen.

Bertine bestreute kleine Streuselkuchenschnitten mit Zucker und Zimt und bat: Aber schreibs nicht, was ich da mache. Und schreib nie wieder, daß wir nur das Obere vom Streuselkuchen essen. Es stimmt nämlich nicht.

Wir essen die Unterteile mit Gelee bestrichen, sagte Marie Rosa, von Bertines sozialem Anfall ungerührt.

Ich esse in Zukunft nur noch eure unteren Hälften, kündigte Bertine an. Und zwar ohne was drauf. Ich esse viel lieber trockene Sachen. Sie prustete einen Seufzer. Uff! Puh, bin ich schlecht gelaunt! Das jetzt, diese Zeit am Tag, es ist die einzige, an der ich wirklich nichts zu essen brauchte.

Warum bist du so schlecht gelaunt? fragte ich, fand es sinnlos, Bertine und ich sahen uns schwesterlich-ratlos an, wußten Bescheid, Marie Rosa hätte nicht informieren müssen: Wir machen es ihr schwer, sie hats manchmal schrecklich mit uns, Louisa und ich, wir sind abscheulich alt, der Hund ist alt...

Der Hund ist meine größte Freude! rief Bertine, fügte

schnell und nun wieder in der Spielmanier hinzu: Ihr zwei natürlich auch.

Wann meinst du, müßte man Edith schreiben? fragte mich meine Mutter.

Jetzt sofort, sagte Rupert. Er deutete auf mich: Sie hat es längst getan.

Um meine Mutter nicht zu beunruhigen, sagte ich: Das war nur der übliche Willkommensgruß, damit sie dort in ihrem *Captain Lennox Inn* was vorfindet. Aber ich hab ihr schon gesagt, dabei bleibts wohl auch. Sie *will* ja mal ganz weit weg von allem Hiesigen sein, und dazu gehört auch die Post. Schreib ihr ein einziges Mal, das genügt, Mamma. Ich dachte: Schreib ihr nicht: Ich fühle mich heute vollkommen kraftlos. Ich bin müde. Ich habe so schwache Beine, ich kann kaum laufen. Es ist heute schrecklich heiß. Ich hob die Stimme und sagte: Es hat ja auch so wenig Sinn, irgendwas Aktuelles zu schreiben, denn wenn sie es zehn Tage später liest, ist es veraltet. Und gleichzeitig dachte ich: Die trübsinnig stimmenden Mitteilungen über ihre Schwäche werden nach zehn Tagen nicht veraltet sein, und meine Mutter wird genau so spontan schreiben wie immer, als erreiche es ihre Tochter am nächsten Tag schon.

Sie wird sich wieder ein Auto leihen und in der Gegend umherfahren, sagte Marie Rosa.

Ich stelle mir das herrlich vor, sagte Bertine.

Ein Auto mit Automatik, sagte ich.

Was ist das? fragte meine Mutter.

Automatische Gangschaltung, sagte Rupert, wodurch meine Mutter auch nicht viel mehr als vorher wußte.

Ricardo hat bald Geburtstag, sagte sie, ich habe ihm schon etwas in die Schweiz geschickt.

Wir haben nichts geschickt, er haßt doch Geburtstage, sagte ich.

Vorher? Das bringt Unglück, sagte Bertine.

Er hat aber dieses Jahr Glück, sitzt in seinem Kongress in Chicago und vergißt, daß er Geburtstag hat, sagte ich.

Hast du ihm *Antwort an Hiob* geschickt oder wie das Buch hieß? fragte Rupert.

Ja. Er hat sich sehr drüber gefreut, sagte meine Mutter. Ich rief: Ich habs schon im Frühjahr gewußt: Edith geht wieder nach Maine. Ach was, ich habs schon im letzten Herbst gewußt, als sie noch in Maine war. Bei der Lektüre ihrer Briefe war es klar: Da geht sie wieder hin, wieder und wieder.

Warum es ausgerechnet dieser kleine und ziemlich langweilige Ort sein muß, liegt auch nicht mal direkt am Meer, sagte Rupert.

Es kommt ihr aufs Alleinsein an, und dann gibt es da diese Kollegin von Ricardo, mit der sie anscheinend ziemlich gut befreundet ist, und sie ißt gern in der College-Mensa zu Mittag, ich kanns verstehen, es muß so ein John Updike-Städtchen sein, eigentlich wie geschaffen für *mich*. Ich lachte. Ich gönne es meinem Schwesterchen, damit das klar ist, aber für mich wäre ein Exil wie ihres auch nicht schlecht.

Sag mal, liest du eigentlich gern durch, was du geschrieben hast? fragte Marie Rosa. Bist du neugierig drauf, ich meine so von einem Tag auf den andern?

Ich überlegte eine Antwort, es müßte etwas sein zwischen *mal so, mal so* und *manchmal* und *meistens nicht*, und Marie Rosa sagte: Ich frage nur, weil ich immer wahnsinnig gern nach einem kleinen Abstand meine Zeichnungen betrachte.

Jetzt käme mein kleiner Test. Wir räumten den Kaffeetisch ab. Gehen wir auf die Veranda? Wenns nichts mehr zu essen gibt, kommen auch keine Wespen.

Die Veranda ist seit ein paar Wochen Sperrzone, denn Bertine hat wegen der Wespen Angst um Witiko.

Auf dem Weg dorthin mit dem Umräumen von Getränken sagte meine Mutter: Sie hatten noch furchtbar viel Arbeit vor der Abreise nach Amerika. Und Reisefieber.

Da es keinen Zweifel an der Liebe zu meiner Schwester gibt – ich sah mich im Kreis um – stimmts? Also, da es daran keinen Zweifel gibt, daß ich ihr aus größter Liebe alles Beste gönne, darf ich brutal behaupten: Sie hat ja unbedingt hingewollt. Wir müssen sie nicht bedauern.

Vielleicht müssen wir sie gerade deshalb bedauern. Das war die unschlagbare Logik aus Marie Rosas Überraschungsvorratskammer, ihrem Kopf.

Marie Rosa beugte sich mit mir über das Holzgeländer: Meine Malven sehen wie kleine Moscheen aus. Sie siedeln sich überall an.

Welches sind die Malven? fragte ich. Komm, zeig mir deine Blumen, und machen wir den Test. Was hast du jetzt am meisten im Garten?

Zinnien, die schon erwähnten Malven, Bleiwurz, Fette Henne, Fingerhut.

Der Garten war ein Blumendurcheinander, die Wege waren sehr schmal geworden. Eine bunte kleine Wildnis mit ihrer eigenen Ordnung. Die Oleander in ihren Kübeln waren ungefähr zwei Meter hoch geworden und in die Breite gegangen, fast Bäume.

Und nun los, nach folgendem Muster. Ich rufe euch hintereinander auf, nicht wie beim letzten Mal. Ich sage ein Wort, und ihr nennt, eine schnell nach der andern, eure allererste Assoziation.

Aber wer zuletzt dran kommt, wird am meisten Zeit zum Überlegen haben, sagte Bertine.

Na, so genau kommts nicht drauf an. Machst du diesmal mit, Rupert?

Rupert hatte sich dem Fragebogenspiel verweigert.

Mal sehen, ja, sagte er.

Ich rief: Mai! Mutter?

Sonne.

Marie Rosa?

Blumen.

Bertine?

Himmelblau, Gold.

Rupert?

Maiglöckchen.

Und nun: Verwandte?
Meine Mutter gab auch diese Antwort schnell: Onkel und Tante.
Wir wunderten uns: Das war doch gar nicht mehr ihre Welt von jetzt. Sie blieb dabei.
Marie Rosa: Besuch.
Bertine: Schwestern.
Rupert: Sind auch Menschen.
Haushalt! Was fällt euch zu Haushalt ein?
Meine Mutter: Viel Arbeit.
Marie Rosa: Messer und Gabel.
Bertine: Spülen.
Rupert: Schlimm.
Schwarz! Die Farbe schwarz?
Meine Mutter: Traurig.
Marie Rosa: Dasselbe. Traurig.
Bertine nannte meinen Vornamen.
Rupert: Elegant.
Alter! Das Alter!
Meine Mutter: Geschwächt.
Marie Rosa: Wackelig.
Bertine: Ich.
Rupert: Kann drauf verzichten.
Jugend?
Meine Mutter: Ist fröhlich.
Für diese Antwort erntete sie Kritik.
Ich kenne sehr viele Jugendliche, sagte ich, aber fast keine fröhlichen. Gar keine.
Marie Rosa: Frisch. Zapfen Gasleitungen an.
Es war gerade eine Gasexplosion durch einen Burschen verursacht worden, der aus Langeweile an einem Rohr geschraubt hatte in der Hoffnung, irgendwas könne endlich passieren, und Marie Rosa hatte davon gelesen.
Bertine: Schule. Bäh bäh!
Rupert: Unbeschwert, unbedarft.
Keiner denkt an die Randalierer und die Fixer und die Skinheads sagte ich.

Die hatte ich doch mit den Gasleitungen, sagte Marie Rosa.
Musik?
Meine Mutter: Klassisch.
Marie Rosa: Lärm.
Bertine: Bernhards, Gartensitz, Kuchen, Beethoven.
Rupert: Genuß.
Gäste, Besuch!
Meine Mutter: Unterhaltsam.
Wieder wurde ihre Assoziation beanstandet: Louisa! Bevor die Gäste kommen, hast du Angst davor, während sie da sind, schweigst du und verstehst die Unterhaltung nicht, und hinterher sagst du: Es hat mich furchtbar angestrengt.
Aber meine Mutter spielte das Spiel mit, sie blieb bei ihrer ersten Wahl, dem ersten Einfall.
Marie Rosa, was fällt dir ein?
Essen.
Bertine: Salatschüsseln, Gemüse.
Rupert: Trubel.
Fernsehen?
Meine Mutter: Sehr schlechtes Programm.
Rupert fragte, warum sie es denn trotzdem sehe?
Wenn es nichts anderes gibt, sagte sie. Mittwochs abends sehe ich nie was.
Marie Rosa: Viel Unsinn.
Bertine: Derrick.
Rupert: Video.
Zu seiner Fernsehsucht hat sich niemand bekannt, stellte ich fest.
Politik?
Meine Mutter: Spannend.
Marie Rosa: Fragezeichen.
Was meinst du mit: Fragezeichen?
Daß ich nichts zu antworten weiß.
Bertine: Zeitungen. Genscher.
Rupert: George Bush.
Freiheit?

Meine Mutter: Schön.
Marie Rosa: Blauweißrot. Sie fing an, die Marseillaise zu summen.
Bertine: Fliegen.
Was? Stubenfliegen?
Bertine rief, während sie die Arme ausbreitete: Das Fliegen, Schweben. Drachenfliegen ohne Drachen. Peterchens Mondfahrt.
Rupert: Marianne.
Liebe?
Meine Mutter: Schön.
Marie Rosa: Herz.
Bertine: Schmusen, küssen.
Hmmm, aha, machte ich.
Rupert: Großes Wort.
Marie Rosa sagte bissig: Sex. Wachküssen im Film und sie ekeln sich anscheinend nicht vor Mundgeruch.

Sehr gut, lobte ich. Rupert, du warst nicht sehr ergiebig. Liebe?
Rupert: Großes Wort.
Essen?
Meine Mutter: Trinken.
Marie Rosa: Satt.
Bertine: Ich werde zu dick.
Rupert: Appetit.
Literatur?
Meine Mutter nannte mich.
Du Gute, sagte ich, das hast du mir zuliebe gesagt.
Nein, sagte Bertine, es war ihre erste Reaktion. Aber wir sollten mal die Reihenfolge ändern. Wir andern haben Zeit zum Nachdenken.

Ich hoffe, ihr hört den andern zu. Aber gut, beim nächsten Begriff fange ich mit Rupert an. Marie Rosa, Literatur?
Marie Rosa: Geist.
Bertine: Sitzt hier am Tisch.
Rupert: Sehr interessant.

Schlaf! Rupert?
Rupert: Bett.
Bertine: Bett.
Marie Rosa: Das Schönste.
Meine Mutter: Erholsam.
Idylle?
Rupert: Schön wärs.
Bertine: Gartenlaube aus Holz ohne Käfer.
Marie Rosa: Rieselndes Bächlein mit Blumen drin.
Meine Mutter: Schöner Zustand.
Wohlbefinden?
Rupert: Erstrebenswert.
Bertine: Witiko bei mir. Nicht schwitzen.
Marie Rosa: Schokolade.
Meine Mutter: Tut gut.
Finanzamt?
Rupert: Große Last.
Bertine: Auf Steuerrückzahlung hoffen.
Marie Rosa: Steuer. Ich zahle jetzt 40 Mark Krankenkasse mehr und kriege 3 Mark Rente mehr.
Rupert sagte: Netto oder brutto?
Weiß ich nicht.
Du hättest in die gesetzliche Krankenkasse eintreten müssen, sagte Rupert. Wenn man sehr wenig verdient, ist es günstig.
Weiter, rief ich. Mamma, Finanzamt?
Sorgen, sagte meine Mutter.
Sie hat zu viel, sagte Marie Rosa.
Wald! Was fällt euch zu Wald ein?
Rupert: Herrlich.
Das klang aber gar nicht euphorisch, sagte ich. Bertine?
Stifter, Böhmerwald.
Marie Rosa: Borkenkäfer.
Meine Mutter: Gute Luft.
Edith?
Rupert: Bratsche.
Bertine: Briefe.

Marie Rosa: Geige.
Meine Mutter: Liebes Kind.
Ricardo?
Rupert: Schweizerdeutsch.
Na hör mal, sagte ich. Du meinst Akzent, leicht schweizerisch. Jetzt du, Bertine, Ricardo?
Colloquium. Rat der Weisen.
Den »Rat der Weisen« nennen Ricardo und seine Psychologen-Kollegen ihre Donnerstagstreffen, für die Edith Kaffee und Gebäck bereithält.
Marie Rosa: Spinnwebschrift.
Meine Mutter: Sehr gescheit.
Andere Reihenfolge, verlangte Marie Rosa, und ich wandte ein, wenn ich dann nicht wieder wie am Anfang mit meiner Mutter begänne, gäbe es ein Durcheinander in meinem Notizheft, und ich rief sie zum Reagieren auf; diesmal war mein ältester Bruder dran.
Meine Mutter: Klavier.
Marie Rosa: Stuttgart.
Bertine: Alle Brahmssonaten kann er.
Rupert: Vorsichtig.
Annesophie! Eure Cousine. Nicht die Mutter. Marie Rosa, weißt du noch, daß du beim Fragebogenspiel gesagt hast, Anne-Sophie Mutter hättest du sein wollen?
Marie Rosa tat einen entsetzten Schrei. Niemals habe ich das gesagt. Nie!
Doch, ich kanns dir beweisen, ich kanns dir vorlesen. Es steht in diesem Heft.
Dann machs weg.
Und was soll ich statt dessen schreiben? Wer oder was hätten Sie sein mögen, oder wie es heißt?
Mich. Marie Rosa überlegte. Niemand. Tot. Schreib: Eine Tote.
Gut, mach ich. Und jetzt, was fällt euch zu eurer Cousine ein?
Meiner Mutter fiel ein: Hamburg.
Marie Rosa: Gespräche.

Bertine legte Bewunderung in ihre Stimme: Elegante Figur, anspruchsvolle Lektüre, Vorträge, tolle Mode.

Rupert sagte: Telephon. Silberne Löffel.

Annesophie ist meine Patentante, daher die silbernen Löffel als Ruperts Einfall.

Medikamente?

Meine Mutter: Doktor Behr.

Marie Rosa: Krankheit.

Bertine: Angst vor Schädlichkeit.

Ach du liebe Zeit, Bertine! sagte ich, und Rupert sagte: Große Hilfe.

Religion?

Meine Mutter: Fromm.

Marie Rosa: Fromm. Puh, ich weiß nichts. Wir sind schlaff.

Ich widersprach: Ihr machts doch gut.

Bertine sagte: Rupert gibt sich nicht preis.

Das war zu erwarten, sagte ich. Komm, Marie Rosa, mach nicht so ein Gesicht.

Wir sind schlaff, *ich* bins.

Aber so, wie ihr seid, genügts doch.

Ich will aber mehr. Marie Rosa streckte sich, Rupert rief: Vorsicht! weil der desolate Korbsessel nach links unten absackte. Er gab ein Geräusch wie trockenes Husten von sich.

Denk an Bertine, mahnte ich, denk dran, daß ihr sie ansteckt mit eurer Schlaffheit.

Ja, wir sind schrecklich, sagte Marie Rosa.

Ja, seid ihr, sagte Bertine streng und stand auf, sie ging in die Küche, wahrscheinlich, um für Witiko etwas zum Naschen zu holen, und Rupert, der ihr nachsah, sagte: Sie geht immer so, auch ohne Hund, als hätte sie ihn an der Leine.

Das sind wir alle, sagte Marie Rosa, an der Leine.

Ihr seid überhaupt nicht schrecklich. Das hier auf Tonband, und jeder würde denken: Junge Mädchen. Ihr habt alle sehr junge Stimmen, sagte ich.

Und das hier gefilmt: Eine Laube im Altersheim, sagte Marie Rosa.

Vielen Dank, sagte Rupert.

Ihr seid unser junger Besuch. Marie Rosa grinste ihm schmeichlerisch zu.

Ich sah hinunter in die Zinnien, die Malven, Bleiwurz, Fette Henne, Fingerhut und grüne Blätter und in das Schweben und Zucken der Insekten, die Luft stand still und kein Vogel ließ sich blicken, mein Gesicht glühte, es war schwül, viel vom Himmel kann man von der Veranda aus nicht sehen, aber doch eine graue gebauschte Wolke, ich hoffte auf ein Gewitter und rief: Weiter mit der Religion! Bertine kehrte mit Leibnizkeksen zurück und sagte: Bücher, Orgel.

Rupert: Pfarrer.

Schokolade?

Meine Mutter: Süß.

Marie Rosa: Wohlbefinden.

Bertine: Heiteres Glück.

Rupert: Könnte ich immer essen.

Ich rief: Der Arme! Und er darf nicht. Wenn er *diesmal* nichts von sich preisgegeben hat! Keiner hat *Verstopfung* als ersten Einfall gehabt. Höchst sonderbar.

Mich verstopft sie nicht, sagte Marie Rosa.

Feiertage?

Meine Mutter: Telephongespräche.

Marie Rosa: Langweilig.

Bertine: Langweilig.

Rupert: Ruhe vom Lärm.

Afrikanische Verhungernde?

Meine Mutter: Traurig.

Marie Rosa: Schrecklich. Ich kann nichts dazu.

Bertine: Vielleicht doch. Schlechtes Gewissen.

Rupert: Täglich im Fernsehen. Überbevölkerung.

Spenden?

Meine Mutter: Bank.

Marie Rosa: Kein Geld.

Bertine: Hoffnung gegen schlechtes Gewissen.
Rupert: Deine Mutter. Das Oberhaupt.
Ich erklärte: Er denkt immer, sie spendet und spendet.
Meine Mutter lächelte geduldig. Marie Rosa rief: Plünderer fallen mir noch ein.
Sozialismus?
Meine Mutter: Fernsehen.
Marie Rosa: Ideal.
Bertine, nach einem Lachanfall: Mir fällt nichts ein.
Rupert: Tot.
Demokratie?
Meine Mutter: Helmut Kohl.
Marie Rosa: Willi Brandt. Wann bist du fertig damit.
Bertine: Gemeinschaftskunde, Schule.
Rupert: Schwierige Sache.
Gott?
Meine Mutter: Kirche.
Marie Rosa: Fragezeichen.
Bertine: Gar nichts.
Rupert: Vater.
Vater, sagte ich, das war schön. Das hat mir am besten gefallen. Über euch zwei, ich sah Marie Rosa und Bertine an, kann man ja nur den Kopf schütteln. Telephon?
Meine Mutter: Unterhaltsam.
Marie Rosa: Aufstehen. Hingehen.
Bertine: Klingel, aufstehenmüssen.
Rupert: Drahtlos.
Sommer?
Meine Mutter: Viel Sonne.
Marie Rosa: Staub. Theoretisch herrlich, in Büchern herrlich.
Bertine: Schwitzen.
Rupert: Heiß.
Beim Blick in die Vergangenheit, was fällt euch da als erstes ein?
Meine Mutter: Meine Kinder, als kleine Kinder.
Marie Rosa: Puppenstube.

Bertine: Photos.
Rupert: Vergangen.
Nazizeit?
Meine Mutter: Schrecklich.
Marie Rosa: Rosensteins, Weinbergs.
Sie meinte ihre jüdischen Freunde in Berlin.
Bertine: BDM-Uniform.
Rupert: Unerträglich.
Jenseits?
Meine Mutter hatte einen suchenden Ausdruck in den Augen: Schwer zu beantworten.
Marie Rosa: Fragezeichen. Was macht der Ötzi, der Gletschermann, was macht der im Jenseits?
Bertine: Sagt mir nichts.
Und sie hat Religion unterrichtet, rief Marie Rosa vorwurfsvoll.
Bertine behielt ihren strengen abweisenden Blick bei, so als schaue sie jemanden an, der sie enttäuscht hatte.
Ihr seid ja geradezu heidnisch, sagte ich, bald Fragezeichen, bald gar nichts, wie haltet ihr das aus?
Schlecht, antwortete Marie Rosa.
Rupert, Jenseits?
Hölle, sagte er.
Ach mein armer Schatz, rief Bertine. Du kommst nicht in die Hölle. Bestimmt nicht als Klein Friedi.
Er war schon viel zu lang nicht mehr Klein Friedi, sagte Marie Rosa, und sie forderte mich auf, Rupert in die Wangen zu kneifen und das zwischen meinen Fingern zusammengequetschte Fleisch hin- und herzudrehen, wodurch Rupert sich in ein bestraftes Kleinkind verwandelte, und Marie Rosa sah es gern, während meine Mutter in der Tradition meines Vaters wegsah, hinsah, wegsah, zwischen Entsetzen und Belustigung. Ja, er war nicht mehr Klein Friedi, dachte ich, und ihr alle wißt vielleicht nicht, daß das für mich ein gutes Zeichen ist. Rupert aufs Babyformat zurückzubilden wird nur in brenzligen Gemütslagen nötig.

Er könnte auch mal wieder den Hund, der angeblich sprechen kann, spielen, schlug Bertine vor.

Wir führten den Loriot-Sketch vor. Marie Rosa sah gebannt zu, Bertine lachte zwitschernd wie ein Singvogel, meine Mutter lächelte nicht nur, um höflich mitzuhalten, vielmehr ungezwungen. Mein Hund kann sprechen, fing ich an. Ich wandte mich Rupert zu. Sag mal: Haben Sie einen angenehmen Urlaub verbracht? Oh oh oh oh oh oh, machte Rupert als Hund, und alle warteten gespannt auf das prustende Geräusch nach der Darbietung seiner Sprechkunst. Mehr! forderte Marie Rosa, aber ich wandte ein, wir könnten nicht mehr lang bleiben, ich müsse den Test zu Ende bringen. Also, Asylanten?

Was ist mit Asylanten!

Meine Mutter: Hunger und Not.

Marie Rosa gähnte, schüttelte den Kopf.

Na, sag doch irgendwas!

Marie Rosa sagte: Arm.

Bertine: Schlangestehen.

Rupert: Problem muß dringend gelöst werden.

Ewigkeit! Oder wollt ihr nicht? Sollen wir Ewigkeit lassen?

Meine Mutter aber antwortete sofort: Bonhoeffer.

Erstaunlich, sagte ich.

Marie Rosa bestand wieder auf dem Fragezeichen wie bei allen religiösen Begriffen bisher. Sie sah so lang verstimmt vor sich hin, bis ihr Blick in den Garten fiel und sie: Mein Garten, sagte. Mein Garten in Vergrößerung. Und mit Gewächshaus.

Warum sammeln wir nicht alle endlich mal für ein Gewächshaus, sagte ich, wenn sie es sich so sehr wünscht.

Und den Rollstuhl, den Stuhl mit Rollen, mit dem sie durch die Küche fahren will, den hat sie auch immer noch nicht. Bertine verzog ihr Gesicht zu einer schuldbewußten und zugleich aufsässigen Grimasse.

Besser, es wird zuallererst einmal ein Ersatz für diesen lebensgefährlichen Korbsessel beschafft, sagte Rupert.

Hier in H. bekommt man so was nicht, behauptete Bertine.

Alle Prospekte sämtlicher Möbelhäuser sind voll von solchen Möbeln, widersprach Rupert.

Kurz davor, ihn zu Klein Friedi zu reduzieren! Aber ich hatte ja meinen Test und rief: Ewigkeit, weiter! Bertine, du bist an der Reihe.

Das Märchen vom Metallberg in Tausend und einer Nacht. Bertine fügte animiert hinzu: Es ist mir unvergeßlich. Sie sah so aus, als hätte sie Lust, mehr zu sagen.

Rupert, Ewigkeit?

Lang, sagte Rupert.

Genießen, Genuß?

Meine Mutter: Alles, was gut ist.

Marie Rosa: Schön.

Bertine: Vollsaftig, Wind, frische Luft.

Rupert: Erstrebenswert.

Bis auf mich wart ihr alle ziemlich langweilig, urteilte Bertine. Schön. Erstrebenswert. Pah.

Bester Moment des Tages, rief ich auf.

Meine Mutter: Ins Bett gehen.

Marie Rosa: Licht ausmachen und einschlafen.

Bertine: Nach dem Geschirrspülen aufs Sofa.

Rupert: Abend.

Ein bißchen trostlos, oder? fragte ich. Es paßt nicht sehr gut zu meiner Theorie übers Alter.

Und die wäre? fragte Bertine.

Na, daß wir alle noch ziemlich junge und gierige Wünsche hätten, sagte ich.

Du bist noch nicht alt, sagte Marie Rosa.

Aber erst recht nicht mehr jung. Was die jeweils Jüngeren von uns nicht für möglich hielten, was ihnen gar nicht in den Sinn kommt, wovon sie keine blasse Ahnung haben: Wir müssen uns doch immer wieder selbst vorhalten: Paß auf, du bist ganz schön viel älter als diese X und als dieser Y, auch Z ist viel jünger ... denn wir fühlen uns gar nicht älter als sie.

Ich fühle mich viel älter als Axel, sagte Marie Rosa. Axel war einer ihrer Geigenschüler, vielleicht dreizehn.

Diese Generation habe ich nicht gemeint, ich habe nicht von Kindern geredet, sagte ich, und Bertine ergänzte mich, sprang mir bei: Mir gehts so mit den Bernhards. Ich fühle mich dort oft fast als die Jüngste. Und bin doch – nein, ich sags nicht, wie gräßlich viel älter ich bin. Sie waren in sämtlichen tropischen Regenwäldern, jetzt fliegen sie, als wäre das gar nichts, für drei Wochen nach Kanada, ich komme mir wie ein Kind vor, wenn ich mit Isi in der Küche stehe und sie alle modernen Küchengeräte bedient, und...

Und deinerseits du als einzige professionell bist, wenn ihr musiziert, sagte ich. Jetzt kommt: Gelb?

Meine Mutter sagte: Sonnenblumen.

Ich war dauernd stolz auf sie, froh über sie. Bei Unterhaltungen der üblichen Art, Tischgesprächen, muß sie überlegen, ehe sie eine Frage beantwortet. Wenn wir spielten, reagierte sie ohne eine Sekunde zu zögern.

Marie Rosa: Sonne. Eigelb.

Bertine: Kindheitskleid, gelb mit orangenen Streifen.

Rupert: Zitrone.

Bildende Kunst!

Meine Mutter: Documenta.

Marie Rosa: Unnötig.

Pfui! rief Bertine dazwischen.

Ich dachte an Stalin, an alle möglichen Denkmäler, rechtfertigte sich Marie Rosa.

Und es soll ja der erste Einfall sein. Bertine, Bildende Kunst!

Bertine: Volkshochschul-Kurse.

Rupert: Kassel.

Na, machte ich, Kassel und Documenta, ziemlich zeitgebunden. Bereut ihr eure Antworten?

Mach weiter, verlangte Marie Rosa.

Angst?

Meine Mutter: Schrecklich.

Marie Rosa: Herz.

Bertine: Schwarz.
Oho. Zur Frage nach dem Schwarz bin vorhin noch ich dir eingefallen, sagte ich.
Rupert: Schlottern.
George Bush?
Das ist auch zeitgebunden, gab Marie Rosa zu bedenken.
Trotzdem: George Bush! Mamma?
Barbara Bush.
Marie Rosa: Schiefes Mündchen.
Bertine: Familienfest.
Rupert: Schlank.
Lieblingspolitiker?
Meine Mutter: Weizsäcker.
Marie Rosa: Gorbatschow.
Bertine: Keinen.
Hast du Genscher vergessen, fragte ich.
Also gut, ja, Genscher. Bertine mußte lachen, klappte ihre langfingrige schöngeformte Pianistinnenhand vor den Mund und blickte mich mit künstlichem Ernst starr an. Genscher, wiederholte sie mit tiefer Stimme.
Rupert? Lieblingspolitiker?
Margaret Thatcher.
Lieblingsperson im TV. Ansager, Schauspieler, was ihr wollt.
Meine Mutter wurde, als sie Loriot nannte, regelrecht zurückgepfiffen. Sie sei beeinflußt vom Sprechenden-Hund-Auftritt Ruperts vorhin. Sie sah es ein und brauchte nicht zu überlegen: Kulenkampff.
Ich stellte für mich fest, daß sie jetzt keine Wortfindungsschwierigkeiten hatte, nicht den hilfeheischenden Blick in den braunen Augen, daß sie sich nicht versprach.
Marie Rosa: Wum und Wendelin.
Bertine: Ah! Die hast du mir weggenommen! Auf die wäre ich nicht gekommen.
Wen wolltest du denn nennen?
Alice Schwarzer.

Na na, doch *die* nicht. Rupert klang streng.

Sie ist klug, sagte Bertine. Aber Marie Rosa, nimm du Wum und ich Wendelin oder umgekehrt.

Rupert berichtete: Als es neulich um eine Serie prominenter Frauen ging und ein Zeichner, von dem wir es wissen, unter anderem *sie* mit drin haben wollte, Rupert hatte mit einem Seitennicken auf mich gewiesen, da hat die Schwarzer protestiert.

Laß sie, soll sie doch, sagte ich. Nenn deine Lieblingsfernsehperson.

Ellen Arnold.

Wer ist Ellen Arnold? fragte Bertine.

Ich gab an Ruperts Statt Auskunft: Eine sehr hübsche hellblonde junge Ansagerin. Große Augen, großer Mund. Fast wirklich schon schön.

So sind Männer, sagte Bertine.

Das wissen wir doch alle, sagte ich. Weswegen wollen wir alle, auch das Oberhaupt immer noch, schön sein? Weil Männer so sind.

Ich will für mich selber schön sein, sagte Bertine trotzig.

Was schätzen Sie bei Männern am meisten? Ich lachte. Da hast du *daß sie mich mögen* gesagt.

Um meiner selbst willen, beharrte Bertine. So wie ich bin. Nicht schön. Manchmal bin ich übrigens richtig zufrieden mit mir. Sehr: manchmal!

Vor ein paar Tagen hat so eine Modetante im Fernsehen behauptet: Wir Frauen machen uns in erster Linie für andere Frauen schön. Erst dann kommen die Männer dran, sagte Marie Rosa.

Und das glaubst du? fragte ich. Mamma, was meinst du?

Ich will mir selbst gefallen, sagte sie.

Du hast gut reden, rief Bertine. Du Schönheit! Und du hast jahrzehntelang deinem Paul gefallen.

Weiter! Winter?

Meine Mutter: Schnee auf der Straße. Ich kann nicht gehen.

Marie Rosa: Glatteis. Hinfallen.
Bertine: Straßekehren verdammt nochmal, aber besser als schwitzen.
Rupert: Eisige Füße.
Ich sah ihn erstaunt an. Du kriegst doch gar keine eisigen Füße?
Aber du, auf deinen Bahnsteigen.
Lieb! kommentierte Bertine.
Mode?
Meine Mutter: Schöne Kleider.
Marie Rosa: Unerreichbar.
Bertine: Lange Jacken, wenig Rock, magere Beinchen.
Bei manchen Frauen denkt man, sie hätten vergessen, sich untenherum anzuziehen, sagte Marie Rosa. Neulich, bei dieser Moderatorin, ich dachte immer, gleich merkt sie es.
Rupert?
Eleganz. Schick.
Haare?
Meine Mutter: Friseuse.
Marie Rosa: Geld. Friseur.
Bertine: Größte Sorge!
Rupert: Locken.
Ich lege mal eine Pause ein, kündigte ich an. Wir brauchen neue Getränke.
Ich brauche nichts, sagte meine Mutter.
Du zuallererst brauchst was zu trinken, mahnte Rupert.
Ich habe aber überhaupt keinen Durst, sagte meine Mutter.
Bertine war schon in die Küche gegangen, und darum beneidete ich sie.
Was hat dir der Doktor Behr gesagt? Viel trinken, der Mensch, vor allem der alte Mensch, braucht 2½ Liter pro Tag. Der alte Mensch trocknet sowieso aus, sagte Rupert.
Marie Rosa wurde temperamentvoll ärgerlich: Aber so viel bringe ich nicht in mich rein.
Du mußt. Und es geht, sagte Rupert.

Klein Friedi, sagte ich, gleich kriegst du das Bier nicht. Ich hielt die Flasche fest, die Bertine gebracht hatte.

Dann eben nicht. Man kanns in jeder Apothekenillustrierten lesen, das Trinken ist das Wichtigste.

Komm, sprechender Hund, sag mal: Und wie geht es Ihrer Frau Gemahlin?

Ou ou ou ou ou ou ou ou ... prrrr, pf pf! Rupert hörte mit dem allseits bewunderten hochgeschätzten Prusten auf, und ich liebte ihn dafür, rief:

Reisen?

Meine Mutter: Reisefieber.

Sie hat es jeden Freitag, aber vor allem montags, vor der Rückkehr in ihr Haus in S., eine Fahrt von zwanzig Minuten Dauer im Taxi. Was sie aufregt ist der Wechsel, das Einpakken, Auspacken.

Marie Rosa?

Drachenfliegen.

Bertine: Das hast du von mir übernommen! Seniorenpaß.

Rupert: Home is best.

Aufwachen?

Meine Mutter mit einem schwärmerischen versunkenen Ausdruck: Vom Traum aufwachen.

Sie träumt immer schöne Sachen, sagte Marie Rosa, aber sie weiß nie mehr, was es war.

Und du: Aufwachen?

Mir Mut machen.

Bertine: Aufstehen oder Liegenbleiben?

Rupert: Im besten Schlaf leider.

Philosophen! Ganz schnell, die ersten, die euch einfallen!

Meine Mutter: Kant.

Marie Rosa: Schopenhauer.

Bertine: Sohn von Annesophie.

Rupert: Insel-Ausgabe. Vorsokratiker.

Goethe?

Meine Mutter: Mein Mann.

Marie Rosa: Ö.

Wie bitte?

Ja, der Buchstabe »ö« fällt mir bei Goethe als erstes ein.
Bertine: Mein Schwager Paul.
Rupert: Gedicht »Eigentum«.
Feministinnen?
Meine Mutter: Nichts.
Das erste Mal, daß ihr nichts einfiel! Wir redeten ihr zu, sie blieb ihrem *nichts* treu.
Marie Rosa: Bettina von Brentano, Gartenlaube-Lesen, dankbar sein, weil es sie gibt.
Bertine: Beeindruckend. Kunstauffassung, interessant.
Aber doch hoffentlich nicht feministische Theologie? fragte ich.
Doch, vielleicht auch.
»Mutter unser, die du bist in dem Himmel...«, oh Gott! Hast du Probleme damit, daß Gott der Vater ist? Ich war wirklich neugierig. Wie wenig ich sie kannte; meistens überraschten mich die Antworten der drei Schwestern nicht, aber einige fielen unerwartet aus. Wieder dachte ich, ich würde meine Tanten gern nach früheren Liebesgeschichten fragen.
Ich mag Männer, sagte Bertine, aber ich mag auch Feministinnen.
Ihr wißt nicht, wie wichtig die früher für uns waren, sagte Marie Rosa.
Das waren die Suffragetten, sagte Rupert.
Rupert, deine Assoziation?
Fundamentalistinnen.
Männer?
Meine Mutter: Glatze.
Was? *Das* fällt dir zu Männern ein? Wir sahen uns an, meine Mutter und ich, ihr Ausdruck blieb rätselhaft. Marie Rosa, was ist bei dir mit Männern?
Schlipse und Kragen.
Bertine glich die Eintönigkeit der Antworten ihrer Schwestern aus: Viel zu selten und viel zu wenige in meiner Umgebung.
Rupert sagte: Bierbauch.

Fleisch?

Meiner Mutter und Marie Rosa, beiden fiel nur *Braten* ein. Bertine mußte an *Witikonahrung* denken und Rupert an *Beinfleisch vom Rind.*

Ihr denkt nur ans Essen. Was ist mit: Huhn?

Meine Mutter: Ei.

Marie Rosa: Tierquälerei.

Bertine: Ei, Salmonellen.

Rupert: Kratzen, Scharren.

Geld? Ich versprechs euch, das ist der letzte Punkt. Meine Mutter könnte noch stundenlang so weitermachen, sagte ich. Nehmt euch ein Beispiel an ihr. Also: Geld!

Meine Mutter: Girokonto.

Marie Rosa: Viel.

Was heißt das: viel. Komische Antwort.

Ich denke an Leute, die viel haben.

Bertine: Kontoauszüge.

Rupert: Reichlich haben.

Haben wollen? Oder hast du reichlich? fragte Marie Rosa.

Haben wollen, sagte Rupert.

So, das wars. Wars so schlimm?

Überhaupt nicht. Hat Spaß gemacht, sagte Bertine.

Ich war nicht in Form, beklagte sich Marie Rosa.

Dir hats gefallen, Mamma, stimmts?

Ja.

Obwohl deine erste Reaktion war, als du hörtest, wir würden kommen: Wie schrecklich! Schöne Mutter! Ich führte den Sprechgesang auf, mit dem wir in weit zurückliegenden Zeiten Unsinn mit der Mutterverherrlichung gemacht hatten. Nazizeit und der Muttertag. Mutterherz, ewiges Sinnbild! Mutterhand, die mich treu ins Leben führt ... wie gings noch weiter?

Meine Mutter mußte lachen, halb höflich, halb weil ich den Clown machte.

Schön, daß ihr da wart. Bertine verabschiedete sich von

uns am Gartentor. Sie sah zufrieden aus, aber wie jemand, der sich nur eine Zeitlang etwas erholt hat, zwischen zwei Anstrengungen. Gut, daß ihr kommt, wenn wir absagen.

19

Sie geht wieder nach Maine

Meine Mutter sagt einen Satz als erste. Sie spricht freiwillig, sie mußte nicht zu einer Beteiligung am Gesprächsdurcheinander aufgefordert werden, und sie sieht aufgeweckt dabei aus, ihre braunen kindlichen Augen blicken nicht betrübt, sondern neugierig, sie erwartet, daß wir uns mit ihr freuen, uns für Edith freuen. Sie sagt: Die Edith ist gut in Amerika angekommen. Sie hat vorhin mit mir telephoniert. Sie war sehr gut zu verstehen, gar nicht wie von weit weg. Eigentlich noch besser als aus der Schweiz.

Sie klingt so glücklich, als sei Edith höchstpersönlich und leibhaftig auf der Türschwelle erschienen, sage ich zu ihren Schwestern, während ich mich meiner Mutter gegenüber etwas gemein finde. Marie Rosa und Bertine können meine Bemerkung gut vertragen, Marie Rosa lacht kurz, es ist die etwas bittere und überraschte Variante ihres Lachens, sie genießt alles Ironische über unser Familienleben. Aber meiner Mutter verderbe ich vielleicht die naive, arglose Freude, diese Freude aus Liebe, denn um nichts Geringeres als Liebe handelt es sich bei ihren Reaktionen auf die Lebensäußerungen ihrer Kinder, und sie muß keine Hintergedanken von der Art *warum kommt er nicht statt dessen zu mir* beiseite schaffen, wenn mein ältester Bruder eine Wochenendfahrt nach Wien oder Weimar ankündigt und mein jüngster Bruder Ferien in Holland plant.

Hatten sie einen guten Flug?

Ja, sehr gut.

Sie geht wieder nach Maine, sie geht wieder nach Maine, singt Bertine beim Hin und Her zwischen Eßtisch und Schrank und Küche. Rupert hat angefangen, Polaroids zu machen, zwischendurch *richtige* Photos mit seinem neuen Apparat.

Sie klingt noch glücklicher, als wenn Edith selber und nicht nur ihre Stimme am Telephon hier eingedrungen wäre, sagte ich aber immerhin nicht. Besuch hätte sie aufgeregt. Fast sieht es so aus, als wäre meiner Mutter das Telephonieren mit ihren Kindern am liebsten, das Lesen ihrer Briefe.

Jetzt sind sie noch zusammen, erzählt meine Mutter, aber übermorgen fliegt Ricardo weiter zu seinem Kongreß.

Und die Edith nach Portland.

Sie will sich wieder ein Auto leihen. Bewundernswert. Sie ist so reisegewandt.

Deine andere Tochter, die da neben dir auf dem Sofa, reist pro Jahr reichlich mehr als Edith, sagt Rupert. Die ist ganz besonders reisegewandt. Entspann deinen Hals, fügt er für mich hinzu, denn er will mich photographieren.

Meine Mutter ist sofort bereit, auch mich zu bewundern. Ich könnte das alles nicht, sagt sie. Beneidenswert. Sie sagt es neidlos, und diesmal nicht wie sonst, wenn sie sich klarmacht, wie schlecht es um ihre Lebensenergie steht, nicht deprimiert. Aber wie immer vergißt sie, daß sie einundneunzig Jahre alt ist.

Du sollst deinen Hals entspannen, mahnt Rupert.

Bertine lacht, Marie Rosas Lachen klingt schiffbrüchig.

Keiner von uns kann sich mehr einfach so photographieren lassen, einfach so, wie er gerade ist, rufe ich. Bis auf die Mamma, bis aufs Oberhaupt.

Rupert schlägt mir vor, einen Schal umzulegen.

Nachher kommt ihr auch dran, verspreche ich, und dann erkläre ich, warum Rupert dauernd bloß mich photographiert: Er braucht neue Portraitphotos von mir. Für den Beruf.

Wir wollen nicht photographiert werden, sagt Marie Rosa.

Nie mehr, ergänzt Bertine. Höchstens noch von hinten. Aber auch dann nur, wenn ich einen Mantel anhabe.

Meine Mutter betrachtet die paar Polaroids, die inzwischen Farbe angenommen haben, und auf denen sie alle sind, die Schwestern, sie selber, ich. Wir könnten ein paar der Edith schicken, schlägt sie vor.

Edith will mal ganz in Ruhe die Familie los sein, sage ich. Wir schicken ihr wenig Post und gar keine Photos.

Meine Mutter akzeptiert das stumm und sieht nicht mehr so vergnügt aus.

Das kann man doch verstehen, Ediths Bedürfnis nach Alleinsein. Ich will einrenken. Sowieso dauert es diesmal nur eine Woche, weil Ricardo nicht wie im letzten Herbst eine lange *lecture tour* durch die USA macht, er kommt schon nach einer Woche Kongreß zu ihr. Dann ists mit der Ruhe aus.

Sie wollen viel in der Gegend herumfahren, sagt meine Mutter, sie ist wieder versöhnt, einverstanden mit den Tatsachen. Sie versteht auch nicht, auf welch grimmige Weise Marie Rosas Äußerung in den Zusammenhang paßt: Wenn ich in Filmen zusehe, wie Ehepaare in zu engen Doppelbetten sich nebeneinander rumräkeln und wie sie sich stören, denke ich jedesmal überglücklich an mein Bett und daß ich nachher so wundervoll allein drin bin.

Meine Mutter kann sich nicht vorstellen, daß Edith sich womöglich nicht ganz uneingeschränkt auf Ricardos Eintreffen in Brunswick freut.

Ich hatte ja mitfahren wollen, fange ich an.

Mitfahren? Du? Ohne Rupert?

Alle drei können das nicht glauben.

Rupert selbst kam eines Tages auf die Idee. Wie ernst gemeint sie war, weiß ich nicht.

Rupert sagt nichts. Er macht ein Polaroid von der Vitrine. Die untere Glasscheibe rechts in der Sprossenfenstertür ist schon wieder blind.

Ganz kurze Zeit war sie blitzblank, sagt Bertine. Es muß ein Fehler im Glas sein. Rupertchen, mach mir ein Programm, auf dem alles steht, was ich putzen oder sonst tun kann, ausbessern oder so. Ich liebe es, solche Programme vor mir zu haben.

Es ist geheizt, gemütlich warm. Marie Rosa, die trotzdem eine Wollstola um sich geschlungen hat, wärmt ihren Rücken an dem hohen Heizkörper zwischen Bücherregal und Fernsehapparat.

Vor einiger Zeit war zufällig ein großes Photo im Vielfarbdruck in der Zeitung, sage ich. Abgebildet war die Küste von Maine, natürlich nur ein bestimmter Ausschnitt und nicht der von Ediths kleinem Exil, aber immerhin, es war Maine. Ein felsiger Abschnitt der Küste, felsige Landzungen hinaus in den Atlantik. Damals hatte Rupert mich gefragt: Willst du mit nach Maine? Kurzum, ich riß diese Zeitungsseite raus und in den hellblauen Himmel habe ich geschrieben: Nimmst du mich mit?

Ach was? sagt meine Mutter und lächelt etwas erstaunt, unsicher. Das wäre aber schön für euch gewesen. Warum bist du nicht mitgefahren?

Edith hat nicht drauf reagiert, sage ich. Sie hats wahrscheinlich für Spaß gehalten, füge ich hinzu, nur für meine Mutter. Für Marie Rosa und Bertine sage ich laut: Sie wird einen schönen Schrecken gekriegt haben. Da hat sie endlich die Chance, einmal im Jahr, und kann ganz allein sein, und dann das. Klar, daß sie überhaupt nicht drauf eingegangen ist. Ich verstehe sie gut. Wir haben uns mittlerweile oft geschrieben, doch sie hat sich nie zu dieser Idee geäußert. Ich sage zu meiner Mutter: Ich könnte immer noch hinfahren. Es blieben noch drei Wochen.

Das wäre wirklich schön. Meine Mutter sieht mich lebhaft und bewundernd an, auf diese besondere Weise, die ich immer dann an ihr beobachte, wenn es um etwas außergewöhnlich Erfreuliches für eins ihrer Kinder geht oder erst recht, wenn die Kinder sich zusammentun.

Wirklich, ich verstand Edith, wenn ich sie mit mir gleichsetzte. Ich hätte so getan, als hielte ich die in den Himmel geschriebene Frage für einen von den Witzen zwischen uns. Nur, Edith, die mir von jeher, von Kindheit an, nur immer das für mich Beste gewünscht hat, glaubte vielleicht tatsächlich, ich meine es nicht ernst, und weil ich niemals ohne Rupert Ferien mache, war das naheliegend. Andererseits unternahm sie wie in den Jahren vorher diese Reise, um weit weg zu sein, fast unerreichbar; zwar schreibt sie uns immer ihre Adresse und die Telephonnummer, Ankunfts- und Abfahrtsdaten gewissenhaft auf, aber sehr schnell könnte sie nicht bei uns sein. Früher waren wir noch besorgter, etwas könne passieren, während wir irgendwo im Ausland Ferien machten. Das ist widersinnig, denn früher waren alle jünger, und daß wir gebraucht würden weniger wahrscheinlich als jetzt. Das hohe Alter – haben wir uns daran gewöhnt, an diesen Stillstand? Jetzt nehmen nur die Kräfte ab, es kommen keine Unfälle mehr vor, es ist ruhig geworden in letzter Zeit. In die Badewanne wagt meine Mutter sich nur noch zum Duschen, seit sie vor vielen Jahren eine ganze Nacht in der Wanne verbracht hat, unfähig, sich aus eigener Kraft aus dieser Lage zu befreien. Sie ließ immer wieder etwas heißes Wasser dazulaufen, sie hat vielleicht versucht zu beten, sie hat um zehn Uhr morgens endlich das Telephon gehört und gedacht: Nun versuchen die Kinder, mich zu erreichen, weil ich nicht angerufen habe, aber dann hörte das Klingeln auf, und sie hat weiter gewartet. Es kommt zu oft vor, daß sie das Telephonieren vergißt, und auch, daß sie die Telephonklingel nicht hört. Sie mußte wohl denken: Jetzt werde ich bis zum Abend, wenn sie wieder versuchen, mich zu erreichen, in dieser schrecklichen Wanne warten müssen. Aber ich hatte Nachbarn alarmiert, die einen Schlüssel zu ihrem Haus haben, und die fanden sie; etwas später trafen wir ein, sie lag im Bett und aß dann den Heidelbeerkuchen, den wir ihr mitgebracht haben. Damals beschwor sie mich: Das darfst du niemals schreiben und keinem erzählen. Neuerdings sagt sie: Jetzt kann ich auch nicht mehr duschen. Ich kann nicht mehr über den Rand der Badewanne steigen.

Sie ist nicht ängstlicher geworden. Nur schwächer. Als einmal, auch schon Jahre her, eine Autofahrerin beim Zurückstoßen von einem Parkplatz meine Mutter auf dem

Trottoir anfuhr, war meine Mutter nicht schuld, die Autofahrerin hatte nicht in den Rückspiegel gesehen. Meine Mutter war gestürzt und hatte beide Handgelenke gebrochen. Eine folgenschwere Katastrophe, an die sie überhaupt nicht mehr denkt. Als nach vielen Wochen meine Freundin, eine Anwältin, für sie ein stattliches Schmerzensgeld erstritten hatte, sagte meine Mutter, eingeschüchtert von der Summe: Aber so viel brauche ich gar nicht.

Die Schwestern erkundigten sich nach den Dreharbeiten zu einem Film über das Thema *Väter*. Mit Dreharbeiten kennen sie sich aus. Sie wissen, wie das ist, wenn ein *Team*, Besatzern gleich, in die Wohnung eindringt und sich mit seinen Koffern, Kabeln, Gestellen, Lampen ausbreitet. Wenn sie einer nach dem andern eintreten, die Hand hinstrecken, sich vorstellen, hat man vier oder fünf einzelne Personen gezählt, aber im Verlauf der Arbeit scheinen sie sich zu vermehren, irgendwo trifft man immer auf einen von ihnen. Sie sind höflich und fragen leise nach Steckdosen und ob sie den Tisch dorthin, den Sessel dahinüber stellen dürfen und tun es bereits, sie entfernen Gegenstände, welche die Ästhetik ihrer Bildvorstellung stören, also hängen sie jetzt auch die Lampe über dem Eßtisch ab, sie scheuen keine Mühe beim An- und Abmontieren. Soll es denn nicht die Wirklichkeit wiedergeben? Doch das schon, das tut es ja auch, aber Sie müssen uns glauben, diese Hängelampe und auch diese Stehlampe dort, sie würden stören, Sie würden sich selbst dran stören, nachher im Film. Marie Rosa und Bertine benahmen sich bei Dreharbeiten im Haus und im Garten von H., die ich uns allen zumutete, weil ich sie in meine Filme einbeziehen wollte, professionell und aufs Erstaunlichste gelassen, sie waren der Unruhe und dem Chaos besser gewachsen als ich. Einmal wurde sogar im Garten eine Schiene verlegt; die Kamera umfuhr langsam den Kaffeetisch, an dem die Schwestern saßen, und Marie Rosa fand es zugleich belustigend und schrecklich, Bertine fand es spannend, und meine Mutter wollte schön aussehen. Als mache sie das beruflich jede Woche, so nervenstark spielte Bertine die Klaviermusik zu diesen Filmen, kein Konzertpianist hätte es besser gemacht, und mit jedem Tonmann kam sie gut zurecht. Nach der ersten Erfahrung mit dem Tumult zog sich beim zweiten Drehtermin Marie Rosa, bis man sie brauchen würde, in ihr Zimmer im ersten Stock zurück; da fand ich sie, als ich nach ihr suchte, an ihrem Zeichentisch, wo sie in größter Ruhe an einem Gebüsch, das über einen Lanzenzaun hing, strichelte.

Ich erzählte von den Dreharbeiten zum Film »Väter«. Sie waren nicht sehr aufwendig. Kleines Team. Die Sache wäre schneller gegangen, wenn nicht die Journalistin, unzufrieden mit meinen Antworten, insistiert hätte: Aber es muß doch auch zu Reibungen gekommen sein? Es muß doch auch negative Empfindungen gegeben haben? Ich sehe da gar keine Verbindung zwischen der Kindheit und der späteren Lebenszeit, für mich bleibt da ein Bruch. Das ist mir einfach zu viel Harmonie, zu wenig Auseinandersetzung. Ich sagte: Sie konnte es nicht glauben, daß ich so völlig ohne Konflikte und Probleme war. Mit dem Väterchen. Mutter, hast du eigentlich je gelesen, was der Willi über den Vater geschrieben hat, damals im Artikel über mich und meinen Geburtstag?

Ja.

Aber du sagst das sehr temperamentlos, dieses *ja*. Du mogelst, oder?

Marie Rosa beschwerte sich: Über mich hat er nichts geschrieben. Kein Wort über mich.

Über mich auch nicht, klagte Bertine.

Beide wollten nur Unsinn machen, denn Willi, der Journalist, mit dem Rupert und ich befreundet sind und der meinen Vater gut kannte, hat Marie Rosa und Bertine nie gesehen, vermutlich auch nie meine Mutter, die sich vor Geselligkeiten auch früher schon gedrückt hat. Er hat geschrieben – ich nahm mir die Photokopie des Zeitungsartikels vor, die Rupert für die Familienmitglieder gemacht hatte »... hat sie durch Möbel aus ihrer Kindheit ein Gemütsgehäuse gemacht rund um das Bild ihres Vaters.« Ich hob den Kopf: Jetzt kommts. »Er war ein wunderbarer Pfarrer, dessen Weltklugheit aus dem Glauben kam, und nicht umgekehrt.« Na, Mamma, ist das nicht schön?

Ja. Sehr schön.

Meine Mutter wußte nicht, warum ihre Schwestern lachten. Sie fragte und sah dabei auf ihre kleine goldene Armbanduhr, versuchte zu rechnen: Sechs Stunden Zeitunterschied, sagt ihr? Dann muß sie aber jetzt schon da oben in diesem Maine sein.

Nein! Sie hinkt ja sechs Stunden hinterher.

Meine Mutter wußte genau so wenig wie vorher, warum gelacht wurde, diesmal von uns allen.

Wenn es bei diesem Stillstand bleibt, den man fast leise hören kann so wie die leiser werdenden Geräusche des zur Neige gehenden Sommers, dann wird sie wieder nach Maine gehen, im Herbst, immer wieder, und sie kann das getrost tun. Plötzlich habe ich mich für Edith gefreut.

20

Auf Photos geht es allen gut

Mittagsruhe, nachdem Bertine und ich in der Küche fertig sind. In dem großen alten gemütlichen Haus, das trotz Ruperts Renovierungsappellen von mir aufs Klein-Friedi-Verständnis heruntergezwungen wird und wie in einer Erzählung von Čechov ganz langsam vor sich hin verfällt, haben sie ihre eigenen Zimmer ungestüm nach Mädchenart eingerichtet, und das erinnert mich wieder an mein früheres Leben bei den Eltern im Pfarrhaus, an das Zusammenleben in einer großen Familie. Jetzt herrscht eine Stille, in der unsere vorher noch lauten Sätze nachklingen, die zum Schweigen gebrachten Stimmen schweigen nicht in mir, ich höre sie noch.

Rupert und ich bleiben im Erkerzimmer, Rupert sitzt mit der Zeitung, die wir mitgenommen haben, im Sessel neben dem Telephon, die Beine auf einen der Biedermeierstühle hochgelegt, und er kann sich auf seine Lektüre konzentrieren. Meine Mutter liegt nebenan im Wohnzimmer auf dem kleinen Sofa und liest in einem Buch, manchmal schaue ich nach ihr, sie hört mich nicht und blickt nicht auf, beim Lesen ist ihr Ausdruck ernst. Später wird sie das Buch weglegen und mit geschlossenen Augen daliegen, das Gesicht immer noch ernst, als höre sie einer Bach-Kantate zu. Ich habe mein Schreibheft aufgeschlagen und will diese Augenblicke schildern, aber ich bringe nichts zustande; ich bin froh, weil ich die Ruhe der anderen genieße, doch selbst nicht ruhig. Plötzlich tritt Marie Rosa noch einmal ein, sie spricht nicht, sucht etwas, vielleicht ihre Brille, vielleicht ein Medikament. Dann sagt sie: Lies vor! zu mir. Nie lese ich intern was vor, schon gar nicht in der Familie. Und sie würden es auch nicht wirklich wollen, am wenigsten meine Mutter. Marie Rosa macht *ahh* und hält ihren Fund, das Gesuchte, in die Höhe, läßt die kleine Tüte baumeln: Süßigkeiten, ein paar Geleefrüchte. Triumphierend und verschmitzt lächelt sie mir zu und geht wieder hinauf in ihr Zimmer.

In Bertines zweitem Zimmer, dem Parterrezimmer nach Norden, dessen zwei goldbraun getäfelte Türen immer offenstehen, die eine ins große Erkerzimmer und die andere in die Diele, setze ich mich an ihren breiten Arbeitstisch. Hier könnte meine Mutter einziehen. Niemand hätte ernstlich etwas dagegen – vielleicht bis auf meine Mutter – wenn nicht vor einer solchen Veränderung zuerst der Entschluß, dann der Umzug eine unüberwindliche Schwelle postieren würden.

Vielleicht hört meine Mutter in ihrer ernsten Unerreichbarkeit da drüben auf dem Sofa gar keine den Himmel zitierende Musik, vielleicht hat sie Angst. Immer öfter telephonieren wir so: Ich fühle mich aber heute wirklich viel schwächer als sonst. Dann mußt du dir überlegen, was du an deinem Leben ändern könntest. Du hast ja deine Schwestern, du hast H., es ist dein Haus. Und Bertine hat gesagt, sie wäre froh, wenn du immer da wärst. Sofort hat meine Mutter keine Lust mehr, bei diesem Thema zu bleiben. Aber beim nächsten Mal sagt sie wieder: Ich habe Angst davor, daß ich immer schwächer werde. Ich brauche so lang, bis ich mich angezogen habe, und abends, bis ich mich ausgezogen habe. Meine Füße wasche ich mir jetzt in einer Schüssel am Boden.

Einer meiner Freundinnen, die sich immer nach meiner Mutter erkundigt, erzähle ich jedesmal mit Stolz auf meine Mutter: Nein, wirklich nicht, sie hat wirklich keine Spur von Angst allein in einem Haus. Meine Freundin kann das nicht fassen. Also, von Furcht ist sie frei, nicht von Angst. Angst hat sie vor dem, was sie noch nicht kennt. Gegen die Furcht war meine Mutter ihr Leben lang gewappnet. Sie war eine mutige tatkräftige Frau. Das Alter, muß man es nicht verabscheuen? Ich kann es nicht mehr ertragen, wenn jemand, der darin noch keinerlei Erfahrung besitzt, über Altersgelassenheit salbadert und dummes Zeug redet: von *jedem einzelnen Moment,* der viel *bewußter gelebt* und sogar *genossen* wird – das Haus kommt herunter, die menschlichen Körper kommen herunter, die Willenskraft schwindet. »Es gehört sittlicher Mut dazu, zu trauern; es gehört religiöser Mut dazu, froh zu sein.« Den sittlichen und den religiösen Mut hatte meine Mutter, als vor über zwanzig Jahren ihr Mann starb. Kierkegaard soll seine Ideen über den Mut übrigens in einem besonders mutlosen Augenblick niedergeschrieben haben. Das elendmachende Alter nahm meiner Mutter den einen wie den anderen Mut und jede andere Variante dieser unentbehrlichen Lebenskraft.

Bertine ist beim Kalenderbasteln in der Wiederholung des letzten Jahres weit gekommen. »5. 6. Sonne, Sommerwolken, Wind. Mit Witiko in den Äckern, wir waten im kniehohen Gras, ich liege auf einer alten Bank und sehe in den Himmel, während W. im Heu rumkraschpelt. Im Garten: alle Malven sind verlaust. 9. 6. Trüb, wärmlich. Schöner Seespaziergang in feuchter Luft. Spargelessen, Louisa schlemmt! Vier Uhr zu Bernhards. Strawinsky, Strawinsky, aber auch Bach, Brahms, Mozart. Schön wie immer dort! 15. 6. Sonne, eklig heiß. Aber Louisa und M. R. haben noch immer Wollröcke und Strickjacken an. Zu heiß, um mit W. spazierenzugehen. 20. 6. Mit dem Kunstkurs nach Mainz, 200 Stufen auf den Turm! Abends köpfe ich die schon viel zu früh verblühten Fingerhüte, während M. R. mit dem Gartenschlauch spritzt. 7. 7. Um halb fünf aufgestanden, von 6 bis 8 mit W. unterwegs, Fasanenjagd. Man gewöhnt sich etwas an die Hitze, aber L. und M. R. geht es gar nicht gut. Ich schwimme vor dem Frühstück. 11. 7. 35 Grad im Schatten. Aber morgens und abends haben L. und M. R. immerzu Strickjacken an. 21. 7. Mit M. R. den Brahms-Satz zusammen gespielt, welche Freude!!! 22. 7. Gartensitz, Bluse erweitert. Eigentlich ohne Lebenslust, Witiko auch! 4. 8. L. zieht endlich mal ihr neues Sommerkleid an. Im TV lauter entsetzliche Nachrichten. Die

Schreckenssonne, trotzdem nachmittags zu Bernhards. Aprikosenkuchen im Liegestuhl! Brahms und viel Neues probiert. 16. 8. L. und ihre Kinder, Rupert bespricht Bank- und Steuerangelegenheiten, Zwetschgenkuchen und Edith-Briefvorlesen. Im ersten Stock unerträglich heiß. W. hat einen Floh. Hortensien gewässert, eigentlich verboten. 31. 8. Abends feiert A. nebenan seine Garten-Party mit 100% starker Musik. Anwohner holen die Polizei. 8. 11. bis 18. 11.: M. R. eklig krank, wie voriges Jahr! Kann nichts essen, nichts trinken... Viele Ratschläge durchs Telephon, die ich nicht oder kaum befolgen kann. Nur einmal länger mit W. weg, um den See. Gartenarbeit, fast zwei Stunden. Rotwein-Knallkopf am Abend.«

Auf den Photographien, die abwechselnd Bertine und Rupert von unserer Spätnachmittagsszene am Gartentisch unterm Schattenschutz der Linde machen – es wurde plötzlich sonnig und warm – wird der Garten wieder viel besser aussehen als in der Wirklichkeit, man wird keine Nachbarn und nicht die Straße in der Nähe vermuten. Auch in der Wirklichkeit ist das ein schöner Garten, aber nach den Photographien zu urteilen, sitzen wir in einem grünen dichten buschigen Dschungel, im Ausschnitt aus einem Park, und uns allen geht es gut. Die Bilder täuschen vor: ungetrübtes Behagen, Fröhlichkeit sei immerzu möglich, Probleme werden deshalb nicht besprochen, weil es keine gibt; meine Mutter fürchte nicht, das Laufen zu verlernen, Marie Rosa sei nicht seekrank, Bertine tue der Rücken nicht weh, Rupert warne nicht vorm Verfall von Gartenzaun und Fensterläden, und mich rege gar nichts auf. Und wirklich: Wie schön, es fallen die ersten Regentropfen, wir transportieren Kannen, Geschirr, Gebäck und Sitzkissen ins Haus, und auf den Abbildungen aus dem Zimmer widerspiegelt auch mein Ausdruck den wahren Sachverhalt: das Gefühl nämlich, hier in dieser wichtigsten Gruppierung meiner Lebensmenschen, hier bin ich nicht fehl am Platz, das hier ist nicht die Ablenkungstaktik, die Palliativmethode des Zeitvertreibens – Edith, du kannst diese Dokumente eines Tages genießen. Alles stimmt, wenn du den Eindruck von Frieden und Ruhe abziehst.

Bis auf mich waren alle etwas müde geworden. Marie Rosa wollte nicht mehr photographiert werden und schnitt eine Fratze in die Kamera. Ich zog meinen Blusenkragen am Hals bis übers Kinn. Bertine posierte in ihrem selbstgemachten Kleid. Es sah mit seinem Latz über dem Oberkörper wie eine Schürze aus. Sie sagte: Der Körper wird an eine Marktfrau erinnern, das Gesicht an Mao Tse Tung. Meine Mutter wollte wie immer photographiert werden. Aber du mußt sie mal erwischen, wenn sie wirklich unbeobachtet und ganz von selbst lachen muß, riet ich Rupert.

An unseren Ulkphotos wird Edith sich am meisten freuen. Meine Mutter wird ihren Anteil der Polaroids – auf die Photos muß sie noch warten – gerecht auf Edith und meine Brüder verteilen. Sie drückt sich jetzt manchmal vor den wöchentlichen Briefen, aber wenn sie etwas zum Verschicken hat, fühlt sie sich kräftig genug für ein paar Zeilen und für den kurzen, ach: viel zu weiten Gang zum Briefkasten in S. Meine Geschwister werden beim Betrachten der Bilder ihr Gewissen beruhigen, nicht leichtfertig, bestimmt nicht leichtfertig, aber dankbar für das Angebot, über dem schönen grünen Frieden im Garten und den gut eingerichteten Parterre-Zimmern mit antiken Möbeln, mit der alten Standuhr, mit uns fünf Verwandten die sorgenreiche Angst abzutun. Die Photographien machen den bedrohten Stillstand stabiler. Es scheint alles gut zu sein, der Stillstand hält an, es sieht nach Dauer aus, es sieht fast nach Ewigkeit aus, der Stillstand enthält wahrhaftig das, was die Bilder bezeugen: guten Appetit, Vergnügtsein, Wohlbefinden, Einvernehmen auch mit den Abwesenden, Zuversicht.

Alles das ist er nicht, nicht ganz. Er ist es nur auch. Meine Geschwister wissen es ja, aber sie wissen es nicht so ganz genau. Man wird es nicht sehen, aber Marie Rosa mußte sich vorhin, als sie nach der Mittagsruhe aus ihrem Zimmer trat, schnell am Treppengeländer festhalten, weil ihr so schwindlig wurde wie kurz vor einer Ohnmacht. Man wird Bertines Sorgen nicht sehen. Rupert und meiner Mutter merkt man nicht an, daß sie einen kurzen Dialog hinter sich haben: Du irrst dich, liebes Oberhaupt, das ist für mich kein Geschäft, kein Geldverdienen, liebe Chefin, wenn ich diese Tour mache, wenn ich also zuerst von zu Haus nach H. fahre, und dich dann nach dem für mich viel näheren S. bringe und wieder zurück nach H., und dann meinen langen Weg wieder zurück nach Haus fahre, das ist ziemlich viel Aufwand, und ich verdiene daran natürlich nicht achtzig Mark. Es würde circa hundert kosten, alles eingerechnet.

Man wird den Photos nicht ansehen, daß ich aufgeregt bin. Meine Mutter hatte eine naive Idee, auf die sie stolz war – sie sagte: Ich will Rupert achtzig Mark zu verdienen geben – und sie gibt die Idee auf.

Meine Geschwister werden die friedfertigen Photos genießen und bei den friedfertigen Photos der früheren Gelegenheiten einordnen. Die machen das schon, Rupert und unsere Schwester, wie gut, daß sie dort in der Nähe leben, sie machen es ausgezeichnet; leider fahren sie nicht öfter zu unserer Mutter und zu ihren Schwestern, obwohl sie doch fast in einer halben Stunde da sein könnten, aber natürlich, sie sind sehr beschäftigt. Immerhin, sehr beruhigend, sie sind in Rufweite.

Auf den Photos, mitten im Grün, mitten im Kirschbaumrotbraun, geht vom Haar meiner Mutter ein idyllisch stiller Schimmer aus, ein abendliches Alterslicht: wie gut für meine Geschwister. Die Mutter, wie sie so da sitzt mit ihrer gepflegten Frisur und in Rock und sportlicher Hemdbluse jung angezogen, erfüllt alle Hoffnungen und Erwartungen ans Uraltsein als einen Zustand ohne Angst und Anfechtung, alles das, was das Uraltsein bei meiner Mutter nicht ist. Wie gut für meine Geschwister: Auf diesem Bild strickt sie anscheinend. Oder stickt sie, gibt das wieder eine Tischdecke mit schönem Muster für einen von uns? Sie brauchen es nicht genauer zu wissen, die Hauptsache ist die Handarbeit. Solch eine Handarbeit gehört zwischen die Finger einer vernünftigen geduldigen alten Frau. Sticken kann meine Mutter schon seit längerem nicht mehr. Ihre Finger sind nicht mehr beweglich genug, ihre Augen sind zu schlecht geworden. Ich muß sie demnächst fragen: Wann ist der nächste Termin beim Augenarzt? Und ich muß Mut fassen, ich muß Luft holen, bevor ich dazu ansetze, es beiläufig und fast amüsiert, als handle es sich um den dummen Streich eines Kindes, Rupert zu berichten: Sie hat den *Kosmos* abbestellt. Für meinen jüngsten Bruder schnitt sie interessante Seiten aus, verpackte sie, trug sie zum Briefkasten. Sie verringert ihre Pflichtübungen, streicht im Programm der Rituale, verkleinert ihr System. Immer mehr wird ihr zu viel.

Meine Geschwister sehen dem Genrebild nicht an, daß meine Mutter gesagt hat: Das Leibweh heut nacht gegen Morgen hat mich ganz runtergebracht. Diese Somalier auf dem Schiff, das vor der Küste des Jemen kreuzt und keine Anlegeerlaubnis bekommt, sie werden alle verhungern und verdursten, sagte ich. Einige sind von Bord gesprungen und entweder ertrunken oder mit gebrochenen Beinen an den Strand geschwommen, und jetzt liegen sie im Sand und anstatt auf dem Schiff verhungern und verdursten sie am Strand. Ich wollte den Koliken meiner Mutter etwas entgegensetzen, das schrecklicher war als ihre Schmerzen, eine weder liebevolle noch erfolgreiche Reaktion.

Sei still, rief Bertine.

Und der Pinatubo speit auch wieder, begräbt diese kleinen wuseligen Filipinos unter Schlammassen, sagte Marie Rosa.

Sei still, sagte Bertine.

Mit meiner schäbigen Rente, wie soll ich da was spenden? Marie Rosa regte sich auf. Immer diese Spendenkonten, die sie uns auf dem Bildschirm vorsetzen. Wenigstens ohne Untermalung mit klassischer Musik, aber das belastet mich, ich kanns nicht mehr sehen.

Bertine erwähnte die Fernbedienung. Die gräßlichen Bilder sieht Marie Rosa sich alle mit großen Augen an, aber als notorische Zapperin setzt sie uns mittendrin eine Trachtenkapelle vor, oder Leute, die eine Scheidung hinter sich haben und nun ganz blödsinnige geschmacklose Psychologietests machen, die oder der Geschiedene ist da und die oder der neue Geliebte, und sie müssen die doofsten schlüpfrigsten Verhaltensweisen der Hauptperson raten...

Ich mach das nur, wenn die Spendenkonten eingeblendet werden, verteidigte sich Marie Rosa.

Aber ich will ja was spenden, sagte Bertine aufgeregt.

Ich spende auch, sagte meine Mutter.

Allerdings, und viel zu viel. Rupert trank einen Schluck Bier. Hätten sie nicht überall diese hirnlosen Bürgerkriege und diesen ethnischen Wahn und den nationalistischen Quatsch im Kopf und bekämen sie nicht unaufhörlich sinnlos haufenweise immer noch ein Baby und noch eins...

Hast du wenigstens deinen kleinen Rundgang gemacht, Mütterchen? fragte ich.

Sie ist um den Block gegangen, sagte Marie Rosa.

Gestern. Gestern bin ich mit ihr um den Block gegangen, berichtigte Bertine. Heute noch nicht.

Geh mit ihr, sie muß unbedingt gehen, geh doch ein paar Schritte mit ihr, bedrängte mich Rupert.

Wollen wir? Mamma, komm! Ich stand auf.

Meine Mutter wollte nicht.

Nicht jetzt. Ich bin vollkommen schwach.

Also mußt du erst recht mit ihr gehen, sagte Rupert. Und zu meiner Mutter, freundlich, energisch: Was hat der Arzt gesagt: Üben, üben!

Ich setzte mich wieder hin.

Ich bin heute vollkommen kraftlos, sagte meine Mutter.

Liebe Edith, liebe Brüder, liebe Zuschauer beim Blick auf uns photographierte wohlig ausschauende kleine Gesellschaft, dachte ich. Ich höre diesen Satz *ich bin heute vollkommen kraftlos* jeden Tag zweimal am Telephon, am Wochenende nur morgens. Wenn meine Mutter in H. ist, telephonieren wir um achtzehn Uhr nicht miteinander. Dann sind ihre Schwestern bei ihr und bekämen einen der mit dem ganz hohen Alter viel seltener gewordenen Unfälle mit. Ihr hört den Satz über ihre Schwäche am Sonntag, wenn sie mit euch telephoniert. Das ist ein Unterschied. Wahrscheinlich steht er ja auch in ihren Briefen an euch. Ihr habt es auch schwer aus Liebe und aus Sorge und Mitleid, ich wünsche euch wirklich nicht mehr davon, wirklich, ich gönne euch – hoffentlich stimmt das – eure größere Freiheit. Ich bin der Vorposten, zusammen mit Rupert. Die Hauptsache erledigen Marie Rosa und, mit Taten wie Bettwäsche-Waschen, Einkaufen, Bertine. Bertine läßt uns so leben, wie wir leben, *unser* Leben. Rupert und ich, Vorposten im Wartestand. In der Position der Registrierenden. Bertine hingegen, sie arbeitet, sie nützt. Auch Marie Rosa, die für ihre dreieinhalb bis vier Tage in S. meiner Mutter alle Mahlzeiten vorkocht.

Habt ihr den Artikel *Krokant mit Mottengespinsten* gelesen? Rupert hatte den Zeitungsausschnitt ein paarmal photokopiert, und ein Exemplar war für die Schwestern.

Widerlich, ja, Bertine schüttelte sich.

Sehr interessant, bemerkte Marie Rosa. Überall da in der Küche, wo ich nicht so oft hinkomme, krabbelt und kribbelt es.

Die Schränke sind sauber, ich habe sie ausgewaschen, seit ich diese Maden entdeckt habe, die du dann gezeichnet hast, sie sind völlig sauber, behauptete Bertine.

War das nicht letzten Sommer, das mit den Maden? Daß du die Schränke ausgewaschen hast? Als ich krank war? fragte Marie Rosa. Sie schnitt sich eine Ecke von einem Streuselkuchenstück ab, biß hinein, zitierte: Im Kuchen herumkriechende Larven. Ob der Bäcker Dornbach seine Backstube wohl regelmäßig säubert?

Und jetzt kommt, Fluch des heißen Sommers, die orientalische Küchenschabe zu uns, sagte ich.

Sie ist längst da, sie hat den Durchbruch geschafft, verbesserte mich Rupert.

Aber nur in die Großküchen und Großbäckereien, sagte Bertine. Hört auf damit.

Sie haben es gern sehr gut geheizt, aber nun gab es auch schon Freilandbeobachtungen, sagte Rupert.

Marie Rosa verschränkte die Arme überm Oberkörper, sie zog sich behaglich in die Wärme unter ihrer Wollstola hinein und schaukelte ein bißchen hin und her. Ich werde sie zeichnen, wenn ich eine bei uns finde. Sie sollen drei Zentimeter groß sein und sechs Beine haben.

Sie fressen alles, sagte Rupert.

Louisa, sag ihnen, daß sie aufhören sollen, komm! Bertine gab ihrer geduldigen Schwester einen Schubs.

Ja, hört auf, sagte meine Mutter leidenschaftslos.

Ich finde, daß ein paar Packungen im Fach rechts oben ein bißchen zernagt aussehen, sagte Marie Rosa. Und komisches Gespinst hab ich auch gesehen, in Louisas schrecklichen Kleiedingern. Sie sahen so frech aus, so keck und lustig, diese kleinen Maden damals. Ganz anders als Wespen, ich meine jetzt tote Wespen, wenn sie uns in die Falle gehen.

Bertine hat, aus Sorge um Witiko, eine Maßnahme gegen die Wespen getroffen, die sie mit ihrer Tierliebe und ihrem Abscheu vor dem Ermorden gerade noch vereinbaren kann: Auf dem Verandageländer stellt sie Schälchen mit Gelee auf, um die Wespen dort zu konzentrieren. Die Wespen naschen noch, während sie mit den Beinchen schon im süßen Geleemorast steckenblieben. Geschickte Wespen aber entkommen.

Tote Wespen sehen ruhmlos aus, sagte Marie Rosa.

Tote Maden aber auch. Du hast die Maden nur keck und werweißwie gefunden, so lang sie noch lebten. Schluß jetzt. Bertine schüttelte sich wieder vor Ekel. Außerdem, es wird ja kühler, der schlimme Sommer ist vorbei.

Rupert ließ einen triumphierenden Laut ertönen. Das ist es ja gerade! Du hast den Artikel nicht genau gelesen.

Dann kommen sie ins Haus. Dann dringen sie in die Privathaushalte vor, die orientalischen Küchenschaben.

Auch nur Asylanten, sagte Marie Rosa ungerührt. Man wird sie reinlassen müssen. Bis nicht das Grundgesetz für sie geändert wird. In diesem Kuchenstück war entweder keine Larve oder es war eine drin. Es war besonders schmackhaft.

Was man machen soll ist: man streut eine Mischung aus Backpulver und Zucker aus, sagte ich. Als Treibmittel.

Sag endlich mal was, Louisa, bedrängte Bertine ihre Schwester.

Was soll man ausstreuen? fragte meine Mutter. Sie fand, das Thema gehe sie gar nichts an. Sie war sicher, bei sich zu Haus kein Ungeziefer zu beherbergen. Ich hoffte, sie würde es nicht vorbringen, denn Rupert hielte ihr dann vor, daß sie erstens nicht mehr gut genug sieht und zweitens: es gäbe keine Putzfrau auf der Welt, die man derartig verherrlichen könne wie meine Mutter die ihre.

Backpulver und Zucker, sagte ich. Das lockt sie an.

Aber man will sie doch gar nicht, sagte meine Mutter.

Du hast den Artikel nicht gelesen, sagte Rupert. Sehr bedauerlich.

Sie liest nur Erfreuliches, sagte Marie Rosa.

Aber im Fernsehen, bei den Nachrichten, guckt sie sich ganz ungerührt die fürchterlichsten Dinge an, klagte Bertine.

Doch nicht *ungerührt*, stimmts, Mamma? Nur: interessiert? Stimmts? Du willst wissen, was passiert.

Ja, sagte meine Mutter, dankbar, daß ich für sie die richtige Antwort gegeben hatte.

Sie fressens und dann *platzen* sie. Marie Rosa verzog das Gesicht, aber es machte ihr immer noch Spaß, an die orientalischen Küchenschaben zu denken. Sie platzen! Ich möchte das wirklich mal beobachten.

Die Ärmsten, sagte Bertine.

Diese Zukunft war vorauszusehen, sagte ich, daß alle möglichen südländischen Tiere eines Tages hier bei uns ankommen. Die Klimaverschiebung. Demnächst sind es die Krokodile und die Alligatoren, die dir hier über den Weg laufen.

Für die haben wir nicht genug Tümpel, denk an den Wassernotstand, es ist nicht feucht genug, sagte Rupert.

Ich habe eine Idee, rief ich. Ihr macht mal bitte überhaupt nicht in eurer Küche sauber, laßt die orientalischen Viecher rein. Oh je, hoffentlich kommen überhaupt welche.

Was bezweckst du eigentlich, wollte Bertine wissen.

Daß wir nicht saubermachen, verspreche ich dir schon jetzt, sagte Marie Rosa.

Die Sache ist die, wenn ich an das denke, was sich fürs Vorlesen eignet: Für Lesungen brauche ich Bücher mit grotesken Details. Ich sitze nicht gern vor einem andächtig stumm ergriffenen Publikum. Sie sollen lachen müssen. Ich brauche ein komisches Kapitel.

Als wären *wir* nicht zum Lachen, sagte Marie Rosa.

Und zum Weinen, ergänzte Bertine.

Wir rufen dich an, wenn sie kommen, versprach Marie Rosa. Ich fange gleich morgen an, Backpulver und Zucker auszustreuen. Es wird eine Invasion geben. Wir rufen dich an, wenn sie platzen.

21

Junge Alte – aber Goldene Jahre sind das nicht

Es ist viel Post da von Edith. Zwei Karten und zwei Briefe. Meine Mutter empfing uns vergnügt. Wie durch die Frohe Botschaft selber gestärkt. Sie erwartete, daß wir sofort die Post sehen wollten. Auch Rupert wäre das am liebsten so gewesen, jede Zeile aus den Briefen Ediths nimmt er begierig zur Kenntnis, er antwortet, als säße sie bei uns, spontan auf ihre Mitteilungen und Gedanken, nimmt Stellung, und auf diese Weise wird das Vorlesen ein längerer Vorgang, fast gleicht er, durch Rupert, der auch unsere Kommentare auslöst, einem Zusammensein mit der Briefschreiberin. Ich wollte aber, bevor ich – immer die Vorleserin von Ediths Briefen – mich an die Post machte, die beiden Schwestern herbeirufen, jedesmal schwierig. Die eine ist in der Küche, die andere vielleicht im Garten oder noch mit dem Hund unterwegs, vielleicht übt Marie Rosa auch gerade ihre Tonleitern oder sie zeichnet und Bertine kauft noch ein.

Alle lassen sie dich mal wieder herzlich grüßen, Mutter. Ich zählte bis zu fünf Freundinnen auf. Vor allem Lola, sie möchte dich so gern endlich wieder einmal sehen. Ich ahmte Lolas tiefe langsam vom Fleck kommende gravitätische Stimme nach, und meine Mutter lachte. Dann denke ich immer an meine nicht geselligkeitsversessene Mutter, wenn ich sage: Stimmt doch, du hast nicht das mindeste Verlangen nach Besuch. Oder?

Lola sähe ich gern mal wieder.

Und was ist mit Pepita.

Die auch.

Und wie wäre es nächste Woche mit Pepita und mir? Das letzte Mal brachte sie sogar Kaffee in einer Thermoskanne mit.

Kaffee kann ich selber machen, nur zum Essen einkaufen, das kann ich nicht.

Marie Rosa kam ins Zimmer, mit einem Arm, wie Flügelschlagen, winkte sie uns ihre Begrüßung zu. Ab wann darf man eigentlich alles bleiben lassen? Alles aufgeben? Sie hatte unsere letzten Sätze gehört.

Etwas Geselligkeit tut ihr gut, sagte Rupert. Sie wird sonst menschenscheu.

Als wenn sie das nicht längst wäre, sagte ich. Wenn du gar keine Lust hast, Mamma...

Mit dir zusammen, wenn du dabei bist, habe ich Lust. Sie sah aber nicht so aus.

Muß man hundert werden oder wie alt, bis man alles lassen kann, was man nicht mehr tun will? Marie Rosa hatte sich zu uns gesetzt. Und die Jungen wollen ja auch gar nicht wirklich mit uns zusammensein. Sie halten *sich* für höflich und *uns* für dankbar.

Daß Lola es ernst meint, weiß ich. Und Pepita auch, sagte ich. Wenn noch ein bißchen was von guter Erziehung mitspielt, schadet das was?

Ja. Das schadet sehr. Wir brauchen keine Anstandsbesuche.

Wir hörten Witikos Gebell, und kurz drauf stand Bertine erhitzt, mit einem vom Spaziergang noch erfreuten Gesicht, auf der Schwelle, sie machte: Ahhh! Was für ein Glückstag! Damit meinte sie Ruperts und meine überraschende Anwesenheit. Streitet ihr euch?

Ja. Wir brauchen keine Pflichtbesuche, sagte Marie Rosa.

Doch! widersprach Bertine, bloß um zu widersprechen und damit kein ernstes Thema daraus würde.

Bertine, wir haben dir ein paar Sachen zum Anprobieren mitgebracht, und dir auch, fügte ich für Marie Rosa hinzu. Sachen von Rupert. Sie passen ihm nicht mehr.

Her damit! rief Bertine, aber sie ging aus dem Zimmer, gefolgt von Witiko, dem sie wahrscheinlich in der Küche eine Zwischenmahlzeit servierte.

Ja, bis ans Lebensende muß man sich anstrengen, sagte Rupert. Habt ihr nicht auf der Wissenschaftsseite den Artikel *Junge Alte* gelesen?

Nein, sagte meine Mutter.

So was lese ich nur mit Abscheu und Verachtung, es macht mich wütend. Die so was schreiben, über uns Uralte, sind jung und haben keine Ahnung, sagte Marie Rosa.

Es sind Ärzte, sagte Rupert. Man hat herausgefunden, daß alte Menschen viel mehr leisten können, als allgemein angenommen wird. Man muß...

Wenn sie aber nichts leisten *wollen*, unterbrach ihn Marie Rosa aufsässig.

Dann schaden sie nur sich selber. Also, man muß ihnen nur die richtige Anregung geben.

Ich will keine Anregungen.

Du hast ja selbst genug, ich meine, was dich interessiert, was du freiwillig tust. Zeichnen, musizieren, gärtnern. So versuchte ich, Frieden zu stiften, aber natürlich wollten Rupert und Marie Rosa diesen kleinen und überhaupt nicht feindseligen Kampf. Übrigens ist dieser Gerontologe umstritten. Er will die sogenannten Goldenen Jahre...

Wer das Alter als goldene Jahre bezeichnet, müßte sowieso eingesperrt werden, sagte Marie Rosa.

Also, er will sie vom Odium der Verkalkung befreien.

Aber wir verkalken! Das tun wir nun einmal. Laßt uns.

Endlich sei der Weg für eine schöpferische Kultur des Alterns geebnet, so jubeln die einen. Ich sagte ja, dieser Gerontologe ist sehr umstritten, denn die andern plädieren für ein Recht auf einen geruhsamen Lebensabend.

Schön wärs. Geruhsam ist er auch nicht, der Lebensabend. *Lebensabend!* Puh!

Weil bei den Schwestern Zimmertüren selten zugemacht werden, wußte bei ihrer Rückkehr Bertine über unsere Unterhaltung Bescheid.

Diese Besserwisser, schimpfte sie. Was sie den Alten aufzwingen, das ist ein ganz perfider Leistungsdruck. Ich müßte, wenns nach denen ginge, von morgens früh bis in

die Nacht hinein auf den Beinen sein, geistig gesehen auch, nichts als schrecklich gebildete Sachen lesen und zwischendurch Sport treiben und gesunde Sachen essen, das heißt also so gut wie gar nichts, und Vorträge hören, und dann noch selbst schöpferisch tätig sein, also malen oder schreiben...
Du spielst Klavier, du musizierst mit den Bernhards, du besuchst einen Kunstkurs, du gehst mit dem Hund, beziehungsweise du rennst mit dem Hund... du machst doch alles so, als würdest du *ihr* Programm befolgen, sagte ich.
Ich mache nur, was mir Spaß macht, sagte Bertine. Und dann noch ziemlich viel anderes, was mir keinen Spaß macht. Nein, wer mit siebzig nicht joggt und die vernachlässigten Aspekte der Quantentheorie aufdeckt, der muß sich unbedingt als Versager fühlen. Und erst recht noch Leute wie wir, die sich so zurückziehen wie wir... das sehe ich übrigens ein. Wir haben viel zu viel Lust, für uns zu sein, wir haben nicht genug Geselligkeitstrieb. Das sehe ich ein, das ist nicht gut für uns.
Wir sind wie wir sind. Mir machts nichts aus, mich als Versager zu fühlen, sagte Marie Rosa.
Morgen kommt Professor Wirtz, sagte ich, um sie alle zu erschrecken, aber niemand glaubte mir. Doch doch, ich habs ihm versprochen, ich habe gesagt, mein Mann und ich, wir sind ja bekanntlich *beritten*, wir nehmen Sie mit, die drei Schwestern freuen sich außerordentlich. Ich wandte mich meiner Mutter zu, mir fiel zwar ein, daß sie sich wünschte, ich würde endlich Ediths amerikanische Post vorlesen, aber ich wollte noch weitermachen: Mamma, wie stehts heut mit der Verdauung?
Es stand nicht gut.
Also, ich reg dich ein bißchen auf. Hast du gehört, morgen kommt der Professor Wirtz, und ganz besonders gern möchte er auch mit dir sprechen, über frühere Zeiten, als er in Vaters Bibliothek Bücher auslieh...
Ach, hör auf, ich glaubs dir nicht. Meine Mutter lachte.
Also gut, es ist nicht der Professor Wirtz, der kommt,

aber wer bestimmt kommt, das ist die Frau Achenberg. Sie hat mich angerufen. Sie will schon zum Mittagessen kommen und von ihrer letzten Reise erzählen und von der Reise, die sie plant, und von ihren Kulturorganisationen im Altersheim ... regst du dich endlich auf, wirkt es?

Nein nein. Ich glaube dir kein Wort.

Fest steht, wir müssen sie einladen, sagte Bertine und zog nach dieser Bekundung in übertriebener Weise die Mundwinkel herunter.

Auch Marie Rosa machte ein betretenes Gesicht. Frau Achenberg habe in diesem Sommer zweimal angerufen, um zu fragen, wann es passe, daß sie kommt. Wir haben ihr immer gesagt, wir sind zu schwach vor Hitze.

Und warum ist *sie* nicht zu schwach? Hat dieser Gerontologe vielleicht doch recht? fragte Rupert. Mit der Anstrengung, mit dem, was man sich zumuten muß?

Er klingt brutaler als er denkt, stimmts, Klein Friedi? Er hat nämlich selbst nicht die mindeste Lust, sich anzustrengen.

Ich strenge mich von morgens bis abends an.

Ja, beruflich, mit dem, was bei uns zu tun ist. Aber ich meine jetzt den ganzen Geselligkeits- und Jugendlichkeitstrainingswahn, sagte ich.

Wir kriegen doch dauernd Besuch.

Das ist entweder Arbeitsbesuch, der sein muß und nicht weiter anstrengt, oder es sind meine Freundinnen, und die, sofern sie attraktiv sind, beleben dich sehr.

Sofern sie attraktiv sind ... Bertine blickte versonnen, sagte dann: Gemein. Die armen unattraktiven. Ach, wen könnte ich beleben!

Mich! Uns! rief ich.

Her mit den Sachen zum Anprobieren, rief Bertine.

Und Ediths Post? fragte meine Mutter.

Die Mehrheit der Menschen nimmt nur ein Prozent unserer kleinen grauen Zellen in Anspruch, sagte Rupert.

Und es hat noch keiner Depressionen davon gekriegt, sagte ich. Stand auch im Artikel.

Genau so gemein oder noch gemeiner fand ich, was ich neulich über geistigen Verfall und Zufriedenheit gelesen habe, sagte Marie Rosa. Zufriedenheit schützt, stand da. Vor dem geistigen Verfall. Ich finde so was einfach unverschämt.
Aber das leuchtet doch ein, sagte Bertine.
Gleich lese ich Ediths Post vor, Mutter, sagte ich. Ich stand auf, um die Tasche mit Ruperts Sachen zu holen.
Wann kriegt man hier heute eigentlich mal was angeboten? fragte Rupert.
Heute ist der Tag der Selbstbeherrschung, proklamierte Bertine, und ging zum großen dunkelbraunen Barockschrank, bückte sich nach der für Rupert reservierten Spirituosenabteilung. Er bekam sein Glas und einen Cognacrest. Wir müssen das Lager auffüllen, stellte Bertine fest.
Sie sind ihm leider zu eng geworden, fast noch neu, kommentierte ich Ruperts dunkelbraune Lederjacke und sein Sakko aus grauem Flanell. Ich breitete die Sachen über Sessellehnen, einen Pullover, den meine Mutter gestrickt hatte, legte ich auf einen kleinen Tisch, der nicht zu den andern Möbeln paßte. Ich finde immer, das macht die Zimmer in H. so benutzbar, so behaglich: dieses Stildurcheinander. Die wertvollen alten Erbstücke, übrigens nicht auf Hochglanz poliert, sind geradezu fahrlässig kombiniert mit unansehnlichem, studentenzimmerhaftem Mobiliar aus den biographischen Gründerzeiten der beiden Schwestern. Ich pries meine Ware, die Jacken zuerst, wie ein Händler an, ganz und gar überflüssig, denn Bertine rief *oh* und *ah* und *wie wundervoll*, während Marie Rosa großäugig eulenartig das Angebot aus der Ferne studierte und im Schaukelstuhl sitzenblieb. Meine Mutter schaute einverstanden zu, wenn auch nicht besonders gespannt auf die weitere Entwicklung.
Und hier noch ein Pullover. Den Pullover bot ich etwas verlegen an. Nicht gekränkt sein, Mamma, ja? Aber er paßt ihm wirklich nicht mehr. Den andern zuliebe und auf

Ruperts Kosten, der es gutartig ertrug, übertrieb ich: Mein dicker Bub, er schwillt an, wird dicker und dicker. Weil das wirklich nicht stimmt, konnte ich es sagen.

Meine Mutter strickt nur noch für Rupert und mich. Von den andern *Kindern* erfährt sie brieflich oder am Telephon, wie herrlich die Pullover seien, welch bewundernswerte Leistung, Dokumente ihrer Fähigkeit, wie viel Fleiß und Zeit sie investiert habe – doch leider leider, sie paßten nicht. Rupert und ich, wir ziehen die Pullover meiner Mutter an. Manchmal muß Bertine für Rupert mit Zwickeleinlagen die Achselhöhlenöffnung erweitern.

Mamma, also dieser besonders schöne hier, er hat ihn geliebt, man sieht es ihm an, *er* ist nicht mehr wie neu, aber zu eng ist er nun mal geworden, schweren Herzens mußte er sich entschließen, sich das einzugestehen, erklärte ich meiner Mutter, viel zu viel Beteuerungsvergeudung, denn meine Mutter nimmt die Realität mit einem Kopfnicken hin, überhaupt nicht gekränkt. Mein Friedi, er wächst und gedeiht, nicht wahr? Meine Mutter lacht dann mit und sieht aus, als wolle sie mir sagen: Nur Ruhe, überanstrenge dich nicht, mein Liebes.

Bertine prüfte sich zuerst vor uns, sie fing mit der Lederjacke an, dann, schnell weglaufend, vor dem Spiegel in der Diele. Damit sie mit ihrem Anblick allein ist, aber ich konnte sie von meinem Platz auf dem Sofa aus sehen. Immer wieder zupfte sie an der Lederjacke herum, aber hauptsächlich betrachtete sie ihr Gesicht, ein für die Außenwelt gemachtes Gesicht, strenger kühler Ausdruck.

Der Spiegel macht häßlich, der da in der Diele, wißt ihr das eigentlich, rief ich ihr zu. Er verzerrt.

Bertine kehrte zurück, sie zog die Jacke nach unten und kam uns mit dem Urteil zuvor: Sie paßt. Und sie steht mir auch. Wenn man es nicht so genau nimmt, paßt sie. Ideal für Spaziergänge mit Witiko.

Knöpf sie mal auf, bat Marie Rosa.

Bertine zeigte sich, nach kurzem Abstecher zum Spiegel, in der nun offenen Jacke.

Offen paßt sie besser, urteilte Marie Rosa.
Du findest, daß sie mir zu eng ist?
Die Schwestern blickten einander an, skeptisch und fragend, dann mußten beide lachen, etwas verlegen, bei den gleichen Gedanken ertappt. Bertine knöpfte die Jacke nur in der Mitte zu.
Besser?
Ich weiß nicht, jetzt klafft doch oben drüber eine Lücke, es sieht einfach nicht freiwillig aus, daß du die Jacke so trägst, es sieht nicht...
Nicht leger? Bertine zog die Jacke aus, obwohl ich gesagt hatte: Ich finde, es geht.
Und Rupert?
Doch ja, es geht.
Es geht genügt nicht, entschied Marie Rosa.
Probier du sie an, sagte Bertine zu ihr.
Später, sagte Marie Rosa.
Warum hat man bloß einen Busen, klagte Bertine. Marie Rosa hat recht, sie war obenherum zu knapp. Rupert, ich bin dicker als du.
Es ist doch bloß, weil *er* keinen Busen hat, sagte ich.
Der Glückliche. Ich habe mich noch nicht entschieden! Rupertchen, ich habe die Jacke noch nicht verworfen, ja? Nun dieses Jackett. Ich habe mir schon immer ein Männerjackett gewünscht. Ich habe hundertmal Blazer anprobiert, alles vergebens. Ich sah abscheulich drin aus. Sie hatte jetzt das Sakko an und rief: Es paßt! Es paßt doch, oder? Paßt etwas besser als die Lederjacke, fuhr sie fort nach ihrer Rückkehr vom Spiegel, vor dem sie sich bald nach links, bald nach rechts drehte, sich über die Schulter sah. Diesmal fragte sie uns nicht nach unserem Urteil. Marie Rosa, probier du doch wenigstens jetzt mal den Pullover an. Ich erinnere mich noch genau an den Sommer, in dem Louisa ihn gestrickt hat, damals war Thelma zu Besuch bei uns, und sie hat, wenn wir Kuchen aßen, einen Fingerhut voll Pflaumenkompott gegessen, mit Honig gesüßt, und schreckliche Molke drüber geschüttet.

Thelma ist die amerikanische Schwägerin meiner Mutter, die in Pasadena gesundheitsfanatisch lebt und dennoch krebskrank wurde, die gute Werke tut und alles das, was nach den Theorien des euphemistischen Gerontologen das hohe Alter zu »goldenen Jahren« macht – Thelma besucht Kurse für Schattenboxen, Zen-Buddhismus, Malen, Swami-Religion, Vollwerternährung, Floristik – und die, immer wieder vorübergehend geheilt, nach Europa reist, von Freunden zu Freunden, zahllose Stationen absolvierend, wodurch sie, da sie nie ein Hotel braucht und fast nichts ißt, ihren langen gründlichen Aufenthalt auf einem ökonomisch niedrigen Niveau halten kann. Meine Drei in H. schüchtert sie mit ihrer strengen Diät ein, erschrocken bestehen sie darauf, sich ihre Freude an lustvoller Ernährung nicht verderben zu lassen.

Ein verrücktes Zeug hat sie gegessen, sagte meine Mutter.

Und auch davon nur Spatzenportiönchen, Puppenstubenportiönchen, sagte Marie Rosa.

Dafür ist Thelma aber auch schlank, klagte Bertine. Ihr wären diese herrlichen Sachen von Rupert zu groß und zu weit. Und ich bin vollgefressen, ach! Gräßlich.

Sie ist winzig wie ein Äpfelchen, sagte Marie Rosa mit ihrem insichgekehrten Ausdruck, den ihr Gesicht annimmt, wenn sie ans Zeichnen denkt. Bertine, es ist doch leider wieder der Euter. Tut mir wirklich leid.

Was meinst du damit? Aber Bertine wußte, was ihre Schwester, die wie auf einen Schrecken hin lachen mußte, gemeint hatte.

Mein Leben lang, das heißt, seit ich ihn hatte, wollte ich keinen Busen, rief Bertine zornig und anklagend. Nicht *meinen*. Nein, überhaupt keinen. Verflucht, es ist ein Mann im Zimmer! Sie schlug sich die rechte Hand vor den Mund, blickte mit dem Ausdruck *unartiges Kind / bestraft mich bloß nicht*.

Es ist doch bloß Klein Friedi und der versteht nichts davon, beruhigte ich sie. Stimmts, Friedi? Oder bist du jetzt mal lieber mein sprechender Hund? Soll er der Hund sein, der sprechen kann? Komm, sag mal: Diese beiden Jacken stehen Ihnen sehr gut, gnädige Frau.

O o o o o o o o o, tönte Rupert mit gespitzten, weit vorgestülpten Lippen und schloß das Repertoire mit dem besonders beliebten Prusten ab.

Ja, sie stehen mir wirklich sehr gut. Bertine hatte ihren Beschluß gefaßt und gefiel sich fortan.

Geistiger Verfall, Zufriedenheit schützt, sagte Marie Rosa.

In der Diele vor dem Spiegel stand ihre Schwester in Ruperts grauem Sakko. Mit einem Gesichtsausdruck wie für Fremde, begutachtete sie sich, sie lächelte einige kritisch besorgte Zweifel aus ihrer Physiognomie, und als sie zu uns ins Zimmer zurückkam, betätigte sie ihre Gesichtsmuskulatur, als treibe sie mit ihr Sport, und diese Grimassen der Zufriedenheit besagten: Ich bin entschlossen, diese Jacken zu behalten.

Wann probierst du endlich den Pullover an, Marie Rosa? Du frierst doch immer.

Nicht vor Zuschauern. Später.

Marie Rosa machte es mit dem Pullover so wie mit Geschenken zu Geburtstagen und zu Weihnachten.

Sehr schlau! Wie raffiniert, wie hinterhältig! Ich war offen und ehrlich. Ich habe mich eurem Spott ausgesetzt.

Treu, aufrecht, ehrlich und wahr. Ruperts Motto. Während ich es sagte – früher pries er, um einen Gegensatz zu mir oder anderen herauszukehren, sich halb im Spaß mit diesen Prädikaten an – dachte ich, daß er nicht übertrieben hatte und mir keines dieser Charaktermerkmale zustand und dann, daß ich sie längst nicht mehr ein bißchen lächerlich fand, sondern lobenswert und gut, wenn auch zum Fürchten, manchmal. Aber grundsätzlich waren sie unschätzbar wertvoll. Und fürchten mußten sie nur die, denen sie abgingen.

Ich habe dann Ediths Post vorgelesen. Sie berichtete von Kinderlärm im Flugzeug, Warteschlangen vor den WCs,

Allergie durch Air Condition, aber dann vom beinah schon familiären Wiedersehen an der Rezeption des *Captain Daniel Stone Inn* in Nummer 10, Water Street, Brunswick, Maine, und mit wie wenigen Schwierigkeiten sie sich gleich einlebte, es sofort genoß, ohne die übliche Zeiteinteilung bald auf ihrem Bett zu dösen, bald mit der bei Hertz-rent-a-car in Portland geliehenen Toyota Corolla umherzufahren oder auf dem Campus des kleinen College zu flanieren und in der dortigen Mensa Sandwiches und Salat zu essen und Kaffee zu trinken. Ricardo würde doch nicht gleich nach dem Kongreß in Chicago zu ihr kommen, sondern noch zu Freunden nach Amherst fliegen.

Deutlich zu merken, wie sehr sie das freut. Kannst »hurra, ich bin nicht verheiratet« rufen, Bertine, sagte ich.

Im letzten Jahr machte Ricardo eine Zickzacktour und gab *lectures* in New Mexico, Detroit, Seattle, und Edith hatte die ganzen vier Wochen für sich.

Ihre Freundin, eine Psychologenkollegin von Ricardo, hat sie bis jetzt nur kurz gesehen, sagte meine Mutter.

Marie Rosa sprach aus dem Gedächtnis den Satz aus Ediths Brief nach, in einer ausgewählten Sprechweise: Ich habe sie nur auf ein kurzes *Hallo* besucht.

Ich vermute, sie kriegt bei dieser Freundin Psychotherapie, sagte ich.

Die Schwestern schwiegen dazu. Marie Rosa gähnte.

Wir werden müde, sagte sie.

Wir auch, Rupert, oder? Aber ich kann müde und aufgedreht zugleich sein. Ich stöhnte hochdramatisch, um sie alle zu beleben und heiter zu stimmen. Jetzt möchte ich in Ediths *Captain Daniel Stone Inn*-Zimmer alle Viere von mir strecken, draußen Amerika, die breiten Straßen der kleinen Stadt, die hellblau und weiß angestrichenen Holzhäuser im Federal-Stil, sieht klassizistisch aus, sie haben Veranden und Balkone und Pilaster rechts und links vom Eingang, sehen alle wie kleine Herrenhäuser aus...

Sie solls genießen, sagte Marie Rosa.

Ja, natürlich soll sie das! Ich gönne es ihr, damit kein

Mißverständnis aufkommt! rief ich, und bemerkte Bertines schwesterliches, bescheidwissendes und ein bißchen ironisches Lächeln.

Fällt euch das auf, daß Rupert und ich seit 1985 keine Ferien mehr gemacht haben? Nichts dergleichen?

Aber du reist dauernd durch die Gegend, sagte Marie Rosa.

Das sind Dienstreisen, sagte Rupert.

Meine Mutter berichtete arglos von neuen Ferienreiseplänen meines ältesten Bruders. Und auch mein jüngster Bruder und seine noch viel jüngere schweizerische Frau, die mir zu zart vorkommt für anstrengende Touren, sie beabsichtigten, zu reisen, diesmal nicht nach Holland, sondern nach Wales.

Ah, wie sie alle in der Welt herumkutschieren, sagte ich.

Wenn sie es können, warum nicht, sagte Bertine gutmütig. Als Rupert und ich noch unsere Traditionsferien im *Prinses Juliana* hoch oben auf der Randdüne einer holländischen Insel machten, unsere Fortsetzung der Tradition mit Vater, Mutter, jüngstem Bruder, aber nun zu zweit allein, sah sie bei einem Abschied vor unserer Abreise so aus, als käme sie gern mit. Es müßte auch wundervoll für Susanna sein. Sie könnte am Strand rumtollen, sich richtig ausleben. Susanna war Witikos Vorgängerin, viel lebhafter als Witiko und wie er nach einer Figur aus Adalbert Stifters Prosa benannt.

Hunde riechen nichts am Strand. Ich glaube, es sieht nur so aus, als wäre es schön für Hunde, am Strand rumzurennen, sagte ich mit schlechtem Gewissen, denn wir würden Bertine und ihren Hund nicht mitnehmen.

Ja, sie reisen alle ziemlich viel, sagte meine Mutter mit der Arglosigkeit von vorhin und mit ebenso viel Einverständnis, es käme ihr überhaupt nicht in den Sinn, sich nicht für ihre Kinder und deren Vergnügungen zu freuen, und erst recht nicht der grämliche Verdacht, sie drückten sich vor Aufenthalten hier bei uns, oder wenigstens vor Abstechern, und die würde sie auch niemals fordern. Sie behält ihren klaren Kopf bei der Einsicht: Das ist nun alles längst das selbständige unabhängige Leben meiner Kinder. Daß es nicht – nicht von der Sorge um sie – unabhängig ist, weiß sie wohl weniger genau.

Ja, sie machen es sich schön, sagte Rupert.

Wir meinen es nicht eklig, rief ich.

Aber natürlich nicht. Marie Rosa klang sanft, mit dunkler Stimme. Bei all ihrer oft bitteren, skurrilen Art, sich unverblümt sarkastisch zu äußern, ist doch sie es, die mich beispielsweise tröstet, wenn es meiner Mutter über das leider gewohnte Maß ihrer Schwäche hinaus nicht gut geht.

Beim Weggehen gab Bertine traurig, wobei sie die echt empfundene Traurigkeit noch mit ein paar künstlichen Schluchzern steigerte, Ruperts Jacken zurück.

Jacken muß man ja zumachen, vor allem eine Lederjacke, die zieht man ja an, wenn es kalt und windig ist.

Aber es *ging* doch! Ich versuchte, sie zu überreden.

Nicht wirklich.

Meinst du das im Ernst? Ich teilte ihren Kummer.

Ganz im Ernst.

Dann kriegt sie dein Gärtner, Mutter.

Oh. Da wird er sich freuen.

Ihr Gärtner hilft auch zweimal im Jahr in unserem sogenannten Garten, der kleinen buschigen Wildnis. Er hat schon manches von Rupert geerbt, dankt feierlich und fast demütig. Neulich behielt er eine Sommermütze nach der Anprobe gleich auf, und wir sahen, daß der fleißige Mann sich manchmal im Fenster spiegelte, um sich in der neuen Mütze zu bewundern.

Er wird irgendwas aus dem Buch Daniel zitieren, was da geschrieben steht, sicher gibts was im Buch Daniel übers Abgeben von Kleidern, sagte Rupert, und Marie Rosa hörte es begeistert.

Die schönen schönen Sachen, wimmerte Bertine. Trotzdem tausend Dank!

Wir haben unsere weiblichen Utensilien am falschen

Platz auf dem Körper, sie sollten nicht da oben sein, sie stören furchtbar, sagte Marie Rosa. Euter sind besser.

Bertine kicherte. Aber unten würden sie mich erst recht stören.

Die zwei Schwestern lachten, wechselseitig erwischte eine die andere bei schlüpfrigen Assoziationen, und meine Mutter sah ihnen mit einem aus Mißbilligung, Befremden und Belustigung gemischten Ausdruck zu, der mich plötzlich an die Mutter erinnerte, die vor Jahrzehnten ins Spielzimmer trat, um den Unfug ihrer Kinder straflos zu überwachen.

Ich dachte, du, Marie Rosa, seist Feministin, und du auch, Bertine. Die würden eure Busenphobie strengstens zurückweisen, eure Feministinnen, sagte ich.

Seit ich kein Lustobjekt mehr bin, brauche ich die Dinger nicht, sagte Marie Rosa.

Haben wir sie je gebraucht, Rosa Marie?

Die Schwestern warfen sich, kurz in ein Geheimnis versponnen, komplizenhafte Blicke zu. Sie hatten sie gebraucht, so viel verriet mir ihr verschmitztes Getue miteinander.

Merkwürdig: der etwas erschöpfte, indignierte, gleichzeitig mahnend energische Seufzer meiner Mutter, wie Durchatmen. Sie beschloß, die Szene zu beenden und den Abschied einzuleiten: Fahrt gut! Habts gut!

Hab vor allem du es gut, Mutter, dachte ich während der Rückfahrt. Mach noch deinen kleinen Gang, trainiere die Beine, trinke genug, schlaf gut, nimm nicht zu viel ein, nimm aber auch nicht zu wenig ein, hab keine Leibschmerzen gegen Morgen, sei nicht aufgeregt in der Nacht – und was nicht noch alles. Ja, von all dem befreit zu sein, das wäre der Tod. Was ist gegen das Sterben zu sagen? Immer wieder, bei jedem Abschied, ist bitte *noch nicht* dagegen zu sagen. Nicht ausgerechnet heute, und auch noch nicht morgen. Bitte nicht sterben, und wenn das Sterben hundertmal die beste Lösung wäre. Endlich Freiheit, stimmts? Aber laßt es uns doch noch verschieben. Es paßt jetzt schlecht. Laß dirs gut gehen, machs gut, gute Besserung – alle Abschiedsvariationen sind Übersetzungen der drei Wörter: Bitte nicht sterben.

22

Nun lach doch auch mal, Louisa!

Am Himmel färbten sich weiße Wolken grau, einige sahen angeschwärzt aus.
 Ein Gewitter wäre das Wahre. Und das Wahre ist auch, daß ich natürlich, ja wirklich von Natur aus, ob ich will oder nicht, meine Geschwister zu allererst liebe, und euch, ich habe keine Wahl, ich bin dazu verdammt, so ist es nun einmal. Ich seufzte, hob die Arme, gestikulierte quasi italienisch und so, als drohe ich ihnen. Verdammt ja, zuerst kommen beim Lieben die Verwandten dran...
 Und dann die andern vielen, vielen, unterbrach Bertine mich mit ihrem Zitat. Hoheitsvoll lieferte sie den Anfang nach: Zuerst komm ich, und dann die andern vielen, vielen. Recht so. Sie hob das Messer, an dessen Spitze eine kleine Portion Butter klebte. Gleich bekäme Witiko die größere Hälfte ihres Brötchens.
 Wenn ich wieder auf die Welt komme, werde ich Hund bei dir, sagte Rupert.
 Meine Freunde wissen das allmählich, das von mir und der Liebe. Aber untereinander wollen sie, jeder, vor allem jede, Frauen sind so, die Allererste sein.
 Und wer ist die Allererste? fragte Bertine?
 Marie Rosa las und betrachtete die Sammlung von Witzen, die wir abgeliefert hatten, und manchmal mußte sie lachen. Meine Mutter saß aufrecht da und hörte zu oder tat so.
 Jede, die gerade dran ist, die mir irgendwo gegenübersitzt. Ich weiß überhaupt nicht, wann ich *ich* bin. Jedem Menschen gegenüber spielt man eine Rolle, und bei mir gibts eine Menge Menschen, also viele Rollen für mich.
 Von irgendeiner Dienstreise kann ich immer berichten. Von Leuten, die ich da und dort kenne und mit denen ich

mich, nur wenn meine Anwesenheit in der Stadt herauskommt, zu einem Kaffee oder zum Abendessen treffe.

Ich will keine privaten Briefe mehr schreiben, also nichts Privates von mir. Wenn ich mit jemandem zusammen bin, höre ich sowieso meistens bloß zu. Aber in Briefen, da ists was anderes.

Am besten, du hättest überhaupt nie Briefe geschrieben, sagte Rupert.

Bertine fand das geradezu unmenschlich. Und es sei doch interessant und schön und belebend, viele Menschen zu kennen. Dann allerdings verzog sie das Gesicht, glich einem Kind, das eine kostbare Vase umgeworfen hat, es war ihr *Bestraf-mich-nicht*-Gesicht, und sie bekannte, wie schreibfaul sie sei und wie froh, nicht so wie ich von fast schon unübersichtlich vielen Leuten Post zu bekommen: Ich hielte das nicht aus, es würde mich verrückt machen.

Wenn alle diese Leute eines Tages mit den Briefen herausrücken, die sie ihnen geschrieben hat... Rupert machte eine Pause.

Vielleicht kann man das per Rechtsanwalt verhindern, sagte ich.

Kann man nicht, sagte Rupert.

Marie Rosa schaltete sich ein: Natürlich wird ihr Verleger ihre *Gesammelten Briefe* herausbringen wollen. Aber keine Angst, Schätzchen, erst wenn du tot bist.

Rupert muß es verhindern, sagte ich.

Ja, das muß er, pflichtete Bertine mir bei mit der Vehemenz von Ahnung und Verdacht, bei meinen Briefen an alle möglichen Männer und Frauen handle es sich um schrecklichste Indiskretionen.

Ich werde nicht mehr da sein, um es zu verhindern, der Statistik nach, sagte Rupert.

Das weiß man nicht, sagte ich.

Bei *der* Verwandtschaft: doch, widersprach Rupert. Sieh dich um: In deiner Familie wird man ziemlich alt.

Das hängt vom Vorleben ab, sagte ich.

Du hast gute Gene, sagte Rupert.

Deine Eltern sind auch alt geworden, waren sie nicht auch beide über achtzig? Marie Rosa war mit den Witzen fertig.

Das ist ja ein scheußliches Thema, rief Bertine, und zu meiner Überraschung, demnach hatte sie zugehört, sagte meine Mutter mit einem Seufzerlächeln: Das finde ich aber auch.

Wenn alle tot sind und nur noch ich da bin, ists sowieso egal, sagte ich. Ich schreibe halt sehr spontan, Briefe, plötzlich in einem Hotel.

Sehr sehr unbedacht, sagte Rupert.

Aber damit ists vorbei, es gibt von mir nichts Intimes oder Anzügliches mehr oder gar Bekenntnisse... was natürlich das Leben noch langweiliger macht als es schon ist. Ohne Erotik reizt mich keine Freundschaft.

Oho, machte Bertine und warf einen Brocken vom Butterbrötchen in die Richtung des Flügels. Witiko machte sich huldvoll dorthin auf den Weg, wieder erinnerte er an einen erfahrenen älteren Butler, der sich den Launen seiner Herrschaft duldend fügt.

Stimmts denn nicht? Freundschaft ohne Erotik ist langweilig. Na? Stimmt doch. Überlegt mal.

Unsinn. Hast du was getrunken? Und warum habe ich nichts zu trinken? Rupert sah sich um, und Bertine sprang auf, um ihm aus dem braunen Barockschrank ein paar angebrochene Flaschen als Angebot zu bringen.

Eure Mutter hat mir gerade wieder ihr Lieblingsbuch aufgedrängt, sagte Marie Rosa. *Späte Freundschaft.* Ich glaube, Karl Barth und Zuckmayer hatten nichts Erotisches miteinander.

Doch. Wenn sie über letzte Dinge miteinander korrespondierten, dann ganz bestimmt. Wenn einer sich dem andern anvertraut, dann ist das Erotik. Na ja, aber Frauen blamieren sich, von einem bestimmten Alter an, ich meine: *mit* Erotik. Obwohl, George Sand... sie hat erst mit siebenundsechzig aufgehört. Mit dem letzten Liebhaber ihrer Biographie.

Sachen sagst du. Bertine spielte die Gouvernante, und Marie Rosa sang mit absichtlich zitternder Stimme: »Der kleine Zeisig spricht / Von Liebe spricht man nicht...« Es geht irgendwie anders.

Ich sags ja, Schluß damit, meine Briefe werden von jetzt an total eintönig und enttäuschend.

Rupert fand es schwer zu glauben, daß ich das durchhielte.

Ich weiß ziemlich viel von euch nicht. Ich beugte mich über den Tisch und grinste abwechselnd Bertine und Marie Rosa an. Wie wärs, wenn ihr mir doch mal eure Liebesangelegenheiten erzähltet?

Nach einem kleinen Aufschrei sagte Bertine in strenger Ruhe: Das könnte dir so passen.

Wir hatten so massenhaft viele, daß wirs nicht mehr zusammenbringen, Marie Rosa hob die Stimme und gab ihr einen künstlich schwärmerischen Ton: Es war einfach gottvoll! Eine Affaire wundervoller als die andere.

Von meiner Mutter weiß ich alles, sie hatte ihren Paul, und vorher diesen Fabrikantensohn, der sie heiraten wollte.

Langgezogenes *Aaah* von Marie Rosa. Das denkst du bloß, daß du alles von ihr weißt. Sie hatte Unmengen von Verehrern. Weißt du noch, Louisa?

Meine Mutter lächelte vergnügt, keck und doch auch schüchtern, und gab Marie Rosa recht. Die bestand dann aber darauf, der Fabrikantensohn sei hinter *ihr* her gewesen.

Gut, ihr wollt mir nichts wirklich Gravierendes preisgeben. Ist schon akzeptiert.

Ich glaube, ich hätte auch gar nichts hören wollen. Ich kann diese zeitgenössischen älteren Töchter und Söhne nicht ausstehen, die mit therapeutisch gemeinter Indiskretion ihre Verwandten aushorchen, auf der Suche nach verpatzter Vergangenheit, nach Fehlern und nach Versagen, um das vernichtende Urteil zu vollstrecken. Es sind allerdings immer die Väter, denen sie sich auf die Fersen heften, die Frauen in den Familien schneiden beinah immer gut ab, sofern sie überhaupt vorkommen. Neulich erst hatte ich eine Journalistin bitter enttäuscht, weil ich ihr nicht den Gefallen tat, einen Vater-Konflikt vorzuführen. Sie wollte mir nicht glauben. Es muß doch irgendwann einen Bruch gegeben haben? Nein. Reibungen? Nein. Ich nehme an, sie fand das ganz schrecklich. Was ist von jemandem zu halten, der nicht unter seinem Vater leidet? Und zwar immerzu, immer weiter sein Leben recherchierend, über den Tod des Vaters hinaus leidet, hadert und abrechnet? Nun, von mir ist nichts zu halten, denn ich leide nicht. Ich liebe meinen Vater, und nähme ich ihn als Maßstab, dann hätten es alle Männer verdammt schwer, vorsichtig gesagt, denn in der Konkurrenz mit ihm fielen sie weit zurück. Mein Vater ist außer Konkurrenz. Nie ein grobes Wort von ihm, nichts Strafendes, sondern ausschließlich, und das aus Klugheit und Vernunft, Liebe, Tröstliches, Gescheites. Das erregt Verdacht. Die Journalistin hofft, ich müsse dann doch wenigstens darunter leiden, daß er tot ist, wenn er schon so ideal war, woran sie nicht glauben will, das sehe ich ihr an, sie hat diese *Verklären-Sie-ihn-nicht*-Skepsis in ihrem resoluten Gesicht. Und schon wieder tue ich ihr nicht den Gefallen, leide schon wieder nicht. Ich bin ja, wenigstens partiell, erwachsen, sage mir demnach: Wie gut für ihn, es blieb ihm das mühselige kränkende Uraltsein erspart, Hinfälligkeit, womöglich Siechtum. Aber Sie denken doch sicher oft an all das ihm gegenüber Versäumte? Wirklich nicht? Keine Schuldgefühle? Die hat man nur den Lebenden gegenüber. Meine Mutter – ich verrate es der Journalistin nicht – sie kommt mir immer noch frisch verwitwet vor, mein Vater starb vor achtzehn Jahren, und trotzdem, es kommt mir heute noch so vor, als müsse ich meiner Mutter kondolieren, ihr bei den ersten Gehversuchen als Witwe helfen. Als müsse ich mich bei dir, liebe Mutter, für den Tod des Vaters *entschuldigen*.

Hast du deinen Zuhörern wieder Angst vor dem Alter gemacht? fragte Marie Rosa.

Das mache ich, wo ich nur kann. Jetzt erzähle ich von der Journalistin, die mich, bevor wir auf das Vater-Thema kamen, zu meinem Alter befragt hat. Sie war viel jünger als ich, aber ich kam mir überhaupt nicht wie die Ältere vor, es geht mir immer so mit diesen siegessicheren Frauen, auch ihr drei Schwestern kommt mir jünger vor...

Lebensuntüchtiger, sagte Bertine.

Aber die Journalistin sah mich so mildtätig an, ihr erbarmungsvoller Blick hat mich alt machen wollen, und sie sagte: Sie hatten ja nun kürzlich einen runden Geburtstag. Wie vorsichtig, wie diskret. Rund, ja, der Geburtstag war rund. Keine Zahlen bitte, nicht wahr? Sie hatte dieses undurchschaubare Dauerlächeln, das weder liebevoll noch sonstwas ist, ich meine, es ist gefühlsleer, es ist garstig, feindselig...

Also, was nun. Rupert klang ungeduldig. Feindseligkeit ist ein Gefühl.

Na ja, eigentlich war sie wohl ganz nett, und immerhin gehörte sie zu den Reporterausnahmen, die mit ihrem Bandgerät zurechtkommen. Sie fragte mich krankenschwesterhaft, wie nach irgendwelchen Schmerzen oder nach Fieber: Nehmen nun bei Ihnen die Kindheitserinnerungen zu? Sie redete von Kindheitserinnerungen wie von Wehen. Haben die Wehen eingesetzt, jetzt, nach dem runden Geburtstag? Ist das nicht idiotisch? Mit dem Gongschlag: Die Kindheitserinnerungen setzen ein. Ein Überfall. Ich habe sie natürlich hart enttäuscht. Was ist Ihr größter Fehler? Daß ich nicht genug bete. Nein, keine Angst, das habe ich nicht gesagt.

Und es ist auch sicher nicht dein größter Fehler, sagte Rupert.

Marie Rosa sah uns neugierig an. Ihr bringt wirklich Leben hier rein. So was Komisches. Erzähl weiter.

Du warst nicht nett zu dieser Journalistin, stellte Bertine fest.

Richtig schlimm wirds aber erst, wenn es um das hohe Alter geht. Zum Beispiel: Ah, einundneunzig Jahre alt ist

Ihre Mutter? Oder: *Frau* Mutter. Und sie lebt noch allein und einigermaßen selbständig! Wie wunderbar. Sicher hält sie nun Rückschau, macht nicht dieses hohe Alter gelassen und ruhig und... Und was? Ich unterbreche dieses dumme Zeug brutal. Meine Mutter ist nicht ruhig und gelassen, sie regt sich auf, über vieles, über Mitteilungen von der Bank, die sie nicht versteht, über sämtlichen Finanzamtskram, jedes Formular jagt ihr Angst ein... Aber dann sitzt sie doch auf ihrem Sofa und blickt zurück auf ein erfülltes Leben? Das tut sie nicht. Sie lebt ausschließlich in der Gegenwart. Nicht jeder alte Mensch kriegt dieses Klischee-Langzeitgedächtnis. Sie soll aber nach dem Willen aller, die das Alter idealisieren, auf ihrem Sofa sitzen und in alten Photoalben blättern und alte Briefe lesen und manchmal aus ihrer Versunkenheit dankbar aufblicken in ihren friedlichen Lebensabend mit seinem verklärenden Licht...

Marie Rosa lachte halb entgeistert, halb begeistert, Bertine blickte streng zustimmend, Rupert fand, ich solle mich nicht sinnlos aufregen – Komm, jetzt reg dich mal ab – und meine Mutter sah all dem erstaunt zu.

Was soll denn so wundervoll sein im hohen Alter? Daß man jeden Tag noch etwas länger als am vorangegangenen Tag braucht, bis man seine Bluse zugeknöpft hat? Und sich zum Umfallen schwach fühlt und nicht genau weiß, ob man noch bis zum Briefkasten kommt? Ich stand auf und drückte meine Mutter bei den Schultern, ich hatte so wenig in den Händen bei diesem Griff, und gab ihr einen Kuß ins warme Gesicht. Na, Mütterchen, hat sie vielleicht nicht doch recht, die Journalistin? Du sitzt auf dem Sofa und hältst Rückschau. Immerzu denkst du an alle deine Lieben. Es ist dir egal, wie es dir geht. Hm? Ganz egal, ja?

Leider nicht. Es ist mir überhaupt nicht egal, sagte meine Mutter. Sie sah mich an, als käme jetzt Hilfe von mir, als wisse ich plötzlich ein neues Medikament, durch daß sie sich verjüngen werde.

Aber da ließ ich sie wieder los. Ja, so sind Interviews, sagte ich etwas lahm.

Bewundernswert, wie du mit den Leuten reden kannst, sagte meine Mutter.

Das ist alles furchtbar unwichtig. Denkt doch mal: Wenn wir unser Tun und Lassen, nein, nicht das Lassen... wenn ich unser Tun und Nichtlassen unter die Lupe nehme, wenn ich es röntge und tomographiere...

Vergiß nicht den Ultraschall, sagte Rupert.

Dann ist alles sinnlos. Ablenkung. Beschäftigungstherapie. Ob die Nachbarn ordnungsgemäß ihre Gewächse schneiden, Bücherschreiben, daß ich Klavier übe, Mülleimer, alles sinnlos. Alles, bis auf die Freundlichkeit. Ich wartete. Die Freundlichkeit zwischen uns, die ist nicht sinnlos, oder?

Und daß es meinem Hund gut geht. Das ist sehr sinnvoll.

Und meine Dahlien sind nicht sinnlos. Und der Witz, den ich gerade nachzeichne. Ein grausliches Ehepaar, sie sehen schrecklich komisch aus, und der Mann fragt seine Frau, er guckt dabei über die Zeitung, aus der er die Fragen hat: Findest du mich a) sehr sexy, b) sexy, c) nicht sehr sexy. So wie ich es zeichne, wird der Witz noch viel schlimmer. Marie Rosa sah mich großäugig an. Sag bloß nicht, mein Zeichnen sei sinnlos.

Aber sie wußten die ganze Zeit über, was ich meinte.

Übrigens finde ich auch Mülleimer nicht sinnlos, sagte Marie Rosa. Überhaupt nicht.

Ich meinte doch dieses völlig vergebliche Müllsortieren, diese Biotonnen, den ganzen Quatsch und Aufwand, als gäbe es noch was zu retten.

Marie Rosa erzählte, sie habe gestern beim Einschlafen plötzlich an die vielen Krankenhausabfälle gedacht.

Fang nicht wieder damit an, rief Bertine.

Ich dachte an all die abgeschnittenen Brüste und Tumore, sagte Marie Rosa, den ruhigen *Jetzt-erst-recht*-Blick auf mich geheftet. Das ist doch alles fabelhaft organisiert, das müssen sich doch Leute mal ausgedacht haben, wie alles funktioniert, überhaupt, ein *Gemeinwesen*, überlegt doch mal.

Wenn es nur Leute wie uns gäbe, würde überhaupt nichts funktionieren. Das steht fest. Es gäbe keine einzige Brücke und schon gar nicht Flugzeuge, aber nicht mal so was Einfaches wie Briefkästen, sagte ich.

»Zuerst komm ich, und dann die andern vielen.« Halt! rief Bertine plötzlich.

Wie geht eigentlich das ganze Zitat und von wem ist es? wollte ich wissen.

Das ist es ja. Ich glaube, es ist von Hitler! rief Bertine. Ich muß das irgendwann mal als Schulkind vorgetragen haben, ich stand auf einem Podest. »Zuerst die Heimat, dann die ganze Welt.« Sie lachte entsetzt und erheitert. Vielleicht ists auch von einem andern Nazi.

Es hört sich höllisch nach Hitler an, fand Marie Rosa.

Nein, Witiko, nein, pfui! Nicht lecken! rief Bertine.

Was ist das nur für eine neue Phase bei ihm, sagte ich.

Erotik. Marie Rosa kicherte.

Meine Mutter hielt sich da heraus.

Paß auf, Bertine, das kommt alles in ihr Buch.

Über meinen Hund kommt nichts Häßliches rein, wehe du schreibst was Garstiges über meinen Hund!

Jetzt hat sie sich schon die anzüglichen Briefe verboten, und nun machen wir ihr auch noch Vorschriften für ihr Buch. Armes Kind, sagte Marie Rosa.

Ja, es ist hart. Mein letztes Hotel war so ideal, der Schreibtisch mit Blick auf den Bahnhof gegenüber, auf die dicke runde Bahnhofsuhr, so daß ich fast kein Reisefieber hatte, und nicht *einen* nicht ganz einwandfreien Brief habe ich geschrieben. Ich versetzte Rupert einen kleinen Stoß. Ist das nicht großartig? Eine Frau, die von einem auf den andern Tag besonnen geworden ist.

Rupert sah nicht überzeugt aus.

Je oller, je doller, sagte Marie Rosa.

Nicht einmal an euch habe ich geschrieben, nur an dich ein jämmerliches Kärtchen, Mamma.

Das war sehr lieb von dir, sagte meine Mutter etwas förmlich, es klang einstudiert.

Weil ich *über* euch schreibe, deshalb kriegt ihr jetzt keine Post von meinen Reisen.

Daraufhin lächelte meine Mutter mir wie eine gute alte Freundin zu, die andern spielten und empfanden ihre Bedenken, sie spielten sie aus zu größeren Bedenken als denen, die sie empfanden.

Ich beugte mich meiner Mutter entgegen, fragte sie feixend: Willst du, daß ich deine zusätzlichen Rohypnol-Bröckelchen erwähne, diese kleinen Extras wider besseres Wissen?

Nein.

Und deine Koliken?

Nichts über Verdauung! befahl Bertine.

Mein Leibweh? fragte meine Mutter.

Ich habe schon vor dem Wort Angst: Leibweh. *Mein* Leibweh. Ich kann es nicht leiden, wenn sie ihre therapeutisch aufzuklärenden Schmerzen in der Morgendämmerung *Leibweh* nennt.

Ja, sagte meine Mutter mit merkwürdig fester Stimme. Über den kleinen Tumult aus Lachen und Protest ging sie hinweg, sie beachtete ihn nicht, sie sah mich an, als erwarte sie vom Aufschreiben Hilfe: gegen Leibschmerzen, schwache Beine, allgemeine Kraftlosigkeit, Ängste, Deprimiertheit.

Ich habe gerade ein Buch gelesen, in dem stirbt eine Frau an Krebs. Es sind bei ihr im Bauch keine Divertikel wie bei dir.

Meine Mutter sagte, sie wisse nicht, was es ist.

Sie hatte jetzt schon wochenlang keine Probleme damit, berichtete Bertine. Und dann plötzlich letzte Nacht wieder.

Und wie gewöhnlich, wenn dieses Thema dran ist, erkundigte sich Rupert: Hast du was Besonderes gegessen?

Nein.

Schokolade?

Kaum. Ein bißchen.

Aha. Dann wars wieder mal die Schokolade.

Nur die Freundlichkeit ist nicht sinnlos, trällerte Bertine. Dann rief sie: Moment! Es heißt: »Zuerst das Volk, und dann die andern vielen.«

Ich soll darüber schreiben, deine Leibschmerzen sollen vorkommen, ja, Mutter?

Ja, wiederholte sie, fast ein wenig stolz und eigensinnig.

Louisa, sei nicht dumm! Du weißt nicht, was bei *ihr* Schreckliches draus wird. Ich würde nicht einwilligen. Natürlich, wir sind alle miteinander Stoff für eine Satire, wir alten Einsiedlerkrebse. Das Alter ist schon blamabel genug.

Ratschläge ihrer Schwestern. Meine Mutter behielt ihren zuversichtlichen Blick bei, sie hat Vertrauen zu mir. Außerdem sagte jetzt Marie Rosa: Über mich, mein Schätzchen, kannst du alles schreiben. Zum Beispiel, daß ich sofort aufs Klo muß.

Sie blieb sitzen.

Mußt du nun oder mußt du nicht? Bertine seufzte.

Ja ja, die Altchen, sagte ich.

Nenn sie bloß nicht *Altchen*, schimpfte Bertine.

Laß sie doch. Marie Rosa fand es allerdings besser, realistisch *Greisin* genannt zu werden, oder sie tat so. Nenn mich alte Schachtel. Das Alter kommt mir manchmal wie ein Laster vor.

Meine Mutter sah mich erwartungsvoll an. Immer wieder schien sie, wenn ich mir in meinem Buch die Attacken auf ihr Wohlbefinden vorknöpfte, an Therapie, womöglich an Heilung, Befreiung zu glauben.

Kurt ist jetzt achtzig geworden und es geht ihm fabelhaft, er ist unternehmungslustig und munter, sagte Bertine. Kurt war einer ihrer Cousins.

Mit achtzig gings mir auch noch gut, behauptete meine Mutter, die sofort, wie immer bei diesem Irrtum, zu hören bekam, sie habe vergessen, daß es ihr in mancher Hinsicht sogar weniger gut gegangen sei als gegenwärtig.

Gewiß, körperlich war sie nicht so schwach, sie konnte noch sehr gut gehen, dann weniger gut, dann gar nicht mehr gut, aber immerhin besser als heute. Sie war jedoch auch oft müde – Müdigkeit als Erscheinungsform der Realitätsfurcht und der Flucht vor sich selber als eines Mitglieds der Gesellschaft, das registriert ist und dafür sorgen muß, daß ein Personalausweis nicht verfällt, daß der Steuerberater sämtliche Zinseinnahmen, Mieteinnahmen, Kontoauszüge geschickt bekommen muß, daß der Monteur sicher recht hat, wenn er ihr rät, den Heizkessel auszuwechseln, weil er zu alt ist und weil es jetzt sogar eine Vergünstigung dafür gäbe. Und schon immer war sie oft aufgeregt, ohne zu wissen warum, und fremden Menschen gegenüber scheu, damals nicht weniger als heute – es stimmt nichts an ihrer Erinnerung. Wenn sie *mit fünfundsiebzig ging es mir noch sehr gut* sagt, vergißt sie ein paar Unfälle, die hilflose Nacht in der Badewanne, Probleme mit den Zähnen, Fußschmerzen, die demütigende endoskopische Untersuchung beim Röntgenologen, zwei gebrochene Handgelenke; *bis vor kurzem gings mir gut*, sagt sie, glaubt dran und täuscht sich sehr. Die Vorschriften des Orthopäden hat sie nicht lang beachtet, sie hat sich die Einlagen für die Schuhe besorgt, ist dann aber doch lieber wieder in ausgetretenen Sandalen herumgelaufen, sogar im Winter bei Frost, Schnee und Eis, sie machte kleine Schritte vom Taxi bis zu unserer Haustür, wenn sie – wie selten, wie hundsgemein selten forderten wir sie dringend genug dazu auf – Rupert und mich besuchte, mit Vorfreude auf den Kaffee und gespannt, welchen Kuchen es gäbe, vergnügt, weil sie ungefähr zweieinhalb Stunden bei uns säße, auf ihrem Stammplatz, dem mit dunkelbraunem Leder bezogenen Backensessel, meines Vaters Lieblingssessel, den sie uns kurz nach seinem Tod geschenkt hat, vielleicht nur auf meine Bemerkung von der Art hin *diesen Sessel könnten wir gut gebrauchen* oder *wie sehr ich an diesem Sessel hänge*... auf etwas zugleich Beiläufiges und kindlich Habgieriges hin, das so unschuldig klang wie ihre Reaktion: *Ich schenke ihn euch*, an die sie kein Zögern und keine Trennungsseufzer und keine Bitte um Würdigung dieses Abschieds, der auch ein Abschied vom Vater war, verschwendete. Ruf gleich an, wenn du wieder zu Haus bist, Mutter! Hatte ich zum Taxifahrer, als er meine Mutter bei uns ablieferte, jemals gesagt: Sie holen sie doch pünktlich wieder ab? Meine Mutter klang immer sehr aufgeweckt nach der Rückkehr von der kurzen Zeit mit uns, sie sagte, sie hätte vom Sherry einen kleinen Schwips und *vielen vielen Dank*. Tausend Dank, daß du da warst und für deine Mitbringsel, Mamma! Sie hat dann immer *ich habe mich zu bedanken* gesagt.

Und sie war auch noch nicht einmal achtzig, als ich sie zu ihrem Internisten begleitete, weil ich darauf bestand, ihrem *Leibweh* den geheimnisvollen Nimbus wegdiagnostizieren zu lassen. Ihr Internist, ein korrekter und strenger Mann, der zwanzig Jahre jünger als sie war und den sie fürchtete und respektierte, fast verehrte – aber vor jedem Besuch bei ihm schien sie mir von zu viel Valium dösig – er ist vor anderthalb Jahren an seinem zweiten Asthma-Anfall gestorben. Meine Mutter hat seiner Frau geschrieben, und die Arztwitwe hat mir berichtet: Es war der schönste Brief zu seinem Tod. Deine Mutter hat geschrieben: Ich werde ihn nie vergessen. Aber sie hat meiner Mutter nie geantwortet, so viel ich weiß, ich habe nicht danach gefragt, um nicht an eine Kränkung zu rühren. Fünf Minuten Audienz beim Internisten, und doch war meine Mutter immer furchtbar aufgeregt, wenn sie zu den Routinekontrollen – Blutdruck, Puls, Herz – bestellt war. Sie empfand sich ihm gegenüber wie ein junges Mädchen, so wie es ihr mit allen jüngeren und lebenskundigen Menschen geht, wie mit der jungen Gemeindeschwester, die einmal in der Woche bei ihr hereinschaut, mit dem Taxifahrer; aber zum Internisten blickte sie auf wie zu einem weit überlegenen Lehrer, von dessen Wohlwollen und guten Zensuren man abhängig ist, zu den anderen Jüngeren, die ihr älter als sie selber vorkamen, nicht. Und damals war ich bei ihr, um ihr dem Arzt gegenüber beim Formulieren ihrer Beschwerden beizustehen und auch um Heiterkeit ins gefürchtete Sprechzimmer zu schmuggeln. Wenn ich nicht mitkäme, dachte ich, stände sie bloß wieder stramm vor ihm, zuerst würde sie *es geht mir gut* sagen und dann etwas Unglückliches von ihrem *Leibweh* erzählen, hauptsächlich darauf bedacht, schnell hier wieder herauszukommen, ohne Untersuchung, aber mit einem Rezept.

Marie Rosa hat früher auch diesen Arzt konsultiert, bis ihr die Fahrt nach D. zu beschwerlich wurde, und sie dachte überhaupt nicht daran, vor ihm die Heldin zu spielen. Er ist ein Eisklumpen. Wenn er mir die Hand gibt, guckt er an mir vorbei. Er will mich sofort wieder loswerden. Meine Mutter sah immer betrübt aus, wenn Marie Rosa so radikal redete, widersprach aber nicht. Vermutlich ist er sehr gehemmt, sagte Marie Rosa halb versöhnlich. Und dann konnte es vorkommen, daß meine Mutter stolz behauptete: Diesmal, als ich dort war, habe ich ihn aufgelockert. Wie denn? Worüber habt ihr geredet? Meine Mutter mußte überlegen. Ich habe ihn gefragt, wie es ihm geht. Und, wie gehts ihm? Was hat er gesagt? Es geht ihm ganz gut. Meiner Mutter fiel nichts mehr ein, sie ließ sich und den Arzt und ihre grandiose Leistung, ihn aufzulockern, freundlich auslachen.

Ich war dabei, als der Arzt sie untersuchte, sah aber halb weg. Meine Mutter lag auf seiner Untersuchungsliege. Er konnte beim Abtasten nichts feststellen und hat deshalb die Endoskopie angeordnet und den Röntgenologen genannt, mit dem wir einen Termin machen sollten. Er hat kalt jeden Liebreiz der noch denkbaren Harmlosigkeit ausgespart und gesagt: Man kann nicht vorsichtig genug sein.

Ich bin anschließend mit meiner deprimierten, in sich gekehrten und schweigsamen Mutter die paar Schritte von der Praxis hinüber zu ihrer Schneiderin gegangen. Aus Gewissenhaftigkeit mußte er diese Untersuchung anordnen, sagte ich, um gerecht zu bleiben und auch, um meiner Mutter Mut zu machen. Mir war Lola eingefallen, meine Freundin mit dem riesigen Krankheitsregister: Sie hat schon mindestens zwei solcher Untersuchungen hinter sich, wenns nicht drei sind. Vielleicht hat sich meine Mutter gar nicht so große Sorgen gemacht wie ich, vielleicht war sie nur enttäuscht, weil ihre allwissende Respektsperson nicht auf der Stelle ein hilfreiches Medikament gewußt hat. Bei der Schneiderin absolvierte sie die Anprobe zwar mit einem feierlichen Ausdruck, aber wahrscheinlich habe ich auch den falsch gedeutet. In meinen Phantasien ließ ich sie fürchten: Da schlüpfe ich in ein unfertiges Sommerkleid, und die Schneiderin nimmt die Stecknadeln aus ihren zusammengepetzten Lippen und bringt sie da und dort an, um die künftige Weiterarbeit zu markieren, am hübschen Sommerkleid: Wird mir denn Zeit bleiben, es zu tragen? Ich tue so, als würde ich den Sommer erleben. Wirklich, was meine Mutter nach dem schnellen Wechsel aus der Arztpraxis ins Maßschneidereiatelier empfunden hat, ich weiß es nicht.

Und die entwürdigende Folter bei der Röntgenuntersuchung des Darms: Mutter, die kannst du doch nicht vergessen haben? Angeblich hat sie die nicht vergessen. Sie will trotzdem immer einmal wieder, wenn gegen Morgen die Schmerzen sie zwei Stunden lang geplagt haben und kein Medikament half, genau wissen, was das sein kann. Was tut da so furchtbar weh und schwächt sie? Es sind Divertikel, Mamma, das war die Diagnose. Manche Leute haben diese Schmerzen auch tagsüber. Oder immerzu. Bei dir kommen sie wochenlang nicht. Meine Mutter meint beharrlich, deswegen müsse es sich bei ihr um etwas Rätselhaftes handeln. Es sind Blähungen, sagt Bertine. Blähungen, sagt Marie Rosa, können bis in die Rippen, bis ganz oben rauf weh tun. Mir tut es im Bauch weh, sagt meine Mutter. Du willst aber doch kein zweites Mal eine solche Untersuchung? So wie damals auf diesem schauerlichen Tisch in Bauchlage? Wenn ich das sage, klingt es wie eine Drohung. Nein, nie mehr, sagt meine Mutter folgsam und entschieden. Was Divertikel sind, begreift sie trotz vieler Erklärungen nie und nimmer, sie will es nicht, und auch nicht glauben, daß sie selber solche Nischen und Ausbeulungen in ihren Därmen hat. Sie glaubt nicht an die Divertikel. Edith fragt in ihren Briefen nach dem *Leibweh*. Ich frage am Telephon nicht mehr danach, weil es nicht mehr so regelmäßig auftritt wie früher und dann in Vergessenheit gerät. Edith fragt: Was kann es wohl sein? Und dann folgen liebevolle mitleidige traurige Sätze. Die tun meiner Mutter wahrscheinlich gut.

Wie erleichtert wir alle auf der Rückfahrt mit meiner von der Untersuchung schockierten, verstummten Mutter waren. Rupert fuhr uns zu den beiden Schwestern nach H., wo sie eingeladen war, sich von den Strapazen der vorausgegangenen dreitägigen Abführkur und dem Arztbesuch zu erholen. Ich weiß noch, daß ich nach der befreienden Diagnose den Röntgenarzt geradezu anhimmelte, als habe er verhindert, daß ein Tumor entdeckt wurde. Ja, es schien ihm zu danken zu sein, daß bei meiner Mutter kein Carcinom gefunden wurde und, außer den Divertikeln, die Diagnose *seelische Störungen* hieß.

Und ich vergesse nicht den bedenklichen, erstaunten, mir leicht mißtrauenden Blick des Arztes. Finden Sie wirklich seelische Ursachen so angenehm? fragte er mich. Er schien mir, auch ohne seine Apparate, mein Gehirn zu röntgen, worin er sah: Aha, von den seelischen Störungen erwartet diese Tochter sich weniger Beeinträchtigung ihres eigenen Lebens. Krebs, das hätte mehr Scherereien bedeutet. Nicht gerade angenehm, aber angenehmer als ein Tumor, antwortete ich. Ich bin mir da nicht so sicher. Rechtzeitig entfernt, wäre ein Tumor einfacher für Ihre Mutter. Ich glaube, er konnte mich nicht sehr gut leiden in diesen Momenten.

Mir ist das seelische Leben meiner Mutter alles andere als egal, habe ich ihm nicht gesagt. Daß sie öfter als sie zugibt in trüber und verzagter Stimmung ist – bei der die Angst vor ihrer Zukunft gewiß die Hauptrolle spielt – beschwert mich mit Kummer und Selbstvorwürfen, denen die Vorwürfe an uns vor lauter Liebe und Umsicht schlappe Familienmitglieder beigemengt sind, und mit

Ohnmacht, Teil von unser aller Ohnmacht. Aber körperliche Krankheiten sind mir erst recht nicht geheuer. Betrübte Seelen hingegen – wären die nicht selbstverständlich und angebracht? »Was betrübst du dich, meine Seele, und bist so unruhig in mir?«: allzu verständlich, liebe Mutter. Nur müßtest du, du warst ja eine Pfarrersfrau, die beherzt und mit der besten Stimme von allen unsere Kirchenlieder bei den Sonntagsandachten des Vaters anführte, doch lesen, wie es nach dem Fragezeichen weitergeht.

Ich weiß, daß ich zu viel verlange. Auch mein Vater kannte sich mit der »betrübten Seele« aus, als er alt war erst recht. Doch nebenher konnte er genießen. Er liebte die »frische Luft«. Er brauchte seinen Spaziergang, und dann sagte er: »Ich gehe ein paar Schritte an die frische Luft.« Neben seinem Schreibtisch öffnete er das Fenster, und frische Luft verschaffte er sich auch durch das, was er las: Goethe, Lichtenberg, Spinoza, Montaigne, Larochefoucault, Kierkegaard, Leibniz. Er langweilte sich nicht, er hat keine Zeit verschwendet, er verstand sich auf die Glücksmomente, er arbeitete an Vorträgen und trank Kaffee und Fachinger Wasser dazu, er hatte gern den engen Kreis der Familie um sich beim Nachmittagstee oder im Wald oder auf einem seiner Gänge in die Stadt, er hat für Edith und mich und auch für meine Mutter gern Kleider oder Stoffe ausgesucht und Schmuck hat er uns gern gekauft, er konnte in Buchhandlungen und Antiquariaten ebenso die Zeit vergessen wie in einem Feinkostgeschäft, und bei Kunstschreinern hat er unter der Verrottung von Schreibschränken, Rollpulten, Tischen und Stühlen das jeweils wertvolle Möbel entdeckt und zugegriffen, obwohl er wußte, daß meine Mutter stöhnen würde: Schon wieder ein Schreibtisch! Schon wieder eine Goethe-Ausgabe! Und was mache ich mit all diesen Delikatessen? Ich habe vier Kinder, hat mein Vater jedesmal geantwortet. So großzügig er war und so gern er uns beschenkte: Seine vier goldenen Taschenuhren haben wir erst nach seinem Tod be-

kommen. Manche Sachen hat er lang um sich haben und
genießen wollen. Und er verstand sich auf den Müßiggang.
Bei Dienstreisen liebte er die Pausen am meisten. Er ließ
den Chauffeur warten, damit er eine halbe Stunde gehen
konnte. Einkehren wollte er so oft wie möglich: zum Essen
mittags, abends, zwischendurch auf eine Tasse Kaffee, immer an besonders schönen Plätzen, die er vorher im Reiseführer ausgekundschaftet hatte. Bis endlich die Familie um
ihn herum zur Ruhe kam und jeder hatte, was er wollte,
mußte er eine Zeitlang warten und mehrmals hat er, ohne
den begleitenden Seufzer besonders ernstzumeinen, *nun
seid doch endlich mal zufrieden* gesagt und *haben wir es nicht
schön hier?* Daß wir manches, das er auf diesen Reisen auch
wollte, nicht mitmachten, hat ihn zugleich ein bißchen
geschmerzt, aber auch amüsiert. Er wollte uns Museen
zeigen, berühmte Marktplätze mit besonderem Fachwerk
am Rathaus, eine bedeutende Kirche, und schon während
er uns Angebote machte, rechnete er mit unserer Weigerung: Weiterfahren! Wir sind zu faul zum Aussteigen.

Meine Mutter hat, weil sie keine von diesen Sofaplatz-Alten ist, die von der Rückschau leben, vieles aus dem
früheren Familienleben vergessen, sogar ihre eigene unentbehrliche Leistung darin. Jetzt könnte sie es, weil sie
nicht mehr für immer wechselnd viele, immer zu viele
Personen einkaufen und kochen muß, meinem Vater nachmachen und das Fenster öffnen, im doppelten Sinn so wie er
es tat: nah der Luft von draußen und der, die wirklich *frisch*
geblieben ist und die aus den Büchern gescheiter Menschen
früherer Zeiten strömt: Mutter, lies doch mal etwas, das den
Geist beschäftigt und befreit! Laß dich nicht gehen! Warum
eigentlich nicht, warum soll sie sich nicht gehen lassen? So
alt, so alt, und immer noch Pflichten. Ja, weil gerade das die
Methoden gegen das pure Altsein sind.

Natürlich rede ich nie so mit ihr, und wenn doch, andeutungsweise, dann in der Scherzform.

Messing und Altgold jubilieren im Garten. In den Baumkronen, sagte Bertine.

Ist das wieder ein Zitat oder ist es von dir? fragte ich.
Von mir, sagte Bertine. Allerdings lese ich einen Roman, der im Herbst spielt.
Du hast das Rosa vergessen. Der Ahorn ist rosa, manche Blätter, oder malvenfarben, sagte Marie Rosa.
Ich kann nicht gut, sagte ich zu meiner Mutter, einfach nur zuhören, wenn du klagst: Heute kann ich gar nicht laufen. Vorhin wäre ich beinah vom Stuhl gefallen. Ich kann doch nicht sagen: Ach du Ärmste, und es auf sich beruhen lassen.
Doch, sagte sie.
Aber wie denkst du, daß es weitergeht? hatte ich sie vor ein paar Tagen am Telephon zu fragen gewagt.
Ich weiß es auch nicht, antwortete meine Mutter.
Verkauf dein Haus und ziehe ganz nach H., sagte ich. Bei den jetzigen Immobilienpreisen würdest du reich.
Ich habe Geschirr für sechs Personen, sagte meine Mutter.
Merkwürdig, daß ihr nur das Geschirr einfiel. Von den Möbeln und den vielen Büchern und allem andern sprach sie nicht.
Die Sachen sind doch kein Problem. Ich lachte. Der Vater hat immer gesagt: Ich habe ja vier Kinder. Vier Kinder hast auch du. Um sie zur Nachahmung aufzufordern, lachte ich wieder.
Es half nichts. Ich spürte ihren Widerstand und daß sie das Telephonat beenden wollte.
Du bist ja nicht allein. Das läßt sich alles lösen. Ich dachte, wahrscheinlich würdest du dich nicht mehr so schwach fühlen, wenn endlich einmal irgendwas klar gelöst wäre.
Hoffentlich muß ich das alles nicht mehr erleben, sagte meine Mutter. Leb Wohl. Ich will jetzt mit den andern frühstücken.
Erst als ich mit kindischer Quietschstimme fragte: Jetzt bist du mir böse, du *haßt* mich, stimmts? – erst dann hat sie mit der schönen kräftigen und überhaupt nicht mehr hei-

seren und hüstelnden Stimme *ich bin dir schrecklich bös und ich hasse dich sehr* gesagt, erst dann gelacht.

Man könnte das Haus in S. gut verkaufen, fing ich an, und um die Wirkung abzuschwächen, lobte ich den Käsekuchen.

Bei Problemen essen die *Golden Girls* mitten in der Nacht immer Käsekuchen, sagte Marie Rosa. Das finde ich immer so schrecklich gemütlich.

Ich sehe nicht ein, daß die Mamma die Briefe ihrer Kinder genießt, sich von interessanten Reisen und Konzerten und Streß und Bauarbeiten erzählen läßt, aber daß in diesen Briefen nie von *ihr* die Rede ist.

Aber sie schreiben doch sehr mitfühlend über alles, sagte Bertine. Edith macht immer wieder diese Vorschläge mit Physiotherapie.

Ihre Zukunft wäre dran. Veränderungen. *Ich* schlucke Tranquilizer, *ihr* sorgt für sie...

Psssst! machte Bertine und rief dann: Nur die Freundlichkeit zählt! Nur die Freundlichkeit ist sinnvoll, wars nicht so?

Was wäre, auf die Lage meiner Mutter bezogen, die größte Freundlichkeit? Ich fragte Bertine danach.

Sie in Ruhe zu lassen, antwortete statt ihrer Marie Rosa sehr schnell. Mach dir nicht so viele Sorgen. Sie will ihre Ruhe haben. Gestern abend haben wir einen schrecklich blöden, aber sehr spannenden Film gesehen. Eure Mutter war sehr interessiert.

Ich hab den Film nicht gesehen, sagte Bertine stolz. Ich habe für mein Kunst-Funk-Kolleg gearbeitet und dann noch ein furchtbar schweres Rätsel gelöst.

Marie Rosa hob den Kopf von einem Witzblatt, sie lachte, sie hielt den Witz meiner Mutter hin, deutete drauf.

Höflich lächelte meine Mutter, ehe sie sich wieder abwandte.

Nun lach doch auch mal, Louisa! forderte Marie Rosa sie auf.

Ich hab gelacht, sagte meine Mutter.

Marie Rosa verlangte von ihr, den Witz gründlich zu studieren. Allein wie die Leute aussehen! Diese Nase von der Frau! Sie sieht unglaublich blöd aus.

Ja ja, sagte meine Mutter und lachte ein bißchen.

Sie muß nie über Witze lachen, sagte Bertine.

Nun lach aber mal, aber richtig! drängte Marie Rosa.

23

Ich habe dir mit Begeisterung zugehört

Ich versuchs heute, nach Haus zu fahren. Aber für morgen habe ich der Frau Bissinger abgesagt.
    Aber warum denn das? rief ich ins Telephon. Es war Montagmorgen, kurz nach zehn. Frau Bissinger ist die freundliche Bauersfrau, die bei meiner Mutter alle vierzehn Tage putzt.
    Ich bin zu schwach.
    Aber dann ists doch umso besser, wenn dir die Frau Bissinger hilft. Du hast ihr auch schon vor vierzehn Tagen abgesagt.
    Es regt mich zu sehr auf.
    Die Frau Bissinger doch nicht? Diese gutmütige tüchtige Frau? Und sie kann dir auch endlich das Wasser für den Garten abstellen, sie kann noch auf die Leiter steigen, wir hatten schon den ersten Bodenfrost hier.
    Meine Mutter bestand darauf, Frau Bissinger rege sie auf, sie fühle sich zu schwach, sie könne ihr kein Mittagessen machen.
    Das Mittagessen bringst du doch fertig in deinem Körbchen mit, du wärmst doch immer nur auf, was Marie Rosa dir gekocht hat. Mamma! Ich glaube, ich muß mit dir zum Nervenarzt gehen.
    Jetzt lachte sie ein bißchen und sagte: Nein.
    Ist es der Montag?
    Der Montag regt mich immer schrecklich auf.
    Du brauchst dich bloß ins Auto zu setzen und in S. wieder aus dem Auto auszusteigen. Kein Zug fährt ohne dich ab.
    Aber es regt mich auf. Es strengt mich schrecklich an.
    Auch ich war längst sehr aufgeregt. Meine Mutter hoffte, mit mir wie mit einer Freundin zu sprechen. Sie

hoffte, ich würde gemeinsam mit ihr über Montage stöhnen, über Reisefieber, ich würde vielleicht wieder Walker Percy zitieren: »Krieg ist erträglicher als ein Montagmorgen.« Aber heute war ich anscheinend diese erwachsene Frau, eine Tochter, die längst alles besser wußte als sie: Im Hochsommer läßt man die Rolläden runter und die Sonne gar nicht erst ins Zimmer. Man schaut auf die Innen- und die Außentemperatur und paßt den Moment ab, von dem an es draußen wärmer als drin ist und schließt dann die Fenster. Du läßt die Markise viel zu spät runter. Rupert und ich, wir haben keinen Keller, aber in deinem Haus müßte sich die Hitze doch aushalten lassen. Warum verbringst du nicht den Tag im Souterrain, in Vaters Bibliothek, du hast dich da einmal vor ein paar Jahren ganz eigenartig gefühlt, du hast dich wohlgefühlt, ich weiß es, weil ich eine kleine Sache drüber geschrieben habe.

Mit solchen Verweisen plagte ich sie im Hochsommer. Jetzt wüßte ich auch wieder alles besser, Frau Bissinger müsse *doch* bestellt werden, und wenn sie noch einmal von ihrer Schwäche sprechen würde, käme ich ihr mit meiner schrecklichen Logik: Wenn du mir erklärst, du seist vollkommen schwach, du könntest kaum gehen, dann *muß* ich mir doch vorstellen, wie du beispielsweise die Treppe runterfällst. Und dann allein da liegst, keiner da, den du zu Hilfe rufen kannst.

Ich falle die Treppe nicht runter.

Wer beweist mir das?

Ich falle nicht runter.

Das kannst du mir nicht versprechen.

Du brauchst dir keine Sorgen zu machen. Meine Mutter hat sich diesmal aufgerafft und spricht mit überzeugender Festigkeit. Ja, plötzlich klingt sie, obwohl sich doch an den widrigen Gegebenheiten nicht das mindeste geändert hat, glaubwürdig, wie die frühere Mutter für uneinsichtige Kinder, und ich spüre wieder ihre Überlegenheit, die von ihrer Liebe zu mir in den ratlosen Wust meiner Argumentationen scheint; ja, da ist er wieder, dieser Lichtschimmer am Horizont. Mich hat sie außerdem jetzt gefragt, wie es uns gehe, und ich erzähle ihr ziemlich viel, vom Besuch, der gestern da war, von dem Telephonat mit einer nervenkranken Frau, die mir ihre Gedichte aufdrängen will, von meinem Glühkopf, von meinem Schuldbewußtsein beim Einschlafen, weil ich zu viel gegessen hatte, ich sagte: Ich habe mich mal wieder *überfressen*, mein Bauch war wie der Globus, den du uns geschenkt hast, und sie hat gelacht, während ich rief: Und mehr noch als wir an der Verfressenheit sterben die andern am Hunger. So, jetzt ists dir sicher ganz schlecht von all dem Geschwätz.

Gar nicht, widersprach sie, und wie vergnügt, hellwach und tatkräftig sie sich anhörte, wie die fleißige Frau von früher, die schnell durchs Haus lief, treppauf, treppab, ziemlich geräuschvoll, und die andere jederzeit aufmuntern konnte, als sie sagte: Ich habe dir mit Begeisterung zugehört.

24

Vielleicht sind wir, und überhaupt alles, nur Wellenstörungen

Marie Rosa kam mit Betrübnis in den großen Augen langsam die Treppe herunter, über dem Pullover hatte sie eine große ausgeleierte Strickjacke an, und sie schlug sich eins ihrer Wolltücher, es hing am Geländer bereit, über die warme Verpackung, barg sich darin, als wolle sie sich vor den nächsten Stunden schützen.

Ich gebs auf. Man muß diese Tiere alle in Bewegung sehen, wenigstens die meisten. Wenn sie sich bewegen, sind sie besonders komisch.

Bertine hatte sie zu einem Zoobesuch mitgenommen. Es war nur ein kleiner Zoo, aber sehr anregend für Marie Rosa. Und nun wollte sie die Tiere aus ihrer Erinnerung zeichnen.

Von einigen Vögeln abgesehen, haben mich alle Insassen schockiert, berichtete sie. Entweder durch ihr Äußeres schon oder, wenn sie manierlich aussahen, durch ihr Benehmen. Oder durch beides zusammen. Es war wahnsinnig lohnend. Wir haben was Gemeinsames, die Tiere dort und ich, mußte ich immer denken. Ist das Kaffeewasser heiß? Ich möchte Tee. Kocht das Wasser?

Alles steht längst auf dem Tisch, sagte Bertine. Alle warten auf dich. Du hast dich verbummelt.

Sie hat gezeichnet. Hast du keinen Respekt vor der Kunst? Rupert sah zu meiner Mutter hinüber, die schon die zweite Gabel mit Kuchen in den Mund schob. Da, sieh dir deine Schwester an. Das Oberhaupt, es ißt bereits. Er zog meiner Mutter, die es nicht sofort merkte, den Teller weg, hielt ihn hinter seinem Rücken, und ich freute mich über das vertraute Spiel.

Was man zum Beispiel auch nicht zeichnen kann, das ist diese sprachlose Unnahbarkeit. Das, was mich unüberwindlich von ihnen getrennt hat.

Ich denke, ihr hattet so viel Gemeinsames, sagte ich.

Von Witiko trennt mich nichts unüberwindlich, sagte Bertine.

Meine Mutter sagte zu mir: Es ist auch wieder ein schöner langer Brief von Edith da. Der Brief lag schon links neben ihrem Teller, darauf das dunkelrote Futteral mit Lesebrille. Es interessierte sie am meisten, den Brief, den sie schon kannte, vorgelesen zu bekommen. Sie hat sich nun doch endgültig fürs Weitermachen in ihrer Bibliothek entschieden, sagte sie.

Ich weiß, ich weiß. Ich seufzte. Es bleibt bei ihrem abgehetzten Tagesablauf, immer nach der Uhr. Dann ist sie für anderes nicht verfügbar.

Sie will es unbedingt, sagte meine Mutter, fern aller Kritik und jeglichen Argwohns. *Für anderes nicht verfügbar?* Das hatte sie nicht auf sich bezogen, sie hatte nicht verstanden, was ich damit meinte.

Etwas töricht, sagte Rupert. Sie könnte tausend erfreulichere Sachen machen als dort von zwei bis halb sieben vor dem Computer zu sitzen.

Marie Rosa und Bertine enthielten sich diesmal der Kommentare, und ich dachte, während es mir weh tat und mit einem inneren *verzeih mir, Schwesterchen*: Edith braucht das Gefühl, unabkömmlich zu sein. Lieber will sie mit ihrem Hin und Her zwischen Migros-Einkäufen und Postfach und Küche und pünktlicher Betreuung ihres Ricardo und der Bibliotheksarbeit ihre zarte Gesundheit strapazieren, als hier bei uns jederzeit, auf jeden kleinen Zuruf hin, aufkreuzen zu können. Zur Abschwächung lachte ich. Ich sagte: Aber höchstwahrscheinlich ist das nur mein eigener schlechter Charakter, und das so viel geradlinigere Denken meines Schwesterchens macht nicht derartige Winkelzüge.

Das glaube ich auch, sagte Bertine. Du bist die mit den Hintergedanken.

Die braucht sie für ihren Beruf, sagte Marie Rosa. Wie sonderbar diese Zootiere sich aufgeführt haben. Die in

Bewegung, die kriegt man schon gar nicht in eine Zeichnung.

Dann halte dich an die Flußpferde. Sie haben sich so gut wie gar nicht gerührt und geregt, sagte Bertine.

Marie Rosa bekam jetzt Farbe in ihr blasses Gesicht, ihr kurzgeschnittenes dichtes grauweißes Haar schien sich vor Eifer aufzustellen. Aber dann regen sie sich doch! Sie heben ein Augenlid, nur eins, und zwar todmüde, furchtbar gelangweilt, und mit dem einen Auge blicken sie garstig. Ich habe mich vorhin an diesen winzigen rehartigen Hündchen versucht, weißt du noch den Namen dieser Hündchen? Bertine?

Nein.

Entweder rennen sie rastlos-ratlos umher oder sie rollen sich zusammen und vergraben sich halb im Sand.

Andersrum. Sie schaufeln sich ein Loch, kriechen rein, und dann graben sie sich zu. Zusammengerollt kannst du sie doch zeichnen, schlug Bertine vor.

Aber das gibt sie nicht in ihrer ganzen Komik wieder. Tragikomik, verbesserte Marie Rosa, die jetzt so aussah, als blicke sie nicht ins Erkerzimmer, auf den Tisch, auf uns, sondern in den kleinen Zoo. Man müßte sie filmen, sie bewegen sich so viel. Die Affen schälen Bananen, sie fangen an zu essen, sie verlieren die Lust am Essen, sie gehen wieder umher, und dann fällt ihnen plötzlich ein, daß sie was Wichtiges vorhaben, sie springen einen Ast an, so einen toten Ast in ihrem Käfig mit dem künstlichen Baumstumpf, und dann schwingen sie von einem Ast zum andern, dabei blicken sie erschreckt und traurig und furchtbar ernst durchs Gitter... man müßte sie filmen.

Auf jedem meiner Wunschzettel steht seit Jahren: Cam-Corder, sagte Rupert. Ich könnte uns alle dauernd filmen.

Nur nicht! Schreckliche Vorstellung! rief Bertine.

Aber bei den Affen muß man dauernd auf irgendwas Anstößiges gefaßt sein. Es kommt ganz unvermittelt, und dann werden sie obszön. Marie Rosa sah sich um, jetzt war sie wieder bei uns, aber auch noch ein bißchen dort im Zoo.

Sie zog die Schultern hoch, den Kopf ein, das war ihr vorsichtiges Lachen, mit dem sie uns zunickte.

Ich war einmal mit einem Mann in einem Zoo, erzählte Bertine. Bei den Affen war es schrecklich. Es war furchtbar peinlich.

Ah – ich höre jetzt doch noch was von den Affairen, sagte ich. Mit welchem Mann? Wann?

Im viktorianischen Zeitalter. Bevor das Genieren abgeschafft wurde, sagte Bertine, und dann streckte sie mir die Zunge raus.

So wie sie am Bananenessen plötzlich die Lust verlieren oder am Herumschwingen von Ast zu Ast, so gehts auch, wenn sie...

Bertine stoppte Marie Rosa: Du brauchst nicht deutlicher zu werden. Wir wissen alles auch so. Und wir waren alle schon mal im Zoo.

Ich war furchtbar lang nicht mehr im Zoo, sagte meine Mutter.

Also, es sind ungeduldige Tiere, die Affen. Sie verlieren die Lust am Gefährten, sie lausen noch ein bißchen aneinander rum, dann lassen sie ganz voneinander ab, sie gehen jeder seiner Wege und tun so, als würden sie sich gar nicht kennen, und dann schauen sie wieder furchtsam durch die Gitterstäbe. Zwei Affen habe ich schon einigermaßen hingekriegt. Aber es ist noch nicht das Wahre. Wollt ihr sie sehen? Doch Marie Rosa blieb sitzen, obwohl wir alle *ja* gerufen hatten. Ich werde nie verstehen, warum die Zoobesucher die Affen so drollig finden und dauernd über sie lachen müssen. Mich machen die Affen sehr ernst.

Edith will nun auch endlich einen Allergietest machen, sagte meine Mutter so ungefähr in meine Richtung.

Das hätte sie schon lang tun sollen, sagte Rupert. Ich habs auch machen lassen, und trotz all der Allergien, ich hab eine Menge davon: Ich bin gegen nichts allergisch.

Sie hatten sicher nicht die richtige Substanz in ihrem Testregister. Es gibt doch täglich neue Gifte und so was, sagte ich. Ich vermute, Ediths Allergie stammt von ihrem Arbeitsplatz.

Sie glaubt, es liegt an ihrer alten Matratze, sagte meine Mutter. Sie glaubt, es sind Hausmilben.

Das Hirn ist ein Hologramm, sagte Marie Rosa. So viel ich verstanden habe, ist es nichts. Und was drin ist, ist nichts, die Affen sind nichts, das ganze Weltall ist auch ein Hologramm und nichts. Es gibt uns nicht. Wir sind vielleicht alle nur Wellenstörungen.

Was hat sie wieder gelesen? fragte Rupert Bertine, ihr Ausdruck zeigte die Gewöhnung ans Verblüfftsein durch Marie Rosa und sie schüttelte den Kopf.

Größere Affen entdeckt man hoch oben auf Holzpodesten. Da hocken sie und denken düster nach. Wie Philosophen sehen sie aus, gescheit und doch auch etwas dumm, sagte Marie Rosa. Ich möchte wissen, was in ihnen vorgeht.

Nichts weiter, nichts Besonderes, sagte Rupert.

Das kannst du nicht wissen, protestierte Bertine, die den Eindruck machte, als werde sie sofort eine Partei der Tiere gründen, schon Witiko zuliebe. Der Affe, ein ziemlich großer, hat mit mir Blicke getauscht und ich bin sicher, daß er irgendwas über mich gedacht hat. Sie spielte ein Erschauern, tat so, als sei ihr gruselig. Es war bestimmt nichts sehr Gutes, sagte sie mit dunkler Stimme.

Diese Großen, die stillsitzen, die könntest du doch gut zeichnen, sagte ich.

Ja, schon, aber am interessantesten sind sie immer dann, wenn sie sich doch eine Spur bewegen, es ist eine kleine, aber furchtbar wichtige Bewegung. Ab und zu streichen sie sich über ihre dunklen eingedellten Stirnen. Als wollten sie einen Gedanken verscheuchen, um auf den nächsten Gedanken zu kommen.

Und die Paviane staksten einher, die armen Viecher mit den schrecklichen aufgequollenen nackten rosaroten Hinterteilen. Sie sehen so wund aus.

Beulenpestartige Hintern, sagte Marie Rosa.

Die Armen, rief Bertine nervös, als solle schon wieder ein Tier gekränkt werden.

Sie genieren sich nicht im mindesten, sagte Marie Rosa. Vermutlich sind gerade diese Popos ihr... na ja, ihr Markenzeichen für die Weibchen.

Die Weibchen haben doch genau die gleichen Hinterteile, sagte Bertine.

Haach, machte meine Mutter. Dieser Hauch eines Seufzers bedeutete, daß das Thema sie schockierte.

Aber der Kuchen schmeckt, neckte Rupert meine Mutter, schon mit der rechten Hand an ihrem Tellerrand.

Ja, sagte sie, und klopfte auf Ruperts Hand.

Klein Friedi, rief ich warnend. Sei brav. Soll er den Hund spielen? Den sprechenden Hund? Wir müssen ihn ablenken und Marie Rosa von den Affen.

Eigentlich war alles trostlos und häßlich, sagte Marie Rosa. In den Futternäpfen lag undefinierbares Zeug. Schalen, Obstreste. Eine Wärterin hat draußen auf einem Weg zwischen den einzelnen Tierhäusern eine Karre mit Fressen für die großen trübsinnigen Vögel vorbeigeschoben, und da habe ich zwischen haferähnlichem Brei weiße tote Mäuse erkannt.

Jetzt hörst du aber mal eine Zeitlang auf damit, ja mein Schätzchen? sagte Bertine.

Ganz flache Körper, die Körper von den toten Mäusen. Marie Rosa sah traurig aus.

Hast du nicht wieder ein Testspiel für uns? fragte mich Bertine.

Alles nur Wellenstörungen, sagte Marie Rosa. Die toten Mäuse gibts auch nicht. Sie waren überhaupt nie lebendig.

Ich glaube, du mußt das alles nochmal nachlesen, riet Bertine. Wer geht mit Witiko und mir um den Block?

Es gibt bald Regen, sagte ich.

Das Oberhaupt müßte gehen, die Chefin, sie muß sich bewegen, sagte Rupert.

Später vielleicht, sagte meine Mutter. Jetzt bin ich völlig steif.

Eben deshalb! rief Rupert. Genau deshalb mußt du dich bewegen! Hier bei euch bewegt sie sich zu wenig. Viel weniger als bei sich zu Haus, sagte er zu Bertine und Marie Rosa.

Wie lang ist dieses Bei-sich-zu-Haus-Sein meiner Mutter noch möglich? Lebensgefährlich ist es längst. Aber bisher hat ihre Furchtlosigkeit alle Risiken ignoriert. Nun fühlt sie sich immer häufiger besonders morgens zu schwach, um dem Zureden ihrer Schwestern zu widerstehen: Bleib doch hier, warte, bis du dich besser fühlst. Und sie bleibt. Ich hätte allmählich in die sanfte behagliche Gemächlichkeit unseres Plauderns eingreifen und erklären müssen: Nun laßt uns aber mal von dem großen Problem des Oberhaupts sprechen. Du selber genießt dieses Hin und Her doch längst nicht mehr, Mutter. Ist nicht die Zeit des Improvisierens abgelaufen? Beklommenheit würde sich über uns alle stülpen, sie würde die drei Schwestern lähmen und in Angst versetzen und Rupert und mich aufregen. Meine Mutter würde sagen: Ich bin aber immer noch sehr gern in S.

Ein Sonnenstrahl überfiel die vorher schattige Szene am Tisch, über dem wie aus einem Scheinwerfer eine milchig hellgraue Säule stand, winzigste Staubpartikel bewegten sich in ihr, und Bertine sagte: Wie kann man in der Luft saubermachen?

Die Sonne kommt heraus, sagte meine Mutter in dem Moment, in dem der Strahl verschwand.

Das atmen wir alles immerzu ein, klagte Bertine, als mache ihr das zu schaffen. Sie atmete ein und aus. Mir bekommts, sagte sie triumphierend. Ich bin vollkommen gesund. Sie war stolz auf sich, weil sie einen gründlichen Check up beim Arzt absolviert hatte. Inklusive Frauenarzt, igitt. Sie verzog das Gesicht.

Lauter Atome um uns herum, und wir sind auch nichts als Billionen von zusammenschwirrenden Atomen. Wir sind nicht einmal fest gefügt oder so was. Unsere Atome, Marie Rosa klopfe auf ihren Bauch, sie bewegen sich unaufhörlich.

Und ich dachte, wir seien überhaupt nicht da. Wir seien Wellenstörungen. Wars das, Wellenstörungen? fragte ich. Es ist schwierig. Ich habe jetzt dringend Lust auf was Salziges. Rupert, gib mir sofort eins von den gekochten Eiern. Marie Rosa streckte die Hand aus.
Aber gern, ich darf sie sowieso nicht essen, sagte Rupert. Und die Mixed Pickles. Marie Rosa sprach absichtlich *mixed pickles* deutsch aus.

Englisch kann sie ziemlich gut, aber sie gibt es nicht auf, sich über englische, beziehungsweise amerikanische und auch über französische Benennungen und Redegewohnheiten zu ärgern, die sich zum Zweck vorgetäuschter Weltläufigkeit bis in die deutsche Biederkeit der kleinen Kreisstadt H. vorgedrängelt haben. Dann schimpft sie: Der Bäkker Timig heißt jetzt *Back-Shop*. Das gute alte Union-Kino nennt sich *Cinéma bleu*...

Das ist ein Bild von Magritte, sagt Bertine und hilft Marie Rosa beim Mokieren über die *Boutique Avance* mit ihrem hausbackenen Textilienangebot, und Marie Rosa zitiert: Auf den Autobahnen hieß es wieder einmal stop and go... Und die Frau Zimmer, ihr zweites Wort ist *okay*. Der junge Bursche, der neulich unseren Oleander in den Keller geschafft hat, fängt sogar den Satz mit *okay* an. Nein, widerspricht Bertine, er sagt unaufhörlich *alles klar*. Noch schlimmer finde ich *alles paletti*, sagt Marie Rosa. Der Weißbinder sagt es immer. Ich könnte mich geradezu ekeln davor.

Ich weiß, daß Rupert beim Stichwort *Weißbinder* an den Gartenzaun denken und mahnen würde: Ihr müßt wirklich in allernächster Zeit den Zaun streichen lassen. Und die Fensterläden. Der neuste Grund fürs Hinauszögern lautet: Wir haben einen jungen Mann, der es billiger machen würde. Aber wir fürchten uns davor, daß der Herr Richter zufällig vorbeikommt und das sieht.

Kaum ein Tier, das nicht mit körperlichen Handicaps belastet war. Marie Rosa verschwand wieder in den Erinnerungen an den kleinen Zoo. An Vogelhälsen hingen schlaffe Säcke. Die meisten größeren Vögel waren sehr müde, sie hockten auf ihren Stangen und rührten sich nicht.

Die sind also geeignete Modelle, sagte ich. Raubtiere haben sie dort nicht?

Doch, Raubkatzen. In die Tiger könnte ich mich verlieben, in die Löwinnen auch. Ihre Gestalt ist so schön, ich meine, überhaupt nicht deformiert. Der Löwe hat mir nicht gefallen. Er hat einen zu dicken Kopf und zu viel Haargewuschel drauf.

Der arme Kerl, sagte Bertine, sofort auf der Seite des Löwen.

Marie Rosa glaubte, der Löwe fühle sich nicht wohl. Er ist einfach nicht gut proportioniert, nach hinten zu wird er geradezu kläglich dünn, hinten ist gar nichts mit ihm los. Dafür hat er viel zu viel Kopf.

Armes Kerlchen, sagte Bertine.

Von wegen Kerlchen. Aber wenigstens haben die Raubtiere überhaupt nichts Unanständiges gemacht. Ich lese gerade eine Autobiographie... Marie Rosa wandte den Kopf zu Bertine: Sag schnell, von wem?

Bertine schüttelte den Kopf, ihr Gesicht nahm den Ausdruck eines Schulkinds an, dem der Lehrer eine unberechtigte Frage gestellt hat: Das haben wir nie durchgenommen, ich *kann* es also gar nicht wissen.

Marie Rosa erzählte animiert, der Anfang sei so nett gewesen, sie habe sich – *eidetisch*, sagte sie in melodramatischer Überheblichkeit und blickte stolz umher – ganz wundervoll in Yorkshire und dann in einem kleinen Ort in Sussex eingelebt. Aber dann wird Geoffrey sechs, erst sechs, und schon dreht sich bei ihm und seinen Freunden meistens alles um, na ihr wißt schon, um...

Ja ja, Liebling, wir wissen schon, sagte Bertine. Auch sie pickte mittlerweile am Essensangebot für Rupert herum, am Fleischsalat, am Roastbeef und dem Lachsschinken, immer aber auch, um damit Witiko zu verwöhnen, der es huldvoll aufnahm.

Kinder sind so enttäuschend, wenn ich dem Buch glauben soll, sagte Marie Rosa. Alles miteinander kleine Sexferkel, nichts als Sauereien im Kopf. Ich war nicht so.

Ich auch nicht, sagte Bertine.

Wir waren nicht so, Louisa, stimmts? Marie Rosa wollte meine Mutter einbeziehen, und die sagte gehorsam: Nein.

Ja! verbesserte Bertine.

Nein ist doch auch richtig, fand Marie Rosa. Nein, wir waren nicht so.

Ja, wir waren nicht so, sagte Bertine.

Wie harmlos wir waren, Louisa, hm?

Ja, sehr harmlos, sagte meine Mutter.

Vielleicht ist alles gemogelt, was diese Schriftsteller über ihre Kindheit schreiben. Wenn *wir* über unsere Kindheit schrieben, das wäre für heutige Leser stinklangweilig. Meine Zeichnungen sind genau so unmodern. Was sich nicht zeichnen läßt und was bei den Raubtieren das Interessanteste war, das ist ihr dauerndes Hin und Her entlang den Gitterstangen ihrer Käfige und wie sie sich dabei das Fell abwetzen und die Köpfe anstoßen, ehe sie sich umwenden, ich weiß gar nicht, warum sie das nicht vermeiden. Sie reiben ihre Gesichter an den Eisenstäben, das muß doch weh tun. Über die Elefanten wird von den Zoobesuchern auch gelacht.

Gemein, sagte Bertine.

Die Leute foppen die rilligen Rüssel. Die Rüssel sehen so weich aus. Ich hab keinen angefaßt, aber ich hätte ganz gern, ich habs nicht gewagt. Die Elefanten betteln und betteln, und die Leute necken sie bloß.

Sie dürfen ja nicht gefüttert werden, sagte Rupert.

Manche Elefanten haben dann aber Heubüschel aus ihrem Gehege in die Zuschauer geworfen, Marie Rosa lachte ihr kleines, mit sich selber vergnügtes Lachen, hochgezogene Schultern, eingezogener Kopf, und Bertine machte: Ätsch! Recht haben sie.

Auch die Elefanten sind nur Wellenstörungen. Sie sind nicht da. Ich habe, glaube ich, den Artikel nicht ganz verstanden. Marie Rosa sah sorgenvoll nachdenklich vor sich hin, verkrochen in ihre Stola aus hellgrauer Wolle.

Den Eindruck habe ich auch, sagte Bertine. Keck auffordernd drehte sie ihr Gesicht zu Rupert hin: Was sind Hologramme, na, enttäusche uns bloß nicht.

Ich wollte Rupert mit irgendeinem Klein-Friedi-Spiel entlasten, aber es war nicht nötig, weil er bereitwillig antwortete: Hologramme sind die Aufnahmen, die ein Holograph macht.

Was für Aufnahmen? Wovon Aufnahmen?

Von Lichtwellen. Rupert schien von dem Thema genug zu haben, was ich an seiner Einsilbigkeit erkannte. Hat alles ursprünglich mit der Lasertechnik zu tun. Mit der Interferenz.

Was ist Interferenz?

Überschneidung.

Das kann doch alles kein Mensch verstehen.

Ja, sagte meine Mutter mit ihrem kleinen Stöhnen, dem einzigen Signal, durch das sie ihre Ermüdung anzeigt. Grundsätzlich aber beherrscht ihre stille Geduld alles, was wir andern im Auf und Ab und Durcheinander unserer Unterhaltung hervorbringen.

Es sind Bilder von Wellen, ich habs gewußt, triumphierte Marie Rosa. Wichtig ist ja auch nur das Ergebnis. Wir könnten nicht wirklich da sein. Nur Wellenstörungen. Dieser Apfelsinenkuchen, dieses Brotkörbchen, meine Strickjacke. Alles nur Wellenstörungen. Auch dein Roastbeef, Rupert. Und dein Keks, Bertine, den du dir gerade in den Mund schiebst.

Wunderbar. Dann macht er mich nicht dick.

Aber du bist selbst nur eine Wellenstörung. Obwohl mir alle Tiere im kleinen Zoo leid getan haben, man müßte sie doch beneiden. Sie haben kein Zeitgefühl. Sie wissen nicht, daß es mit ihnen zu Ende geht. Sie haben keine Todesangst.

Doch, auf der freien Wildbahn schon, sagte Bertine.

Ja gut, wenn sie auf der Flucht sind. Das ist dann ganz

unmittelbar die Folge einer Verfolgung. Aber sie haben nicht diese lauernde Angst, wenn zum Beispiel so wie jetzt gar nichts los ist. Marie Rosa erzählte dann zum zweiten Mal von dem Gespenst, das sie in der Nacht gesehen hatte. Ich dachte nur: Natürlich, es mußte ja einmal so kommen, und jetzt bin ich an der Reihe.

Wie findet ihr den Titel *Bitte nicht sterben?* fragte ich.

Für das Buch über uns? Schrecklich, sagte Bertine.

Sehr schön, sagte Marie Rosa.

Und du, Mamma?

Ich finde ihn ziemlich traurig.

Bertine lachte ihr Glockenspiellachen. Wenn ich ihr mit einem Buch aus der Stadtbücherei käme, das *so* heißt, dann würde sie es nicht aufschlagen. Nicht einmal anrühren würde sie es.

Und Marie Rosa habe ich für dich als Namen, und du, du heißt bei mir Bertine. Einverstanden?

Die beiden lachten, die Namen schienen ihnen zu gefallen.

Du heißt Louisa, Mamma, bei dir habe ich wenig geändert.

Meine Mutter lachte mich freundlich an. Sie würde sich nicht fachmännisch ausdrücken, sie fragte also nicht: Wann erscheint das Buch? Sie fragte so: Wann kann man dein Buch lesen?

Spätsommer, Herbst. Ein Buch über den Stillstand. Das Alter, Stillstand.

Stillstand? Marie Rosa zog die Brauen hoch, machte ein Eulengesicht. Es wird vielleicht ein Erinnerungsbuch sein, wenn es erst im Herbst herauskommt.

Sei still, schrie Bertine sie leise an. In der Küche bat sie mich: Aber machs nicht zu traurig.

Ich sagte, es gäbe genug zu lachen über uns alle.

Nur nicht so wie bei deinen Freunden, den Gebhards, wehe dir!

Aber weißt du, fing ich an, und wagte den kleinen Schritt, der zwischen unserem Scherzton und der Aufrichtigkeit liegt, denn wenn ich mit Bertine allein bin, muß ich mich nicht verstellen, ich bin ich und sie ist sie, nicht ganz und nicht absolut, aber doch so weit wie man einem anderen gegenüber gehen kann, jeder mit sich identisch: weißt du, diese zunehmende Schwäche der Mutter, ich kann die nicht weglassen. Wenn du täglich hörst: Ich bin heute vollkommen kraftlos, meine Beine wollen einfach nicht mehr, ich kann kaum laufen, und wenn sie sich nicht mehr von mir darüber wegtrösten läßt... das ist, außerhalb des Schreibens, ja schon brutal genug, wie einfallslos und matt oder dann wieder gouvernantenhaft ich darauf reagiere, wie ich es verdränge.

Verdrängs weiter, sagte Bertine.

Du selbst, sagte ich, du hast neulich abends am Telephon das Wort *Rollstuhl* auszusprechen gewagt.

Weil sie wirklich manchmal so furchtbar schwach auf den Beinen ist.

Aber mehr fiel Bertine zum Thema Rollstuhl auch nicht ein. Wo soll er stehen, in S. oder in H.? In S., wo meine Mutter allein ist, hätte er gar keinen Sinn. Hinter dem Rollstuhl lauert das für uns alle viel zu umstürzlerische, das überfällige, das prinzipielle Bedenken und Organisieren der Zukunft. Wir haben gegen eine Art Prüderie angesichts der Tatsachen zu kämpfen. Vor der Zukunft strecken wir die Waffen. Wir fühlen uns unfair, taktlos, wenn wir die Hilflosigkeit des Altseins auch nur andeuten, wir halten uns an ein altmodisches *Davon-spricht-man-nicht*, und lassen uns in unseren Spielton zurücksinken; Bertine fällt ein, wie die kleinen Kärtchen beim *Blitzschnell* ausgesehen haben, blaue Rändchen um die weißen Karten, und Marie Rosa sammelt Wörter, die auf »ung« enden, und wir rühmen ein Photo vom Oberhaupt, bloß: Die Nase hättest du dir pudern sollen, sagt Marie Rosa. Aber sonst ist sie einstimmig wieder einmal die Schönste.

Und doch, Louisa, du bist nichts, es gibt dich nicht, sagte Marie Rosa.

Mutter, hörst du, was deine schlimme Schwester sagt?

Ich rüttelte an der Schulter meiner Mutter. Nur ein bißchen Schulter. Daß die Menschen auch so viel kleiner und zerbrechlicher werden müssen, ist wieder eine Bosheit des Alters.

Allerdings hab ichs gehört, sagte meine Mutter. Aber leider gibt es mich.

Leider? Sterben, nicht mehr da sein, im Ernst will das keiner von uns allen, wie wir hier sitzen. Alle haben wir eine Todesangst vor dem Tod. Wenn es anders wäre, säßen wir ja nicht mehr da.

Es ist weniger der Tod als der Sterbevorgang, sagte Marie Rosa.

Bertine und Rupert bestätigten einander, unsere Unterhaltung habe wieder einmal eine abscheuliche Wendung genommen.

Aber wer, wenn ich jeden von uns einzeln vornehme, hat sein Leben wirklich gern? rief ich.

Ich! Bertine meldete sich mit erhobenem Arm, vorgestrecktem Zeigefinger, wie ein Kind, das drankommen will.

Wer kommt nicht nur auf einzelne Momente, die er wirklich gern hat? Ich ließ nicht locker.

Was sind jetzt die Wellen und was sind die Störungen, sagte Marie Rosa. Den jetzigen Moment habe ich gern, aber ich hasse es, daß ich mich spät am Abend aus meinen warmen Sachen wickeln und womöglich noch waschen muß.

Die Großmutter hat immer gesagt, wie ungern sie sich wäscht, sagte ich. Also hast du das von deiner Mutter.

Da gab meine Mutter wieder ihr kleines SOS von sich, das leicht ermüdete, winzige Aufseufzen, und ich drückte mich an sie. Mach dir keine Sorgen, Mamma, du bist nur eine Wellenstörung.

Das wäre schön, wirklich, sagte sie.

25

Und dieses Stück Kuchen essen wir noch

Schlecht geschlafen?
 Ja, sehr schlecht. Ich hab noch was eingenommen und das steckt jetzt noch in mir.
 Aus dem Hintergrund, von wo aus sie mithörte, rief Marie Rosa tröstlich: Nachmittags gehts ihr immer viel besser.
 Alle drei Schwestern beantworten nicht wie die amerikanische Verwandte Thelma und wie Frau Achenberg, die Kulturchefin ihres Altersheims, sehr frühes Aufwachen mit einem munteren inwendigen *Oh ja, hurra,* sondern sie möchten so lang schlafen wie es geht. Bertine besiegt ihre Müdigkeit, weil sie Witiko dabei helfen will, sich nicht zu langweilen. Wider besseres Wissen gönnen Louisa und Marie Rosa sich gegen fünf, wenn Thelma und Frau Achenberg beherzt aufstehen, wenn Thelma Yoga macht oder gegen chinesische Schatten boxt und Frau Achenberg bei einem Gang längs der Altersheimgalerie Eichendorff zitiert, noch ein Quantum Rohypnol und sie denken nicht: Zwar ist es noch schrecklich früh, eigentlich Nacht, aber umso besser, ich bin wach und kann mich dessen vergewissern, daß ich lebe, ich gewinne Zeit. Louisa und Marie Rosa bestehen auf ihrer Portion Schlaf, es kommt ihnen so vor, als sei ihr Recht auf eine anständige Schlafration im Grundgesetz verankert. Gleichbleibend wichtig, daß Morgen für Morgen die Verdauungsfrage geregelt ist. Was empfinden sie, wenn sie aufwachen? Ich weiß nicht, wie oft und ob überhaupt noch das Gefühl der Freude sich meldet: Beim ersten Blick hinaus auf Blätter, die im Wind zittern, auf die Geschäftigkeit, mit der eine Amsel, als wisse sie genau, was jetzt dringend zu tun ist, von einem Zweig abhebt, um sich auf einem andern niederzulassen, den sie

nicht erst zögernd aussucht, sie weiß, welcher es unbedingt sein muß.

So sähe die Schauspielerin die Alten gern: genügsam bei kleinen Freuden. Auf die Frage des Moderators, ob sie sich vor dem Alter fürchte, reißt sie den lackierten Mund auf und sagt mit strahlend lächelnder Munterkeit: Nein! Ganz und gar nicht! Im Gegenteil! Danach verbreitet sie die schweren Irrtümer über das hohe Alter weiter. Sie unterstellt den Alten einen chronisch beruhigten Zustand des genügsamen friedfertigen Einklangs mit der Welt; bei wachbleibendem Interesse für die Gegenwart der Jungen und vor allem des Glücks mit Enkeln, Urenkeln überwiegt der auf eine omahafte Art weise Rückblick auf ein gelebtes Leben. Man hat abgeschlossen. Die Konkurrenzkämpfe sind beendet. Das ist die Zeit der Ernte. Ob sie aber keine Angst vor Gebrechen habe? Nein, auch das hat die Schauspielerin nicht. Meine Oma ist mein großes Vorbild. Sie sitzt zwar im Rollstuhl, aber wie viel Gewinn zieht sie aus jeder bewußt gelebten Minute des Tages! Die Schauspielerin zieht den sehr gewagten Vergleich und spricht nun von Krebskranken im Endstadium, von jungen Aidspatienten. Diejenigen, mit denen sie selber gesprochen habe, seien alle miteinander drauf gekommen, ihre ihnen verbleibende Lebensfrist viel intensiver auszukosten, und sie wunderten sich über die Gedankenlosigkeit, mit der sie vorher ihre Zeit verbracht – ja wohl eher totgeschlagen hätten. Die Schauspielerin wird kitschig und redet von Blumen, die ein Greis, ein Todkranker ebenso, nun gründlich und glücklich studiert, vom Knospen an bis zum Entfalten der Blätter... Ich kann das nicht mehr mitanhören. Die Schauspielerin ist heilfroh, noch gerade jung zu sein, jung genug für solche Beschönigungen, obwohl sie jetzt versichert: Vor dem Häßlichwerden? Angst? Aber wieso? Alte können wunderschön sein.

Alles geht weiter, meine Liebe, jede Uneinsichtigkeit, auch Anfechtungen, und hinzu kommt die Mühsal und der Zeitverbrauch durch die Hinfälligkeit des Körpers. Wie schlecht in Wahrheit das Ansehen des Alters ist, beweist mir mein junger Nachbar. Er wollte mir etwas Nettes sagen, erzählte ich den drei Schwestern. Er redete mit seinem kleinen Sohn über meinen Geburtstag, damals, als er bevorstand. Und da sagte er zu mir: Der kleine Wicht, er wurde ganz bitterböse, fast wäre er mit den Fäusten auf mich losgegangen, und er hat immer gerufen: Papa, nein! Du bist gemein, so alt wird sie noch nicht, das ist richtig gemein von dir.

Sie lachten alle.

Also weiß schon ein zehnjähriges Kind, daß das Alter eine Kränkung ist. Das Kind fand, sein Vater kränke mich.

Wenn ich merke, daß ich Alzheimer kriege, *falls* ich es merke: Ich habe vorgesorgt. Marie Rosa wandte sich an mich: Sag mal, was meinst du, wie viel Rohypnol braucht man?

Ziemlich viel, vermutlich. Ich glaube, man braucht eine ganze Menge. Übrigens soll Alzheimer für die, die es haben, nicht das Schlimmste sein. Ich habe mit einem Neurologen drüber gesprochen. Seine Schwester hatte Alzheimer. Ihr gings gut.

Aber den andern nicht. Marie Rosa wurde streng: Sachen, die ich selbst nicht mehr mitkriege, die soll keiner mit mir erleben. Wenn ich nicht mehr die Kontrolle drüber habe...

Hört doch auf, rief Bertine. Sie sah uns finster und wütend an, abweisend.

Marie Rosa wiederholte in aller Ruhe, sie habe vorgesorgt.

Ich fragte meine Mutter: Du auch? Hast du auch so eine Sammlung? Willsts nicht sagen, hm?

Richtig, meine Mutter wollte es nicht sagen.

Ich finde Marie Rosa vernünftig, sagte ich. Was andere Krankheiten betrifft, wenn sie unheilbar sind, finde ichs auch vernünftig. Viele deutsche Ärzte geben den Krebskranken ungern Morphium. Sie könnten ja süchtig werden! Ich lachte. Stellt euch das vor! Die schlimmsten

Schmerzen und gesund werden sie nie mehr, sie werden sterben, und dann sorgt ein Arzt dafür, daß sie nicht süchtig werden. Also muß man zusehen, wie man sich eines Tages selbst hilft.

Du ausgerechnet, knurrte Rupert. Was sagen denn deine Propheten zum Selbstmord? All die Karl Barths und Apostel und Kierkegaards?

Gott hat nichts dagegen, sagte ich.

Ihr wolltet aufhören, sagte Bertine.

Louisa, hast du genug angesammelt? fragte Marie Rosa.

Wieder wußte meine Mutter nicht, wie und ob überhaupt sie antworten sollte. Ich weiß es nicht, sagte sie schließlich.

Wann macht ihrs eigentlich? fragte Bertine spitz. Wann denn endlich?

Nach diesem Stück Kuchen, sagte Marie Rosa. Was glaubst du, wie viel Tonnen Kuchen wir in unserem Leben geladen haben? Sie stieß ihre Schwester an, und meine Mutter schaukelte in der leichten Bewegung ein bißchen mit, sie machte ein vergnügtes Gesicht, sie *machte* es, sie brachte das fertig. Marie Rosa berichtete, daß sie gestern vor dem Einschlafen versucht habe, sich als Berg oder als gestapelte Ware in einer Lagerhalle diejenige Menge von Süßigkeiten vorzustellen, die sie in ihrem Leben konsumiert hatte. Und heute abend überlege ich, auf wie viele Wörter, die auf *ung* enden, ich komme.

Mach ein Photo, Klein Friedi, und du auch, Bertinchen!

Ach, rief Bertine mir zu, ich hab nicht einschlafen können und an dein Fragespiel im Sommer gedacht. Ich habe bei den Lieblingskomponisten Schubert vergessen. Und schreib noch hin: Es wechselt natürlich.

Ich versprach es ihr. Rupert erzählte von unseren jüngsten Erfahrungen beim Häuserbesichtigen und mit Maklern.

Ich rief: Es ist verrückt, hier in dieser teuren Gegend zu bleiben. In Frankreich oder in Irland bekommt man Schlösser für weniger als die Hälfte, die sie hier für ein spießiges Reihenhaus verlangen.

Geht bloß nicht nach Irland! Bertine tat so, als müsse sie vor Kummer schluchzen, aber diesmal spielte sie, weil es ihr ernst war. Ihr seid mein einziger Trost! Selten offenbart sie so deutlich ihre Gemütslage.

Jetzt mach das Photo. Marie Rosa schubste wieder ihre Schwester an. Für deine Kinder in der Ferne, Louisa, hm?

Ja, sagte meine Mutter.

Und dieses Stück Kuchen essen wir noch, sagte Marie Rosa.

Allerdings, sagte meine Mutter.

26

Warnzeichen

Zwei Warnzeichen an einem Vormittag. Um meine Schokkiertheit zu tarnen, auch das Mitleid mit meiner Mutter, machte ich Rupert die Meldung so, als handle es sich um eine Unüberlegtheit aus Trotz, um eine ihrer Spontaneitäten, Schrulligkeit. Abschätzig, zum Glück aber nicht lieblos, sagte ich mit gespieltem Kopfschütteln: Nun stell dir das vor, sie hat die FAZ abbestellt. Sie hat ihr Abonnement gekündigt.

Ich wußte, Rupert würde sich ärgern. Zum einen darüber, daß sie eigenmächtig den Entschluß gefaßt und sofort gehandelt hatte, Hals über Kopf, wie es ihre Art schon immer war, sie ist keine bedächtige Frau, keine typische Alte, sondern unbesonnen wie ein junges Mädchen.

Warum hat sie uns nicht gefragt? Er sagte genau das, womit ich gerechnet hatte. Und warum macht sie das? Will sie sich denn mit einer Regionalzeitung begnügen? Was würde der Häuptling dazu sagen?

Mein Vater, der Häuptling. Betrübt würde er erkennen, wie die Kräfte seiner Frau dahinschwinden. Wie ihre Interessen sich reduzieren. Er müßte dazu schweigen.

Meine Mutter hat die Feuilletons für Rupert ausgeschnitten, für meinen jüngsten Bruder die Seiten »Aus Wissenschaft und Technik«, sie hat die schmalen Zeitungsbündel zusammengefaltet und mit einem Blatt umwickelt, sie als Drucksachen fertiggemacht. Damit ging sie mittwochs zum Briefkasten.

Der Gang zum Briefkasten wird ihr zu viel. Und das Herrichten der Zeitungsseiten auch, sagte ich. Ich nehme an, das ist der Grund.

Sie hat keine Lust mehr, dachte ich. Sie möchte sich zu immer weniger aufraffen müssen. Oft hat sie zum Verpakken der Zeitungen Mitteilungen ihrer Bank benutzt, auch andere Dokumente, die sie hätte aufheben müssen, jedesmal hat Rupert diese Briefseiten aufmerksam studiert und den leichtsinnigen Umgang meiner Mutter mit wichtigem Material kritisiert. Es gab schon viele Scherereien wegen fehlender Papiere.

Ich habe heute morgen schon mit Edith telephoniert, erzählte mir meine Mutter in den Schrecken durch die abbestellte Zeitung hinein, kurz nachdem ich gesagt hatte: Aber du wirst die FAZ als Anblick vermissen. Sie hat doch an den Vater erinnert.

Ja, das werde ich wohl.

Und was gibts bei Edith? Ich fühlte mich ziemlich übel, zusammengepreßt, und es fiel mir schwer, unseren üblichen zärtlichen Morgentelephonatston hinzukriegen.

Es geht ihnen gut. Ich hab sie angerufen, weil ich heute nicht schreiben kann.

Aber warum denn das? Warum kannst du ihr nicht wenigstens eine Karte schreiben? Weil ich mich aufregte, war es allmählich besser, es zu zeigen, aus der alten Mutter die junge Mutter zu machen, oder eine Puppenfigur, eine zeitlose *Mamma*, etwas zum Spielen: Ach, Mamma, du regst mich auf! Was ist denn mit dir los? Du bist nur zu faul zum Schreiben, gibs zu.

Sie gab sich Mühe, vergnügt zu lachen; lachen, das ging ja, aber vergnügt lachen war nicht so leicht. Ja, ich bin zu faul. Ich bin einfach furchtbar schwach.

Es wird doch nachmittags besser. Schreib ihr in Zukunft nachmittags. Einen Tag früher, damit es vor dem Wochenende ankommt, aber nachmittags.

Warum lag mir so viel daran, daß meine Mutter an der Sitte festhielt, Edith zum Wochenende einen Brief zu schreiben, jeden Donnerstag? Ich sehe ja ein, sie hat nicht viel Erzählstoff, sie ist nicht wie mein Vater war, der seinen Kindern Sonntagsbriefe schrieb und geduldig, offensichtlich mit Formulierungsgenuß, den Schreibaugenblick schilderte, die Gartenansicht aus dem Fenster, jeden

Sonntag ein bißchen anders, je nach Wetter und Kommen und Gehen der Vögel am Vogelbad, und appetitanregende Gerüche aus der Küche. Ich fand, meine Mutter dürfe von Gewohnheiten, die ihren Tag systematisieren, nicht lassen. Den Radius, innerhalb dessen sie noch wirkte, nicht verkleinern. Er war schon sehr eng geworden; sie kam seit längerem nicht einmal mehr in Begleitung einer ihrer Schwestern zum Einkaufen in H. mit, wo der Weg zu den Geschäften nicht weit ist, ließ sich, was sie für ihre drei Tage in S. brauchte, von Bertine besorgen. Und jetzt immer öfter die Telephonate mit Edith, um sie vorzuwarnen: Ich kann dir nicht schreiben, ich kann nicht mehr bis zum Briefkasten, also reg dich nicht auf, wenn kein Brief kommt.

Ich habe der Frau Bissinger abgesagt. Ich bleibe in H., hat sie neulich wieder gestanden. Meine Schwestern wollen mich nicht weglassen.

Bei mir dachte ich: Für mich ist das günstig, ich muß mich nicht aufregen, sie ist nicht allein dort in ihrem Haus; wenn es ihr nicht gut geht, hat sie Gesellschaft. Aber für therapeutischer hielt ich eine wenigstens kurze Rebellion, übrigens auch, weil ich wußte, daß Rupert mich hörte. Wir haben keine Türen in diesem unpraktischen Haus, das unsere Besucher mit erstaunten *Ahhhs* und *Ohhs* bewundern, dieser Bungalow Marke Junggesellentyp, dieses Ferienhaus, im Sommer zu heiß, im Winter zu kalt, ein Glashaus ohne Rückzugsmöglichkeiten.

Aber die Frau Bissinger macht doch die Arbeit. Sie putzt, du ruhst dich aus.

Es regt mich zu sehr auf.

Diese Frau kann niemanden aufregen.

Mich aber.

Du hast sie mal deine Freundin genannt.

Ja. Das ist sie auch. Aber heute bin ich zu schwach.

Lieber Gott, laß mich meine Mutter mit keinem Sterbenswörtchen mehr weiterquälen! *Sie* hat mich nie gequält. *Sie* hat mir von meiner ersten Lebenssekunde an immer nur beigestanden.

Ein anderes Mal fuhr sie doch nach Haus, obwohl sie sich diesem Montag bestimmt so wenig gewachsen fühlte wie dann, wenn sie dem fürsorglichen Drängen ihrer Schwestern nicht widerstehen kann und bleibt. Montag abend. Ich tat geschäftig, ihr Anruf war überfällig, ich ging zum Durchatmen in Ruperts Schlafkabinett, lief umher; um mich abzulenken, bereitete ich das Haus zu früh auf die Nacht vor: Läden runter, Vorhänge und Jalousien zu – es war fünfzehn Minuten nach sechs, sechs Uhr dreißig, ich dachte *Bitte nicht sterben!* als ich die Nummer meiner Mutter wählte.

Allein daß sie das Klingeln ausnahmsweise gehört hatte, nahm ich als eine Liebesleistung. Im Hintergrund hörte ich den laut aufgedrehten Fernsehapparat.

Du hast uns vergessen, hm?

Nicht vergessen, aber...

Aber doch ein bißchen. Böse Mamma, Rabenmutter!

Sie lachte, heiter und doch auch ein bißchen verlegen.

Vergißt uns über irgendeinem Vorabendserienmist. Eine Schande, gibs zu.

Ich gebs zu. Verzeiht mir, bitte.

Aber ja, ich redete wieder im normalen Ton. Und dann erzählte ich ihr eine Menge vom heutigen Tag. Ich redete von meinem Schnupfen, einer Erkältung auf kleiner Flamme, daß ich Knopfaugen hätte und dicke Backen, und mittags zu viel gegessen habe ich auch... puh, jetzt ists dir ganz schlecht geworden, weil ich so verschwätzt war. Gute Nacht. Schlaf gut. Ich will dir nicht länger auf die Nerven gehen.

Ich könnte dir stundenlang zuhören, mein Liebes, sagte meine Mutter.

27
Ediths Briefe sind die besten

Sie muß total übergeschnappt sein. Aber total.
Mit diesen Worten überreicht meine Schwägerin ihrem Mann, meinem älteren Bruder, den Brief zu ihrem Geburtstag.
Was ist mit ihr los? Offene Worte plötzlich unter uns Geschwistern? Mein Bruder – ach wie leid er mir tut, sein ernsthaftes Gesicht wird bitter vor Schrecken und Betrübnis – starrt in den Brief. Er liest noch einmal die befremdliche Passage: »Irgendwo habe ich einmal geschrieben, ich weiß nicht mehr in welcher Geschichte: ›Wir alle werden uns erst auf einem Begräbnis wiedersehen.‹ Man kann nicht voraussagen, wessen Begräbnis das sein wird, aber fast kann man voraussagen: In diesem Leben werden wir uns ja wahrscheinlich nicht mehr sehen.« Ich schrieb weiter: »Ebenso wenig wie ich jemals lang genug geschlafen haben werde, dreidimensional lang, ebenso wenig wie ich in diesem Leben bei mir zu Haus beim Lesen und beim Fernsehen jemals bequem genug gesessen haben werde.«
»Du sollst keinen anderen Menschen erschrecken.« Das muß mir nicht erst einfallen. Ich schrieb niemals diesen Brief. Und ich werde nichts in dieser Art schreiben. Wenn ich erfahre, daß mein Bruder und seine Frau vor ein paar Tagen in D. waren, zu Besuch bei der verwitweten Schwester meiner Schwägerin, aber nicht bei uns, auch nicht bei meiner Mutter und nicht bei ihren Schwestern, wenn meine Mutter mir das gar nicht anklagend erzählt, vielmehr so unschuldig, freundlich und wohlmeinend, als drängen ihre eigenen Tugenden in die anderen ein, dann empöre ich mich nur artistisch: Diese Heimlichtuer! Hätten sie nicht wenigstens anrufen können? Bösewichter!

Meine Mutter lacht. Gut so. Wir müssen spielen, wir alle werden immer ängstlicher. »Ernst ist das Leben, heiter sei die Kunst!« Unser Zusammenleben ist ein Kunstwerk oder der Versuch, ein Kunstwerk daraus zu machen. Wir alle sind zu schwach für die Wirklichkeit dieses verdammten Alters. Keine Besuche meiner Brüder und seltene Besuche Ediths und Ricardos bedeuten ja gerade das Gegenteil von Mißachtung und Liebesdefizit.

Und wenn jemand von uns stirbt, das würde dir in die Handlung platzen. Wenn jemand stirbt, während du noch schreibst, wäre es andererseits für die Handlung gar nicht schlecht. Bloß, während dein Buch gesetzt wird, das wäre ärgerlich, da dürfte dann nichts mehr passieren.

Marie Rosa leckt den Löffel ab, der im Geleeglas gesteckt hat, und Bertine ruft: Halt! Ich wollte noch was.

Mit unerwartet frischer Stimme, unerwartet aber überhaupt, sagt meine Mutter: Ich freue mich auf deinen Roman.

Das wird sich ändern.

Sie macht sowieso ein sehr ernstes Gesicht, wenn sie was von dir liest.

Die beiden Schwestern melden Bedenken an.

Man sieht euch nicht wie auf einer Photographie. Die Ähnlichkeit wird eher wie die auf einem Gemälde, mit allen Freiheiten, die der Maler sich nimmt, sage ich.

Das hört sich nicht allzu beruhigend an, findet Bertine.

Immer wieder werde ich nach dir gefragt, Mamma, von meinen Freunden, neulich von Doktor Lindemann, er kannte den Vater... Mamma, was soll ich sagen?

Daß ich sehr schwach bin.

Daß sie über neunzig ist, basta, sagt Marie Rosa.

Das Alter ist schrecklich, sagt meine Mutter.

Mit andern macht das Alter viel mehr ernst, Mamma. Die meisten in deinem Alter sind längst tot.

Es geht ihr subjektiv nicht gut, objektiv aber... was ist zu verlangen, mit über neunzig? Mit neunundachtzig, bei Marie Rosa?

Alles oder gar nichts, entscheidet Marie Rosa.
Du kauerst ja sogar noch vor deinen Blumenbeeten, also was willst du?
Hinterher besser aufstehen können und dann nicht seekrank sein, sagt Marie Rosa.
Und Bertine? Sie hat überhaupt kein Alter. Der Zahnarzt, zu dem sie meine Mutter begleitet hat, hielt sie für ihre Tochter. Ich erinnere sie daran. Bertine grinst. Jetzt lutscht *sie* am Geleelöffel.
Das könnte natürlich auch bedeuten, daß er Louisa für noch älter hielt als sie ist, sagt Marie Rosa.
Louisa doch nicht! Mit ihrer geraden Haltung und der Schulmädchenkleidung!
Auch daß du dein Haar nicht weiß werden läßt, Bertine, Verzeihung, aber es wäre ja wohl...
Grau, klar, natürlich, und wie. Bertine senkt den Kopf tief über ihren Teller, um den grauen Haaransatz zu zeigen, hebt ihn schnell wieder. Diesmal sind ihre Haare heller blond, beim nächsten Mal versucht sie es vielleicht wieder mit einem dunkleren Ton, Mahagoni mit etwas Rot. Das Haar ist glatt und kurz geschnitten.
Ihr seht alle drei jünger aus als ihr seid.
Und wie viel hängt ab von der Aufmachung. Davon, wie sie sich anziehen. Alle wie Mädchen, Röcke, Blusen, Bertine: Hosen. Nichts Damenhaftes. Kleider sind ungünstiger, Kleider machen älter, machen Alte alt. Hüte tragen sie nicht. Als wir gerade übereingekommen waren, daß alles doch ziemlich erträglich sei und wir uns aus der Masse der übrigen Opfer des Zeitvergehens herausgenommen fühlten, bin ausgerechnet ich es gewesen, die das Alter mit einer Infektion verglichen hat. Du hast es selbst gesagt, Bertine, das Alter steckt an, es steckt dich an.
Ach wo.
Ja, die Arme, sie muß öfter mal hier raus, sagt Marie Rosa und macht ein bedrücktes Gesicht.
An manchen Tagen machst du mich ganz jung, Mamma, neulich hast du dich ein ganzes Telephonat lang

nur mit mir und meiner widerwärtigen Reise und meinem Schnupfen beschäftigt, und ich wurde davon zehn Jahre jünger und blieb es den ganzen Tag über.

Meine Mutter lächelt mir zu, schüttelt ungläubig den Kopf und findet mich wahrscheinlich etwas verrückt, aber liebenswert.

Aber wenn du mir sagst, wie kraftlos du bist, oder wenn ich dich frage: Und die Stimmung? Und du sagst: Schlecht, ja, dann steckt mich das an. Das Alter steckt an, meine Geschwister und mich.

Ihr werdet auch älter, sagt Marie Rosa.

Das findet sie aber nicht, stimmts, Mamma? Du findest uns nicht alt. Ältlich, hm? Sag was.

Nein, das finde ich nicht.

Ihr Kinderchen, sagt Marie Rosa. Es dauert heutzutage furchtbar lang, bis was vererbt wird.

Es macht sich nicht mehr so gut, es ist nicht mehr eindrucksvoll, wenn ich in *meinem* Alter von dir, Mutter, in *deinem* Alter spreche. Oder von der Liebe und der Verehrung für einen Vater. Für *meinen* Vater. Es ist nicht mehr romantisch, es ist für Zuhörer vielleicht sogar etwas langweilig, womöglich ein bißchen lächerlich, tragikomisch. So ein bißchen nach der Zeugen-des-Jahrhunderts-Art. Da sitzt so eine halbwegs interessante Matrone und schwärmt von ihrem Vater. Huh, ich weiß nicht. Und Edith zum Beispiel, obwohl fern in der Schweiz, sie wurde ängstlich, weil du so alt bist, Mutter.

Edith schreibt rührende Briefe. Sie hat so viel zu tun.

Treues Kind, sagt Bertine. Ich freue mich immer wahnsinnig über die Tippfehler.

Sie schreibt schöne Briefe, früher aber waren sie fröhlicher. Briefe wie von Katherine Mansfield.

Sie hat unbefangener aus ihrem Alltag erzählt, in dem alles auf die Minute genau nach dem Zeitplan ablaufen muß, den Ricardos Beruf mit seiner halbstündigen Mittagspause vorgibt, und dazwischen zuverlässig und präzise pünktlich Edith, die wegen neuer Parkierungsbeschränkungen im autofeindlich gesonnenen Zürich neuerdings mit dem Tram zu ihrer Arbeit in der Universitätsbibliothek fahren muß – noch mehr Auf-die-Uhr-Schauen – wo sie nachmittags zwischen zwei und sieben am Computer ihrer allergischen Nase schadet, ihren schönen großen blauen Augen, die man kaum anzusehen wagt, wenn sie die Brille absetzt, weil sie so viel erzählen wie ein schmerzzerreißendes unglücks-seliges Motiv von Franz Schubert.

Beim Lesen ihrer Briefe gab es früher viel zu lachen. Edith schilderte Grotesken aus dem Alltag, darin sich selber beispielsweise als waghalsige Köchin beim hastigen Zubereiten komplizierter Gerichte für Abendgäste, die wegen Ricardos Beruf und seiner Auslandsreisen eingeladen werden müssen: Gegeneinladungen. Seit einigen Jahren fangen Ediths Briefe mit den Altersschwierigkeiten meiner Mutter an. Gute Ratschläge hat sie beinah aufgegeben, weil Rupert und ich ihr auseinandergesetzt haben, wie hier bei uns die Realität ist, und an der scheitern Gymnastikstunden, Massage, Physiotherapie, Studenten, die bei meiner Mutter einziehen sollten, als gutgemeinte Phantasien. Auch das Anbauen am Haus in H. Weißt du, daß man zuerst eine Baugenehmigung haben muß? Und wie lang es dauert, bis man sie – vielleicht – bekommt? Und wer soll, falls das Haus vergrößert würde – aber wo überhaupt und wie? – die Umbauten ertragen, die Handwerker, wer soll alles beaufsichtigen, den Schmutz wegmachen, wie leben sie, bis alles fertig wäre, und erleben sie dann das vergrößerte Haus? Marie Rosa und Louisa, nicht mehr lang und sie sind hundert, das heißt: Aufregungen und Bauchaos können sie nicht mehr ertragen. Und sie wollen es auch nicht. Bertine darf man nicht mehr als ihr schon aufgebürdet ist zumuten.

Bertine spürt, was sie braucht, und deshalb will sie täglich lang und zweimal mit Witiko spazierengehen, sie will ihren Freundeskreis nicht verkleinern und mit den Bernhards will sie musizieren und an ihrem großen Arbeitstisch sitzen und sticken und an ihren Erinnerungen weiterschreiben und lesen. Ich schaue in ihre Kalenderaufzeichnungen rings um ihre farbigen Landschaftsphotographien: »3.11. Ging mit Louisa langsam um den Block. Danach schnell mit Witiko an der Bahn entlang, dann in die Weinberge. Schokoladenpudding! Übte mit M.R. Brahms. 16.10. Taxi zum See mit M.R. und Witiko, war aber für M.R. nicht so schön wie ich hoffte! 21. Witiko wird operiert, ich verbringe die Nacht auf dem Fußboden. Abends Kuchen gebacken. Witiko besser. Nicht geübt. Quitten zerhackt. Finger wund. 5.12. Schornsteinfeger, Frau J. putzt, noch nicht aufgerafft, ihr andere Anweisungen zu geben, immer weiter nur die Böden. Halb zwölf Manfred zur Klavierstunde. Mit Witiko auf dem Langnese-Damm. 1 Stunde geübt, Betten überzogen, Wäsche gewaschen, abends bügeln. Fleißiger Tag! Lob! Brave Bertine! 15.12. Rauhreif vor grauem Himmel: viele Photos. Ich fahre nachmittags mit Kunstkurs nach Mannheim ins Museum! M.R. backt Stollen. Hat auch heimlich gegen meinen Befehl Plätzchen gebacken. 23.12. Kalender fertiggemacht. Dann *ein* Plätzchen in der Küche gestohlen. Zum Glück verabredet, morgen abend nicht zu *feiern*, am 25. tagsüber wirds weniger *stimmungsvoll* sein...«

Das muß alles so für Bertine bleiben, schwierig genug ist es schon.

Du könntest Ediths Brief vorlesen, sagt meine Mutter, und Rupert, den jedes Komma aus Ediths Briefen interessiert, stimmt zu.

Ediths Wochenendbriefe, früher acht Seiten handschriftlich, jetzt vier auf dem Computer, lesen Rupert und ich montags bei uns zu Haus. Meine Mutter empfängt diese unentbehrliche Post, wenn sie freitags in der Mittagszeit in H. ankommt. Gewissenhaft macht sie sich samstags in allen Zimmern auf die Suche nach dem Brief, denn jeden Sonntag zur Mittagsleerung muß er an uns adressiert in den Briefkasten gesteckt werden. Wenn meine Mutter vergessen hat, uns irgendwohin an den Rand einen Gruß zu schreiben, muß ich ihr am Telephon von Rupert berichten: Er schimpft, Klein Friedi, er randaliert schon geradezu! Weil du nichts drangeschrieben hast! Es war zu wenig Zeit, Marie Rosa und Bertine sind erst in letzter Minute mit dem Lesen fertiggeworden, erklärt meine Mutter, sie entschuldigt sich in dieser harmlosen Angelegenheit wirklich, für sie ist Rupert im Recht.

Der Edith-Brief ist das Beste vom Montag. Die erste Seite handelt vom November: »Schon November! Die Zeit rast, wenigstens bei mir. Bei Dir aber sieht es so anders aus, ich glaube, daß Du manche ›lange‹ Stunde hast.« Ich unterbreche beim Vorlesen und lobe meine Mutter dafür, daß sie sich nie langweilt. Ist das nicht schon was? Aber schnell weiter, weil ich mir jetzt nicht vorstellen will, daß es wirklich sehr ›lange‹ Stunden geben muß, dort bei ihr. In den nächsten Zeilen rät Edith, einen neuen Fernsehapparat anzuschaffen, und Rupert unterbricht: Der Geber ist kaputt, sonst nichts, aber wenn sie jedesmal die Radio-Leute wieder wegschickt, weil sie plötzlich verkündet *er tut wieder*...

Sie will niemanden sehen, das ist es, denke ich. Sie will allein sein. Warum nur, und warum so dringend? Wenn sie doch einen Spätnachmittag und einen Abend ohne Fernsehen mir als ganz schrecklich beschreibt? Aber ich lese weiter. Meine Schwester bemüht sich, der Mutter auszureden, sie müsse sich entschuldigen, wenn sie sich zu schwach fühlt, um *ihren* Wochenendbrief zu schreiben. »Wie schon oft gesagt: Es soll und darf kein Zwang sein. Ich meine, kein Zwang in dem Sinne, daß Du furchtbar leidest, wenn Du nicht zum Schreiben kommst. Zwang ist ja mehr oder weniger alles, das beginnt ja schon am Morgen, wenn man aus dem Bett steigen *muß*. Und sich anziehen *muß*. Und sich das Frühstück machen *muß*. Und aufs Clo gehen *muß*...«

Darf, sage ich, fürs Mütterchen ists ein Glücksfall.

Lies, bittet Rupert.

»Ich *müßte* eigentlich heute morgen seit neun Uhr in der Bibliothek sitzen. Unsere Abteilung bekommt ein neues

System vorgestellt, mit dem demnächst katalogisiert wird und das bei der Abfrage über einzelne Bände und Hefte oder Nummern eine Erleichterung, Verbesserung bringen soll. Für uns und die Computerverarbeitung bringt es aber Änderungen, die wir erst verstehen und erlernen müssen.«
Und warum geht sie nicht hin? Es ist doch sicher schwierig.
Hör zu: »Ich verpasse also einiges. Aber dank dem Umstand, daß ich nicht mehr mit dem Auto hinfahren kann und daß Ricardo hier ist mit seiner dreißigminütigen Mittagspause, war es mir zu kompliziert...«
Ein Tschschsch-Laut Ruperts heißt: Ricardo hätte sich mit einem Sandwich begnügen können.
»Ich werds schon noch ›schaffen‹, allein.«
Das sind Stellen, an denen wir Ediths Streß verfluchen. Man muß sich Sorgen um sie machen, sie ist so zart, fragil, grazil, sie verströmt sich, sage ich, es ist ihr eigener Ausdruck, als sie einmal schrieb, kurz vor einem unserer Geburtstage sei sie schnell noch einmal in die Stadt gefahren, schwierige Parkplatzsuche, und durch die Straßen und Geschäfte *geströmt*. Obwohl ich verstehe, daß sie sich alt und abgemeldet fühlt, vom beruflichen Treiben der anderen wie ausgebuht, wenn sie sich zum Ruhestand zum ersten besten Termin entschlossen hätte, habe ich vorgeschlagen: Styropor-Wände (Ruperts Tip), damit du ungestört und keine Patienten störend Bratsche üben kannst, Spaziergänge den Nebelbach entlang durchs Wäldchen auf die Dolderhöhen, Lesen, und bei allem, was zu tun ist – Ricardos pünktliche Kurzmahlzeiten, Vorbereitungen auf die vielen Abendessensgäste, Computerarbeit für Ricardo, Banksachen und Postfach und Einkaufen: genug Ruhe, kein ständiges Auf-die-Uhr-Schauen. Und sicher würdest du deine Allergie los.
»Ja, der Allergietest. Es war grausam. Am rechten Arm gab die Laborantin 19 Tröpfchen aus kleinen Fläschchen, am linken Arm 10 Tröpfchen, in die sie nachher jeweils mit einem kleinen Stengel hineinbohrt. Dann machte sie noch

fünf *Risse* in den linken Arm und gab auch da aus Fläschchen von meinem mitgebrachten Hausstaub hinein. Ob auch meine Hausmilben drin waren? Schrecklicher Gedanke! Erklärt hat sie mir nicht, was sie alles testet, auch der Arzt nicht. Nun gings ans Warten, immer warten und abwarten, ob es Reaktionen gäbe. Schließlich kam der Arzt und murmelte, nachdem er sich die Sache angeschaut hatte, zwischen gelangweiltem Gähnen: Milben, Beifuß? (wann habe ich je mit Beifuß zu tun?), Kuhmilch, Federn, Hausstaub. Auf alles das bin ich überempfindlich. Kann man nichts machen, nicht desensibilisieren. Ich muß sagen, der Arzt war sehr merkwürdig. So gut wie unansprechbar, wenn ich ihn was fragte.«

Und wenn Edith schon mal was fragt! unterbrach ich. Wie sehr wird sie sich dazu überwunden haben!

»Er malte einen Kreis auf die Patientenkarteikarte und sagte, ich sei ›atopisch‹. Nun soll ich wissen, was das ist. Und ich würde reagieren auf Pollen, Hausstaubmilben, Federn, mit Nase, Hals, Augen, Husten. Und wenn der Husten schlimm sei, solle ich kommen, und er gab mir zwei Broschüren mit, eine über ein chemisches Mittel gegen Hausstaubmilben, ein anderes, wie man sich sein Bett mit zusätzlichen Leintüchern schützen könne. Das ist alles. Nun, ich habe ja eine neue Matratze gekauft, mal sehen. Die Milben werden bald wieder drin sein, sie sind ja überall. In vier Wochen soll ich nochmal kommen, Warum???? Ich werde nicht gehen. Dieser Arzt, obwohl er fünf Diplomtafeln im Wartezimmer aufgehängt hat und Allergie-Spezialist ist, ist mir zu unangenehm. Na, ich weiß immerhin, die Hauptallergie kommt von den Hausstaubmilben, wie vermutet. Und dagegen kann man eigentlich nichts machen, Pech. Die Milbenprobe auf meinem Arm ist als einzige noch nicht verschwunden, sie juckt noch heute, und die fünf Risse (es mußte bluten) jucken und brennen auch noch. Der Arzt verschrieb nicht einmal ein Antihistamin, obwohl es hilft (ich hatte es vom Hausarzt). – Ricardo hat neue Vortragseinladungen, wieder

USA, Wien, wieder London, dann noch Israel und einiges hier in der Schweiz, und Palermo. Er freut sich drauf. So, und da wäre ich mal wieder fertig mit dem Wochenbericht. Vom Dienstag für Deinen Freitag. Seit ich den *Priorité*-streifen und das höhere Porto aufs Couvert klebe, scheint die Post noch mehr zu trödeln. *Herrlich*, Eure Idee, gegen Abend Streichquartette zu hören. Und Bertine liest sogar die Partituren! *Toll.* Hört Euch mal das Beethoven-Quartett op. 95, f-Moll an, es gehört zu meinen Lieblingen – obwohl sehr schwer, sowohl zum Hören als auch zum Spielen, aber es hat einen herrlichen Bratschensoloanfang beim langsamen Satz, den ich soooo gern spielte (chromatischer Abstieg!). Auch das B-Dur von Brahms, weil es so schöne Bratschensoli hat (komplizierte Takte!) Ich weiß nicht, was es bei Euch beim Hören heraufbeschwört. Traurigkeit? Vergangenheit? Aber es könnte ja auch ein ›Streicheln der Seele‹ sein – ach, es ist schwer im Leben, es kann immer das eine und/oder das andere sein. Und je sensibler man ist, um so größer oder schwerer das, was sich in einem abspielt. Freude, oder Trauer, Genuß oder Leiden bis zur Unerträglichkeit. Ich hoffe, daß es für Euch vorwiegend *wohltuend* ist, denn es kann ja auch helfend wirken, warum gäbe es sonst diese Musik dieser unsterblichen Genies... So, jetzt muß ich aber aufhören, so schnell-schnell kann ich wirklich nichts Gutes von mir geben, denn prosaischerweise muß ich in die Küche und sehen, daß das Mittagessen rechtzeitig fertig ist, es ist bereits 12.30 Uhr!...«

Es folgen die üblichen liebevollen Wünsche an alle, die Bitte, Tippfehler zu verzeihen, die chronische Zeitnot, die Grüße an alle, die Umarmung »von Deiner Edith, milbenallergisch, aber nicht mutterallergisch.«

Danach mit dem Montag weiterzumachen – ist das nicht wirklich furchtbar schwer? Wenn man nicht so wie Edith sanfte freundliche Briefe schreiben kann, sollte man es besser gleich lassen. Ihre Briefe sind die besten.

28

Um diese Zeit sollten wir öfter hier sein

Jetzt, um halb elf in der Nacht, saßen wir mit Marie Rosa und Bertine im Wohnzimmer, da und dort brannte eine Lampe, im benachbarten Erkerzimmer auch, aber außerhalb des sanft beleuchteten Umkreises war es dämmrig. Vorhin war ich oben im ersten Stock meiner Mutter begegnet, als sie vom Badezimmer in ihr Zimmer ging. Sie hatte ein dünnes kurzes Nachthemd an und sah jung aus, sie lächelte verschmitzt, überrascht.

Ach, da seid ihr ja wieder! Hattest du ein gutes Publikum?

Ja, alles ging sehr gut. Aber laß dirs morgen von Bertine erzählen. Es ist doch besser, wenn *sie* mich lobt als wenn ich das tue.

Ich müßte dieses Nachthemd in- und auswendig kennen, ich müßte jedes ihrer Nachthemden kennen, dachte ich, als wir uns »Gute Nacht« sagten, und während ich die Treppe hinunterging, freute ich mich auf die andern unten im Wohnzimmer und über die Erheiterung meiner Mutter beim Zurückschlagen ihrer Bettdecke: Dort fände sie die Packung mit Geleefrüchten – große Leidenschaft aller drei Schwestern – die ich kurz vorher versteckt hatte.

Gestern war ich fleißig, erzählte Bertine, ich habe Cannas und Dahlien aus der Erde gebuddelt und in den Keller gebracht, war zweimal mit Witiko am See, zwei Stunden lang habe ich die Schumann-Sonate geübt, eklig schwer...

Das hab ich gemerkt, sagte Marie Rosa. Meine Datunas lassen die Blätter hängen. Sie sind erfroren.

Und dann noch Funkkolleg. Aber heute habe ich *überhaupt* nichts gemacht, offenbarte Bertine mit dem gleichen Stolz, den sie ihrer Aktivität vom Vortag zollte. Nichts, das die Menschheit weitergebracht hätte. Oder mich.

Wenn alle Menschen so wie wir wären, und zwar von

Anfang an, dann säßen wir jetzt hier im Dunkeln rum. Und nicht mal in bequemen Möbeln. Wie die Steinzeitmenschen. Marie Rosa probierte vom Rotwein und fand ihn zu bitter. Wo ist die Zuckerdose? Ich will mir ein bißchen Zucker reinrühren.

Laß das, es bekommt dir nicht, bat Bertine.

Marie Rosa verrührte Zucker im Rotwein.

Und man könnte nicht mal euren Bach neben der Straße überqueren.

Ich hätte aber Schumann geübt, sagte Bertine. Am letzten Wochenende haben die Bernhards mich und Witiko zu einer Autofahrt in den Herbstwald eingeladen. Es war einfach wun-der-bar. Sie setzte die Silben voneinander ab, klang schwärmerisch.

Auf welchem Instrument denn, Schumann, von uns hätte keiner ein Klavier erfunden, sagte ich.

Rupert, ein Liebhaber der Herbstverfärbung, schlug Bertine vor, ein Taxi zu mieten und mit ihren beiden Schwestern eine Herbstbesichtigungsfahrt zu machen.

Ich wußte, daß das nicht zustande käme, und sagte schnell: Messing, Kupfer, Bronze, Scharlachrot, Rosa, Gelb, Gold, also wenn die Sonne Licht dazu gibt, ist es wirklich prächtig.

Ihr solltet das machen, sagte Rupert.

Bertine sah zerknirscht aus. Marie Rosa teilte mit, sie verspüre gar keine Lust zu dieser Unternehmung. Eure Mutter auch nicht. Wir sitzen lieber hier in unseren Sofaecken. Bertinchen muß auch mal allein jung sein dürfen. Wir sind ganz zufrieden so, und jetzt glaubt das einfach, einverstanden?

Ich war einverstanden, das war bequemer. Rupert war nicht einverstanden, drängte aber nicht mehr. Noch eingelullt vom Nachtabschied zwischen Badezimmer und Zimmer meiner Mutter wippte ich im Schaukelstuhl langsam auf und nieder, entspannt wie nie sonst. Es ist so ruhig und abendlich, so behaglich hier bei euch, sagte ich. Nachts. Ich lachte. Wann werft ihr uns raus?

Noch lang nicht.
Nie.
Ihr könnt auch übernachten.
Marie Rosa hatte plötzlich Lust, uns noch einmal zu bewirten. Nur Rupert war dem Angebot zugänglich. Aber als zwei Teller vor ihm standen, Knäckebrot und kalter Braten, stibitzte Bertine von beidem und teilte die kleinen Beutezüge sofort redlich mit Witiko.

Ich habe vorhin noch alles über die Killermoleküle gewußt! Marie Rosa sprach in mit Bedacht klagendem Ton, im Beschwerdeton. Ich hatte alles verstanden. Manche Sätze mußte ich zweimal lesen, aber ich habs verstanden.

Und was ist davon übrig?

Daß das Alter in der Evolution eigentlich überhaupt nicht vorgesehen ist. Es ist den Evolutionsbiologen gar nicht selbstverständlich. Es müßte die Lebensphase Alter eigentlich überhaupt nicht geben.

Es gibt sie aber, sagte Bertine.

Wegen diesen Killermolekülen. Marie Rosa blickte traurig vorwurfsvoll reihum. Und viel mehr weiß ich nicht. Ich weiß noch, daß alte Nager ein viel schlechteres Gedächtnis haben als junge Nager. Ich hätte bestimmt mehr behalten, wenn ich nicht geübt hätte, das Wort für diese Erbsubstanz auswendig zu lernen.

Killermoleküle. Das sind die freien Radikalen, sagte Rupert.

Die Abkürzung ist DNA, sagte Marie Rosa. Und dann, sehr langsam und vorsichtig: *Desoxyribosenukleinsäure.*

Der Anfang klingt komisch, Schätzchen. Ich glaube, ich möchte einen Tee. Bertine stand auf. In der Diele und in der Küche brannte wie immer Licht.

Die gealterten Rennmäuse und die alten Nager, und wie bei denen auch alles nachläßt, ich fands irgendwie tröstlich, sagte Marie Rosa.

Sie forschen aber über diese Radikalfänger, sagte Rupert. In den alten Gehirnen ist nicht mehr genug von einem bestimmten Enzym, na und so weiter.

Die armen alten Nager, sie machen doppelt so viele Fehler wie die jungen. *Desoxyribonukleinsäure.* Ich kanns noch.

Keiner von uns nutzte die Gelegenheit, über Probleme zu sprechen, über meine Mutter, diesmal nicht aus Scheu, Ehrfurcht, Taktgefühl, Vermeidungsstrategie – wir vergaßen es einfach. Zuerst hatte Bertine von meiner Veranstaltung in einem Nachbarstädtchen erzählt, zu der wir sie abgeholt hatten. Mit ihr und Marie Rosa und mit meiner Mutter, die aber nicht gern die ersten Abendnachrichten im 2. Programm versäumt, nahmen wir einen Abendimbiß ein. Marie Rosa und Bertine erklärten, um diese Zeit hätten sie nie Hunger, und dann wunderten sie sich darüber, wie sich die Lust zu essen einstellte und wie gut es schmeckte. Ob ich womöglich ein Mensch bin, der *immer* essen könnte? Bertine warf uns flehende Blicke zu: Sagt nein!

Die arme Bertine, erzählte ich, sie mußte in der ersten Reihe sitzen. Die Veranstalter dachten, damit täten sie ihr einen Gefallen.

Ich hatte eine Freikarte! Und die erste Reihe... das tat mir nur leid für *dich.*

Und was war mit Rupert? Wo hat Rupert gesessen?

Er kriegt immer irgendein Nebengelaß. Er ist nie mit drin im Saal. Bertine war die Schönste im ganzen Saal.

Oh ja, allerdings, das war ich! Das war zu erwarten.

Aber nicht die Eleganteste. Rupert mischte sich ein. In deiner Parka und in Joggingschuhen.

So zart und sanft lächelnd, sehr hübsch, Bertine.

Hat sie sich bei der Diskussion gemeldet?

Natürlich nicht.

Ich hab mich damals gemeldet, weißt du es noch? Ich hab dich irgendwas gefragt. Und dich per *Sie* angeredet.

Typisch Marie Rosa.

Oh, meine Geschenke! Mir fiel der Kuchen in Herzform ein, den eine Frau mir auf dem Podium überreicht hatte, und der riesige, wie zu einer Wandfläche aus Fächerpalmzweigen platt zusammengesteckte Strauß mit weißen Lilien und einer Straußenfeder und getrockneten Hortensien. Ich hatte alles in der Diele auf einem Stuhl abgelegt, und jetzt erst holte ich die Gaben ins Wohnzimmer. Der Kuchen fand sofort Anklang. Den interessierten Gesichtern der Schwestern sah ich an: Sie hatten Lust, auf der Stelle zu probieren, was das für ein Kuchen war. Angesichts des Straußes bekam Bertine zum zweiten Mal einen Lachanfall, Marie Rosa bekam ihren ersten, sie wich zurück vor dem mächtigen feierlichen Gebilde und rief: Der ist ja schrecklich! Ein Beerdigungsstrauß!

Er ist für dich. Enttäusch mich nicht, ich dachte sofort: Den kriegt Marie Rosa.

Aber er macht mir Angst, wirklich. Er sieht rein nach Begräbnis aus.

Du bist mir eine Blumenfreundin! Sieh doch, die Lilien!

Marie Rosa mußte wieder lachen, lachen wie über etwas eigentlich Verbotenes.

Der Strauß muß auf jeden Fall endlich ins Wasser.

Bertine ging mit dem Strauß in die Küche.

Der Kuchen ist für euch. Wenn ihr den Strauß nicht wollt...

Den Kuchen nimmst du mit. Du kannst uns eine Winzigkeit dalassen, aber du nimmst ihn mit.

Wollt ihr wissen, fragte ich, in einer ungewohnten Stimmung der Unaufgeregtheit, der ruhigen Sicherheit, alles gehe gut, alles sei richtig so wie es ist, alle Mängel hätten ihre Ordnung und ihre Richtigkeit, also wollt ihr wissen, mit wem ich am liebsten zusammen bin? So zusammensitze? Wollt ihr es wissen?

Nein, entschieden Marie Rosa und Bertine gleich prompt in Übereinstimmung.

Mit wem es für mich...

Wir wollens nicht wissen.

Warum nicht?

Sanft aber radikal: Es bleibt bei *nein.*

Übernimm dich nicht, Schätzchen.

Wollt ihr wissen, wen ich am liebsten habe, für wen ich am liebsten jede Nervosität in Kauf nehme? Ihr wißt es schon, oder?

Wir rätseln dran herum.

Mir zuliebe probierte Marie Rosa, ob sie gähnen konnte. Sie konnte nicht.

Später, Rupert und ich, wir hatten schon unsere Mäntel an, beugten wir uns nochmals über den Kuchen.

Er bleibt hier, entschied ich.

Wir könnten ihn teilen.

Er bleibt ganz hier. Es soll ein Apfelsinenkuchen sein. Sieht nach Bisquitteig aus, und den esse ich nicht gern. Und Rupert darf sowieso nichts davon essen.

Jetzt sahen sie ein, daß sie den Kuchen mit gutem Gewissen behalten könnten.

Und die Blumen? Ihr wollt sie wirklich nicht? fragte ich.

Natürlich wollen wir sie, sagte Marie Rosa. Ich will den Strauß in viele Einzelheiten zerlegen. Sag mal, den Kuchen darf ich doch jetzt gleich noch ein bißchen probieren?

Und durch wen werde ich am heitersten, am lustigsten? Oder am ernstesten, am traurigsten? Wollt ihrs wissen?

Oh nein, nein, nein.

Und oben schlief meine Mutter. Auf der Rückfahrt schwebten die Burgen und Schlösser und Burgruinen Hügel für Hügel goldgelb angestrahlt in der Nacht. Wie Schiffe, schwimmend im Meer. Sie waren der Traum, den ich mir für den Schlaf meiner Mutter wünschte, schimmernd im Himmel.

In der Küche testen Marie Rosa und Bertine den Kuchen, in ihrem Zimmer schläft meine Mutter, neben sich bei ihren Medikamenten auf dem kleinen Tisch am Kopfende des Betts die Geleefrüchte, meine Mutter bei den verlockend beleuchteten luftigen Schlössern, dort, wo sie sich keine Kraft mehr wünschen muß, wo sie schwach sein darf; das muß ganz in der Nähe der himmlischen Vorhöfe sein.

29

Du Armes!

Wie wars beim Augenarzt? fragte ich meine Mutter lieber von zu Haus aus am Telephon.

Ihre Stimme klang sanft, traurig: Es hat mich etwas mitgenommen. Ich kam erst um zwei Uhr dran. Bertine hat mich um zwölf hingebracht und dann wieder abgeholt.

Die Gute. Und was hat der Arzt gesagt?

Die Augen sind getrübt, eine neue Brille kann auch nicht helfen, und außerdem habe ich Grauen Star.

Erschrocken und entsetzt, böse auf den Arzt und auf seine Patientin, spreche ich in solchen Fällen beherzt, damit meine Mutter einen fröhlichen Klang zu hören bekommt, der ihre Sorgen mildert, und meine Sorgen auch. Also sagte ich: Grauer Star? Das ist der ungefährliche. Der Grüne ist der schlimme. Den Grauen kriegt fast jeder.

Und es schien auch diesmal gewirkt zu haben. Meine Mutter hörte sich jetzt besser an: Er hat mir eine Lupe verschrieben, aber die ist mit Strom.

Du meinst, sie hat eine Batterie.

Nein, ich glaube nicht.

Aber dann müßtest du ja immer in der Nähe einer Steckdose sitzen.

Ich lachte, sie hat nicht mitgelacht.

Die Lupe will ich vorerst nicht. Er hat nicht geglaubt, wie alt ich bin. Und Bertine, die hat er für meine Tochter gehalten.

Wie der Zahnarzt damals. Das hat Bertine wieder mal gefreut.

Ich habe wieder gelacht und war längst trauriger als sie.

Und wie gehts deiner Nase? fragte meine Mutter.

Nach einem Schnupfen war der Umkreis um meine Nase eine Wunde.

Sie sieht schrecklich aus. Rupert fragt schon: Nennst du *das* Nase? Das soll eine Nase sein? Es ist jetzt ein Ausschlag drumherum, vielleicht Herpes, ansteckend.

Du Armes, sagte meine Mutter.

Du Armes! Das ist die wahre Therapie! Warum hatte ich vorhin bei ihrem Bericht vom Augenarzt nicht auch einfach *du Armes* gesagt, nicht jedesmal, wenn es ihr nicht gut geht?

Unser Familienleben ist nun einmal pervers. Damit wollte ich vor ein paar Tagen einen Dialog zwischen mir und einem Freund abschließen. Wir standen auf einem Bahnsteig, warteten auf meinen Zug, und ich stellte mich so ihm gegenüber, daß der kalte Wind mir von hinten durch die Haare blies, mein Gesicht der Sonne abgekehrt.

Mein Freund hatte gedacht, Rupert und ich, wir sähen meine Mutter jedes Wochenende.

Schwerer Irrtum! Wir sehen uns nicht oft.

Ich sagte nicht, wie selten, aber es andeuten, das tat ich. Ich sah Marie Rosa vor mir, wenn sie mittendrin beim Essen am runden Tisch die Gabel hebt und zitiert: »Wollen habe ich wohl, aber Vollbringen, das Gute, das finde ich nicht.« Und nun reicht mir mal auf der Stelle die Schüssel mit der Roten Grütze rüber!

Zu meinem Freund sagte ich: »Wollen habe ich wohl, aber Vollbringen, das Gute, das finde ich nicht.« Ich lachte. »Denn ich tue nicht, was ich will, sondern was ich hasse, das tue ich.« Fleischlich gesinnt sein, weißt du, unter die Sünde verkauft und so weiter. Aber Gott ist freundlich. Ich frage mich manchmal, wie weit ich gehen könnte, also, was er mir nicht mehr vergeben würde. Giftmord. Die weniger subtilen Gemeinheiten.

Mir fiel das Tischgebet ein, das mein Vater vor dem Essen sprach, und obwohl es nie aufmunternd sportlehrerhaft aus seinem Mund kam, muß es wohl einen bestimmenden Einfluß auf mich gehabt haben: »Danket dem Herrn, denn er ist freundlich und seine Güte währet ewiglich.«

Ich sagte zu meinem Freund, der mein Gefühl kennt, auf dem Vorposten für meine Mutter unter allen Geschwistern die erste zu sein, die zur Stelle und verantwortlich ist, zusammen mit Rupert: Vielleicht denken ja meine Geschwister von denen ich wiederum denke, sie könnten sich öfter mal zeigen, wir, Rupert und ich, wir sollten öfter mit meiner Mutter zusammensein. Wir sind in der Nähe.

Wenn ich mit jemandem bei diesem Thema bin, erwähne ich immer, daß meine Mutter keine von den Müttern ist, die Besuche ihrer Kinder einklagt. Sie ist das Gegenteil davon, erkläre ich, stolz auf sie, der es selbstverständlich ist: Kinder trennen ihre eigenen Biographien von denen der Eltern ab. Die Bindung ist nicht auf ein zahlenmäßig bestimmbares Zusammenkommen angewiesen. Das Verhältnis Eltern – Kinder ist kein Fußball-Match. Nicht zuerst das Hinspiel, dann das Rückspiel. Zwar rede ich so, aber für mich ist es das doch, vielleicht erst recht, weil ich diese Regel mißachte.

Aber ebenso wie eine gute Mutter dazu da ist, ihren Kindern das schlechte Gewissen auszureden, so ist ein guter Freund zum Beruhigen und Rechtgeben da. Keinesfalls zum Belehren. In Freundschaften mit Frauen wird mir zu viel belehrt und kritisiert. Ich brauche nicht noch mehr Kritik, meine Selbstkritik steht mir schon bis zum Hals. Im Besserwissen bin ich Selbstversorgerin. Mein Freund auf dem Bahnsteig half mir: Das ist doch in vielen Familien so, zum Beispiel bei uns. Und er zählte die Geschwister seiner Frau auf und die Städte, in denen sie wohnen, die meisten nicht sehr weit von seiner Stadt entfernt, und sagte, wie selten die Geschwister zu Besuch kommen, zu ihrer Schwester und zu ihrer Mutter, die mit der Familie meines Freundes zusammenlebt. Meinen Schwager haben wir seit ungefähr zwei Jahren nicht mehr gesehen, na bitte.

Ich will ja nicht elitär sein – warum eigentlich nicht? – aber bei den eher einfachen Leuten ist der Familienzusammenhalt enger. Wenn ich an meine Freundin Nelly denke, sagte ich, alle diese vielen Verwandten, die sie hat, die sind dauernd zusammen. Und es ist alles herzlich und offen, sie liegen sich nicht unentwegt vor lauter Liebe in den Armen, und die ganze Besucherei strengt Nelly auch an, sie hat ja einen Beruf und an manchen Tagen ist sie von morgens bis abends in ihrer Musikhochschule, ja und dann kommt die Mutter, sie übernachtet auch, und Nelly fühlt sich gut, weil die Mutter das Familienleben im Griff hat, aber andererseits macht es sie auch nervös, daß abends zum Beispiel die Mutter mehr Geselligkeit erwartet, oder Nelly denkt sich das so, und dann fühlt sie sich etwas behindert in ihrem Kommen und Gehen und Tun und Lassen im eigenen kleinen Haus, sie möchte sich zurückziehen, sie müßte üben, aber unten sitzt die Mutter und hofft wahrscheinlich auf ihre Gesellschaft.

Demnach ist das verwandtschaftliche Leben überall kompliziert, immer auch etwas verkrampft, sogar bei der sonst gar nicht verkrampften Nelly, für die, in undiskutierter Übereinstimmung mit ihrem Mann, völlig feststeht: Wird die Mutter eines fernen Tages einmal hinfällig sein und zu schwach, um einem Haushalt selbständig vorzustehen, dann kommt sie zu uns. Bei einer anderen, etwas älteren Freundin entschied der Ehemann, was seine Frau, meine Freundin, noch gar nicht auszusprechen gewagt hatte: Wenn deine Mutter aus dem Krankenhaus entlassen wird – sie erlitt einen Schlaganfall, sie kann sich allein nicht mehr helfen – dann siedelt sie zu uns über. Wir werden feste Regeln für den Tagesablauf genaustens befolgen, so daß doch jeder auf seine Kosten kommen kann.

Ein Sonntagmorgenanruf meiner Mutter: Denk mal, was mir passiert ist?

Ich gehe sofort in Deckung, ich wappne mich; werde ich sein können wie sie und einfach *du Armes* sagen, oder die Abwehrende sein, oder die Gouvernantenhafte?

Ja, was denn?

Ich bin seit gestern vollkommen taub. Ich kann nur mit dem linken Ohr am Telephon hören. Nur am Telephon.

Sonst höre ich gar nichts. Meine Schwestern müssen mich anschreien.

Das Fernsehen hört sie auch nicht. Sie ist wieder nicht rechtzeitig zum Ohrenarzt gegangen. Rupert wird entsetzt sein: Niemand schreibt sich auf, wann sie das letzte Mal *vollkommen taub* zum Ohrenarzt gebracht werden mußte. Die Läden werden nicht gestrichen, der Gartenzaun auch nicht, und wenn es am Sankt Nimmerleinstag geschieht, erschrecken sie über die Kosten.

Am Sankt Nimmerleinstag, also geschieht nichts. Ich werde ihm zustimmen, ich werde aber auch der gesamten Lage des Laisser-faire nichts entgegensetzen. Ein auslaufendes Modell, dieser Haushalt.

Warte, bis du beinah hundert Jahre bist, und was dich dann noch interessiert. Bestimmt keine Renovierungsarbeiten.

Bis auf den Hund wird nichts gepflegt. Witiko ist der Herr im Haus.

Weil alles nur gut gemeint ist und Rupert die drei Schwestern liebt, macht es mir wenig aus, wenn er so redet.

Aber sonst gehts dir gut? fragte ich meine Mutter und fügte schnell hinzu, damit sie es mir nicht erst berichtete: Bis auf das Übliche, schwache Beine und das alles.

Ja. Aber es ist mir langweilig. Ich höre nichts, nur am Telephon. Dich verstehe ich jetzt sehr gut, als wäre gar nichts los.

Ich dachte: Später am Tag rufe ich sie wieder an.

Deine Schwestern können jetzt über dich herziehen und schimpfen, und du verstehst kein Wort, sagte ich.

Meine Mutter lachte.

Du verbringst den Tag mit Lesen.

Das geht auch nicht sehr gut. Die Augen wollen auch nicht mehr.

Geh ein paar Schritte, vergiß es nicht.

Ja, ich habe schon die dicken Schuhe für draußen an.

Aber geh nicht allein. Du hörst ja kein Auto, keinen Radfahrer.

Allein kann ich gar nicht mehr gehen.

Jetzt hatte ich schon auf zwei Aussagen nicht reagiert: auf die unwilligen Augen, auf die Furcht vorm Alleingehen. Endlich: *du Armes*-sagen!

Und dann sage ich es, während ich in den Novembersonntag blicke. Es regnet. Dann kann sie überhaupt nicht gehen, auch nicht mit Bertine, denn wie soll sie, an ihrem Arm, noch den Schirm halten? Ohne jede Anstrengung, weil mir wirklich danach zumute ist und ich mich nicht dazu überwinden muß, ohne Besserwissen und Ratschläge zu unterdrücken, sondern weil mir gar nichts anderes mehr einfällt, sagte ich: Ach, du Armes. Armes Mütterchen.

Aber das zweite Telephonieren, das fiel mir erst ein, als es zu spät war. Trotzdem, ich rief an. Bertine war dran. Sie meldete sich mit einer erwartungsvollen Stimme, wie ein junges Mädchen, das auf eine langersehnte Verabredung wartet.

Ja, *du?* sagte sie dann, nicht enttäuscht.

Ich wollte nur, daß meine Mutter nach diesem geräuschlosen Tag noch *etwas* hört. Gute-Nacht-Sagen! Aber jetzt ist sie bestimmt schon rauf in ihr Zimmer gegangen.

Ja, aber ich richte es aus.

Nach ein paar Minuten klingelte bei uns das Telephon, es war meine Mutter. Sie sprach hellwach und munter. Wie lieb von dir! Ja, es war schrecklich, den ganzen Tag lang nichts zu hören, ein bißchen was vom Streichquartett habe ich aber gehört, ich saß ganz dicht am Plattenspieler.

Ich wollte nur, daß du vorm Einschlafen jemanden hörst, der dir ganz deutlich sagt: Gute Nacht!

Gute Nacht! Und vielen vielen Dank.

Ich habs doch für mich getan, das bißchen, was ich für sie tue, tue ich immer auch für mich. Es ist einunddieselbe Wohltat.

30

Leb wohl, liebes Rätsel. Rate weiter.

Und wie gehts deinen Schwestern?
 Denen gehts immer gut.
 Meine Mutter beantwortet diese Frage immer so, mit überzeugter fester Stimme neidlos, ohne Vorwurf und nicht gekränkt, weil sie sich lebensuntüchtiger fühlt als ihre Schwestern.
 Ich hörte aus dem Hintergrund Bertines Protestruf: Ich habe auch meine Migräne wie die feinen Leute.
 Natürlich nannte sie Migräne, die hat sie nie, nur um vom hundertprozentigen Wohlbefinden, das meine Mutter ihr zuschrieb, abzurücken. Marie Rosa rief auch etwas, das rebellisch klang, ich konnte es nicht verstehen, weil meine Mutter weitererzählte: Bertine ist heute zum Musizieren bei ihren Freunden eingeladen, Marie Rosa und ich sind dann allein.
 Mit meinem Hund! rief Bertine.
 Ich freute mich für Bertine.
 Ich bin seekrank. Diesmal hatte ich Marie Rosa verstanden.
 So enorm gut gehts deinen Schwestern ja nicht, sagte ich.
 Ach doch, sagte meine Mutter. Und morgen mußt du wieder weg? Sie las mir die Daten von der Liste, auf der ich ihr immer meine Reisestationen aufschreibe, langsam vor. Das ist ja schrecklich viel diesmal. Der arme Rupert.
 Und warum hast du eigentlich gestern nicht mehr angerufen?
 Ich habs vergessen.
 Als du nach Ruperts Telephonat mit Bertine nicht noch mal angerufen hast, dachte ich schon, du wärst tot. Und ihr wolltet es uns bloß abends nicht mehr sagen.

Meine Mutter lachte etwas verlegen. Ich habs vergessen.
Oder rufst du jetzt aus dem Himmel an?
Nein, sagte meine Mutter so sachlich, als fände sie die Frage ebenso sachlich.
Ich erzählte von meinem kleinen Kalender, den ich in meinem letzten Hotelzimmer liegengelassen haben muß, und daß ich mit dem Hotel telephoniert habe, daß nichts gefunden wurde, darauf könne ich mich verlassen, denn, so sagte die Hausdame, gerade das Zimmermädchen, das mein Zimmer in Ordnung gebracht habe, sei eine besonders zuverlässige Person. Ich sagte:
Bis auf ein paar Briefmarken habe ich materiell gesehen wenig verloren. Aber die Hülle aus schwarzem Leder, in der mein kleiner Kalender steckte, war ein Altertum, sie hat mich seit Jahrzehnten begleitet, und es waren ein paar Andenken drin, und mein ganzes Jahr ist drin, jetzt ist das ganze Jahr weg, und keiner außer mir kann was damit anfangen. Zum Glück kann niemand meine Schrift lesen.
Spiel Schumann, *Erster Verlust*, rief Bertine, als meine Mutter den beiden andern, die am Frühstückstisch Zeitungen lasen, von meinem Pech berichtet hatte.
Es ist nicht mein erster Verlust.
Such noch mal alles durch.
Das haben wir gemacht, Rupert und ich, obwohl ich gar keine Hoffnung reinsetzte, denn ich bin dermaßen anankastisch, alles kommt immer genau an seinen Platz, alles wie immer, ich gehöre nicht zu den sorglosen Menschen, die vorm Abreisen ihre Utensilien schnell irgendwohin stopfen, leider nicht, ich kämpfe mit Überpedanterie gegen das Chaos.
Ja, dann scheint der Kalender weg zu sein, sagte meine Mutter genauso realistisch-sachlich wie vorhin, als ich gefragt hatte: Oder hast du vom Himmel aus angerufen? Da konnte sie auch gelassen, so als sei ein derartiges Telephonat eine Möglichkeit, *nein* antworten.

Rupert protestierte, als er im Umkreis des Telephons vorbeiging, weil ich gerade sagte: Es ist wie eine Strafe, daß ich jetzt um diesen Kalender trauere. Ich meine, wie gedankenlos sehen wir abends bei den Nachrichten irgendwelchen Flüchtlingen zu, mit ihren vollgestopften Taschen, der letzten Habe und so weiter... und bei mir ists nur ein Kalender.

Wir würden längst ausgewandert sein, aus einem Land, in dem sie solchen ethnischen und nationalistischen Unsinn machen, wir hätten nicht abgewartet, bis man uns aus unserm Haus herausschießen würde, knurrte Rupert.

Gemessen am Tod ist erstens alles lächerlich und zweitens, daß mein Kalender weg ist und drittens, gemessen am Tod ist meine Ehe die beste, sagte ich.

Mittlerweile redete ich am Telephon mit Bertine.

Ist euer Velours im Auto immer noch so sauber?

Ich fürchte, ja. Was ist: Schreibt mir jeder von euch noch mal ganz kurz was auf, so eine Art Tages-Statement? Es wäre mir für den Schluß ganz nützlich.

Für dein Buch? Ich glaube, Marie Rosa und Louisa machen da nicht mit. Und mir fällt auch nichts Gescheites ein.

Es soll nichts Gescheites sein.

Ich soll wohl wieder dieses abscheuliche Spiel machen. Das mache ich nicht.

Was für ein Spiel denn?

Na, mir die Menschen vorknöpfen, die ich gern habe, und dann überlegen, bei wem es für mich am Schrecklichsten wäre, wenn er... gräßlich, du weißt schon, ich sprechs nicht aus.

Bei wessen Tod du am meisten leiden würdest.

Ein scheußliches Spiel! Bertine hörte sich so panisch an, als habe sich um den Frühstückstisch ein Erschießungskommando aufgestellt. Einfach widerwärtig.

Vergiß es.

Wie gehts deinen Freunden aus dieser schlimmen Geschichte?

Machst du dich drauf gefaßt, daß du mir eines Tages auch so verzeihen mußt wie sie mir? Ich lachte. Denk an den Freßkorb, den sie mir geschickt haben.

Den schicke ich dir auch, mein Schätzchen. Bertine klang wieder sanft.

Vielleicht geht es den beiden besser als uns allen.

Warum solls ihnen besser gehen als uns?

Wen das Leben mehr erschreckt als der Tod, ich finde, der ist zu beneiden.

Ihr redet ja endlos, rief Marie Rosa aus dem Hintergrund.

Deine Mutter will dir noch auf Wiedersehen sagen, sagte Bertine. Ich geb mal ab. Achtung, halt, so Louisa, setz dich richtig gemütlich hin. Lehn dich an, lehn dich zurück, so!

Ich hörte, wie Bertine meine Mutter dirigierte. Während ich mit ihr noch ein paar Sätze austauschte, betrachtete ich die Karte, die ich nachher am Bahnhof in den Briefkasten werfen würde, nach uralter Reisetradition. Ich las: »Laß es dir gut gehen, so gut es geht.« Noch könnte sie den kurzen Text lesen, noch ohne diese merkwürdige Lupe, wäre meine Schrift nicht von Reisefieber und Platzmangel auf der Karte verzerrt. Aber sie wird das Bild auf der Vorderseite betrachten. Es ist eine Allee. Es ist eine Allee im Herbst, die Bäume sind fast schwarz in einem flachen Land, das, bräunlich verfärbt, das Jahr fast hinter sich hat. Die Allee ist vom Standpunkt des Spaziergängers aus auf einen dunklen Fluchtpunkt hin gesehen. »Der Vater hat das Leben in einem Brief an mich mit einer Allee verglichen. Man ist neugierig, wohin sie führt, man muß neugierig auf das Ende sein«, habe ich in die weißen Ränder rings um das Alleebild gekritzelt. Sie kann es nicht lesen. Der Vater weiß jetzt, wie es hinter dem Fluchtpunkt aussieht. Sein langer Spaziergang in der Allee ist oft strapaziös gewesen, aber alles in allem, er hat ihn doch bejaht und auf die intelligenteste Weise genießen können.

Ich erzählte meiner Mutter: Die Mutter meiner Freun-

din, die ich jetzt gerade in München getroffen habe, sie liegt nach einem Schlaganfall auf der Intensivstation.
Ach. Das ist schrecklich.
Ja, für alle Beteiligten.
Wenn sie nur sterben könnte.
Man kann sich hundertmal sagen: Jetzt hast du lang genug gelebt. Aber als die Mutter meiner Freundin in der Nacht mit einem Todesschrecken aufwachte und wußte, da passiert etwas mit mir, etwas ganz Schreckliches wie vorher nie, da hat sie doch nicht sterben wollen. Man kann hundertmal am Tag »Jesu meine Freude« innerlich absingen und »Komm o komm du Todesstunde«, alles voll melancholischer Zuversicht, aber kaum fährt dir ein unbekannter Stich durch die Herzgegend, da fleht man auch schon abtrünnig: Noch nicht!

Das hatte ich nicht gesagt, statt dessen: Vergiß uns nicht, heute abend Punkt sechs! Ruf an! Sei nicht wieder eine Rabenmutter! Du weißt, Nelly wird da sein und ich will auf dich stolz sein!

Ich vergesse euch nicht, versprach meine Mutter.

Vom Telephonat – unsere beiden Standuhren schlugen mit ihren unterschiedlichen Stimmen und die eine ein oder zwei Sekunden hinter der anderen her sechs Mal – kam ich vergnügt und stolz auf meine Mutter zu Rupert und Nelly in meinen Sessel zurück. So wohl wie in diesem Augenblick kann ich mich nur durch meine Mutter fühlen, dachte ich, ich berichtete:

Sie wars, das Mütterchen.
Oh, und wie gehts ihr eigentlich? fragte Nelly.
Gut, heute abend gut.
Was hat sie gesagt? fragte Rupert.
Wir haben zuerst übers Reisefieber gesprochen, wir habens oft, das Reisefieberthema. Ich lachte. Frei und fröhlich war ich.

Sie muß heut gut drauf gewesen sein, Nelly diagnostizierte das Befinden meiner Mutter, indem sie mich beobachtete, genau richtig.

Wir reden oft drüber, warum sie montags, wenn sie zurück in ihr Haus fährt, viel mehr Reisefieber hat als freitags auf dem umgekehrten Weg. Und jetzt hört zu, was sie gesagt hat. Zuerst machte ich eine Bemerkung, nicht besonders originell: Ja, der Mensch ist ein Rätsel. Warum geht mir nachts eine Mozartstelle im Kopf rum, die ich überhaupt nicht geübt habe? Der Mensch ist ein Rätsel. Und jetzt kommts, wenn das kein Abschied ist, so was kann nur sie sagen.

Du machst es spannend. Nelly lachte. Du fühlst dich wunderbar, oder?

Ja, sagte ich.

Also, was hat sie denn gesagt? fragte Rupert.

Sie hat gesagt: Leb wohl, liebes Rätsel. Und rate weiter.

31

Weihnachten im Winter

Gegen Inkontinenz, wenn du weißt, was das ist. Bertine gab ihr Telephon-Bulletin am siebten Abend in einem entschlosseneren, mit den Tatsachen radikaler verfahrenden Ton ab.

Ja, ich weiß, was das ist, sagte ich. Mein Erschrecken gab ich nicht preis, einmal, weil Rupert sich wie selbstverständlich in der Nähe des Telephons eingefunden hatte, um vom Stuhl am Eßtisch aus teilzunehmen und möglicherweise mit Fragen oder Beratungen in den Krankheitsbericht vom heutigen Tag einzugreifen, und zum andern aus dieser alten Familiengewohnheit, die jeder psychologisierende Amateur als Verdrängung, neurosenbildend, verdammt hätte.

Ich hab mir also erst mal in der Apotheke einen Haufen von diesen Windeln geben lassen. Das Rezept kann ich immer noch nachliefern. Bertine fügte ein halbwegs aufmunterndes, auf hamburgisch getrimmtes *nächwahr* hinzu, aber auch davon wurde mir nur eine Spur wohler. Mir fiel ein englischer Roman ein, den ich vor einiger Zeit gelesen hatte. Inkontinenz war darin eins der Probleme, mit denen eine uralte Frau und mit ihr die Familienmitglieder um sie herum sich abzuquälen hatten. Zwar sagte ich mir später in der Nacht, als ich bis über vier Uhr hinaus dem Einschlafen um nicht den kleinsten Schub, auch durch kein künstliches Gähnen, näher kam und als jede Ableitung meiner Gedanken von meiner kranken Mutter weg doch wieder zu ihr zurückführte: Die Frau in dem Buch war ja komplett senil, Demenz und ein bißchen Alzheimer vermischt, und die Familie, die Töchter und Schwiegertöchter der Familie, sie saßen wirklich in der Klemme. Das hier, bei meiner Mutter, ist bloß eine Blasenentzündung, und vielleicht ist die Inkontinenz mit ihrem Windelkram bloß eine Folge der Krankheit, ein Zubehör, die Krankheit geht vorüber, das Symptom, das die Alten ins Babystadium zurückwirft, verschwindet mit der Krankheit. Ein und dasselbe Symptom – sie machen ins Bett, sie machen ihre Kleidung voll – ist bei den Babies niedlich, natürlich auch lästig, aber nun einmal unvermeidlich, es gehört dazu, und man macht die appetitlichen Körperchen ja auch gern wieder sauber, es ist possierlich, man spielt mit ihnen herum; aber die Alten? Dieses Symptom entwürdigt sie. Nur für das Auftreten des Symptoms bei den Alten hat man dem Symptom einen Namen gegeben. Babies sind natürlich nicht stubenrein. Alte sind krank, wenn sie in die Hose machen, und ihr Leiden heißt Inkontinenz. In der Nacht habe ich immer wieder das Bild meiner Mutter tilgen müssen. Ich sah in ihre braunen vertrauensvollen Augen, mit denen sie mich gesucht hat, aber ich habe meine Mutter noch nicht in ihrem Krankenbett gesehen. Alles, was getan werden muß, tut Bertine, sie beklagt sich nicht, sie wird nicht sentimental, sie flucht und stöhnt schon manchmal, aber gerade diese ehrlichen, nicht auf Edelmut hochgehievten Reaktionen normalisieren den Zustand.

Gestern hast du vergnügter geklungen, sagte ich. Du hast mich mit *Hallelujah* und einem Lachen begrüßt.

Bertine lachte wieder und erklärte, das *Hallelujah* habe sie ausgestoßen aus Erleichterung darüber, daß ich ans Telephon kam und nicht irgend jemand Fremdes: Ich wußte plötzlich nicht mehr, ob ich zu viele Siebener und zu wenig Vierer gewählt hatte, und war drauf gefaßt, mich bei jemand entschuldigen zu müssen: Tut mir leid, ich hab mich verwählt. Ich hasse das.

Aber gestern gings ihr besser, oder?

Eigentlich nicht, sie hatte ungefähr zwei Zehntel Grad mehr Fieber.

Das Fieber müßte längst weg sein, sagte Rupert am Tisch. Wenn es sich um Bakterien handelt.

Ich wußte, wie das Thema weiterging, und sagte: Da muß noch ein Virus im Spiel sein. Sonst wäre mit dem Antibiotikum das Fieber spätestens am zweiten Tag weggewesen.

Nun, das weiß ich nicht, ihr versteht mehr von Medizin, sagte Bertine.

Und du verstehst mehr vom Helfen. Du zauderst nicht ängstlich, du zitterst nicht lang herum, du verdrückst dich nicht in ein Versteck und wimmerst, du tust, was getan werden muß.

Ja, und dann habe ich eigenmächtig die Sozialstation angerufen, die Frau war schon sehr nett am Telephon, aber ich habe sie leider nicht mehr gesehen, als sie hier war, weil ich ja mit Witiko genau zu dieser Zeit zu seiner Ohrspülung gehen mußte, es ist die letzte, die vor den gräßlichen Feiertagen möglich ist. Bitte, zeigt euch mal während dieser drei schauderhaften Tage, an denen man keinen andern Menschen sieht, immer nur wir drei hier zusammen, man kann nichts einkaufen, laßt euch bloß bitte blicken!

Ich sagte Bertine, das sei selbstverständlich. Und sie solle weiter von der Sozialstationsfrau berichten.

Bertine benutzte wieder ihre helle klare Stimme, mit der sie mich an eine Studentin erinnert, die ein Referat hält und sich ihrer Sache einigermaßen sicher ist: Sie hat ganz wundervoll das Bett eurer Mutter überzogen und Marie Rosa genau erklärt, wie man diese Windeln anzieht, und eure Mutter hat auch mit ihrer Hilfe das Bett verlassen können und auf einem Stuhl gesessen, sehr schräg.

Marie Rosa redete im Hintergrund: Sie hat eine ganz goldige Seitendrehung gemacht.

Ich verstand, daß auch die nette junge Putzfrau an dem kleinen Kurs am Krankenbett teilgenommen hatte, und stellte mir meine schüchterne Mutter vor, fragte mich, ob sie sich nicht geniert habe, die ganze hilflose Zeit über schon und nun erst recht.

Ein paar Tage vorher hatte Bertine mir gesagt: Das Schlimmste ist eigentlich, daß sie vollkommen unbeweglich ist. Sie kann sich überhaupt nicht mehr bewegen.

Auf mein Entsetzen hin erklärte sie in den Worten des Arztes: Alle Krankheitserscheinungen, die ein Patient ohnehin hat, verstärken sich, wenn eine Sache wie diese hinzukommt.

Wie ist es jetzt mit ihrer Beweglichkeit? wollte ich wissen.

Wie war es vorhin, als die Sozial-Frau da war, Marie Rosa? Bertine gab die Frage weiter.

Marie Rosa erzählte wieder von der aparten Seitendrehung und noch mehr, das ich nicht hören konnte, und dann sagte Bertine: Marie Rosa glaubt, es sei ein ganz kleines bißchen besser mit dem Bewegen. Leider kann natürlich die Frau von der Sozialstation an den Feiertagen nicht kommen, ach, verfluchtes Weihnachten!

Wir haben es ja im Sommer begangen, sagte ich. Weißt du noch? Und: Das ist doch dein einziges Glück im Unglück, dein gefürchtetes schreckliches Weihnachten fällt aus.

Ich habe Wurst und Fleischsalat für Rupert, rief Marie Rosa.

Wir haben *nichts* und bringt auch ihr bitte nichts mit, wir wollen nichts, sagte Bertine.

Es wäre fürchterlich peinlich, rief Marie Rosa.

Darum gehts jetzt weniger, sagte Bertine, aber der Geschenktumult paßt jetzt einfach nicht hier rein.

Also freu dich, Weihnachten bist du dieses Jahr los, du Ärmste, und überarbeite dich nicht, werd nicht auch noch krank.

Bertine mußte lachen, als sie mir erzählte, gerade für dieses Jahr habe sie sich etwas Besonderes vorgenommen, sie hatte bei einer Freundin einen kleinen Baum mit winzigen farbig leuchtenden Glühbirnchen gesehen.

Es kommt so bräunlich aus ihr raus, sagte Marie Rosa.

Was kommt bräunlich aus ihr heraus, was sagt sie da?

Es ist schon viel weniger bräunlich, sagte Bertine, nicht mehr mit der Referatstimme. Was fragt da Klein Friedi im Hintergrund denn dauernd?

Ob ihr euch mal nach der Prognose erkundigt habt. Wie lang das dauern kann, wie lang es üblicherweise dauert.

Nein, sie hatten sich nicht erkundigt.

Und was will er jetzt wieder?

Er hat gelesen, wie man Kranke sachgerecht lagert oder so was. Und, daß sie doch auch ab und zu sitzen muß, aufstehen muß.

Es steht in jeder Apothekenillustrierten, sagte Rupert dort an seinem Platz am leeren Eßtisch. Wozu bringen wir immer all die alten Nummern von der Apothekenillustrierten mit?

Das müßte der Arzt ihnen erklären, sagte ich zu ihm.

Was redet ihr dauernd, wollte Bertine wissen. Und aufstehen, das kann sie nicht. Ich kann sie sowieso so gut wie überhaupt nicht bewegen. Ich hab mir schon den einen Arm ausgerenkt.

Ach, schrecklich.

Ich wußte nicht mehr, wie ich Bertine beistehen könnte. Mein Mitleid wollte sie auch nicht, nicht für sich selber. Nachts, schlaflos, hatte ich wie schon oft bei Kummer und Befürchtungen gedacht: Wenn ich bloß eine von den richtigen, typischen Frauen wäre, dann ginge es mir besser, weil ich jederzeit drauflos flennen würde. Weinen ist eine ideale Therapie. Macht auch müde. Von meinen Freundinnen höre ich Sätze wie diesen: Da habe ich mich erstmal hingesetzt und circa eine halbe Stunde lang geheult. Mir kommen bloß in einer ernsten Kulisse – ich bin in eine Kirche eingetreten, ich sitze in einer Friedhofskapelle – in der Kombination mit Musik Tränen. Und auch nur für kurz. Nicht für die ganze Dauer dieser Therapie: Der Organist spielt weiter, meine Augen sind längst wieder trocken. Die Trauergemeinde ist immer noch traurig, einige Frauen weinen, es wird immer noch »Jesu meine Zuversicht« gesungen, aber ich weine nicht mehr um den Toten, nicht mehr wie vorhin, als es glückte, obwohl mir der Tote nicht nahstand.

Gestern beim Abendtelephonat waren wir heiterer, erinnerte ich mich niedergedrückt und selbstmitleidig. Gestern hatte Bertine vergnügter geklungen, obwohl ihr *Hallelujah* nicht dem besseren Befinden meiner Mutter, sondern der Erleichterung gegolten hatte, daß es ihr gelungen war, sich beim Wählen nicht mit der Anzahl von Siebenern und Vierern zu vertun. Und von Rupert, alias Klein Friedi, hatte ich Bertine lustigere Fragen gedolmetscht: Er will wissen, ob die Gans schon gestopft ist, die Ente gerupft, die Geschenke eingepackt sind, und Bertine hatte gelacht. Sag Klein Friedi, *ich* bin gestopft!

Aber ausgerechnet in diesem Jahr hatte sie sich vorgenommen, nicht die Weihnachtsspielverderberin zu sein und an dieses bunte Glühbirnenbäumchen gedacht, das sie irgendwo ins Dunkle stellen wollte, wo es geheimnisvoll leuchten sollte.

Ja und wie gehts euch? Was macht ihr? So fragt sie, seit meine Mutter bei ihnen als Patientin im Bett liegt – ich denke das Wort *Pflegefall* und mache Halt vorm Weiterdenken, sperre die Zukunft aus – und ich berichte mit einem Stöhnen: Nach dieser Marathonlesereisenzeit habe ich hier natürlich erst recht viel zu tun. Ich bin wieder eines von den stark beschäftigten *Kindern* meiner Mutter.

Ich muß die Seiten nun alle durchlesen, alles was ich über euch geschrieben habe, im Januar will es der Verlag haben.

Bertine findet das überhaupt nicht wichtig. Ich auch. Es wäre wichtiger als alles andere, ihr bei der Pflege meiner kranken Mutter zu helfen. Wir sprechen nicht darüber, und ich weiß, daß sie daran überhaupt nicht denkt.

Aber laßt euch wirklich blicken, wenn diese fürchterlichen Feiertage uns drei hier völlig isolieren. Ja, ihr zwei Schätzchen? Das macht ihr doch.

Aber das ist doch absolut keine Frage! Natürlich kommen wir.

Ihr wollt sie doch sicher auch mal sehen?

Ja, ich will das längst!

Wollt ihr ihn nochmal sehen? fragte meine Mutter, als

wir am Tag nach der Nacht, in der mein Vater starb, zu ihr gefahren waren. Auch damals war eine Schonzeit um.

Ich will sie sehen, und ich fürchte mich davor, sie zu sehen. Ich überlegte: Jetzt habe ich über viele Seiten hinweg über das Alter lamentiert, aber immerzu hatten wir den doch noch erträglichen Stillstand. Ist denn *Bitte nicht sterben* ein gnädiger Wunsch?

Beim Abendbulletin klang Bertine unverzagt, sie fing an mit dem Wort: Situationsbericht! Eure Mutter liegt wunderhübsch in einem rosa Nachthemd in einem herrlich sauberen, frisch bezogenen Bett und hat sogar nach Isabelle Nadolny verlangt und ziemlich brav getrunken, zwei Liter sinds zwar nicht. Marie Rosa macht alle zwei Stunden eine Riesenkanne Tee. Und Witiko liegt am Fußende auf einer Decke und schläft. Marie Rosa sitzt auf einem wackligen Korbsessel am Bett und liest Zeitung, über den Sessel würde Rupert viel zu sagen haben, aber ganz so schlimm wie der auf der Veranda ist er nicht. Und Marie Rosa und ich haben Mandelsplitter überall in den Zähnen, weil wir Gebäck aus der Schweiz gegessen haben, ich viel zu viel, eure Mutter hat ein Geleebrot gegessen, so, und ich sitze hier am oberen Telephon. Ist das keine Idylle?

Doch. Ihr Guten.

Aber von gesunkenem Fieber gab es keine Meldung. Marie Rosa rief Bertine zu: Sag ihr, sie soll einen Anhang für ihr Buch schreiben, über uns drei hier.

Ah nein, bloß nicht, rief Bertine, lachte aber. Hast du das gehört?

Ja, und ich bin schon dabei. Ich habs schon gemacht, bis auf diese Szene hier.

Ich muß es ja nicht lesen, sagte Bertine gutgelaunt.

Das hat Marie Rosa früher schon mal gesagt.

So? Hat sie das gesagt?

Ich lobte Bertine für ihren Situationsbericht. Rührend, wie ihr da oben bei ihr seid. Marie Rosa würde doch Geige spielen, normalerweise um diese Zeit, und du hättest auch was anderes vor, und Marie Rosa, verzichtet sie abends aufs Fernsehen und ihr Zapping?

Ich bleibe jetzt nicht länger bei den beiden, rief Bertine sachlich, ehrlich.

Wir tauschten uns darüber aus, der Arzt müsse nochmal kommen, so lang das Fieber nicht sinke. Ist er eigentlich ein Experte für Blasenentzündungen? Bei Marie Rosa wars auch letztes Jahr ewig lang immerzu Blasenentzündung.

Aber es war nicht so schlimm, meinte Bertine. Ich habs nicht so schlimm in Erinnerung.

Mir fiel allerdings ein: Marie Rosa, wenn sie auch sehr schwach war und immer seekrank, immerhin, sie konnte sich bewegen. Meine Mutter hingegen liegt steif wie ein Brett auf ihrem Lager.

Von diesem Telephonat blieb als Wohltat nur das Genre-Bild der Szene rund ums Bett meiner Mutter, das ich zusätzlich idealisierte, und der Zusammenhalt der Schwestern. Das übrige war der bedrückende status quo, die Befürchtung für die Zukunft, und kurz darauf telephonierte Edith, leise und verängstigt.

Ja, das Fieber muß endlich sinken. Und hoffentlich bleibt nicht diese gemeine widerwärtige Inkontinenz. Und wann wird sie sich wieder bewegen können? Und wie gut bewegen, besser: wie schlecht? Ob überhaupt – das fragten wir uns nicht ab, jede von uns dachte es. Mach dir keine Sorgen, bat ich. Edith sagte: Doch.

Wenn ich überlege, wem ich erzählen würde, wir machen uns um unsere Mutter große Sorgen, würden die freundlichsten Zuhörer denken: Nun, sie ist eine uralte Frau. Jedem fiele jemand Jüngeres ein, viel jünger und viel schwerer krank, und verglich die Beunruhigung um diese beiden Menschen. Denk doch mal an X, erst knapp Mitte Vierzig und hat nur noch ein halbes Jahr vor sich. Ja, ganz furchtbar, aber X ist nicht meine Mutter. Marie Rosa kommt mir in den Sinn, als kürzlich auch ich wie zur Ablenkung berichtete: Und diese Arme, sie ist erst ungefähr fünfzig und hat jetzt sogar in der Lunge und in der

Leber Metastasen. Selbstverständlich hat Marie Rosa erschrocken und ernst ausgesehen, dann gleich jedoch erbittert und ebenso ernst gesagt: Aber das Alter ist auch ganz verheerend.

Das ist dieses Jahr mein Bethlehem, würde ich sagen, wenn es nicht so grauenhaft kitschig wäre.

Ja, unausstehlich kitschig. Bertine lacht. Marie Rosa und ich als Joseph und Maria und das Louisachen das Jesusbaby. Sie singt, bricht lachend ab: »... die reinlichen Windeln...«

Auch Marie Rosa lacht. Sehr heilig sind wir nicht.

Wir sitzen im Wohnzimmer, im Parterre. Wir haben meine Mutter eben an ihrem Bett besucht.

Du willst deinen Anhang schreiben, sagt Marie Rosa.

Wir sind wieder zu meiner Mutter in ihr provisorisches Zimmer hinaufgegangen. Rupert blickt sich um. Das Zimmer sieht aus wie flüchtig eingerichtet nach einer Bombardierung. Daß man das Bett meiner Mutter von der Wand abrücken müsse, damit es von zwei Seiten zugänglich ist, rät Rupert. Außerdem liegt sie zu flach. Das ist nicht gut für die Atmung.

Sie rutscht immer wieder runter.

Sie braucht dickere Kissen.

Ich nehme meine Mutter, die es sich fügsam gefallen läßt, unter den Armen, während Rupert die Kissen, von denen sie abgerutscht ist, unter ihrem Rücken fester zusammenknüllt, und ich schiebe sie ein bißchen hoch.

Marie Rosa flößt ihr irgendwelchen Harntee ein.

Jetzt kann sie aber doch hinterher eine gute Tasse Kaffee haben, sage ich. Danach hättest du doch Lust, Mamma?

Es scheint nicht so. Meine Mutter blickt geistesabwesend in die Richtung der Tür, geradeaus, es ist ihre Blickrichtung im Liegen.

Rupert macht sie darauf aufmerksam: Hier sind wir!

Sofort sieht sie mich an. Sie sagt: Du hast ja eine rote Bluse an.

Ich rede überflüssiges Zeug über diese alte Bluse: Sie ist von Edith, hundert Jahre alt...
Meine Mutter lacht nicht.
Ich zerre an der Bluse: Sieh mal, wie kurz sie ist!
Du hast wieder nichts drunter an.
Ja, wie immer.
So ist deine Tochter. Rupert beugt sich mit einem Klein-Friedi-Gesicht in ihr Blickfeld, und ihm gelingt es: sie lächelt ein bißchen.

Edith wurde die Bluse in ihrer Waschmaschine zwei Nummern kleiner, auch mir paßt sie ja kaum, aber es ist eine Pierre-Cardin-Bluse. Ich weiß, daß jedes Wort nicht besonders sinnvoll und keins nötig ist. Wir haben dir aus deinen Schubladen haufenweise Medikamente mitgebracht. Dein Vorrat an Rohypnol kann sich sehen lassen. Ich berichte wieder, ihr Lieblingsmedikament für den geliebten Schlaf stehe unter Jugendlichen zur Zeit ganz hoch im Kurs. Du kannst Dealerin werden, Geld machen, Mamma. Die Jugendlichen nehmen es tagsüber, dann haben sie das Desaster voll im Griff.

Marie Rosa lacht kurz auf und meint, sie sollten es ebenfalls tagsüber nehmen. Ich hätte sehr gern das Desaster voll im Griff.

Bald sind wir unten, bald oben, ab und zu sitzen wir für kurze Zeit komplett zu viert im Wohnzimmer beim Kaffee und Marie Rosas Stollen – sie betont, in diesem Jahr sei er ihr fast überhaupt nicht angebrannt – und Zigaretten; Cognac, Bier für Rupert. Das Bier besorgte ich in der Küche, um unseren Aufenthalt hinauszuzögern. Es war seit langem dunkel, im Wohnzimmer brannten da und dort Lampen, dazwischen die Dämmerung. Wir machten trübe Zukunftspläne, die uns aber eher aufmöbelten.

Bertine studiert mitten im Sprechen über das Umräumen des Hauses – Louisa muß ein Parterrezimmer haben – das Fernsehprogramm. Falls sie sich nie mehr bewegen kann, muß ihr Haus verkauft werden, was nicht schwierig sein wird, und auch, wenn sie sich nur ein bißchen wieder bewegen kann. Sie liegt da oben und brütet, sie sagt ja nie was, aber vielleicht fällt ihr ein Stein vom Herzen, wenn ein Problem wie dieses endlich gelöst ist. In diesem Moment glauben wir, daß alles mögliche möglich ist.

Ein Stein fällt ihr bestimmt nicht vom Herzen, sagt Marie Rosa. Wenn ich nicht mehr allein gehen kann und allein aufs Clo und gefüttert werden muß, fällt mir auch kein Stein vom Herzen, trotz freundlicher Leute, die mich versorgen.

Bertine sagt: Wir könnten hier eine Menge rausschmeißen und Platz schaffen. Es würde mir richtig Auftrieb geben, unseren alten Krempel zu sortieren und das meiste wegzuschmeißen. Doch, Bertine erhebt die Stimme und wirkt in der kurzärmeligen weißen Bluse und der braunen Cordsamthose wie ein eifriges Schulmädchen, doch, solche richtigen praktischen Arbeiten heben meine Stimmung. Dann verzieht sie das Gesicht und verwandelt sich in ihre Spielerscheinungsform als Kindergartenkind: Aber vor dem Klistiergeben hab ich Angst. Ich weiß nicht, ob ichs heute noch wage. Vielleicht lieber erst morgen.

Lang kannst du nicht mehr damit warten, mahnt Rupert.

Euer jüngster Bruder versteht was davon, er ist richtig tröstlich am Telephon, und er hat gesagt, er hat Patienten, die fünf oder sogar sechs Tage nicht... na und so weiter, sie bricht lachend ab.

Aber es wird mit jedem Tag schwieriger, sagt Rupert.

Ediths Anrufe sind alle so klagend und dann weiß sie tausend bessere Methoden oder Medikamente und bessere Ärzte, sicher haben die da in der Schweiz lauter Koryphäen, aber wir haben unseren Doktor Stutz...

Und wir müssen machen, was der sagt, beschließt Marie Rosa entschieden. Sonst wird er unwillig.

Daß er dauernd Hausbesuche macht, finde ich schon mal sehr gut. Hausbesuche machen die wenigsten noch.

Meine Mutter liegt oben, blickt ernst und starr, und keiner weiß, woran sie denkt. Beim Abschied treffen wir

Marie Rosa. Sie sitzt wieder auf ihrem wackligen Korbsessel neben dem Bett, sie füttert ihre Schwester mit kleinen Apfelsinenstücken.

Mein älterer Bruder ruft an, ich gebe einen Bericht von der Lage, und ich merke, er will alles so genau und ungeschönt wissen, wie es ist. Er sagt, er komme jederzeit, um Probleme mitzudiskutieren. Er nimmt Edith und Ricardo in Schutz. Das sei doch so eine Sache, mit dem Zu-Besuch-Kommen. Ich zuallererst müsse das verstehen. Ich hätte ja auch nie Zeit.

Keine Zeit zu haben, ist mein Lebensgefühl.

Auf Wiedersehen, Mamma, gute Besserung.

Vielen Dank für euren schönen Besuch, sagt meine Mutter, die das Lachen verlernt hat, vorerst. Aber nicht ihre Liebe. Sie bedankt sich für die paar Minuten an ihrem Bett.

Schöner Besuch? Aber wir waren ja meistens unten!

Es war aber schön. Lieb von euch, daß ihr da wart.

Rupert und ich, wir hatten unsere Abendablenkung schon geplant: ein bißchen Kino per Videoband, Hollywood 1950, *Geschenkte Stunden* mit Dorothy McGuire und Van Johnson, ein Melodram aus der Zeit, in der die Handlungen noch überschaubar und die Liebespaare sittsam waren – da, etwas nach neun Uhr, hörte ich in der Küche beim Spülen des Abendessensgeschirrs das Telephon.

Bertine rief ohne weitere Einleitung: Sie hat kein Fieber mehr! Das wollte ich dir doch schnell noch sagen. Plötzlich sagte Marie Rosa: Ihr Kopf ist ganz kühl.

Das ist ja wunderbar, tausend Dank!

Mir war leicht ums Herz – ich dachte: *leicht ums Herz*, diese poetische Umschreibung lügt nicht, das körperliche Gefühl gibt es wirklich, und nebenbei fiel mir die doppelte Bedeutung ein. *Plötzlich ist ihr Kopf ganz kühl.*

Bertine rief animiert und aufgeweckt: Ich habe ihr ein bißchen vorgelesen, und sie sah vergnügt aus dabei. Sie lachte etwas verlegen. Hat richtig Spaß gemacht.

Wie schön, wie schön!

Und jetzt schlaf aber auch heut nacht, schlaf gefälligst gut, hast du gehört?

Ich habs gehört. Bestimmt, heut nacht schlaf ich gut.

Ich wählte Ediths Nummer: Schwesterchen! Sie hat plötzlich kein Fieber mehr gehabt. Und ihr Kopf ist ganz kühl gewesen. Ich wiederholte Bertines Bericht und bemerkte erst, als ich damit fertig war, daß ich im Perfekt geredet hatte. Bist du gar nicht erleichtert?

Zuerst dachte ich, du würdest das Gegenteil sagen.

Hätte ich dich dann angerufen? So spät am Abend? Traurige Nachrichten würde ich dir nie vor dem Schlafengehen sagen. Trotz Udine, fügte ich hinzu.

Udine, als wir verabredeten, uns jeden Schmerz anzuvertrauen, was wir vom ersten Schmerz an, nach Udine, nicht eingehalten haben.

Also komm, sei jetzt erleichtert.

So schnell geht das nicht bei mir. Aber vielen Dank, sagte Edith.

32

Der geheime Garten

Schließlich rufe ich an: Was ist los? Gar kein Bulletin und es ist schon gleich zwölf, ist was passiert?
 Nein nein nein. Aber unsere Vormittage sind sehr turbulent geworden, erklärt Bertine. Ich will nicht wieder erst noch im Nachthemd sein, wenn der Arzt kommt. Jetzt fällt ihr etwas Erfreuliches ein: Heut nacht hat sie nur ein Mal gebimmelt und Marie Rosa hats zum Glück gar nicht gehört. Und dann wars fast gar nichts. Sie lacht. Es kam nichts. Sie hatte nur so ein Gefühl.
 Ach ach, sage ich im Mitleidston und spüre mein schlechtes Gewissen.
 Ach ach, ahmt Bertine mich nach, aber bei ihr hört es sich energisch an. Heute kam eine andere Krankenschwester, eine robuste, ziemlich strenge. Die vorige war gemütlicher. Aber nett sind sie beide.
 Jetzt hat Marie Rosa sich ans Telephon gedrängt: Bertine sagt, die heutige Schwester wäre eine verkappte Schulrätin.
 Sie könnte sofort Schulrätin sein, ruft Bertine. Ich muß jetzt auf ihren Befehl eine Waschschüssel kaufen.
 Wir hatten seither Eimer, sagt Marie Rosa schuldbewußt. Auf die Eimer hat sie einen Blick der Verachtung geworfen. Marie Rosa hebt die Stimme, sie telephonieren aus dem Zimmer im ersten Stock, in dem meine Mutter zu flach – aber sie rutscht doch immer wieder runter, wehren sich ihre Schwestern gegen Ruperts und meine Einwände – in ihrem Bett liegt. Deine jüngere Tochter ist am Telephon, Louisa, sag was! Sag ihr, was du liest!
 Wie von einem Geisterwesen, weit weg, höre ich die Stimme meiner Mutter: Viele Grüße!
 Was du liest!

Wir warten.
Sie liest das Buch *Viele Grüße,* sage ich.
Das Geheimnis des Gartens, tönt es leise vom Geisterwesen zu mir.
Klingt gut, sage ich.
Es ist wundervoll. Es ist von einer Engländerin, sagt Marie Rosa.
Bertine ruft: Es heißt *Der geheime Garten!*
Ein Kind geht durch eine Wand und ist plötzlich in einem großen schönen wundervollen Garten, berichtet Marie Rosa.
Ein Kinderbuch?
Es ist von der Frau, die *The Little Lord Fountleroy* geschrieben hat.
Wieder ruft Bertine: Francis Hodgson-Burnett.
Ich überlege mir dauernd, wann und mit wem ich kommen könnte, jede Freundin bietet sich an. Mit Christa neulich war es ideal. Vor allem, weil ich überhaupt nicht fragen mußte, sie hat sofort *fahren wir doch gleich mal hin* gesagt. Und schließlich hat sie eine Menge zu tun als Anwältin.
Ja, das war wahnsinnig nett von ihr, sagt Marie Rosa, und Bertine zwitschert dazwischen: Und wie schön sie wieder war! Sähe ich doch annähernd so aus wie sie.
Sie ist dreißig Jahre jünger, sagt Marie Rosa. Nein, du brauchst nicht zu kommen. Deine Mutter ist ganz in sich verkapselt.
So ein kurzes Sitzen an ihrem Bett regt sie nur auf, unterbricht Bertine. Mach nicht so lang an deinem Roman rum und komm mal einen ganzen Tag.
Jetzt ist Marie Rosa wieder dran: Hier geht alles sehr gut, und so viel Zeit haben wir gar nicht, nachmittags machen wir unsere Übungen...
Marie Rosa ist toll erfinderisch, ich bin ganz erstaunt über ihre Einfälle, lobt Bertine. Was man mit den Händen und den Beinen und Armen so alles üben kann, phantastisch!
Und wir gehen mit ihr, gestern gings schlecht, aber

vorgestern konnte man das schon Schritte nennen, was sie auf den Boden gebracht hat.

Während mir einfällt, daß meine Mutter gestern *Ich glaube, aus mir wird nichts mehr* gesagt hat, erzählt Bertine von einer *mittleren Katastrophe:* Heut morgen blieb sie am Topf kleben!

Die beiden lachten.

Wie lang haltet ihr das aus? Bei meiner Frage denke ich nicht nur an diese beiden Tag- und Nachtschwestern, ungelernt im Liebesdienst, ich denke an meine Mutter, daran, was es ist, das *sie* denkt.

Seit wir nachts beinah nie mehr aufstehen müssen, ists viel besser, sagt Bertine, die sich vorher Sorgen um Marie Rosa gemacht hat.

Gestern in den Fernsehnachrichten, diese trostlosen Alten in dem eiskalten und zerbombten Altersheim, habt ihr die gesehen? Sie wurden gefüttert, aber mit kaum was, es gibt nichts mehr, sie frieren und sehen ganz schrecklich aus. Da haben wirs doch hier noch richtig gemütlich, sagt Marie Rosa.

Und was ist nun endlich mit einem kleinen Fernsehapparat? Sie muß das doch vermissen, daß sie alle ihre Programme und die Nachrichten versäumt. Ich warte, ich kann im voraus nicht glauben, was sie mir wieder beteuern werden: Deine Mutter vermißt das Fernsehen überhaupt nicht. Sie erklärt, sie hätte es ganz vergessen.

Die Sozialstation, die Krankenschwestern, das Waschen, das Bettmachen, die Verfrachtung meiner Mutter auf einen Sessel, der Clostuhl, der Arzt, die Blutsenkung, die winzigen Spaziergänge rechts und links eingehängt in die Arme ihrer Schwestern, Windeln, Medikamente, die Vitaminspritzen, Abführmittel, das provisorische und früher beinah kahle Zimmer ist auf einmal sonderbar möbliert, die langen Tage im Bett: Plötzlich hat sich das Leben meiner Mutter grundsätzlich verändert.

*

Ihr schlaft doch noch nicht, stimmts? fragte Bertine, die um zehn Uhr angerufen hatte.

Bei uns kann man bis über Mitternacht hinaus anrufen, *ihr* könnt das, sagte ich.

Wenn sehr spät das Telephon klingelt, weiß ich, daß es niemand von der Familie ist. Mein Vater starb spät am Abend, aber erst am nächsten Morgen hat Andi, der damals noch bei den Eltern wohnte, es mir am Telephon gesagt: Das Väterchen ist gestorben, klar? Und doch erschrecke ich bei späten Anrufen. Wir wollen nicht drangehen, weil es wahrscheinlich jemand ist, der sich betrunken hat und am nächsten Tag nicht mehr weiß, was er gesagt hat. Aber schließlich gehe ich doch dran, weil es doch jemand aus der Familie sein könnte.

Aber zehn Uhr ist ganz in Ordnung, überhaupt nicht spät. Vorher fange ich gar nicht mit dem Klavierspielen an oder mit einem Film oder mit Lesen. Und über Bertines Stimme habe ich mich sofort gefreut, sie klang klar, wie frisch gewaschen, und aktiv.

Kleiner Abendbericht: Wir lüften gerade gründlich, es ist eiskalt im Zimmer, und deine Mutter habe ich bis zur Nasenspitze zugedeckt. Na und da habe ich gedacht, es macht dir Spaß, wenn sie dir mal Gute Nacht sagt.

Und wie! Was für eine absolut ideale Idee!

Louisa, sag deinem Kind *Gute Nacht!* forderte Bertine meine Mutter auf, und ich erwähnte, wie merkwürdig das für mich ist: Seit Jahrzehnten sprechen wir zweimal am Tag miteinander, und jetzt ist sie wie ein Phantom, das neulich aus der Ferne *Viele Grüße* und *Das Geheimnis des Gartens* hören ließ.

Da sagt meine Mutter, ohne sich vor Bertine zu genieren, zärtlich und mit fester Stimme, weder wie ein Geist noch gar wie ein Pflegefall, sie ist meine Mutter auf jedem Abschnitt ihres Lebens:

Gute Nacht, mein Liebes, und schlaf gut!

Du auch, du auch, du erst recht!

Schlafen! Und vielleicht auch träumen... Mich kann

meine Mutter natürlich nicht hören, auch Bertine nicht, die den Hörer so weit die Schnur reicht in die Richtung des Betts streckt. Deshalb rufe ich noch: Träum dich durch die Wand in deinen geheimnisvollen Garten, darin kannst du ganz allein gehen, jeder Schritt ist leicht und selbstverständlich, stundenlang, immer und ewig.

Ui ui, machte Rupert, der sich an seinem Zuhörerplatz am Eßtisch eingefunden hatte; den Kommentar war er sich schuldig, aber er lächelte und sah weich und liebevoll aus.

Da ist sie nochmal. Bertine lachte. Sie hat was von Klein Friedi gesagt.

Gute Nacht, meine Lieben!

33

Do not disturb

Paßt es gegen zwei?
Nein.
Mit Marie Rosas schmuckloser Abfuhr hätte ich die Pflegestation in H. verdrängen und mir danach einen auf Rupert und mich bezogenen Sonntag genehmigen können. Eine große Versuchung. Die größere Versuchung ist, nicht wieder nachts mit einem schlechten Gewissen einzuschlafen.
Also fahren wir hin.
Meiner Mutter ist das Buch zu schwer, in dem sie heute liest.
Sie verlangt nach dem Rubinstein, rufe ich ins Haus.
Aber der war ihr doch erst recht zu schwer. Bertine, irgendwo im Parterre, stöhnt. Sie braucht dringend Lesestoff. Bringt ihr das nächste Mal was Geeignetes mit.
Es gibt Lesepulte, sagt Rupert. Und außerdem liegt sie zu flach.
Wir stopfen einen weiteren Keil unter ihr Lager am Kopfende.
Das flache Liegen ist schlecht für alles, fürs Trinken, für die Atmung.
Mit Rupert lächelt meine Mutter, sie sagte bei der Begrüßung *mein Lieber* zu ihm und fragte ihn: Was hast du heute für ein Hemd an?
Wenn ich Bertine wäre, würde ich Besucher wie Rupert und mich, Kritiker und besserwisserische Ratgeber, anfahren: Sie trinkt nicht genug und außerdem das Verkehrte, sie liegt verkehrt, die Ernährung müßte umgestellt werden, sie braucht nicht mehr wie ein Baby gefüttert zu werden, denn sie müßte öfter in den Sessel transportiert werden, und im Sitzen könnte sie allein essen und trinken,

an das Verdauungsproblem müßte man ganz anders herangehen... von A wie Aufstehen bis Z wie werweißwas, von A wie *alles* bis Z wie Zipperlein machen wir Fehler, wir machens dilettantisch, aber wir *machen* es.

Wenn ich so sanft zu Edith wäre wie ich für sie empfinde, riefe ich nicht am Telephon: Doch, du solltest kommen. Laß dich nicht dadurch beschwichtigen, daß sie abwiegeln, weil sich die Mutter aufregt. Wir müssen auch über die Zukunft sprechen.

Willst du dich nicht ein bißchen zu uns setzen, wir haben uns was zum Essen mitgebracht, frage ich Marie Rosa, die meine Mutter füttert.

Ich bin zu deprimiert, sagt Marie Rosa.

Sie und Bertine sind an diesem Sonntag nicht in der Verfassung für den bloß verbalen Beistand durch Rupert und mich. Meine Mutter wird, so bald Bertine das Parterrezimmer geräumt hat, dorthin umziehen.

Dann kann sie ab und zu die paar Schritte bis zum Fernsehapparat geführt werden. Ihr habt doch jetzt schon nicht mehr genug Lektüre für sie.

Man kann Krankenbetten mieten. Es gibt solche dreibeinigen Gehgestelle. Man muß sich erkundigen, aber wo weiß keiner, wie Hauspflege organisiert wird, was die Krankenkasse vielleicht bezahlt, und es gibt doch auch Geld für Verwandte, die das Pflegen selbst übernehmen? Doch, das gibt es. Wo erkundigt man sich? War es das Sozialamt, über das meine Bekannte, die Wiltrud, von der ich erzählt hatte, sich beschwert hat, weil sie fand, es zahle nicht genug für die Pflege ihrer Mutter?

Ihr könnt das doch nicht immer allein machen, sage ich zu Marie Rosa.

Was heißt in meinem Alter schon immer, sagt sie.

Das hört sich ja trostlos an.

Ists ja auch, oder nicht?

Gestern war eine Freundin da und die meinte, Bertine sei froh über eine *Aufgabe*. Kitsch, Klischee, furchtbar. Bertine hatte auch vorher Aufgaben, erstens. Und zweitens: Warum sollte ein Mensch, der sich, endlich vom ungeliebten Schuldienst befreit, in seiner relativen Freiheit wohlfühlt, nach einer *Aufgabe* sehnen? Sie hat X Interessen, habe ich der Freundin gesagt, sie hat es nicht vermißt, Bettpfannen auszuleeren. Armes Mütterchen, denke ich, am allerschlimmsten bist ja doch wohl du selber dran.

Wir sind Marie Rosa und Bertine auf die Nerven gegangen. Bertine hat dazu gesagt: Das ist jetzt halt so. Wir sind alle in der gleichen Lage.

Sie und Marie Rosa sehe ich im Vorbeigehen am Küchentisch sitzen, sie essen. Ich kam die Treppe herunter von meiner Mutter, die freundlich gesagt hatte: Laßts euch schmecken. Rupert und ich, wir sitzen im Wohnzimmer und essen mitgebrachten Pannetone und altes Weihnachtsgebäck. Bertine bringt uns Kaffee und setzt sich dazu, Marie Rosa, die ich in der Küche umzustimmen versuche – komm doch auch noch ein paar Minuten zu uns – erklärt, sie wolle lieber das Geschirr spülen. Gar nicht ihre Art, auch nicht ihr Amt. Bertine spült das Geschirr.

Nein nein, bloß kein *Weihnachtsgebäck!* Etwas ruhiger erklärt Bertine: Von Weihnachten haben wir nichts gemerkt. Annesophie hat gefragt: Habt ihr Louisa eine Kerze und einen Zweig ans Bett gestellt? Gräßliche Idee.

Und dein Geburtstag?

Existiert nicht. Zu Annesophie hab ich *verdammt nochmal* gesagt.

Immerhin kann Rupert ihr jetzt mit einer Frage nach dem Depositenkonto meiner Mutter helfen.

Von weitem besehen auf einem Phantasiebild sieht man die drei Schwestern in einer zwar von Unannehmlichkeiten und Sorgen getrübten, hauptsächlich aber rührenden Idylle, darüber die Gloriole ihrer zusammenhaltenden Liebe. Und sieht es nicht gemütlich aus, wie sie da im Bett liegt, meine Mutter? Und wie selbstvergessen sie ihr beistehen, ihre Schwestern. Man geht weiter und schraubt alle die traurigen anstrengenden Bemühungen in der vermeintlichen Idylle auf die Höhen der Moral: Das ist doch wahrhaft Nächstenliebe, ist christlich, Ethik, alles in Reinkultur.

Aber die drei sind sehr deprimiert. Dieser Stillstand jetzt, dieser Wartestand jetzt, der ist die Endstation. Noch ruft keiner: Alles aussteigen!

Wir sind leider nicht immer komisch. Ich meine: lustig. Marie Rosa entschuldigt sich müde. Sie ist schließlich doch zu uns andern ins Wohnzimmer gekommen und wärmt ihren Rücken am hohen Heizkörper zwischen Fernsehapparat und Vitrine.

Wir werden uns das nächste Mal bevor ihr kommt besaufen. Bertine kriegt ein Grinsen hin.

Sag noch was Schönes, was Pfarrermäßiges, fordert Marie Rosa mich auf und muß gähnen.

Nein, bloß das nicht, widerspricht Bertine.

Er ist für das hier nicht zuständig, Gott, ich meine, um das *Leben* kann er sich nicht kümmern, sage ich.

Es wäre aber besser, er würde hier mal reinschauen. Marie Rosa reibt sich übers Gesicht, als könne sie damit ihre Müdigkeit wegwischen.

Nach dem Tod, dann erst ist Gott dran. Ich versuche es mit einem Lachen. Bertine hindert mich dran, es besser auszudrücken.

Gut so, sagt Bertine. Jetzt schaut sie doch in die Gebäckdose, aber sie greift nicht zu. Mit einem leidenden Ausdruck blickt Witiko zu ihr auf, aber sie sagt streng: Nein!

Wenn das kein Trost ist, sage ich. Zu einem Studenten mit Angst vor dem Tod sagte Karl Barth: »Aber dann geht doch der Vorhang erst richtig auf.«

Wir müssen allmählich abfahren, mahnt Rupert. An einem Tag mitten im Tiefausläufer wirds heut schon um vier Uhr dunkel sein.

Jeder Mensch hat einen Engel, habe ich irgendwo gelesen, sagt Marie Rosa.

Haben wir auch, sagt Bertine. Frau Jenninger, die Krankenschwester...

Aber nicht die Schulrätin-Schwester, sagt Marie Rosa.

Rupert und ich fangen an mit dem Aufbruch. Marie Rosa findet aus ihrer niedergedrückten Isolation heraus, und daher betrübt es sie, daß sie nicht wie gewöhnlich für Rupert ein paar Sachen zum Essen einwickeln kann.

Aber wir haben doch das Glas mit dem Kürbis, sagt Bertine. Wie heißt nochmal dein Buch? Nicht sterben?

Es ist noch ein *bitte* davor. *Do not disturb.*

Rupert erklärt die *Bitte-nicht-stören*-Anhänger, mit denen der Hotelgast an der Klinke seiner Zimmertür signalisiert, daß er in Ruhe gelassen sein will.

Auf der anderen Seite steht: *Bitte Zimmer aufräumen.*

Das würde auch passen, oder?

Na ich weiß nicht, sagt Marie Rosa.

Was weißt du nicht?

Warum eigentlich nicht sterben?

Sterben stört, ruft Bertine schnell.

Und wir auch, sage ich, es wird dunkel, Rupert wird nervös.

Oben verabschieden wir uns bei meiner Mutter. Sie hat gelesen, sie setzt die Brille ab, ihre Augen, ihr ganzes Gesicht ist von der Lektüre wie erweckt und aufgeschlossen. Vorhin noch hat sie, als sie ohne Buch dalag und dann von Marie Rosa gefüttert wurde, einen hinfälligen Eindruck gemacht. Ich beuge mich über sie, für die Abschiedsküsse. Von Rupert bekommt sie einen Handkuß.

Vielen vielen Dank für euren Besuch. Laßts euch gut gehen, sagt meine Mutter und lächelt uns zu.

Auf der Türschwelle drehe ich mich nochmal um. Kleines Winken, das sie erwidert, aber sie hat sich ihr Buch schon wieder vorgenommen, die Brille aufgesetzt, gut so. Kein Getue.

34

Manchmal hört sich Paulus wie der Struwwelpeter an

Aber sie kommen sofort, wenn ich sie zu uns rufe. Edith fuhr mit der Bahn und hat, um von uns unabhängig zu sein, für ihr Hin und Her zwischen hier und dort ein Auto gemietet, sie will möglichst viel bei den drei Schwestern und ihnen hilfreich sein. Zusammen mit meinem ältesten Bruder warten Rupert und ich auf ihre Rückkehr, den Zustandsbericht. Wir rupfen mundgerechte Brocken von unseren hohen gelben federleichten Pannetone-Stücken, trinken Kaffee, mein Bruder möchte Tee, sein Magen ist heute nicht in Ordnung, mein Bruder ist nervös. Das sind wir auch, aber trotzdem tut uns der vorsichtige Realismus beim Thema gut: Die Zukunft der Mutter. Eine Kettenreaktion. Davon, wie es mit ihr weitergeht, hängt ab, wie es mit uns allen weitergeht. Wir besprechen Pläne, Verbesserungen, die Hauptperson fehlt, zwar haben wir nicht den Eindruck – wir wollen ihr Bestes – sie zu übergehen, und doch: Dort liegt sie in ihrem Bett oder übt Bewegungen, hier sitzen wir und sprechen über sie. Die kleine Konferenz ist bald eifrig, bald ratlos. Wir sitzen dennoch nicht mit Leidensmienen und hängenden Köpfen da, wir lachen auch, wir verstehen uns, wir spüren einen Zusammenhalt, den es in den besten Freundschaften nicht geben kann, wir sind eine Familie. Den Optimismus wollen wir meiner Mutter nicht nehmen, andererseits: tut es ihr vielleicht gut, und beendet es nicht ihr Grübeln, einen Blick über den jeweiligen Tag hinaus zu riskieren?

Sie ist nicht optimistisch, scheint es, sage ich.

Jetzt wissen wir nicht, ob das ein gutes oder ein schlechtes Zeichen ist. Es weist zumindest auf einen klaren Kopf der Mutter hin, sie döst sich nicht in eine idealisierte Verträumtheit. Die Ärmste.

Alles steht und fällt mit der Bereitschaft von Marie Rosa und Bertine, diese Dienste so weiterzumachen.

Und auch, nicht selber auszufallen, krank zu werden, ergänzt mich mein Bruder, bei dem der Pessimismus nichts Neues ist. Das kann jederzeit passieren. Marie Rosa ist nur zwei Jahre jünger.

Und Bertine kann sich morgen schon ein Bein brechen, wenn ihr Witiko sie dorthin zerrt, wohin er will, sagt Rupert. Er erläutert seine Bemerkung, indem er meinen Bruder über Bertines angeknackste Wirbelsäule aufklärt. Sie sieht wie eine Spirale aus, hat sie uns gesagt.

Ich wollte nur drauf hinweisen, übertöne ich die beiden, daß, wenn wir die zwei kritisieren, weil sie noch nicht umgeräumt und ein wirklich gutes Bett und ein transportables Fernsehgerät besorgt haben und so weiter, oder sie zu flach liegen lassen und zu wenig aufsetzen oder mit ihr Gehversuche machen, daß wir dann bedenken müssen: Sie sind immerhin die einzigen, die was tun. Die überhaupt was tun. Die alles auf sich genommen haben. Sie tun unsere Arbeit mit.

Das stimmt. Mein Bruder zögert. Ohne die zwei Schwestern müßten wahrscheinlich wir... wir müßten uns was einfallen lassen.

Weil er so bedrückt und ängstlich aussieht, sage ich vergnügt: Andi, unser wilder kleiner Außerirdischer, er wäre ideal dafür, pflegen ist sein Beruf.

Andi konnte nicht kommen, aber was immer wir beraten, das auch ihn beträfe, es wäre ihm sowieso recht.

Edith trifft ein. Bei diesem Besuch entsprach sie von Anfang an nicht Marie Rosas Schildkrötenvergleich. Ihr schmaler Kopf versteckte sich nicht im schwarzen Rollkragen. Sie berichtet uns von ihren Aktivitäten bei den Schwestern: Es ist alles ziemlich chaotisch, plötzlich läuft Bertine mit dem Hund weg, ich fand in einem Bettengeschäft die ideale Matratze, man kann sie mit einem Knopfdruck so oder so verstellen, Kopfteil, Fußteil, ich habe sie ausgemessen und lieferbar ist sie sogar auch, das gibts selten, sofort lieferbar, aber anscheinend wird das Bettgestell zu klein sein. Und ich habe Bertine abgelöst, Marie Rosa und ich haben die Mutter geführt, durch drei Zimmer, schwierig zu dritt bei den Türen, man muß sich seitlich durchschieben und sie will enorm rasch gehen, ganz erstaunlich...

Das können motorische Störungen sein, finden wir drei anderen.

Edith läßt sich nicht dämpfen, sie bleibt animiert, sie macht uns die winzigen schlurfenden Schritte vor, die unsere Mutter jetzt wieder gehen kann.

Aber morgen kommt zum ersten Mal eine Krankengymnastin, erzählt Edith mit energischem engagiertem Ausdruck. Ich sags euch aus Erfahrung, diese Leute vollbringen wahre Wunder.

Edith und Ricardo nehmen wöchentlich Stunden bei einem Physiotherapeuten und schwören drauf.

Und jetzt klingt Edith schwärmerisch, glücklich: Sie liest Kinderbücher! Das finde ich wunderbar, rührend. Bertine hat ihr einen ganzen Stapel mit Kinderbüchern bereitgestellt. Edith leuchtet verliebt in ihren Phantasien von behaglicher Verwobenheit der Kindheitsstimmung dort bei der Mutter, aber wir andern enttäuschen sie.

Kinderbücher, ich weiß nicht, ob das das Richtige ist.

Mir kams so vor, als wäre sie sehr glücklich damit, beharrte Edith, die selber damit glücklich war.

Kinderbücher langweilen sie, sagte sie. Sie hats mir gesagt.

Nett fand ich mich nicht, nicht nett zu Edith, aber war es nicht richtig, eine Illusion zu zerstören, die unserer Mutter nichts nützte? Ihr eine Zufriedenheit zu verordnen, die sie nicht empfand?

Den Eindruck hatte ich nicht, sagte Edith. Es gefiel mir so gut, die Mutter mit all den altertümlichen friedlichen Kinderbüchern.

Sie soll sich mit der Gegenwart beschäftigen, sie hat es immer getan, sie ist nicht der beschauliche, sanft nostalgische Rückblick-Typ, nein, sie träumt sich nicht gemütlich rückwärts.

Sie braucht einen Fernsehapparat.

Sie muß Tageszeitungen lesen.

Man müßte die Pflege besser organisieren.

Aber bei aller Kritik an der Situation: Vorsicht! Marie Rosa war neulich sehr deprimiert, wenn auch geduldig.

Bertine allerdings kommt mir jetzt manchmal doch ziemlich gereizt vor, kein Wunder, vielleicht denkt sie ihre kommende Biographie weiter und weiter, nur noch Pflegen, Dienen.

Sie hat uns Geschwistern das Gehen beigebracht, die Mamma, und wir, was machen wir? »Denn ich tue nicht, was ich will, sondern was ich nicht will, das tue ich.«

Weil Rupert wie gewappnet und etwas mißbilligend zu mir schaut, sage ich nicht: Römer 7,14. Ich rufe ihm schnell zu: Das war aus dem Struwwelpeter.

Sie sieht so rührend aus, irgendwie ein bißchen babyartig, ich meine das jetzt positiv. Nicht wie ein dummes Baby. Edith lächelte. Sie labte sich mit getrösteter Melancholie an ihrem Erinnerungsbild beim Abschied von der Mutter.

»Sie sah unsäglich traurig und ergeben aus, den Blick in eine nicht erkennbare Ferne gerichtet. Auf der Bettdecke lag *Heidi*, wegen Langweiligkeit verschmäht...«, schrieb mein Bruder uns nach seinem Besuch an ihrem Bett.

Meine Mutter blickt mich, ernsthaft auch beim Lächeln, erwartungsvoll an, eindringlich erwartungsvoll wie früher nie, immer, wenn ich einschlafen will.